Patrick Grainville

Engel und Falken

Roman

Aus dem Französischen von
Brigitte Henniger-Weidmann und
Joachim Kalka

Klett-Cotta

Damals sprach niemand über die Falken von Notre-Dame de Paris. Weder die Presse noch das Fernsehen. Diese Vögel waren noch nicht medienreif. Die von Touristen aus der ganzen Welt besuchte Kathedrale war immer noch eine geheimnisvolle Insel, ein Wald von Fialen und wilden Wasserspeiern. Ich hingegen hatte die Falken mit Entzücken für mich entdeckt, war ich doch von Kindesbeinen an mit allem Getier vertraut und suchte mir meine Totems aus, geflügelte, ungeheuerliche Vorfahren. Diese Verbindung der Madonna mit den Raubvögeln faszinierte mich. Von meinem Posten auf dem Südturm aus hatte ich beobachtet, wie ein Falke von einer Turmspitze in die Hand des großen grünen Engels in der Mitte der Vierung niederstieß. Dort starb dann zuckend ein vom Schnabel des Räubers aufgeschlitzter Sperling. Ein Geflatter, ein kurzes Piepsen. Der Engel lächelte nach wie vor. Der Falke flog dahin, schmal und rasch, unter das Himmelsgewölbe geschmiegt. Ich sah ihn hoch oben, kräftig und dunkel im Azurblau. Er schwebte. Die große Kathedrale schlief, umringt vom Geschrei der Brücken, kleinen Inseln, Flußwindungen, Gewässer.

Heutzutage installiert man zuweilen – wie im Frühjahr 1991 – im Garten des erzbischöflichen Palais' ein Videosystem, über das die Besucher die Falken bewundern und ihre Brut bespitzeln können. Man kann sogar ein Fernrohr auf ein Rüstbalkenloch oder auf den Dreipaß einer Fiale richten und den Brustbeinkamm des Raubvogels in Vergrößerung betrachten.

Zwanzig Jahre zuvor sah nur ich ihnen zu und manchmal ein diskreter Ornithologe, der die Vögel zählte. Das war, bevor mir klar wurde, daß Notre-Dame in Wirklichkeit von Viollet-le-Duc umfassend restauriert worden war. Ich glaubte, mich auf dem ursprünglichen Heiligtum zu befinden. Das war mein Fels, meine Verwurzelung in mystischer Vergangenheit. Ich war Student. Ich widmete mich an Herbstnachmittagen ganz oben auf dem Südturm meiner Lektüre. Ich nahm Anny mit und flirtete mit ihr. Das bleierne Dach war noch nicht von den Besuchern durch das nun angebrachte viereckige Drahtgitter abgeschirmt. Die Leute gehen jetzt in einer Art Metallkäfg herum. Man kann die Madonna, die Mutter nicht mehr berühren. Damals war Notre-Dame nackt und ich lag als ihr Kind an ihrem gotischen Busen in seinem Spitzbogenkleid. Ich kannte Wolf und Ehra noch nicht, ich hatte nur ihre Namen groß in das bleierne Dach eingeritzt gesehen, inmitten eines Nebels von Initialen und Inschriften, der Wolke von Zeichen, die den Südturm einhüllt. Ein großes Zauberbuch, dem die Reisenden aus aller Welt abergläubisch ihren Stempel aufgeprägt hatten wie dem Körper der Jungfrau.

Da stand „Wolf", „Ehra", aber auch „Amador" und „Rawi". Man kann die Namen noch heute entziffern. Ich habe es nachgeprüft. Gewiß, da steht auch „Bébert" oder „Alice" . . . Der Poesie sind keine Grenzen gesetzt. Der Vorteil des Gitters ist, daß die Namen von früher nicht von neu eingeritzten Unterschriften gelöscht werden können. So zeigt mir das Dach des Turmes das unbeschädigte Manuskript meiner zwanziger Jahre, Anny und ich hatten dort unsere Vornamen verlobt.

Das war die Zeit meiner einarmigen Zimmervermieterin. Ja, Marguerite hatte nur einen Arm. Eines Tages verriet sie mir, weshalb. Das Entsetzen überwältigte mich. Unter dem Vorzeichen dieser Greisin und der Jungfrau Maria sollte ich ins Leben eintreten. Ob ich es wagen würde? In dieses Leben, das so ungeheuer groß war wie die Stadt? Die Redewendung vom „Eintreten" machte mir angst. Ich spürte körperlich, daß ich am Rande der Zukunft entlangging wie am Rand eines Abgrundes. Mich erfüllte keinerlei Zuversicht. Ich steckte gleichsam in der Krise einer Lebens- und Todessehnsucht vor dem tiefen Hintergrund einer Furcht, die mich nie verlassen hat. Meine Lebensangst funkelte in der Leere der Welt. Und dieses innere Feuer konnte mich retten oder töten.

Ich wohnte in der Rue Pavée Nummer 9, unmittelbar vor der Synagoge. Heute ist das ein offizielles, mit der Trikolore beflaggtes Gebäude. Früher bot es dubiosen und armen Leuten eine Unterkunft. Das Haus hat seine Geschichte: Es war eine Dependance des Militärgefängnisses. Mein Zimmer war noch mit Gitterstäben versehen. Was mein Schicksal ein klein wenig mit dem von Fabrice del Dongo verband. Vor allem, wenn ich durch die Gitterstäbe hindurch eine ganz junge Jüdin betrachtete, die einmal in der Woche in einer religiösen Schule einen Kurs besuchte, die zum Hof hin neben meinem Haus lag. Sie sah mich an und ich sah sie an, in all der Unmöglichkeit und Nostalgie, die durch die Gitterstäbe geschaffen wurden und noch durch etwas Schwererwiegendes, eine noch traurigere Stimmung, die mir unerklärlich war. All das steht mir zu klar vor Augen, als daß ich Lügen wollte. Ich bin nicht der Meinung, daß die wörtliche Wahrheit in einem Roman den Erfindungen der Einbildungskraft überlegen sei, aber ich habe das Bedürfnis zu sagen, daß Marguerite wirklich gelebt hat und daß ich im Gefängnis meines Zimmers, wo ich es mit Anny machte, geschlafen habe. Gefangene hatten Schmerz und Langeweile gelitten, wo unsere Leiber sich in ihrer Freiheit und Jugend umschlungen hatten. Verrückte waren an ihr Bett gebunden worden, wo wir allen unseren Begierden freien Lauf ließen.

Ich hatte die Adresse auf einer Karteikarte einer studentischen Zimmervermittlung gefunden und war an der Metro-Station Saint-Paul, Faubourg Saint-Antoine, ausgestiegen. Auf der abendlichen Straße drängte sich die Menge. Aber mir war, als klaffe der Raum weit offen, wie durchfegt von einer anderen Strömung: Was für ein Atem, welche Lokkung, welche Lebenswoge flutete da hinunter und verdichtete sich in der Ferne, am Rande des Viertels, zu einer Art Aufzug, zu einem schwarzen Menschengewimmel?

Der Portalvorbau der Rue Pavée 9 war offen. Ich ging über einen grauen, heruntergekommenen Flur und stand in dem labyrinthischen Treppenhaus mit seinen wackligen Absätzen, den gewundenen Geländern, den in ungleicher Höhe schwebenden, wirr aneinandergereihten Wohnungen mit kleinen Türen, die wie Löcher wirkten. Eine große Bruchbude à la Zola, schief und verfallen, ein altes im Dunkeln aufragendes Zuchthaus mit spiralförmig aufgehäuften Stockwerken. Das war das Gerippe dieses alten, umgebauten Kerkers, den jetzt die Armen bewohnten. Marguerite L.s Tür ganz oben im fünften Stockwerk war verschlossen. Gegenüber, in einer Zwischenwand mit Innenfenster, das auf den Flur hinausging, eine gleichfalls verriegelte, verbeulte Tür. Mir schien, ein Vorhang habe sich bewegt. Ich hatte das Gefühl, das Gebäude sei in unzählige Einheiten unterteilt, zerfalle, löse sich gleichsam auf in einen Schwarm aneinander angrenzender, gestaffelter Räumlichkeiten, welche an die ehemals auf die große, sich emporschraubende Treppe hinausgehenden Zellen erinnerten.

Ich stieg die Treppe wieder hinunter, und die gewaltige Strömung der Straße erfaßte mich aufs neue, die Gischt der vorbeiziehenden Brandung, wo die Kohlenglut des Abends über die Menschentrauben hinfunkelte. Plötzlich nahm ich vor mir in dem von lauten Rufen durchsetzten Gedränge eine Art Trippeln wahr, das seine Umgebung vereinnahmte, sie mit vertrauten Nuancen einfärbte – ein heiterer kleiner Lärm, ein fröhliches Dahingondeln. Ich wußte, daß das Marguerite war. Mich überfiel die Eingebung beim Anblick dieses sechzigjährigen Irrlichts, das seine mit Lebensmitteln vollgestopfte Tasche schleppte, mit schnellem, hüpfendem Schritt. Klein, lockenhaarig, mit Brille, keineswegs hübsch, mit spitzem Kinn und irgendwie steif auf der rechten Seite ... krumm wie ihr Haus, aber flink, zungenfertig, im Vorbeigehen alles antreibend, ihre Welt mit Fragen unterbrechend, entzückt, wieder nach Hause zu kommen, sich zu produzieren und Witze zu machen: Marguerite. Sie sah, wie ich vor dem Portalvorbau zögerte. Und auch sie war sich fast sicher, als sie diesen ängstlichen Schwachmatikus mit seinem Pappmachégesicht sah. Sie prüfte mich, musterte mich mit jener seltsamen, aus Mißtrauen und kennerischer Neugier gemischten Lebhaftigkeit. Ich war ihr Student, der Neue, ihr Mieter für ein, zwei Jahre. Ein junger Mann an der Schelle des Lebens, frisch aus der Provinz angekommen, verletzlich, mager, unbeholfen, auf dem Weg in die große weite Welt, ein junger Mann, der sich mit seiner Rolle schwertat, schüchtern und schroff in dieser Spannung, in dieser Frage, was werden solle.

„Kommen Sie!" sagte sie fröhlich zu mir.

Denn sie war glücklich. Die Studenten, die sie nacheinander hatte, umgaben Marguerite L. mit etwas Besonderem, einem Prestige, das sie von ihren Nachbarn abhob. Sie stellte ihre Studenten zur Schau wie Musterexemplare einer überraschenden, wechselnden Fauna. Jeder hatte seine tragische oder komische Geschichte. Ich betrat die Wohnung, eine ältliche, überladene kleine Welt, die auf ihre Weise dem phantastischen Wesen des gesamten Hauses entsprach. Ungleich hohe Böden, ungerade Linien. Doch die abendlichen Sonnenstrahlen beschienen die geblümte Tapete, die Henri-II-Möbel, das rosafarbene Linoleum, die Schondeckchen, den

9

Plattenspieler auf dem Büffet, den sie sofort in Gang setzte, wobei sie das unsägliche Geleier eines gewissen André Dassary wählte, den sie „meinen Andi" nannte, eine Art Georges Guétary, aber naiver und gefühlsseliger. Sie flitzte von einem Zimmer ins andere und rief ihre Katze, die sie mit Liebeswörtchen anlockte, und ich hatte den Eindruck, daß schon allein ihre Anwesenheit das Licht lebendiger erscheinen ließ, die Musik hervorbrachte, die Möbel aufglänzen ließ und das Rot der Geranien in den Blumenkästen zum Hof. In dieser schäbigen, eigentlich fast sinisteren Umgebung verbreitete sie einen Zauber. Marguerite war ein einziges Allegro trotz ihrer Schwächen – einer Anhäufung von Pannen und phantastischen Mißgeschicken. Doch durch diese lautstarke Lebendigkeit hindurch war ihr Blick zuweilen auf einen anderen Horizont gerichtet, man wußte nicht, welche Szene sie dann heimsuchte, sie in einen begierigen, schuldhaften Aufschwung riß. Ihr Blick wurde stumpf und gleichgültig, begann dann in einem lasterhaften Glanz zu funkeln. Ich kannte damals die Gespaltenheit meiner Wirtin noch nicht, diesen hartnäckigen Kampf zwischen zwei Versuchungen, zwei Begehrlichkeiten. Marguerite war vernarrt in das Leben und vom Tod fasziniert. Es war eine Mischung aus Begehren und Angst. Ihre Neugier war stärker als ihr Schrecken. Es ließ ihr keine Ruhe, sie mußte sich dem gähnenden Eingang möglichst weit nähern. Sie beugte sich nach vorn. Sie sah. Sie verschlang das Entsetzen mit den Augen, mit einer fast sexuellen Erregung. Leidenschaftlich, sprühend von Schwung und Leben, aber insgeheim nekrophil, angezogen von der äußersten Grenze, dem schwarzen Saum des Nichts. Das sollte ich sehr rasch entdecken.

Und plötzlich packte sie mit ihrem lebendigen Arm den andern, der steif herunterhing, um mir nichts zu verbergen und mich sofort zu beruhigen. Da ich von Anfang an von ihrer Tarantella mitgerissen wurde, hatte ich nichts bemerkt.

10

Sie machte die Prothese ab und zeigte mir ihre Invalidität. Ich sah plötzlich, wie der Ärmel ihres Kleides schlaff wurde und ein Arm aus rosa Zelluloid zum Vorschein kam, das Glied einer Gliederpuppe mit einer künstlichen Hand, die sie zuerst auf den Tisch legte. Da hatte ich die Bescherung. Sie schaute mich von der Seite an, um zu sehen, ob ich es aushielt, ob ich die Verhältnisse akzeptierte ... Für sie war das ganz selbstverständlich, aber ich war überrascht. Später gewöhnte ich mich daran, daß sie, wenn sie von der Arbeit nach Hause kam, ihr ganzes Kleid mitsamt dem im Ärmel verstauten Arm auszog. Sie hängte diese Ausrüstung über eine Stuhllehne und ging im Eßzimmer im Unterrock herum. Das war ihre Lieblingskleidung, ihr verführerisches Kostüm. Denn Marguerite wollte ein Vamp sein, wunderbarerweise, trotz ihrer Behinderung. Es fehlte nicht viel, und sie hätte sich für schön gehalten. Bei jeder Gelegenheit entblößte sie ihre Beine mit den festen, rosigen Waden. Und unter dem Vorwand, sie habe – nicht wahr? – keine Krampfadern, streckte sie einem ihre Stelzen, diese Kostbarkeiten, unter die Nase. Doch vielleicht wertete der fehlende Arm als Entschädigung die unbeschädigten Glieder auf, erfüllte sie mit Leben. Ihr, die verstümmelt war, entsprossen tausend Arme, tausend Beine, Myriaden von Bewegungen schnellten aus ihr hervor. Sie zeigte ihre beiden gesunden, kurzen Beine, betrachtete sie entzückt, als ob sie gerade aus ihr herausgewachsen, geboren wären, während das Kleid und ihr künstlicher Arm sich im Gegenlicht auf der Stuhllehne abzeichneten.

Dieser komische und makabre Anblick verlor bald sein Unheilvolles, ich achtete nicht mehr darauf. Das Kleid mit dem steifen Arm paßte zum Henri-II-Büffet, der geblümten Tapete, den Deckchen, zu den Platten „von meinem lieben Andi", dem ganzen Zubehör einer freundlichen, gemütlichen Einrichtung, wo nur die Katze störte.

11

Sie stellte mir Toufflette vor, die rot und weiß war, eine kränkliche Kreatur, mürrisch und gefleckt wie eine Hyäne. Das Vieh hatte auf mich sofort einen Pik. Marguerites sämtliche Liebesreserven hatten sich über dieses Ungeheuer ergossen. Mit einer Schere zerschnitt meine Wirtin ein Stück stinkender, violett angelaufener Schweineierchen, das die Katze unter Miaugeschrei und hysterischen Krämpfen zerfetzte, und hob den Rest für sich selbst auf, denn sie schwärmte für solche billigen, fetten, kroßgebratenen Innereien. Sie war sich nicht bewußt, daß sie von Cholesterin strotzten und ihr Herz ruinierten. Es sei denn, daß sie heimlich die Gefahr gewittert und sich entschlossen hatte, ihr trotzig die Stirn zu bieten, ohne wirklich an den Tod zu glauben, sondern um den Knochenmann in die Schranken zu weisen und ihn in die Flucht zu schlagen.

Marguerite führte mich auf einen Flur, der hinreichend breit war, daß eine Waschmaschine auf der einen Seite und in einer Ecke auf der andern Seite eine Dusche Platz fanden. Das waren zwei Wunder, um die sie die Nachbarn beneideten. Das junge Milchmädchen des Viertels kam jeden Samstag, um sich zu duschen, und Marguerite stopfte in Anwandlungen von Großzügigkeit die Wäsche ihrer Freunde in die Maschine ... Ihre Studenten, ihre elektrische Waschmaschine, ihre Dusche aus Email, ihr automatischer Toaster verliehen ihr eine außergewöhnliche Stellung und festigten ihren Ruf, sie sei originell, sei etwas Besonderes.

Mein Zimmer war weiß gestrichen, groß, kühl, und ging auf einen weiteren Innenhof hinaus. Ein rot-schwarz kariertes Oberbett guter Qualität und Gardinen der gleichen Farbe belebten all dies Weiß. Das Studentenzimmer war die Überraschung der Wohnung, ihr Schmuckstück. Marguerite zeigte es neuen Bekannten wie das Allerheiligste. Jeder Student war gleichsam das Vorspiel eines Abenteuers, das von Versprechen und Tagträumen überquoll, denn Marguerite hätschelte ihr Teil an unerfüllten Hoffnungen. Das Zimmer empfing Jahr für Jahr einen neuen jugendlichen Prinzen, der eher knapp bei Kasse war, etwas blaß, verloren, aber vom Glanz des Intellektuellen umgeben, der in der Wohnung die subtilen Schwingungen des Geistes verbreitete! Meine Wirtin hatte Teil an diesem Nimbus, tummelte sich in ihm überschwenglich und eitel. Als sie merkte, daß ich, heimgesucht von Zweifeln und Versagensangst, in dieser Hinsicht einiges hergab, daß die akademische Saga sich mit mir eher noch weiter ausspinnen ließ, da begann ich sie richtig zu interessieren ... Wenn sie „mein Student" sagte, handelte es sich nicht mehr um eine Anspielung auf diesen oder jenen früheren Mieter, sondern es ging eindeutig um mich, allein um mich. Marguerite hegte aber einen noch persönlicheren Traum, der mich völlig in den Schatten drängte. Ich will ihn verraten. Sie wünschte sich einen großen schwarzen Studenten. Das war ihr Traumbild von Afrika. Ich glaube nicht, daß darin ein Wunsch nach selbstlosem Kosmopolitismus, nach Entwicklungshilfe zum Ausdruck kam. Nein, es handelte sich vor allem um eine Wahnvorstellung, um das Gären verrückter Begierden. Ich kann nicht mehr daran zweifeln, daß sie sich ein tolles Idyll ausmalte, das sie bei den Nachbarn in ein schlechtes Licht rücken und sie mit einem Nimbus umgeben würde wie mit einer unzüchtigen, halbbarbarischen Legende. Somit faszinierten die angeblichen Heldentaten meiner Intelligenz Marguerite weniger als die Zauberwelt eines Verlangens, das tabu war. Diesen Studenten bekam sie auch schließlich, denn sie wünschte ihn sich ausdrücklich bei der studentischen Zimmervermittlung. Ich kann jetzt verraten, daß er mein Nachfolger war. Doch es stellte sich heraus, daß er sehr schüchtern war, etwas stotterte, reizend und verträumt, ein wie von Pointillisten entworfenes Wesen, ganz aus flüchtigen theoretischen Überlegungen bestehend, der feinste, scheueste und ganz und

13

gar nicht dionysische Student. Als sie mich im folgenden Jahr besuchte, an der Seite ihres neuen Mieters, erfaßte ich mit einem Blick Marguerites Enttäuschung, die Zerstörung ihrer schönen, heißen Utopie. Doch ein anderer, mißtrauischerer Gedanke streifte mich. Marguerites Kleid sandte mir kleine geheimnisvolle, fast aufregende Zeichen. Ich suchte nach dem Grund dieser magischen Erscheinung. Und plötzlich kamen mir die Umarmungen mit Anny auf dem rotschwarz karierten Oberbett in den Sinn. Das war genau das Muster von Marguerites neuem Kleid, das sie aus dem Stoff unserer Liebe geschneidert hatte. Es kam mir vor, als sähe ich glasklar unsere jugendlichen nackten Körper, ausgehungert, verklammert in den Falten, dem Schlingern des rotschwarzen Oberbettes. Marguerite hißte die Flagge unserer Lust wie eine nostalgische Trophäe.

Einige Zeit nach meiner Ankunft erfuhr ich, daß vor mir eine Studentin hier gewohnt hatte, magersüchtig, schön und wiederholt straffällig. Doch sie war im Juni an einer Überdosis Heroin gestorben. Dadurch veränderte sich die Atmosphäre meines Zimmers. Ich dachte nur noch an die faszinierende Tote. Bald nahm die Ahnung Gestalt an, daß ich in diesem meinem letzten Studienjahr unter Marguerites prüfendem Blick eine schwierige, schwindelerregende Partie zu spielen hatte, wobei ich nicht wußte, ob Marguerite mir dabei hilfreich oder verderblich sein würde ... Sehr bald kam ich in der Rue Pavée 9 zu der Überzeugung, daß ich eine Linie überschreiten und das Leben beginnen müsse, daß aber das Gelingen ungewiß war, daß man mir Fallen stellen, daß ich dornigen Prüfungen unterworfen würde. Daß diese Linie sich entziehen, sich entfernen würde, daß ich ins Stolpern geraten und schwere Stürze erleiden würde, vielleicht nicht wieder gutzumachende, und daß dieser Faubourg Saint-Antoine, wo ich eines Abends eine Lichtwoge hatte aufbranden und dahinrollen sehen, mich nicht zwangsläufig mittragen würde im Aufschwung des kollektiven Heldenliedes. Denn es war das Abenteuer der Menge, der Atem der menschlichen Bestimmung, was mir so schön, so begehrenswert, jedoch unzugänglich erschien.

Wenn ich aus dem Haus ging, nachts, leuchteten die Cafés im Faubourg, es war mildes Wetter. Schmusende Paare schlenderten nach Hause, ein paar einsamere Gestalten gingen eilig aneinander vorbei. Die jetzt nicht mehr so zahlreichen Autos fuhren langsam auf die nächsten roten Ampeln zu. Die Metrostation Saint-Paul, deren biblischer, nüchterner Name mir gefiel, tat sich ruhig leuchtend auf. Ich fühlte, wie es mir das Herz zusammenschnürte. Ich wußte genau, daß bald alles beginnen oder enden würde. Freude und Schrekken blähten sich überall in der Stadt auf, schlangenartig, schlüpften durch das Gedröhn der traurig gelbglänzenden Untergrundbahnen, ihr Knirschen beim Halt, dieses mürrische, erschöpfte Pfeifen. Ich sah solche, die mir ähnlich waren, eigensinnige Gesichter, egozentrisch, die ihr Schicksal eifersüchtig hüteten, gleichgültig gegenüber dem fahlen Lichtschimmer in den Abteilen. Man mußte also in diese Tunnel hinein, dahinfahren, die Labyrinthe durchlaufen, ununterbrochen Dämmersequenzen durchqueren, die in mehr oder weniger langen Abständen von den Stationen mit ihren flüchtigen Bahnsteigen durchschnitten wurden, die plötzlich hell waren wie Erscheinungen, Aufschübe, Höhlen an geträumten Ufern. Ich wurde mitgerissen und fürchtete, nie zu landen.

Ich wohnte jetzt seit einem Monat da. Anny kam mich jedes Wochenende von Lothringen besuchen. Wir waren verliebt, und unsere Verabredungen fanden mit großer Regelmäßigkeit statt. Ich holte sie immer am Samstagmittag an der Gare de l'Est ab. Ich spähte in die Menge der Aussteigenden und suchte ihre zarte Silhouette. Ich fürchtete immer unvorhergesehene, widrige Ereignisse, irgendeinen unglücklichen Umstand. Lothringische Hünen, eilige Geschäftsleute, mit Gepäck beladene Karren verdeckten sie. Endlich tauchte ihr kurzer blonder Haarschopf inmitten des Gewimmels auf, seine Farbe blinkte, verschwand, wurde wieder sichtbar. Ich war gerettet dank dieser hellen Spur. Ich küßte Anny begierig. Wir gingen ins Restaurant. Doch die Mahlzeit blieb mir im Halse stecken, weil mich mein Verlangen nach Anny so verkrampfte. Meine Hysterie verzauberte mich ganz und gar ... Ich hatte Lust, mich zu übergeben, und tat es auch oft. Schließlich erklärte ich meiner Geliebten, es sei mir ganz unmöglich, irgend etwas zu essen, denn mein Heißhunger gelte anderen Dingen. Sie verstand das, und seither eilten wir vom Ausgang des Bahnhofs sofort ins Bett. Sie glühte und war ganz offen. Ich drang ein in ihr glitzerndes Naß. Ein Eindruck von Wärme, von Verschmelzung, von gieriger, heftiger Freude. Ich ejakulierte fast augenblicklich. Eine kurze Pause, und wir fingen ausführlich wieder an. Dann gingen wir mittagessen. Diesmal behielt ich die Nahrung bei mir. Am Nachmittag spazierten wir durch den Faubourg bis zum Pont-Marie. Ich mochte diese Brücke, ihren einfachen Namen, es war eine hübsche, unschuldige, verkannte Brücke. Als wir, Anny und ich, sie Arm in Arm überschritten, empfanden wir die ganze Reinheit und Schönheit unserer Liebe.

17

Meine Lebensangst nahm für einen Augenblick ab. Doch plötzlich entriß die Möglichkeit, die Nähe des Glücks sie mir wieder. Inmitten der Zuversicht erfaßte mich ein Schwindel. Ich wußte, daß für Anny das Leben etwas Selbstverständliches war, und daß sie auf unsere Liebe ohne Angstgefühle eingegangen war. Ganz einfach, es war gleichsam alles durchsichtig. Deshalb fürchtete ich, daß ich nicht gleichgestimmt, daß ich ihrem Sinn für Glück nicht gewachsen war, daß ich dieses Glück durch meine Angst verdarb, zurückwich, abglitt und so Anny meine Schwäche, meinen Makel verriet. Als ob ich anderswo gewesen wäre als im vollen Lebensstrom, daneben, insgeheim, unschlüssig in der Brandung, auf einem Wogenkamm, der gleich zerfallen konnte. Vor allem fürchtete ich, Anny zu verlieren, sie zu erschrekken, wenn ich ihr diesen Abgrund gestand. Indessen war die Île de la Cité ein Reich vollkommener, ruhiger, ewiger Dinge, die mich eigentlich hätten beruhigen und meine Vorahnung einer Katastrophe hätten beseitigen sollen. Ich ertränkte meinen Blick in der Seine, ihrer langen, düsteren, bewegten Spalte, und meine Ängste erstanden aufs neue angesichts dieses etwas falschen, städtischen Flusses, von dem man sich schwer vorstellen konnte, daß er der Natur entsprang, dessen Gärung gleichsam vom Schmutz der Straßen und der Metro ausgeschieden schien.

An diesem Tag besuchten wir wie gewohnt Notre-Dame und ihre Türme. Ein Aufstieg von vierhundert Stufen. Den ersten Teil auf der Nordtreppe, dann gingen wir quer über die Große Galerie, und die letzte Etappe legten wir auf dem Südturm zurück. Der Nordturm war nämlich gesperrt. Doch gerade den Aufgang dort vermißte ich. Im Augenblick, wo wir in die Große Galerie einbogen, sah man die kleine verschlossene Tür, hinter der die Treppe zu dem unbekannten Turm führte ...

Im Verlauf unseres Aufstiegs blieben wir oft in den von

Fenstern durchbrochenen Mauerecken stehen, von denen aus man Paris sah, die feinen Wirbelknochen der Brücken über der etwas entfernter verlaufenden Seine, deren Wasser weniger dunkel und tief wirkte, sich einer ziselierten Klinge gleich hinzog, die gut zu dem Gefüge der Steine paßte und die Vorstellung von Vergänglichkeit und Tod vertrieb. Vom Luftzug gepeitscht, aneinandergedrückt in jeder Nische, tauschten wir Küsse und Liebkosungen aus. Wir stiegen rasch hinauf, absichtlich, es war ein Spiel, eine Wette, daß wir außer Atem kamen. Die Mauern rollten sich zu einer immer schmaleren Schneckenwindung ein, die mit Schriftzeichen bedeckt war, mit Namen aus der ganzen Welt, Signaturen, die diejenigen des Daches ganz oben vorwegnahmen. Keuchend fuhren wir mit dem Finger über die Säule, die von Worten wimmelte, welche dem Rhythmus unseres Blutes entsprachen. All diese Reisenden und Liebenden waren vor uns dagewesen, hatten Herzen, Schwüre, Pfeile, Bilderrätsel in die Patina der Mauer eingeritzt, die aschfarben und glatt war wie ein Knochen. Das riesige Treppenhaus sprach uns an wie die Reliefs eines Pharaonengrabes, ein enger Pyramidengang, ganz mit Hieroglyphen bedeckt ... Und wir wußten, daß diese vielen Namen, die in den Schacht des Turmes geströmt waren und ein verworrenes Kauderwelsch bildeten, seltsame, verwickelte Vokabeln, uns auf ihren Flügeln in die Höhe trugen, zum Dach hin, wo Wolf und Ehra ihre neuen, funkelnden Kerben angebracht hatten, die gleichsam vom Schnabel eines Falken in das Blei geschrieben waren. Ganz auf der andern Seite boten Amador und Rawi verwischte, ältere Schriftzeichen dar, deren zarter Glanz sanft aufleuchtete, der Apis von Notre-Dame zugewandt, dem von Wassern gesäumten Garten im Morgenland der Welt.

Ehra und Wolf wandten Stirn und Leib der Fassade der Kathedrale zu, ihrer Rosette, ihrem weit aufgerissenen Auge, ihrer großen Halle, ihren Reihen von langgliedrigen

Engeln mit den Brustbeinkämmen gotischer Reiher. Wir beugten uns, Anny und ich, über diese gegensätzlichen zerzausten Vornamen, die uns überwölbten wie Sterne.

Gegen Abend sahen wir, wie sich zwei Gestalten vom Dach her näherten und sich über eben diese eingeritzten Vornamen beugten. Wir waren überrascht. Der junge Mann und seine Gefährtin betrachteten die Schriftzeichen begierig. Sie lächelten und schienen sich von der Prägnanz dieser lebendigen Lettern und ihrer Vereinigung zu überzeugen. Anny und ich hatten plötzlich eine Vorahnung. Mit einemmal. War Wolf dieser große junge Mann mit dem kurzen blonden Haar und den wasserblauen Augen, und daneben Ehra, die brünette, hochgewachsene, schlanke mit dem makellosen, fleischigen Gesicht? Sie sahen sich trotz ihrer unterschiedlichen Haarfarbe ähnlich. Sie bewunderten das Zwillingsgestirn ihrer Namen. Sie drehten sich dem Wind zu, und man sah Wolfs Gesicht, das von zweideutiger, wollüstiger Männlichkeit war. Vorspringende Backenknochen, schmale Lippen, Katzenaugen unter den brüsken Schläfenbogen. Ehra neigte sich seinem Hals zu und küßte ihn, was wir rührend fanden. Ja, wir waren überzeugt, daß es sich um die himmlischen Unterzeichner handelte, denn sie kehrten zu ihren Namen zurück, die sie befühlten, die sie mit abergläubischen Blicken bedeckten.

... Da zog ein Falke eine Schraubenlinie um den Nordturm, den geschlossenen, unzugänglichen Turm. Welche Zeichen waren in dieses Bleidach geritzt? Der Vogel schoß im Sturzflug herunter und setzte sich auf die Schulter des narbigen, gehörnten Teufels, der in der Mitte der Großen Galerie unter uns kauerte. Keiner hatte ihn wahrgenommen außer Wolf. Der junge Mann wies seine Gefährtin auf den Vogel hin. Ehra lachte. Ihre Brust bebte unter dem schwarzen T-Shirt. Wolf legte den Arm um die Taille des Mädchens. Das Paar ließ den Falken nicht aus den Augen.

Anny und ich waren also nicht mehr die einzigen, die das Geheimnis der Raubvögel und Engel kannten. Unsere Rivalen, Ehra und Wolf, hatten sich uns zuoberst auf Notre-Dame zu erkennen gegeben. Sie schienen fast zu schön, zu kristallin. In Wolfs Gesicht zuckte es nervös unter der zu sensiblen, zu bleichen, blaugeäderten Haut. Sein Adamsapfel hob und senkte sich in seinem Hals und verlieh diesem Gesicht, in dem kalte Lüsternheit glühte, einen herben, erstickten Ausdruck. Ehra betrachtete ihn liebevoll. Sie verschwanden. Waren es wirklich sie, die mit narzißtischem Stolz jene Großbuchstaben ins Blei, in den Schädel der Kathedrale gegraben hatten?

Als wir hinuntergingen, spürte ich einen kurzen, stechenden Schmerz, ein glühendes Eisen im Knie. Ich blieb einen Augenblick stehen, dann humpelte ich an Annys Arm dem ehemaligen Militärgefängnis entgegen. Das war der Auftakt zum Kampf. Ich war mir noch nicht bewußt, daß der Kampf begonnen hatte, daß es darum ging, das Terrain zu verteidigen, Schritt für Schritt, gegen die Krankheit, den bösen Blick, gegen Marguerite, und daß Anny mich begleiten würde, immer gegenwärtig, vertrauensvoll, wobei sie sich fragte, was mit mir geschah, warum ich so viele Blitze anzog – erstaunt, aber aufmerksam und sanft. Ihre Komplizenschaft schützte mich vor dem schwellenden Übel, das mich einkreiste, mich heimsuchte, anwuchs.

Zu Hause begegneten wir auf der Treppe Johann Neuzil, einem Nachbarn. Er sah, daß ich hinkte, und erkundigte sich, was ich habe. Er betrachtete uns gütig, und seine Freundlichkeit rührte uns. Er lud uns ein, mit ihm Tee zu trinken. Seine Wohnung war vollgestopft mit vergoldetem Trödel, darunter zwei gewaltige mit verblichenem Rankenwerk überladene Sessel, in denen man versank. Man hörte, wie sich Neuzil in der Küche zu schaffen machte. Er kam zurück mit einem Tablett, einer hübschen bauchigen Tee-

21

kanne aus Silber und drei hellen Porzellantassen. Der Tee roch gut. Neuzil servierte dieses warme, rote Getränk gern. Er sah uns gütig an. Aber diese Güte war präzis und intelligent. Sie verlieh seinem Gesicht etwas Aufmerksames, Waches, Weiches. Es zeigte auch einen prüfenden Zug, eine Art freundliche Frage. Fräulein Poulet, die genau über Marguerite wohnte, eine ehemalige Krankenschwester, sechzig Jahre alt, aber noch Jungfrau, hatte den schönsten Ausdruck gefunden, um Neuzil zu charakterisieren. Sie nannte ihn „den freundlichen Mann" – obwohl Fräulein Poulet keiner beschönigenden Sprache huldigte und ihre Jungfräulichkeit mit einer rüden, rauhen Redeweise einherging. Marguerite hingegen nannte Neuzil den „Plötzlich", mit der Begründung, daß er seine Sätze oft und unpassend mit dem Wort „plötzlich" würze. Anny und ich sollten diesen unmäßigen Wortgebrauch sogleich erfahren, da Neuzil nun zu uns sagte:

„Kinder, ihr könnt trinken, plötzlich!"

Dieses „plötzlich" klang aber eher wie ein „also nun", ein „bitte jetzt". Es war ein kurzes, sanftes Wort, verbindlich, das, weit davon entfernt, eine brüske Handlungsanweisung zu enthalten, eher auf die Zukunft deutete, ein Wort des Dialogs und der Verbundenheit, dem Neuzil etwas Erfreuliches, Vertrautes verlieh. Anny und ich waren in dieses kleine Adverb Neuzils ganz verliebt, denn wir ahnten, daß sein Temperament damit seine angenehmsten, eigenartigsten Neigungen offenbarte.

Dann sprach er von meinem Knie:

„Haben Sie immer noch Schmerzen?"

„Ja, so ein hartnäckiges Kneifen, sehr unangenehm."

Er sah mich mit liebenswürdiger Wachsamkeit an. Er tauchte gleichsam in mich hinein, bis zum Quell meines Übels, er machte es dingfest, wies ihm seinen Platz an im Ganzen meiner Person. Dann sagte er zu mir:

„Das kann nichts Ernsthaftes sein ... Schlimmstenfalls ein kleiner entzündlicher Rheumatismus; in Ihrem Alter heilt so etwas bald."

Doch Neuzil machte nicht den Eindruck, als wolle er mittels eines vorgetäuschten Optimismus das Problem nur loswerden, nein, ich hatte das Gefühl, daß er sagte, was er dachte.

Er sah mit offensichtlicher Freude zu, wie wir den Tee tranken. Annys Wangen waren rosig. Ihr war warm. Er servierte uns noch eine Tasse des Getränkes, das jetzt dunkler war, wobei er sich über unsere leichte Grimasse amüsierte, die unsere Reaktion auf die Veränderung des Geschmacks anzeigte:

„Es ist unangenehm, wenn der Geschmack sich verändert, wenn er an seine Grenze kommt und fast abstürzt, fast schon schlecht wird ... Eine kleine Bitterkeit, ein komischer Augenblick."

Und ich begriff, daß Neuzil ein überaus subtiler Mensch war und daß der kleinste Umstand für ihn Anlaß zu einer Erfahrung, zu einer Offenbarung wurde. Auf einer Konsole lag ein großer Kunstband. Der Einband mit dem Bildnis eines jungen Mannes mit kurzem braunen Haar, vorspringenden Backenknochen und blitzenden Augen zog meinen Blick an. Diese Figur strahlte etwas Wildes aus, etwas Leidenschaftliches, eine Art lyrischen Zorns. Stolze Herausforderung war auch im Spiel. Vor allem aber verblüfften das Heftige und die Sicherheit des Zeichnerischen. Ein paar Pinselstriche betonten die sinnliche Linienführung. Der Maler hatte sich gehütet, seine Zeichnung mit Farbe zu überfrachten, ganz im Gegenteil, er hielt mit einer Art genialer Nachlässigkeit an gewissen Stellen inne. Doch diese Unvollständigkeit – weit davon entfernt, zu enttäuschen, den Eindruck des Unvollendeten zu vermitteln – verstärkte die Lebendigkeit des Porträts, das Schnelle, Spontane daran. Die höchste

Vollendung rührte gerade von dieser Macht des Skizzenhaften her, das nicht weitergeführt zu werden brauchte und souverän darauf verzichtete, mehr unter Beweis zu stellen, hatte es doch mit einem einzigen Pfeil ins Schwarze getroffen. Und das Werk war festgehalten in dieser unmittelbaren, blutigen Zuckung wie die Beute des Falken sich in einem Aufbäumen der Lebenskraft wehrt, zerfetzt, rot, mit gesträubten Federn, bevor der Tod die Todesangst erstarren läßt, die Opferqual auslöscht.

Neuzil spürte meine Faszination. Er verriet mir den Namen des Künstlers:

„Das ist ein Selbstporträt von Egon Schiele."

Ich kannte ihn nicht. Dieser wie der Schnabel, der Fang eines Vogels harte, gekrümmte Vorname und der von den mittleren Vokalen rötlich eingefärbte Nachname, mit seinen zischend, zerzaust aufsprühenden Konsonanten prägten sich meiner ahnungslosen Phantasie ein.

Neuzil klappte das Buch auf und zeigte uns unerhörte Zeichnungen, Mädchenakte mit offenen Schenkeln, dunklen, klaffenden Schamhügeln, während die schönen jugendlichen Gesichter frei, kindlich, ohne das geringste aufreizende, perverse Lächeln den Maler ansahen. Eine stützte das Kinn auf ein angezogenes Knie, zeigte ihre Spalte und ihr schönes Pelzchen und betrachtete Schiele mit geschmeidiger Gewißheit, die indessen etwas leicht Fragendes hatte, als hätte sie sich in Gedanken an den Künstler gewandt und zu ihm gesagt: „Geht das so? Also gut ... das wollten Sie also ... ich sehe, daß Sie zufrieden sind." Dieser unschuldige, friedliche Einklang mit der Erwartung Schieles war dem Gesicht aufgeprägt. Dann kam ein Porträt. Eine junge rothaarige Frau saß auf dem Boden, eine Hand im Haar. Ihre großen schwarzglühenden Augen waren starr auf den Maler gerichtet, sie trug ein karminfarbenes Hemd, ihr sehr kurzer Rock war über die entblößten Schenkel hochgerutscht, deren

Fleisch über dem Knie von den Rändern rosa-orangener Strümpfe gesäumt wurde.

„Das ist Valérie ... Egon nannte sie Wally ... Wally Neuzil."

Anny und ich warteten überrascht, wie das weitergehen sollte.

„Ja, Neuzil, mein Name ... Wally war meine Mutter. Sie war mit siebzehn Schieles Geliebte, sie stand Modell für ihn, und er verließ sie etwas später und heiratete."

Neuzil machte eine Pause und fuhr dann fort:

„Meine Mutter ist 1917 an Scharlach gestorben, mit dreiundzwanzig Jahren. Sie war im Krieg Krankenschwester. Sie ist deshalb für mich dieses junge Mädchen geblieben, das Sie sehen, Schieles Lieblingsmodell, sein kleiner Liebling."

„Warum hat er sie nicht geheiratet?" fragte Anny.

„Weil sie keinen sehr guten Ruf hatte; sie hat sich vielleicht prostituiert, war wahrscheinlich Klimts Geliebte gewesen, bevor sie sich Schiele in die Arme warf. Und weil der sich vielleicht in die andere, die Bürgerliche verliebte, in Edith Harms, die dann seine Frau wurde. Auf jeden Fall hat das Abenteuer für alle drei nicht lange gedauert. Edith, die Ehefrau, starb im Jahre 1918 an der spanischen Grippe. Da war sie schwanger. Und Wally, meine Mutter, war ein Jahr davor gestorben. Sie starben alle sehr früh, hingerafft von übergroßer Begierde, von Jugend und Genie. Es ist schrecklich. Noch ganz jugendlich, unschuldig und wild ... Man weiß nicht, wer mein Vater ist. Schiele sah meine Mutter noch einmal vor seiner Heirat, obwohl Edith, seine Verlobte, es ihm verboten hatte. Er könnte also mein Vater sein. Doch das ist nicht sicher. Ich träumte davon, ein unbekanntes uneheliches Kind Schieles zu sein. Meine Mutter starb zwei Jahre nach meiner Geburt. Ich wurde bei einer Pflegemutter untergebracht, dann in einem Waisenhaus. Ob meine Mutter mit anderen Männern außer Schiele zusammenwar, als sie mich empfing? Sie war kein Mädchen, das plötzlich prüde geworden wäre."

Ich nahm nebenbei dieses improvisierte „plötzlich" zur Kenntnis . . . als Neuzils Signatur, als sein ihm eigenes, schönes Tempo.

„Wißt ihr, Kinder, ich wäre entzückt, wenn ich Egons und Wallys Sohn wäre, das Kind ihrer verbotenen Leidenschaft, die seinerzeit ein Skandal war, denn meine Mutter war minderjährig, und auch weil Schiele seine Modelle nackt im Garten Modell stehen ließ, was jedermann sah und wußte, denn die verliebten und ausgerissenen jungen Mädchen suchten bei ihm Unterschlupf. Ich wäre gern das Kind dieser Vorkriegslegende gewesen, vor der Heirat, vor der Grippeepidemie, bevor sie alle gestorben sind. Heute besitze ich plötzlich fast nichts von ihm und meiner Mutter, ausgenommen einige wenige später von den Kunsthistorikern gesammelte Fotos, Doch glücklicherweise gibt es diese Selbstporträts und die Akte von meiner Mutter. Dieses wagemutige, nackte junge Mädchen hat mich zur Welt gebracht. Für mich wird sie immer nackt sein. Mir ist, als sei sie so gestorben, als gebe es keinen Unterschied zwischen meiner Mutter, wie sie sich glücklich vor ihrem Geliebten zur Schau stellt, und ihrem Tod . . ."

Nach einer Pause murmelte Neuzil:

„Alle starben in ihren Anfängen. Als ob Egon Schiele all diese Opfer im voraus durch seine Begierde, durch diese unersättliche Betrachtung der Körper und des Fleisches schon zu Lebzeiten ausgeglichen hätte."

Neuzil faßte sich, entschuldigte sich:

„Ach, ich bin zu elegisch, zu traurig! All das ist vergangen. Heute gibt es weder Krieg noch spanische Grippe. Es gibt den Tod nicht mehr, Kinder . . . Euch ist das alles unbekannt, alles unmöglich . . ."

Es klopfte. Zwei Männer kamen herein, David und Maurice, einen großen sanften Hund zur Seite: Anchise. Es war ein homosexuelles Paar, das eine Wohnung im Erdgeschoß hatte. David war Verkäufer in einer Boutique in der Nähe, Maurice Kellner in einem Café. Sie reparierten gern dies und das und erwiesen allen Mietern im Haus kleine Dienste. Anchise, ihr Polizeihund, unterschied sich von seinesgleichen durch seine Riesengröße. Auf welchen Mutationen oder anderen genetischen Manipulationen beruhte dieses Übermaß? ... Doch das Erstaunlichste war Anchises Zärtlichkeit, er war ein Hund, der nichts bewachte, der nur zum Vergnügen bellte, und dieses Bellen war eine Art gurrendes Stöhnen. Marguerite hatte den Verdacht, er sei durch und durch dumm.

„Er hat nichts im Hirn, der Köter von den beiden ..." (sie bezeichnete das Liebespärchen mit diesem Kürzel). „Ein so sanfter Hund ist irgendwie ekelhaft. Man kann ihm einen Knochen aus dem Maul ziehen, ohne daß er beißt. Da ist mir meine Katze schon lieber, meine Touflette. Man sagt, die ist ein Parasit, aber servil ist sie nicht!"

Marguerite drückte sich manchmal eigenartig aus. Sie sprach gern, hörte sich gern sprechen, machte von gewählten Ausdrücken Gebrauch, die ihre Zuhörer verblüfften. Neuzil sah auf die Uhr:

„Ah ja, es ist jetzt Zeit!"

Dann erklärte er, zu uns gewendet:

„Es geht um meine Füße, ich muß täglich gehen, meiner Füße wegen ... wissen Sie, meine Zuckerkrankheit, das Blut muß in Bewegung kommen."

Neuzil brach auf, David und Maurice zur Seite, und sprach ruhig mit ihnen. Anny und ich blickten dem freundlichen Menschen nach, der vielleicht Egon Schieles unehelicher Sohn war. Ich wußte schon von der Krankheit, die Neuzil zusetzte. Er war achtundfünfzig, sah aber zehn Jahre älter

aus. Seine Zuckerkrankheit hatte eine schwere Arterienentzündung hervorgerufen. Vor allem waren die Zehen entzündet, wie Marguerite erklärt hatte, die sich in Krankheiten
auskannte. Der Wundbrand bedrohte die rotvioletten Füße.
Johann Neuzil mußte deshalb täglich und möglichst lange
gehen. Ich war ihm oft auf dem Pont-Marie begegnet oder
am Quai Bourbon, in Begleitung von Fräulein Poulet oder
der Pförtnerin oder auch des jungen Milchmädchens, das
sich in Marguerites Appartement duschte. Meine Zimmervermieterin ließ es sich auch nicht nehmen, mit „Plötzlich"
gelegentlich einen Spaziergang zu machen, denn sie fand ihn
kultiviert und köstlich.

„Er ist köstlich, nicht wahr? Ein ausnehmend reizender
Mann! Ich platze fast, wenn er ‚plötzlich' sagt . . . Zum Tot-
lachen! Und seine jung verstorbene nackte Mutter, die Geschichte mit dem Maler da, was halten Sie davon? Mir sind
die Impressionisten lieber: Monet, vor allem Renoir. Sein
Maler ist zu verkrampft, ein grober Kerl, auch ein bißchen
obszön, so mit der Türe ins Haus . . ."

Abgesehen von ihrer Dusche, ihrem Studentenzimmer,
ihrem elektrischen Toaster und ihrer Waschmaschine war
Marguerite im Besitz eines großen Kunstbandes über Cha-
tou, und ihre gesamte Nostalgie galt dieser Stadt. Rasen,
Seen und weiße Schwäne, stattliche Villen, schattige, grüne
Alleen und impressionistische Malerei. „Ich will in Chatou
begraben werden!" Vielleicht hörte sie wegen der Ähnlich-
keit der Worte eine Art Echo ihrer Katze, ihrer großen
Liebe anklingen. Marguerite sprach das Wort „Chatou" mit
Verehrung aus. Ihre Stimme liebkoste das glatte Gold, das
Kleinod, und der Dental schnappte sanft zu wie die Schließe
einer teuren Handtasche. Es gab Marguerite zufolge auf der
Welt vier „reine Wunder". Dies war ihr Ausdruck für das
Schöne. Es handelte sich um ihre Beine, Touflette, Chatou
und die Treppe des Justizpalastes, die sie mir bei Gelegen-

heit zu zeigen beabsichtigte. Sie versprach mir diesen Besuch, der offenbar eine Art ästhetischer Höhepunkt darstellte.

„Wir werden alle drei mit ‚Plötzlich‘ da hinpilgern, das ist gut für seine Füße.“

Marguerite besaß einen weiteren Schatz, den ich noch nicht erwähnt habe, ein Lexikon, Larousse in drei Bänden, die sie über eine Anzeige erworben hatte. Sobald sie be. einem Wort nicht sicher war oder einen Namen suchte, schleppte sie mich in aller Eile – um die Spannung zu steigern mit erhobenem Zeigefinger und aufmunterndem Kennerblick – in ihr Schlafzimmer. Touflette döste auf dem Bett, mürrisch, mit halb geschlossenen Augen, und die drei Bände des Lexikons lagen übereinander aufgeschichtet auf einem Hocker wie ein Kunstwerk, eine Skulptur auf ihrem Sockel. Marguerite wunderte sich jedesmal, bei sich zu Hause die Antwort auf alle Fragen zu finden, die sich ihr stellten. Sie richtete sich mit einem Schauder wollüstigen Stolzes wieder auf, als ob das Lexikon für sie allein den Sinn der Dinge und die Schätze der Weltgeschichte zusammengestellt hätte.

Wäre Marguerite älter geworden, hätte sie den Namen ihres Studenten im großen Lexikon gesehen, und das wäre für sie ein ungeheures Glücksgefühl gewesen. Da sie sich mit ihrem Mieter identifizierte, hätte sie das Gefühl gehabt, ein Teil ihrer selbst sei ins Reich der Namen, der „reinen Wunder“ aufgenommen worden, zusammen mit der Treppe im Justizpalast, dem Impressionismus in Chatou ... So hätte meine Vermieterin im Schoße des göttlichen Lexikons, im Jerusalem der Namen, zwischen den Zeilen, auf dem Umweg über denjenigen ihres Studenten ihren eigenen Vornamen wie einen Stern wahrgenommen: Marguerite, eine herrliche Blume! Den Nachnamen L. ihres verstorbenen Ehemannes, der Alkoholiker gewesen war, mochte sie nicht.

Als ich in meine Wohnung zurückging, erzählte ich Marguerite von unserem Tee bei Neuzil. Mit dem bedeutsamen Gesichtsausdruch einer Wissenden, der man nichts Neues mitteilt, erklärte sie:

„Aber hat er Ihnen denn gesagt, daß er eine Zeichnung von seinem Maler besitzt, ein Original? Ja, wirklich! David und Maurice haben es mir erzählt, er hat es ihnen gezeigt."

Wir waren bei der Liebe, Anny und ich. Bei jedem Stoß empfand ich in meinem Knie, das auf dem Laken herumrutschte, einen stechenden Schmerz. Ich traute mich nicht, dieses Übel meiner Geliebten mitzuteilen. Meine Lust hatte dabei seltsamerweise nichts von ihrer Intensität eingebüßt, doch wurde sie von einem Schmerz begleitet wie von einem Parasiten ... einem doppelgängerischen Phantom. Und zu dieser Zeit begriff ich nach und nach, daß alles Leiden unsere Schwester ist, ja, unser Übel: ein Zwilling, ein schwarzes Spiegelbild unserer selbst. Während ich Anny liebte, war mein Leiden dieses Andere, diese Gegenwart. Im Verlaufe der Nacht, während meine Geliebte schlief, zähmte ich diesen Eindringling langsam, er wurde eine greifbarere und vertrautere Person, etwas wie ein Kind. Ich zimmerte aus meinem Schmerz eine Wiege, ein Schmerzensnest ... Und ich konnte die Wunder dieses Tages würdigen, da ich Körper und Komplizenschaft Annys, die sachte schlief, wiedergefunden hatte. Nachmittags hatten Wolf und Ehra oben auf den Türmen plötzlich Gestalt angenommen. Und dann hatte ich Egon Schieles Existenz entdeckt, diesen leidenschaftlichen jungen Mann, der seine jungen Mädchen nackt auszog. Die Vorstellung, daß die geheime Zeichnung des Malers sich in Neuzils Besitz befand, entzückte mich. So gab es also in den Verliesen des Hauses, inmitten des ehemaligen Gefängnisses, diese authentische Zeichnung, nicht etwa eine Reproduktion, sondern das Meisterwerk, das der Hand, dem Blick des Schöpfers zu verdanken war. Eine jungfräuliche, lebendige Zeichnung. Ich hätte es in Kauf genommen, noch monatelang Schmerzen in meinem Knie zu haben, um dafür zu erfahren, was Gegenstand des Kunstwerkes war, und um es zu sehen. Mir kam der Tanz der Nackten wieder in den Sinn, der offenen, mit scharfen Umrissen gezeichneten Mädchen, diese Unschuld ihres Blickes, diese Faltenkleider aus grüner und roter Seide, Strümpfe, Volants, offene Unterkleider, aus denen immer das dunkle Fell des Geschlechtes und oft die schmale, goldfarbene Spalte herauslugte. Dieser junge Mann am Rande des Todes zeichnete Akte, eine Menge nackter Mädchen, tagtäglich, auf jedem Blatt, eine überaus nackte Beute. Ich spürte, daß mich dieses den Uranfängen verbundene Abenteuer etwas anging. Schiele betrachtete, was zu betrachten war. Er ließ das Wesentliche nicht weg, ließ sich nicht ablenken, sonst wäre er gestorben. Und vielleicht hatte er durch seine Heirat mit Edith und indem er Wally, die minderjährige, verbotene Geliebte aufgab und sich zu sehr mit dem Leben einging, mit der gewöhnlichen und gesellschaftlichen Zeit, das eigentliche Leben der Geschlechter verraten, der dunklen Lippenwülste, die jeden Tag, immer, im glücklichen Fächer der Schenkel aufglänzen. Dieser lebensvolle, von Ängsten heimgesuchte junge Mann verfolgte mich, ich zweifelte nicht daran, daß eine geheime Verbindung zwischen ihm und mir bestand. In der Nacht, in Annys Atem vernahm ich aufs neue die geschwisterlichen Wellen des Lebens und des Todes, ich sah ihren feurigen Schaum, diese zerzauste schwarze, unbefleckte Mähne: Wolf und Ehra, Schiele, Anny. Was waren das für Winke? Und Marguerite? Wo war der Übergang, wo war der Strand, der mich geschützt hätte vor dieser Brandungswelle, vor ihrer brausenden, leuchtenden Horde, vor ihren geblähten Nüstern, ihrem glänzendem Schaum voll der Jubelrufe von Begierde und Tod?

Ich suchte den Facharzt am frühen Nachmittag auf, mit diesem Schmerz, diesem glühenden Schwert, der mein Gelenk lähmte. Die Wohnung war groß, stattlich, alt, lag nicht weit von der Place Victor-Hugo. Ein Verwandter, der sich im medizinischen Milieu auskannte, hatte mir den Doktor P. empfohlen: „Der Mann hat Intuition, ein Künstler ... der vollbringt Wunder!" Ich wartete in einem Zimmer mit schweren Vorhängen, von Lampen erleuchtet. Eine laue Atmosphäre, es roch nach Bohnerwachs, nach alten Dingen, alle Niederschläge der Zeit waren im Lichtkreis versammelt. Ich war schon fast überzeugt. Ich hörte hinter der Wand die laute Stimme eines etwas schwerhörigen alten Mannes, auf den der Arzt in amüsiertem Ton einging. Plötzlich ging die Tür auf. Der alte Mann tauchte auf, mit nacktem Oberkörper, der lockigweiß behaart war, und einem Mantel über den Schultern. Und der Doktor wies ihm die große Treppe: „Mein Lieber, steigen Sie die jetzt langsam und ruhig hinauf, atmen Sie dabei gut durch, und kommen Sie wieder herunter. Dann machen wir das Elektrokardiogramm!" Dr. P.s Genie bestand auf dieser sonderbaren Hilfskonstruktion. Kein Fahrrad, um das Herz der Patienten zu prüfen, der Treppentest war ausreichend. Und der weißhaarige Greis machte sich in aller Ruhe, nicht ohne eine gewisse Theatralik, zur Ersteigung der Stufen auf. Eine Art David oder Salomon, ein bärtiger Patriarch im geweihten Mantel. Ich stellte mir das Gesicht der Mieter und Wohnungseigentümer vor, die auf den verschiedenen Treppenabsätzen wohnten, wenn die Treppe knarrte, wenn der Greis innehielt, zurückkehrte, wobei er an erschreckten Kindern, an Hausfrauen vorbeiging, die gerade zum Einkaufen gingen, und an herausgeputzten Bürgerfrauen, die von einem Besuch zurückkamen. Denn – wie ich erst später merkte – das Karussell der Herzkranken drehte sich den ganzen Tag auf dieser Treppe. Der Doktor P. mußte ein geheimnisvolles Vergnügen empfinden, die Kranken zum Sturm auf die Stufen loszuschicken. Sie stiegen hinauf, kamen wieder herunter, unterzogen sich dem Elektrokardiogramm, während sich schon der Nächste vorbereitete und sich auszog, wobei er je nach Jahreszeit ein offenes Hemd, einen Regenmantel oder einen Überzieher anbehielt, während er die Ersteigung in Angriff nahm. Ein heiteres oder sadistisches Vergnügen von Doktor P. Das Haus wurde zum Tempel, der von Hohenpriestern oder büßenden Opfern erklommen wurde. Die stolzen, gestreßten oder übergewichtigen Führungskräfte, die entblößten Generaldirektoren, die Industriebosse hatten alle ihre Erfahrung gemacht mit dem Leidensweg der Stufen, den Pausen der segensreichen Treppenabsätze, die uralte schwarze Gitter des Aufzuges schmückte. Sie wurden von einer dunklen Treppenspirale erfaßt, stumm, dem Willen des Meisters unterworfen, der da unten wartete, der den Urteilsspruch fällen würde. Manchen wurde es schwindlig, ganz oben, wo niemand mehr war. Sie keuchten, sie fragten sich, was P. wohl tun würde, wenn sie nicht mehr herunterkämen ... Würde er sich selbst auf den Weg machen, um zu ihnen zu kommen, ihnen zu helfen, sie zu retten?

Und ich war mit dreiundzwanzig Jahren der jüngste Patient Doktor P.s, der Facharzt für rheumatische Leiden und Herzkrankheiten war. Ich fühlte mich wie ein Engel, in der Jugendblüte des Lebens, geradezu jungfräulich im Vergleich mit diesen Kolonnen uralter, wundersamer Alpinisten. Denn die reifen Grauköpfe und die Greise P.s gefielen mir. Ich bewunderte sie, ich beneidete sie darum, daß sie ihr Leben dergestalt durchlaufen hatten bis oder fast bis zum Ende. Das waren Sieger. Oben auf der Treppe konnten sie sich über den Abgrund beugen wie über ihr Schicksal, das sie in der Hand hatten. Ihr Weg verwandelte sich vor meinen Augen zum Triumph. Und wenn sie wieder an mir vorübergingen, am Ende des Abstiegs, glaubte ich lauter mit Leberflecken und uraltem Staub bedeckte Odysseusgestalten zu sehen. Sie waren kahlköpfig oder trugen wirr gesträubte, phantastische Toupets, sie waren bleich, sorgenvoll, hatten von Falten durchfurchte Gesichter, wirkten verstört. Als ob sie einen Schiffbruch hinter sich hätten. Indessen war das Fleisch auf ihrer Brust oft noch gut beisammen, glatt und weich. Sie betrachteten mich mit einem freundlichen Lächeln, als sei ich ein Kind, als ob mein Schicksal ihr Mitleid errege. An welch vorzeitigem Übel mußte ich leiden, wenn ich P.s Sprechzimmer aufsuchte!

Er empfing mich in einem Zimmer, das mit zahlreichen Instrumenten und Apparaten bestückt war. Denn der Doktor lebte autark. Er war mit einem Röntgenapparat versehen, einer Maschine für Elektrokardiogramme, mit einer vollständigen Apotheke, mit Spritzen jeder Art. Er war im Besitz aller Produkte. Dieses wunderliche, zusammengeschusterte Durcheinander verbreitete trotzdem den Eindruck von Beherztheit. Man spürte, daß P. an allen Fronten operierte, daß er nirgendwo Schwäche zeigte, daß er auf der Stelle über alle Antworten verfügte. Manchmal dachte er nach, suchte das geeignete Instrument oder Medikament, öffnete einen Schrank, wühlte in einer Ledertasche und schwenkte dann die Heilmittel. Er verdammte diese moderne Medizin, die darauf beruhte, daß der Kranke in die Hände verschiedener Spezialisten geriet. P. war vielseitig, er fügte seiner Kompetenz für Rheumatologie und Kardiologie die Fähigkeiten eines Lungenarztes, eines Hautarztes, eines Hals-, Nasen- und Ohrenarztes hinzu ... Seiner Sehschärfe entging nichts. Er genoß es geradezu, ein Symptom auf einem Gebiet anzusiedeln, das nicht zu seinem offiziellen Fachwissen gehörte, eine unvorhergesehene Diagnose zu stellen, die seltene Krankheit ausfindig zu machen, die seinen Kollegen entgangen wäre. So warf er hin, als ich hereinhumpelte:

„Sind Sie in diesem Sommer in Malta gewesen?"

Verwirrt durch dieses „Malta", von Angst gepackt, zögernd, antwortete ich: nein ... Ich fürchtete, ihn zu enttäuschen, ich spürte, daß Malta ihn elektrisiert und überglücklich gemacht hätte, einfach so, auf Anhieb, auf den ersten Blick: Malta!

„Macht nichts. Vorsorglich machen wir einen Bluttest, denn es gibt ein Fieber, einen ganz spezifischen und virulenten Rheumatismus, den man sich in Malta holt."

Dann ging P. zu einer eingehenderen Untersuchung über. Er begutachtete meine Mandeln, die sehr gerötet und geschwollen waren.

„Sie leiden ständig an Angina, nicht wahr?"

Ich stimmte zu. Sogleich schlug P. mit einer großartigen Hypothese zu:

„Es handelt sich um den *Staphylococcus aureus!*"

Die Diagnose übte auf mich eine unmittelbare Faszination aus. Er erklärte mir, man dürfe sich nicht irremachen lassen durch den Rheumatismus im Knie. In Wirklichkeit sei der Schlüssel zu diesem ganzen Problem mein Rachen, es gehe um eine wandernde Mikrobe, die zuerst den Rachen befalle, dann ins Knie fahre und in Bälde das Herz erreichen könne. Er machte sogleich ein Elektrokardiogramm und eine Röntgenaufnahme. Ich hätte mich zu gerne auch an der Treppe versucht. Beim nächsten Mal brachte ich, von einer geheimen Hoffnung beflügelt, schüchtern die Frage vor, ob dieser Test nicht nützlich und aufschlußreich wäre. Doch er verweigerte mir die Treppe auch diesmal. Ich war zu jung. Meine Herzkranzgefäße waren weit und dehnbar. Nein, die Mikrobe werde direkt den Herzmuskel angreifen und ihn lähmen. Aha! Doktor P. erwartete nichts Geringeres als das

Eindringen des Staphylococcus in den Herzmuskel. Bei jeder Konsultation studierte er die Röntgenaufnahme, um festzustellen, ob die Paralyse nicht endlich eingetreten sei, diese Arhythmie, diese typische Funktionsstörung, die die These einer hämolytischen Mikrobe bestätigt hätte.

Entsetzt, aber jenem masochistischen Fatalismus verfallen, der manchmal den Eindruck erweckt, der Kranke mache gemeinsame Sache mit seiner Krankheit, malte ich mir aus, daß mein Herz auch dem stechenden Schmerz, der wie ein Nagel durch mein Knie fuhr, ausgesetzt sein könnte. Ein Herz also, das von einem Nagel durchbohrt war wie eine Eule oder ein Rabe, irgendein verschrieener Vogel über einem Scheunentor gekreuzigt, vielleicht eine Fledermaus, deren Hautflügel noch im Krampf der Agonie zucken. Mein junges Studenten- und Liebhaberherz der räuberischen Mikrobe preisgegeben, und das hatten Doktor P. und seine fast unsterbliche Horde von Greisen in einer Art Opferlust, wie mir schien, ausgeheckt.

Ich ging nach Hause mit der Vorstellung, mein Rachen sei chronisch extrem scharlachrot, die karminfarbene Krypta des *Staphylococcus aureus*. Mit Signalfähnchen in schreienden Farben steckte die Krankheit mein Schicksal ab. Ich offenbarte Marguerite das Vorhandensein dieses nomadischen Tieres, dessen Angriff früher oder später mein Herz heimsuchen werde. Ich merkte sofort, wie sehr auch sie von meinem Staphylococcus fasziniert war. War es doch golden, das Biest, wie ein ägyptischer Skarabäus. Selten ja, und zäh; dieses Gold mußte tödlich sein. Wir stürzten uns auf den Larousse, um der Mikrobe auf die Schliche zu kommen. Tatsächlich wurde ihre Gefährlichkeit hinreichend bezeugt, Marguerite sah mich mit jener Mischung aus Bewunderung und Mißtrauen an, die in kritischen Augenblicken für sie typisch war. Sie liebte die Krankheiten, sie bewunderte diese ersten Anzeichen des Todes. Ich, ihr neuer Student, war also geschlagen mit der Gunst eines seltenen Leidens. Gleichzeitig schielte sie etwas beiseite, blickte falsch, heimlich niederträchtig, ja trunken vor Begeisterung. Sie beschnüffelte mich, beschnupperte mich heimlich, wich aus, kehrte zurück zu meinem Wohlgeruch, dem eines ganz neuen, unerfahrenen Opfers. Und ihr Spiel deutete nicht nur auf ein Einverständnis zwischen uns hin, denn Marguerite war alt und von einer Unzahl von Übeln befallen, sondern auch auf einen Unterschied, den sie auszukosten schien: zumindest war sie, jawohl, nicht mit einem solchen verhängnisvollen, mit Gold geharnischten Staphylococcus geschlagen, der zweifellos gefährlicher war und schneller als ihr Cholesterin, ihre Ödeme, ihr Herzjagen, ihre Zuckerkrankheit, all die banalen, allgemeinen Schweinereien, mit denen man hundert Jahre alt wird. Übrigens hatte Marguerite einmal etwas Großartiges über ihre Gesundheit gesagt:

„Wissen Sie, bei all meinen Krankheiten, da muß ich eine eiserne Gesundheit haben, um so in Form zu sein, wie ich es bin!"

Es stimmt, Marguerite war ein Energiebündel, und die Triebkraft, die Quelle ihrer Energie und ihrer Widerstandsfähigkeit waren ihre Krankheiten. Sie reagierte auf die Herausforderung mit Trotz, mit Lebhaftigkeit. Ihre Krankheiten stellte sie zur Schau wie einen Haufen Medaillen, klingender Titel. Sie war glücklich, daß sie immer über alle triumphierte. Seit dem Verlust ihres Armes konnte ihr nichts Schlimmeres mehr zustoßen. Sie hatte mit siebzehn Jahren auf einen Schlag ihre Schulden gegenüber dem Tod bezahlt. Und ich glaube, sie fühlte sich unsterblich. Indessen hatte sie ein untrügliches Gespür für den Tod, wie ich später feststellen sollte, sie war Schwester und Tochter des Todes, sie kannte alle seine Schlingen, Fallen und Bosheiten. Ihre Vitalität, weit davon entfernt, auf Unwissenheit, auf Mangel an Bewußtsein zu beruhen, rührte im Gegenteil von einer intensiven Nähe zum Tod her. Weil sie ihm einmal ins Auge gesehen hatte und ununterbrochen drauf und dran war, mit ihm in den heiligen Stand der Ehe zu treten, heiratete ihn Marguerite, seine ewige Verlobte, nie. Sie war immun, und mein goldener Staphylococcus trat in ihr Leben wie ein weiteres prächtiges Abenteuer.

Ich rief Anny an, meine Eltern, meine Freunde, und berichtete von meiner goldenen Investitur. Ja, ich war von der Mikrobe auserwählt ... und alle interessierten sich für sie wie für ein vornehmes Insekt, einen orientalischen Käfer, beweglich und gepanzert, etwas Barbarisches, blutrünstig, das es auf mein Herz abgesehen hatte. Meine Mutter war zu Tode erschrocken, aber Anny nur mäßig. Sie hielt nicht unbedingt etwas von diesem Mythos des goldenen Staphylococcus. Das erschien ihr fast zu schön, paßte zu meiner Vorliebe für Rot und Gold. Doch ich fühlte mich, anstatt auf ihre Zurückhaltung und Skepsis verletzt zu reagieren, von ihrer Ungläubigkeit behütet. Sie stimmte mit einem Eindruck überein, den ich im tiefsten Innern gleichfalls hatte: Ich glaubte nicht so richtig an die tödliche Mikrobe. Zwar brachten mich an der Oberfläche Wogen von Angst in Wallung, doch in der Höhle meines Ichs und meines Herzens blieb ich unverwundbar, war ich nach wie vor gesund, unzugänglich für den Skorpion.

Im Grunde ähnelte ich Marguerite, wir waren eine Art Paar. Doch wenn ich bei Doktor P. die stattlichen leitenden Angestellten, die hochmütigen Führungskräfte, die mächtigen alten Männer erblickte, die unter dem fliegenden Mantel ihre von weißen Haaren umwölkten nackten Oberkörper zur Schau stellten, bevor sie die Treppe in Angriff nahmen, kamen sie mir ungeheuer frei und gesund vor. Sie nahmen auf ihre Reise lediglich ein erschöpftes Herz mit und nicht diesen von einem goldenen Pfeil bedrohten Herzmuskel. Wie einfach, wie unauffällig und begehrenswert er-

schien mir das müde Herz der Patienten P.s! Mein Herz
hingegen klopfte, jung, verführerisch, eingeschlossen im
Schmuckkästchen verhängnisvoller Begehrlichkeit. Doktor
P. verpaßte mir, mit einer großen Spritze bewehrt, eine Dosis Kortison, um die Schmerzen zu lindern. Tatsächlich war
es wunderbar, wie eine halbe Stunde danach mein Knie von
seinem stechenden Schmerz befreit war. Flink und munter
ging ich unermüdlich herum, ging immer schneller, rannte.
Der Vorteil der Krankheiten ist, daß sie aus Kontrastgrün-
den dem Wohlbefinden der Genesung Wert verleihen. Nur
war ich nicht genesen, ich war nur in den Genuß einer Atempause gekommen, weil das Kortison die Wirkung des Staphylococcus verzögerte. Und außerdem trat im Laufe dieser
Erleichterung ein seltsames Phänomen auf. Ich spürte den
stechenden Rheumatismus nicht mehr. Aber genau an der
Stelle, wo der Schmerz aufgehoben worden war, empfand
ich eine Leere, einen Phantomschmerz. Ich würde nicht so
weit gehen, zu behaupten, ich habe Sehnsucht nach meiner
Krankheit gehabt, doch da ich wußte, daß sie wieder tätig
würde, sobald die Wirkung des Kortisons vorüber war, wartete ich schon auf sie, bereitete für sie einen Anknüpfungs-
punkt vor, ich war außerstande, meinen Schmerz einfach
abzuschreiben, ich blieb ihm mit morbidem Wohlgefallen
verbunden. Im Grunde durchmaß das Leben, das ich vor
mir hatte, eine zu große Leere, zuviel Unbekanntes. Ich
mußte diese ungeheure Angst vor der Zukunft durch eine
lokale, faßbare Angst betäuben. Mit meiner Mikrobe beschäftigt, festgeklammert an sie wie an einen Rettungsring,
vergaß ich den Ozean des Lebens. Vielleicht hatte ich sogar
die Hoffnung, daß ich dieser Unendlichkeit entgehen und
ins Krankenhaus zurückkehren könne, eine Regression, ein
Aufschub, damit ich nicht ins Wasser springen mußte ...
Denn Paris war das Meer, das ich immer gefürchtet hatte,
eine Steinflut, eine Dünung hoher Gebäude, endloser Stra-

ßen, die mit Signalen und Ampeln markiert waren. Die Stadt breitete für mich kein solides Schachbrett aus mineralischen Formen aus, ganz im Gegenteil, sie bewegte sich, wimmelte, bedrängte mich, erstickte mich oder entzog sich meinen Füßen wie in Tiefseegräben – Metro, allzu große Plätze, graue, endlose Boulevards, die mir keinen Hafen boten.

Von welcher Seite sollte ich die Stadt angehen? Wie sollte ich einen Standort finden, einen Bezugspunkt in diesem fremden Universum, das ungreifbar, ausgedehnt, zusammenhanglos, ohne Grenzen war? In meiner Kindheit war der Raum wenigstens abgesteckt durch Begebenheiten der Natur – Anhöhen, Wälder, Bäume, Flüsse. Die Flußmündung der Seine versah die Landschaft mit einem ganz klaren Einschnitt. Und das Meer mußte man nicht unbedingt ins Auge fassen, diese flüssige Grisaille. Doch hier, in der Stadt, war alles gedrängte Wiederholung, Brandung derselben Steine, Menschen, Geräusche. Ein lauter Lärm wob sich durch das erstickende Maschenwerk der schmutzigen Fassaden, der Bürgersteige und der Boulevards, die anderen Boulevards entgegenführten, der von immer neuen Gebäudereihen versteinerten Horizonte. Und was Achsen hätte liefern können, symbolische Angelpunkte in diesem Dschungel – der Triumphbogen, die Champs-Élysées, das Panthéon, die Place de la Concorde – gehörte meiner inneren Mythologie nicht an, ich war gleichsam mit einem monumentalen Schauspiel konfrontiert, von dem ich mich ausgeschlossen fühlte. Die großen Wogen der Stadt schlugen gegen diese Architekturdenkmäler, diese berühmten Viertel, die zu universal waren, als daß ich sie mir hätte zu eigen machen können. Sie erhoben sich vor mir wie kalte, prunkvolle Gegenstände. Ich war abgewiesen, auf das städtische Chaos zurückverwiesen. Die Leute schienen mir in ihm herumzueilen mit einer Brutalität, mit einer Gewißheit ihrer Ziele, die für mich etwas Niederschmetterndes hatten. Sie waren also alle erwachsen.

Selbst meine Mitstudenten sahen in die Zukunft und zogen mit einem Optimismus, einer Begierde, mit Plänen, die mich verblüfften, in diese Richtung. Die Jugendlichen, die ich in der Metro anstarrte, klammerten sich mit der Hand an der Halterung fest, scherzten miteinander, trieben Unfug, brachten ihren Stolz zum Ausdruck, in dieser Stadt aufzuwachsen, im Getön ihrer ungeheuren Kraft. Sie warteten bis zuletzt und sprangen erst, wenn das Signal zur Abfahrt ertönte, in den Wagen. Die Türen prallten auf ihre Schultern, welche die metallenen Türfüllungen blockierten. Der glänzende Panzer, der sie umgab, vibrierte bei dem Zusammenstoß, schlug sie zu Rittern der Stadt, der städtischen Streitrösser. Soviel Angeberei verblüffte mich ...

Es wurde Abend. Vom Fenster meines Zimmers aus sah ich einmal in der Woche, wie in einem Klassenzimmer des gegenüberliegenden Gebäudes, jenseits des winzigen Hofes, das Licht anging. Es war eine jüdische Schule. Kinder und Jugendliche besuchten dort einen Religionskurs. Ich war auf das Gesicht eines sehr jungen Mädchens aufmerksam geworden, das nicht weit von meinem Fenster gleichfalls am Fenster saß. Ihre Züge waren schön und regelmäßig, das Haar war tiefschwarz. Ein- oder zweimal hatte ich den Eindruck, sie habe meine Anwesenheit und meinen Blick wahrgenommen und sei nicht unempfänglich dafür. Ich mochte es sehr, dem jungen Mädchen wie bei einem Rendezvous immer wieder zu begegnen. Es war ein Augenblick der Ruhe, der Beschaulichkeit, der Träumerei im Herzen dieses lauten, bewegten Paris, mit dem ich so schwer zurechtkam. Nach einer Stunde ging das Licht aus. Die junge Jüdin wandte mir ihr Gesicht zu, stand langsam auf und verschwand im Dunkeln. Ich versank aufs neue in melancholische Einsamkeit.

Glücklicherweise kam dann Anny. Wir gingen über den Pont-Marie. Diese Liebkosung eines leichteren Lufthauches war ein Geschenk für mich. Ich spürte, wie meine Seele friedlicher wurde und im Duft des Flusses gleichsam aufblühte. Ich verließ die Stadtwüste und ihre sterilen Steine. Dann tauchte die Apsis der herrlichen Kathedrale auf, diese Krone aus Strebepfeilern, die der riesigen Krümmung der Gräten eines Leviathans ähnlich sah. Aber ich hatte keine Angst. Ganz im Gegenteil, ich näherte mich dem Schiff sogar, dem Kiel. Aus diesem steinernen Korb ragten die Spitzbogen empor, blühten vor meinen Augen, die lanzettförmigen Fialen, die Rosetten. Notre-Dame de Paris schloß mich – anders als der Triumphbogen, der Louvre, das Panthéon und andere Monumente – nicht aus. Der große Zauberwald aus bunten Glasfenstern, Stützmauern und Pfeilern stieg aus meiner Kindheit auf, verwurzelte sich in meinen Erinnerungen. Das war der Lebensbaum, der immer unberührte Wald meiner Jagden als Jugendlicher. Ich sah die Wasserspeier ragen, zahlreich und kläffend wie Hundeschnauzen in den Gewölbebogen zwischen Dreipässen und steinernen Akanthusblättern. Alle diese belfernden Hunde rannten herbei, sprangen auf, umgaben mich mit einem Nimbus. Die Kathedrale wiegte ihre Wirbelknochen, ihre Schultern und Wölbungen wie ein Hirsch, der von einem gewaltigen Geweih gekrönt war, aufgebäumt inmitten eines mittelalterlichen Hochwaldes. Ich spürte, wie sie sich vor mir aufpflanzte, auf der Insel, hinter der Mauer ihres Quais, der von Efeu überwachsen war, umgeben von ihrem Fluß und von ihm umspült. Sie wuchs, die einzelnen Teile traten in Erscheinung, sternförmig, sie entfachte ihr Astwerk, ihre große Garbe von Spitzbogen. Plötzlich sah ich einen Turmfalken am Himmel kreisen. Da drückte ich Anny an mich und erzählte ihr von diesem Vogel, die Kathedrale sei sein Nest, seine verästelte Eiche. Unsere Liebe Frau von den Falken, meine rettende Vogelstange, auf der Lichtung der Insel und in der Windung der Wasser. Ja, ich hatte das Gefühl, meine

43

Braut in ein riesiges Bündel von Zweigen hineinzulocken. Ich küßte sie, da, unter den Vögeln, den Heiligen, den Aposteln ... im Geruch des schlammigen Flusses mit all seinen Fischschuppen. Die Zunge meiner Geliebten wand sich um die meine in der engen Verschmelzung unserer Lippen. Endlich war ich im Mittelpunkt, war ich verankert.

Marguerite nahm uns mit, Neuzil und mich, um die Treppe des Justizpalastes zu besichtigen. Sie war aufgeregt, schnitt Gesichter, war ganz energiegeladene Konzentration, als seien wir dabei, eine Bergbesteigung zu unternehmen! Neuzil warf einen Blick auf seinen Zeh hinunter und rief fröhlich aus: „Das wird mir guttun, mein Blut muß in Wallung geraten!" Und wir brachen zu dritt bei schönem Wetter und leichtem Wind auf, Richtung Île Saint-Louis und weiter. Mit einer Art Hellsicht erblickte ich uns selbst: Marguerite an der Spitze mit ihrem Kunstarm, der Leib etwas humpelnd auf den kurzen Beinen. Neuzil, der hinkte, sowie sein zerfressener Zeh am Boden aufstieß. Doch Egon Schieles Bankert nahm all seinen Mut und seine Kräfte zusammen, hievte sich vorwärts, tat einen weiteren Schritt im Kampf gegen den Brand. Schließlich „mein Student" mit seinem Gummiknie. Ich geriet in Unruhe, wenn ich mich an den Schmerz erinnerte, ich war immer auf eine Reflexbewegung aus, ein Ausweichen, um ihn unter Kontrolle zu halten, wo er doch gerade weg war. Ich ging wie auf Eiern. Wir waren die Helden einer gewundenen Expedition über Brücken und Quais, wir kamen daher wie verstümmelte Bettler, wankende Pilger. Ich glaube, man sah uns nach, uns ungleichen Hinkebeinen. Marguerite brach in begeisterte Ausrufe aus angesichts der Bäume des Square Jean-XXIII, die Notre-Dame mit einem herbstlichen Wappenschild umgaben. Die rauhen Strebebogen erhoben sich aus einem Wirbel träger roter Blätter. Marguerite verbreitete sich über den besonderen Reiz jeder Jahreszeit . . .

Später wagte ich es, Neuzil zu fragen, welchen Beruf er vor seiner Pensionierung ausgeübt habe.

„Vertreter für Kosmetikartikel, mein Lieber", antwortete Neuzil.

Er schwieg einen Augenblick und fuhr dann fort:

„Genauer gesagt, ich habe Lippenstifte verkauft!"

Marguerite ließ ein kleines schelmisches Lachen hören bei der Vorstellung, daß er als Händler mit Schönheitsprodukten mit allen raffinierten Mitteln der Verführung vertraut war.

„Na, ist er nicht schön, mein Lippenstift, Johann?"

Und sie schob mit einem breiten albernen Lächeln ihre Lippen vor, zog sie dann zu einem Schmollmund zusammen, stolz auf ihre Lippen, deren sinnliches Fleisch sie zur Schau stellte. In Wirklichkeit aber war das Rot schlecht aufgetragen, nämlich über den Rand der Lippen hinaus, es zerfloß in den feinen Falten, die sich um den Mund herumzogen. Neuzil äußerte sich über die Lippen der Frauen, kam auf seine Erinnerungen als Handelsvertreter für Kosmetikartikel zu sprechen. Er hatte sicher leidenschaftliche Erlebnisse gehabt mit Geliebten, denen er die kostbare Tonleiter von Lippenstiften anbot. Man öffnet das zylinderförmige, goldene Etui, schraubt den Lippenstift hinaus, er wird sichtbar, eine glänzende, karminrote Paste, deren kantige Spitze die Lippe bestreicht. Neuzil hatte das unzählige Male gesehen, die Verwandlung der Münder, ihr halboffenes, erstarrtes Lächeln während der heiklen Prozedur, die sie rötet, ihnen Glanz verleiht. Dann sieht sich die Frau in einem Spiegel an, lächelt, diesmal, indem sie die Lippen schließt, wobei sie sie ein wenig breitzieht, sie dann vorstülpt wie zum Kuß, prüft, ob das Produkt auch gut haftet, mit dem Fleisch der Lippen verschmilzt. Dann erblüht der schöne, glänzende Liebesstoff, ein zweiter Mund.

„Ich möchte Sie nicht schockieren", erklärte Neuzil etwas boshaft, um die Spannung zu steigern, „aber wissen Sie wenigstens, woraus der Lippenstift besteht?"

Marguerite, die etwas übrig hatte für Rätsel, blieb stehen, aufgepflanzt auf ihren stämmigen Waden, neugierig geworden, aufgeregt, kokett in ungeduldiger, bebender Erwartung.

„Nun, Kinder ... aus Hund ... Der Lippenstift besteht aus Hund!"

Marguerite stieß einen Schreckensruf hervor und fuhr sich mit den Fingern instinktiv über den Mund.

„Köter? Das ist ja widerlich, Neuzil!"

„Ja, toter Hund ... meine Freunde, krepierte Töle ..."

„Das ist doch unmöglich! Warum ausgerechnet Hund, warum nicht Fuchs, Hahn, Rind, Gorilla, wenn's denn schon so was sein muß?" protestierte Marguerite in einem Anflug von Trotz.

„Weil der Hund häufiger ist und sich besser eignet, der ausgeweidete Hund ist der geeignete Kadaver. Mit den Nerven und Sehnen, die zerstoßen, zermahlen, aufbereitet werden, erhält man eine plötzlich widerstandsfähige, geschmeidige Masse, die sich dem Mund ideal anpaßt. Ja, liebe Marguerite, der Mund der Frauen stellt toten Hund zur Schau. Mit dieser Pampe aus abgekehlten Hunden locken sie ihren Liebhaber an, verführen ihn ..."

„Was Sie für Wörter in den Mund nehmen, Neuzil! Ich mag es zwar, wenn man sich bildlich ausdrückt, aber in diesem Fall schätze ich es nicht. So wird sich die Ware auch nicht verkaufen ... Das ist ja ekelerregend!"

Neuzil war indessen kein Zyniker, er sagte nichts weiter als die Wahrheit, wobei er die Lachmuskeln anregen wollte, aber ohne jede Bosheit. Neuzil war gut, doch nicht dumm. Seine Güte war so nachhaltig, so weitreichend, daß er den Stachel der Intelligenz brauchte, um nicht in ätherischer Glückseligkeit aufzugehen. Es war eine mit wacher Klugheit versetzte Güte. Das war ihr Preis. Die Sache mit den zu Lippenstift verarbeiteten toten Hunden verblüffte und entsetzte

47

mich. So war also die Faszination, die der reizende Mund der Frauen, sein blutroter Glanz, ausstrahlte, insgeheim mit dem wüsten Abschlachten von Hunden verbunden. Diese streunten in den Straßen herum. Wurden von den Bullen, vom Tierheim aufgegriffen, eine Brigade von Ärzten nahm Tests und Versuche an ihnen vor, dann preßte man aus den zermahlenen Kadavern noch den Grundstoff für dieses laszive, zauberhafte Rot heraus. Wir begegneten einem hübschen schlanken Mädchen mit flammend roten Lippen.

„Neuzil, was war das jetzt bei der, Setter, Pudel, Bulldogge oder ein großer ausgebeinter Pyrenäenhund?"

Wir gingen den Quai des Orfèvres entlang. Marguerite keuchte ein bißchen, und Neuzil zog seinen Fuß nach. Wir blieben stehen, um die Enthüllung in Sachen Hund zu verkraften. Die Seine führte von den Herbstregen her Hochwasser; sie ließ ihre undurchsichtige, flüssige Masse aufwallen. Marguerite brachte schöne Überlegungen, die Vergänglichkeit der Zeit und der Geschöpfe betreffend, an den Mann ...

„Ich begreife nicht, wie man Selbstmord begehen kann, indem man sich ertränkt ... nein, das begreife ich nicht, Neuzil! Sich freiwillig in diese Wirbel hineinstürzen, in dieses Wasser, das in Kehle und Lungen dringt, die Menschen mitreißt, herumschaukelt, im Schlamm versenkt, den Aalen preisgibt, gar nicht zu reden von den Schleppkähnen, die über sie hinweggleiten und ihnen den Bauch aufschlitzen ... Wo man doch heute über Mittel verfügt, um Schluß zu machen, die sauber und medizinisch sind."

„Meine Liebe, denken Sie an die, die Notre-Dame ersteigen, bis ganz oben, um im Sturzflug auf dem Vorhof zu landen. Das ist in meinen Augen schlimmer, nicht auszudenken ... Sehen sie, Wasser ist trotz allem Leben, Fließen, hüllt ein, nimmt mit. Doch auf dem kürzesten Weg den Vorhof anzupeilen, ohne Fallschirm, wie grauenhaft!"

„In welchem Zustand die dann wohl sind? Ganz zermatscht, plattgedrückt ..."

Wie Marguerite ihrem Entsetzen Ausdruck verlieh, wies einmal mehr auf ihre faszinierte Neugier hin. Hätte jemand in ihrer Anwesenheit den verhängnisvollen Sprung getan, wäre sie, daran zweifelte ich keinen Augenblick, als erste herbeigeeilt, um zuzusehen.

Es gab die, die sich erschreckt abwandten, die flohen, und diejenigen, die herbeiliefen, um zu sehen: denn das war wahrhaftes Sehen. Alles ungeschminkt unbeschönigt sehen. Das innere Chaos. Darauf war Marguerite in ihrem tiefsten Innern aus: Auf das nackte Grauen. Ja, ich stellte mir ihre kurzgewachsene, obszöne, hüftlahme Gestalt in der ersten Reihe vor, mit offenem Mund, gespanntem, befriedigtem, von Entsetzen erfülltem Blick. Sie bliebe da stehen, bis die Rettungswagen und die Feuerwehr aufgebrochen wären. Hypnotisiert von dieser allerletzten Wahrheit. So mochte ich Marguerite nicht. Sie jagte mir Angst ein. War zu gierig. Tat sich gütlich am Blut der Toten. In der ersten Reihe, und zwar gratis! Sie ging nicht ins Kino, „da ist's zu heiß, und es ist zu teuer!", doch der Anblick eines Selbstmörders im Freien hätte sie hingerissen, vor allem der Selbstmord eines jungen Menschen: unüberbietbar!

Die Treppe des Justizpalastes, die sich unseren Blicken darbot, verdrängte die Vorstellungen der ermordeten Hunde und der Kamikazes von Notre-Dame. Marguerite hatte uns auf die Hinterseite des Palais' geführt. Doch ich verstand nicht, was die berühmte Treppe in den Rang eines Meisterwerkes, eines „reinen Wunders", wie sie sich ausdrückte, erhob. Marguerite faltete die Hände über ihrem Busen wie vor einer Erscheinung der Madonna, sie strahlte, ließ lange Lobreden vom Stapel, von der Schönheit verzaubert. Neuzil schwieg, betrachtete die Treppe, setzte aus Höflichkeit ein bewunderndes Lächeln auf. Gewiß, die Treppe bildete ein kompliziertes Labyrinth, vergleichbar mit demjenigen des Palastes der Höchsten Harmonie in der Verbotenen Stadt, von dem ich eine Abbildung gesehen hatte. Aber es war doch nicht ganz dasselbe ... Es fehlten die purpurfarbenen Mauern und die gewölbten Dächer. Es war zweifellos Marmor, doch der Glanz war irgendwie getrübt. Das Ganze schien mir banal – weder subtil und zart noch massiv und solide. Neuzil und ich fragten uns, welche rätselhaften Umstände zusammengetroffen waren, damit Marguerite dazu gekommen war, sich diese banale gewundene Treppe als Perle des Schönen auszuerwählen. Wir blieben und warteten, bis ihre Ekstase sich gelegt hatte.

Das Gehen und die Aufregung hatten Marguerite ermüdet; sie beschloß, mit der Metro zurückzufahren. Neuzil ließ sich nicht lange bitten, sein Zeh hatte seine Dosis an Training gehabt. Unser seltsames Trio humpelte auf die nächste Station zu. Margot an der Spitze! Da beugte sich Neuzil zu mir hinüber und flüsterte mir zu:

„Marguerite muß sich in der Treppe geirrt haben, diejenige, die sie uns gezeigt hat, ist ohne plötzlichen Belang."

Der Gebrauch, den er von dem Adverb machte, nötigte mir ein Blinzeln ab. Er fuhr fort:

„Die einzige Treppe, die von gewissem Interesse sein könnte, ist vielleicht die Louis-XVI-Treppe, die die Cour de Mai entlangläuft, im Innern des Palais'. Das Ding, das sie uns vorgeführt hat, ist nie von jemandem bewundert worden. Vielleicht verwechselt sie sie mit einer ganz anderen Treppe eines anderen Gebäudes. Wissen Sie, mein Lieber, die Dinge sind nur das, was wir in sie hineinsehen. Unsere Illusionen, einzig sie, erwecken sie zum Leben. Ich glaube, daß Marguerite aufrichtig entzückt ist. Man muß nur glauben, und es stimmt alles in allem."

Ich fühlte mich schrecklich enttäuscht. Ich hatte eine richtige, unbezweifelbare Entdeckung erwartet, ein legendäres

Denkmal, ein Kleinod, und es war nur ein Hirngespinst. Was Neuzil sagte, gefährdete auch meine anderen Ansichten, meinen Hang zum Bewundern. Ich lehnte mich gegen eine solche Vernichtung auf und führte das Beispiel von Notre-Dame an, die seit achthundert Jahren unberührt war! Ich glaube, Neuzil kannte die leidenschaftliche Neigung, die mich mit der großen schwesterlichen und mütterlichen Kathedrale verband, nicht. Ohne sich etwas Böses dabei zu denken, erklärte er mir:

„Oh! Wissen Sie, Notre-Dame ist nur ein Trugbild. Viollet-le-Duc hat sie im 19. Jahrhundert so umgebaut, daß man sich überhaupt nicht mehr auskennt."

Ich war vollkommen niedergeschmettert:

„Aber schließlich ist es doch Notre-Dame! Nicht eine andere . . ."

Neuzil sah mich plötzlich aufmerksam an, erstaunt über meinen verzweifelten Gesichtsausdruck.

„Aber, mein Kleiner, natürlich ist es trotzdem Notre-Dame . . . Und bleibt Notre-Dame. Viollet-le-Duc hat ein paar Statuen restauriert, eine Rosette versetzt, die große Turmspitze aufgebaut, aber . . ."

„Aber Sie haben mir doch schlankweg gerade etwas anderes gesagt! Daß es eine künstliche Kathedrale sei."

„Oh! Das habe ich nicht gesagt, oder dann habe ich übertrieben, der Sockel bleibt der gleiche, es gibt da authentische Stücke, mittelalterliche . . . das Sankt-Anna-Tor! Die Wurzeln sind vorhanden, der haltbare Unterbau, uralt!"

Ich spürte natürlich, daß Neuzil begriffen hatte und mich beruhigen wollte. Doch der Zweifel hatte sich eingeschlichen. Die Kathedrale war unterminiert, ihre ganze Architektur erschien mir verfälscht und verdächtig. Sogar die Falken ließen sich täuschen durch die von diesem Viollet-le-Duc zusammengeschusterten Engel, dessen langer Name nach Unecht-

51

heit roch, nach anmaßendem Flickwerk. Dann enthüllte mir Neuzil das Schlimmste:

„Wissen Sie, als Viollet-le-Duc die Turmspitze rekonstruierte und die kupfernen Statuen im Querschiff restaurierte, hat er sich selbst tatsächlich inmitten der Apostel abgebildet. Na?! Dieser Taugenichts von Viollet-le-Duc in der Schar der Heiligen, hallo da bin ich!"

Mir erschien diese Einreihung des profanen Bastlers unter die Engel und Heiligen rein eine unglaubliche Entweihung. Ich hätte mir gewünscht, daß die Falken der Türme ihn vollgeschissen hätten, bis sein Schädel von Exkrementen bedeckt gewesen wäre. Marguerite wunderte sich über diese unnütze Diskussion:

„Es ist doch normal, daß man restauriert, man muß die Kathedrale ein bißchen modernisieren, sie entwickeln; schließlich hat Malraux sie auch aufgemöbelt!"

Ich konnte jedoch die auf Weisung des größenwahnsinnigen und diabolisch umtriebigen Ministers vorgenommene Reinigung eigentlich nicht billigen. Die Kathedrale war jetzt zu hell und zu sauber. Ich kannte sie, vom Staub der Jahrhunderte geschwärzt, von Abbildungen her. Da war sie doch viel romantischer, düsterer und heiliger, ja, alchimistisch! Die Notre-Dame von Hugo und Quasimodo. Die große, von Dämmerung verschleierte, zerklüftete, höhlenartige Kirche. Heute war sie derart neu, gewissermaßen verfälscht. Man hatte ihr Geheimnis abgewaschen, das unter dem Schmutz der Jahrhunderte, ihren geisterhaften Niederschlägen brütete. Ich war überzeugt, daß man bei der Säuberung von Notre-Dame ihren geheimen Nimbus angetastet und die magnetische Kraft, die mit dem Alter geheiligter Steine verbunden ist, getilgt hatte. Ich teilte Neuzil diese meine Meinung mit, der mir aufmerksam und liebevoll zuhörte. Marguerite zuckte die Achseln:

„Sie sind alle beide übergeschnappt!"

Sie schleppte sich in die Metro. Ich erfuhr später, daß sie hier damals, mit siebzehn, ihren Arm verloren hatte. Ihr Arm bei der Abfahrt weggerissen! Der Wagen war überfüllt. Da holte Marguerite mit einem Gesichtsausdruck sadistischer Freude ihren Schwerbehindertenausweis aus ihrer Handtasche. In der Hierarchie der Märtyrer kam sie gleich hinter den im Krieg Schwerbeschädigten, und vor allem hatte sie Vorrang vor den Schwangeren! Eine solche hatte sie soeben ins Auge gefaßt – sie saß, schon sehr rundlich, friedlich auf einem dafür vorgesehenen Platz. Marguerite zückte ihre Karte mit ihrem einzigen Arm und stürzte sich auf die künftige Mutter. Neuzil und ich erstarrten vor Scham. Die junge Frau traute ihren Augen nicht, als Margot ihre Karte wie ein Hackmesser schwenkte. Um sich verständlich zu machen, klopfte und pochte meine Vermieterin auf ihren Zelluloidarm. Da hörte die junge Frau das Geräusch von Kunststoff, nahm von dem rosa Material Kenntnis, stand auf und stellte sich anderswo hin. Ich musterte sie heimlich. Es war eine hübsche junge Mutter, noch ganz jugendlich. Brünett, mit kurzem Haar, jungenhaft, mit glatter, weißer Haut. Ich hatte gesehen, wie sie ihre langen, muskulösen Beine, die sie übereinandergeschlagen hatte, öffnete, als sie aufstand. Sie blieb stehen und hielt sich an einer Metallstange fest, mit ihrem gewölbten, vorspringenden Bauch. Sie hatte weder an den Hüften noch an den Schenkeln Fett angesetzt, so daß ihr Unterleib wie ein großes Ei abstand, ganz allein, unabhängig vom Körper, der keinen Schaden genommen hatte und sportlich wirkte. Ich dachte an die Liebe, an den Mann, den sie begehrte und mit dem sie das Kind gezeugt hatte. Ich konnte mir Anny nicht schwanger vorstellen. Nachkommenschaft hätte mich mit Schrecken erfüllt. Man hätte ein Leben zu dritt beginnen müssen! ... und das hätte mich mit einem weiteren Handicap belastet. Annys Glück und das Glück eines Kindes zu sichern, erschien mir unmöglich. Ich beneidete den Mut der jungen Frau, ihre Unbekümmertheit. Sie hatte Marguerite vergessen. Sie sah mechanisch in den Metrotunnel. Aber ich erhaschte in ihren Augen die unzähligen winzigen Verengungen und Erweiterungen ihrer Pupillen. Sie folgten mit überraschender Schnelligkeit aufeinander, als ob das Auge der Reisenden nichts von der Fahrstrecke verlieren wolle und sie mit überwältigender Schnelligkeit zur Kenntnis nehme. Mir taten die Augen schon allein beim Gedanken an diese fortgesetzte, ungeheure Anpassungsanstrengung weh. Ja, leben, das hieß auch dies: sich mechanisch allen Rauheiten des Wirklichen anpassen, sie abwehren, alle Stöße auffangen ... Ja, allein wenn ich mir das vorstellte, wenn ich die komplizierte Mechanik von Reflexen ins Auge faßte, begann ich zu zwinkern, brachte ich alles durcheinander ...

Marguerite, entzückt, triumphierte auf ihrer Sitzbank, die mit einem deutlich mit Tinte aufgemalten Pimmel verziert war. Meine Vermieterin war also eines solchen Handstreiches, eines so schmutzigen Mißbrauchs fähig! Marguerite war im Besitz zweier Karten, die ihr Türen öffneten und Plätze verschafften: Ihres Schwerbehindertenausweises und ihrer Mitgliedskarte der gaullistischen Partei, kantig glänzend und dreifarbig, die ihr zu Weihnachten Schokolade einbrachte, eine jährliche Mitgliederversammlung, die sie „mein Meeting" nannte, und verschiedene kleine Vorteile, auf die sie Bezug nahm mit der Miene einer Privilegierten, die in höhere Sphären aufgenommen worden war.

Ich hielt mich noch einen Augenblick in Johann Neuzils Wohnung auf, während Marguerite bei sich aufschloß. Im Vorbeigehen traf sie auf Mademoiselle Poulet, die ihre Tür geöffnet hatte. Ich sah das alte Mädchen, eine Krankenschwester in Pension, riesig, mit reichlichem grauen Lockenhaar. Sie hatte eine sanfte Stimme, doch sie konnte einen plötzlich auf die unerwartetste Weise duzen. Eine scheinbar

schüchterne alte Jungfer, aber unverblümt, beherzt, irgendwie militärisch geprägt. Sie warf mit Wörtern wie „Scheiße"
und „Arschlöcher" um sich, bis man ganz konsterniert war.
Es war eine Schreckschraube von Jungfrau. Breit und adrett
in ihren geblümten Schürzen. Da es nicht gelungen war,
ihren riesigen Körper zu deflorieren, entjungferte sie ununterbrochen die Sprache durch Schwälle von Flüchen.
Während des letzten Krieges, als sie die jungen Soldaten
pflegte, mußte sie sie so hart anfahren, um sich von ihrer
Männlichkeit nicht beeindrucken zu lassen. Sie verpaßte den
jungen, muskulösen Ärschen dieser Helden Spritzen und be-
pinselte die Tripper. Die wütende Jungfrau angesichts der
Ruten!

Marguerite drehte sich plötzlich zu mir um:

„Wenn Sie mal eine Spritze brauchen, man weiß ja nie . . .
Fräulein Poulet, mein kleines Hühnchen erledigt das!"

Mademoiselle Poulet brach in leises Gelächter aus und
musterte mich von oben bis unten:

„Ich werd dir eine in den Arsch pieken! Was?"

Im Augenblick versorgte mich Dr. P. mit Kortison. Doch
„mein kleines Hühnchen" war schon startbereit, Anwärterin
auf seine Nachfolge, bereits bis zu den Zähnen bewaffnet,
jungfräulich und blutgierig. Sie war vielleicht durchaus in der
Lage, meinen goldenen Staphylokokkus, diesen Feuervogel,
der im blauen Fluß meiner Adern wohnte, zu bekämpfen.
Ich sah das Fräulein wie den heiligen Georg der Legende den
glitzernden Parasiten durchbohren. Ich malte mir die Szene
aus, wo die Jungfrau den Dämon meines Körpers nieder-
streckte.

Marguerite und ihre Gefährtin sind verschwunden. Neuzil
und ich haben uns lange unterhalten. Er schätzte die Para-
doxa, die großen Lebensrätsel . . . Dinge, die im allgemeinen
als selbstverständlich gelten, deren wunderbare Zufällig-
keit er dagegen entdeckte. So hatte uns der Anblick der

schwangeren Frau auf das Gebiet der Liebe gebracht. Da sagte mir Neuzil mit einem Gesichtsausdruck unendlichen Erstaunens:

„Sehen Sie, das ist eine Frage, die mich immer fasziniert hat: Warum ist der Orgasmus von einem Gefühl der Unsterblichkeit begleitet? Na? Das ist gar nicht so leicht einzusehen ... Man könnte ja einfach ein gewisses Maß an Lust empfinden, intensive Lust, zugegeben ... gut, aber die Ekstase! Na? Schopenhauer erklärt, es handle sich um eine List der Spezies, um uns zu ihrer Erhaltung zu veranlassen. Dann sei unser Tod nicht weiter von Belang, da für Nachkommenschaft gesorgt ist ... Wir würden also gewissermaßen getäuscht durch einen Genuß, der uns unter dem Deckmantel der Unsterblichkeit den Tod verbirgt ... Aber geben Sie doch zu: Es ist unwahrscheinlich, daß die Ekstase einzig durch Zufälle oder Notwendigkeiten der Biologie bedingt wird! Denn, nicht wahr, für den Zeitraum einiger Sekunden fühlen wir uns – plötzlich – unsterblich!" Dieses „plötzlich" war einigermaßen legitim. „Wir durchqueren unsere Determiniertheiten, die Undurchsichtigkeit der Zeit, der Materie, wir überwinden die Mauer der Dinglichkeit, kommen auf der andern Seite heraus, in diesem Anderswo der Ekstase, befinden uns in Leviation auf den Wellen der Unsterblichkeit ... Warum? ... Gleichsam vereinnahmt von der Ahnung eines Jenseits, das nah und zugänglich ist. Wir tauchen ein in seinen Schoß. Eine phantastische Befreiung! Wir sind meilenweit vom banalen Ausdruck der Lüste entfernt. Es findet ein qualitativer Sprung statt, jeder gemeinsame Maßstab mit dem täglichen Leben entfällt. Ein erleuchteter Bruch, der Zauber der Transzendenz. Aber weshalb? Der biologische Determinismus kann diesen lyrischen Überschwang nicht erklären! Zeichnet sich nicht die Zukunft des Menschen, der Menschheit in diesen Blitzlichtern ab? Das Zeichen einer künftigen Ewigkeit, die meiner Meinung nach ganz und gar nicht das religiöse, himmlische Paradies ist, sondern eine Ewigkeit des Menschen, der Gott geworden ist, seines Menschengeistes, ich weiß nicht ... vielleicht am Ende der Evolution. Ach, ich schweife zu weit ab ...“

Ich bewunderte, daß Neuzil, ausgehend von einer Ejakulation, solcher Aufschwünge fähig war. Ich ging mit dieser Vorstellung von Unsterblichkeit auf mein Zimmer. Ich trug sie in meinem Herzen. Sie war für mich Quell einer Hoffnung, künftiger Liebe. Morgen würde Anny aus Nancy kommen, und wir würden die Unsterblichkeit erfahren. Das Leben erschreckte mich, überflutete mich mit Wonnen. Und im Verlauf dieser Nacht, bevor ich einschlief, entwuchs meiner Intuition, Johann Neuzil betreffend, ein wunderbares Licht ...

Ich wußte, daß Anny und ich am Samstag einer unbegrenzten Zeit entgegengingen, daß wir uns am Mittag lange lieben würden, daß sich dann der Nachmittag ausdehnte, viel später kam dann der Abend, die endlose Nacht, und das waren Etappen, auf die andere Augenblicke folgten, der Sonntagmorgen, das Essen ... Ich war für immer mit Anny zusammen. Um zwei Uhr morgens dauerte unsere wache Vertrautheit noch an. Die Zeit erweiterte sich, paradiesisch, unerschöpflich. Doch wenn Anny am Sonntagabend wieder abreiste, zog sich die verflossene Zeit plötzlich zusammen, hatte Platz in einer Hand, in unserer Erinnerung, auf immer verstrichen. Vorbei ...

Glücklicherweise beginnt das Wochenende ja erst. Die Abenddämmerung bricht herein. Und wir gehen aus, wir gehen in Richtung der Inseln im großen Fluß. Auf den Square Jean-XXIII zu, den wir lieber bei seinem alten Namen nennen: Square de l'Archevêché. Die Falken kommen von ihren täglichen Jagden zurück. Man sieht, wie sie über den Himmel kreuzen und sich in den Dachfenstern niederlassen. Sie haben Spatzen, Nager, Feldmäuse getötet im Bois de Vincennes oder Bois de Boulogne. Sie können somit ihren mystischen Vogelsitz verlassen, in die roten und grünen Bäume fliegen. Auf den Anblick der uralten Dächer, der bemalten Kirchenfenster und Fensterscheiben, der steinernen Klöppelspitzen folgt das lebendige Labyrinth der Äste, der Lichtungen und Seen. Die Baumstämme, die bemoosten Rinden nehmen die Stelle der hohen gotischen Statuen ein. Die Falken sehen die Welt, entdecken die fliehende Feldmaus im Grase. Sie schlagen mit den Flügeln auf der Stelle, mit gespanntem Hals, starrem Blick. Der Vogel läßt sich plötzlich fallen, ein zerfleischtes kleines Tier bäumt sich auf in seinem Blut. Der Vogel spürt das Leben, diesen Schrecken der Fellkugel, die er gepackt hat und mit seinem Schnabel und den Fängen zerfetzt. Er verschlingt die Eingeweide seiner Beute auf dem Boden der großen Wälder. Er wölbt seinen Brustbeinkamm vor, überwacht seine Umgebung, hat den aufgeschlitzten Balg fest im Griff. Er sieht sich noch einmal um, dann taucht sein gieriger Schnabel nervös pickend in das sich regende Fleisch. Man ahnt, wie kräftig sein Hals, seine Sehnen sind.

Die Falken kehren in der Abenddämmerung zurück, nach einem Tag des Spähens, Tötens, Kreisens, Räuberns. Die Flügel blutbefleckt, die Schnäbel gerötet, die Fänge von Haaren verschmutzt. Sie sind satt von zartem, glühendem Leben. Sie ducken sich in der hohen steinernen Basilika. Da regt sich nichts mehr wie das Laub im Wind und das flackernde Licht. Es ist härter, gegliederter. Die Falken träumen inmitten von Engeln und Wasserspeiern. Die Abenddämmerung kommt. Es sind Raubvögel ... Präzise sind sie, und grausam. Ihr ganzes inneres Räderwerk ist auf Mord eingestellt. Sie leben vom Tod. Sie fliegen auf, um zu töten. Ihre vollkommenen Flügel sind zu diesem Zwecke geschwungen. Da kauern sie in den Schlupflöchern der großen

Kathedrale, auf verschiedenen Ebenen, mehr oder weniger hoch. Ihr Blick nimmt das Bauwerk aus ungewöhnlichen Winkeln wahr. Die Kathedrale zieht, drängt sich zusammen, reiht ihre Dachgrate aneinander, verschachtelt sie in Profilansicht oder bläht plötzlich ihren hochragenden Panzer auf. Manchmal wirkt sie rund, dann wieder bucklich ausgebeult, manchmal dröhnt sie, dann ist sie wieder still. Sie sehen die Apostel, ihr Gesicht in Großaufnahme, die Madonna mit Jesuskind im südlichen Querschiff. Sie haben die Jungfrau unter dem Schnabel. Sie sehen, was man weder zufällig erhaschen noch lange betrachten kann. Denn sie leben in der Kathedrale, mit den Heiligen, den Statuen, den Seelen und Dämonen verschworen. Und manchmal lassen sie sich auf der Schulter der Jungfrau oder auf dem Schädel eines Wolfes, auf dem gereckten Hals eines Adlers nieder. Sie wissen nicht, daß das die heilige Kathedrale ist. Sie gehören diesem Körper an, ohne etwas zu wissen. Keiner weiß es, weder die Statuen noch die Apostel noch die Könige. Und trotzdem ist alles vorhanden ... starre, gefältelte, ziselierte, ausgefeilte Stofflichkeit in ihren mystischen Details. Die Falken senken in der Abenddämmerung die Lider. Putzen ihr Gefieder. Sie sind wie besessen, peinlich genau. Die geringste im Federkleid verbliebene Verschmutzung würde ihren Sturzflug bremsen, würde den blitzschnellen Aufprall um einen Lidschlag verzögern. Alles muß glatt und schnell, in einem Streich erfolgen. Unwägbar und vollkommen. So ist's im Himmel, nichts hat Gewicht. Falken der Sonne. Sie töten wie feurige Strahlen.

... Die untergehende Sonne wird rot über der großen Rosette der Fassade. Manche Flächen der Kathedrale färben sich rötlich, die Flanken zucken unter den Lanzen der Fialen. Das riesige Tier blutet wie eine Beute im Schnabel der Falken. Sie dösen in den abendlichen Sonnenstrahlen, die das Gesicht der Jungfrauen vergolden. Sie wachen auf, fassen einen Sperling, eine Taube ins Auge ... Menschen da unten, die kommen und gehen, sich im Garten des erzbischöflichen Palais ergehen, sitzen rittlings auf der Trennmauer, die das südliche Querschiff abgrenzt. Die Falken wissen nichts, doch sie spüren die Anwesenheit, die Annäherung, die mögliche Bedrohung. Deshalb halten sich die Vögel ganz oben in der Kathedrale auf, außer Reichweite. Sie äugen, sicher verstreut, jeder in seinem Revier, seinem geheiligten Territorium, seinem Loch. Sie bewohnen Notre-Dame de Paris. Wohnen in ihrem Körper, ihrem Fleisch, ihren verzweigten Gliedern. Parasiten sind sie, Besetzer der Muttergottes. Alles ist friedlich da oben auf den steilen senkrechten Wänden, den Kranzgesimsen und Auszahnungen. Im Frühling ziehen sie hier ihre Jungen auf. Familien, Brut in der Muttergottes. Dann steigen sie auf in der Morgendämmerung, wenn Paris im rhythmischen Gebrumm der Schleppkähne, die die Seine hinunterfahren, noch schläft. Sie plustern sich auf, der Morgenröte entgegen. Gehen im Wald auf die Pirsch. Manche bleiben in der Umgebung von Notre-Dame, fliegen den ganzen Tag um ihre Turmspitze. Gewissermaßen Wachen, Janitscharen der Jungfrau. Wollen die Muttergottes nicht verlassen. Lieber töten sie die Sperlinge in ihrem Kleid und ernähren sich dicht an ihrem Leib.

... Das Rot ist versunken. Die Abenddämmerung taucht alles ins Dunkel. Noch glänzt, wie Wagenschmiere, am Fuße des gigantischen Schattens die Seine. Schlaflos gurgelt das Wasser im Ohr der Falken.

Plötzlich kommt es in der Gegend zu einem großen elektrischen Kurzschluß. Die Scheinwerfer, die die Kathedrale im Visier haben und sie mit grellem Licht umgeben, ständig, fallen wunderbarerweise aus. Zum ersten Mal im Leben sehen Anny und ich Notre-Dame in Nacht getaucht, und wir drücken uns mit einem Schauder von Glück aneinander. Die Falken haben die plötzliche Verfinsterung bemerkt. Nervös, lauschend, sind doch die Flächen harten Lichtes, der künstliche Glanz verschwunden. Die Falken kehren in die große kosmische Nacht zurück. In die nackte Nacht. Sie empfinden diese Verwandlung wie einen Anbruch der Dämmerung. Durch ihr Herz, durch ihr Blut rinnt ein funkelnder, stärkerer Strom, ein Gemurmel der Sterne.

Das abgedichtete und gleichsam in Schatten gepackte Gotteshaus macht Viollet-le-Ducs vermessene Retuschen rückgängig. Die Nacht vereinheitlicht das große gotische Bauwerk. Es ist die Notre-Dame des Mittelalters, aus unvordenklichen Zeiten. Meine Zweifel verflüchtigen sich angesichts der beiden hohen Türme, die wie wachsame, ein bißchen dämonische Ohren aufragen. Man sieht die Könige von Judäa auf der ersten Galerie und die Evangelisten im Querschiff nicht mehr. Die Glockentürmchen, die Fialen, die Ziergiebel, die Strebepfeiler scheinen zu schweben, schwerelos, von der Nacht in Freiheit gesetzt. Und die Gestirne können endlich in Erscheinung treten, sie gehen nicht mehr unter im Lichthof der Spots. Man sieht sie aufblühen, eins nach dem andern, und die Jungfrau krönen, die Leere zwischen den Türmen mit Sternen übersäen, den Gipfel einer Fiale abstecken. Zum allerersten Mal hüllt das Himmelsgewölbe die Kathedrale ein, schmückt sie mit seinen Lichtern, seinen Spiegelungen. Notre-Dame ist nicht mehr dieser eingekreiste Klotz, steril im Griff der Scheinwerfer. Sie wird nächtens wiedergeboren, fröstelnd im Wind der Sterne, ja, vielleicht beginnt sie zu kreisen, sich fortzubewegen, und die Falken drehen sich mit in ihrem Segel.

David und Maurice gingen vorbei, wir streiften einander fast lautlos. Sie erkannten uns und blieben stehen, um mit uns zu plaudern. Sie wunderten sich über die Panne im Stromnetz, waren aber wie wir entzückt über das große friedliche Dunkel. Sie lächelten uns zu. Dann erschien der Führer und Wächter der Türme. Es war ein Schwarzer aus Martinique, den man Osiris nannte. Wir kannten ihn, weil wir so oft oben auf den Türmen waren. Er überprüfte die Besucher unten an der Treppe, zeigte ihnen die große Glocke Emmanuel. Er war weitschweifig, ein Phantast, erfand um Notre-Dame herum Skandale und Geheimnisse, wobei man Dichtung und Wahrheit nie unterscheiden konnte. So hatte er – zum Thema Selbstmord – angeblich eines Nachts gesehen, wie sich ein ganz junges blondes Mädchen oben vom Turm stürzte, dann wie ein Engel schwebte, sanft landete und wundersam wie eine Fee am Ufer der Seine verschwand. Die Kathedrale inspirierte Osiris. Er behandelte sie wie eine uralte Pyramide. Zuerst nahm er auf die Kirche Saint-Étienne Bezug, die da im 10. und 11. Jahrhundert stand, dann erinnerte er an das frühere Heiligtum, von dem man nicht mehr richtig sagen konnte, ob es merowingisch, gallisch oder römisch gewesen war ... Das verlor sich in den Wurzeln der Zeit. Hier, auf der Insel, ging alles weiter ... Bauern, Hexer, Krieger, Jäger auf ihren Kähnen. Man hatte Waffen gefunden, irdenes Tongeschirr, in den Krypten eingeritzte Zeichen ... Osiris kam vor seinen ausländischen Touristen vom Hundertsten ins Tausendste. Er schilderte die Zerstörungen durch die Französische Revolution. Dann ging er auf Saint-Louis über, fabulierte, malte aus nach Gutdünken, verzauberte Notre-Dame, machte aus ihr ein Kultobjekt.

Anny und ich wußten, daß Osiris, David und Maurice nachts im Garten des erzbischöflichen Palais auf die Suche gingen. Dort war ein Treffpunkt für Liebesabenteuer suchende Männer. Die Typen zogen die Ufer der Seine entlang, stiegen die kleinen Treppen hoch, schlichen sich zur Spitze der Insel, unter den Bäumen, in den Wäldchen. Sie kamen von überallher. Am Tag: die Falken, in der Nacht: die Engel ... Notre-Dame hat die Liebenden immer angezogen. Eine ewig jungfräuliche und naive Mama, keineswegs eine

Rabenmutter, die ihre Brut ausspioniert. Mutter eines Gottes ohne Beischlaf, ist ihr Fall ungewöhnlich genug, übernatürlich und ein bißchen pervers, so daß alle diejenigen, die die Grenzen der Liebe überschreiten, Verwandtschaften mit dieser von einem Engel begatteten monströsen Schwester entdecken und sich in den Falten ihres Schleiers bergen.

Dann stand plötzlich Wolf vor uns, seine Gestalt, seine Stirn, sein nackter Hals. Er drückte David, Maurice und Osiris die Hand. Wolf ohne Ehra. Es war der Besucher des Südturms, sein himmlischer Unterzeichner. Anny und ich hätten ihm gern unzählige Fragen gestellt, waren aber gehemmt vor Überraschung und Schüchternheit. Er sprach mit nordfranzösischem Akzent. Er wirkte bedachtsam und ruhig. Ich spürte an ihm jene Entschlossenheit des Begehrens, die keine Grenzen kennt. Er hatte die Nacht vor sich. Er nahm sich Zeit, hörte Osiris zu, lächelte Maurice und David an, manchmal warf er einen Blick auf einen vagabundierenden Umriß, richtete die Augen dann wieder auf uns. Von seiner Person, von seinem undeutlich wahrgenommenen Fleisch ging etwas Seidiges, Impulsives aus, ein kalter Lyrismus. Wir wußten nichts über ihn. Ich fürchtete, zuviel zu vernehmen, ich wollte die Legende und das Schriftzeichen auf dem Dach der Welt bewahren. Er verließ uns, wie er aufgetaucht war, ohne uns die Hand zu geben. Er winkte ein bißchen und war weg. Wir hatten seine Stimme kaum gehört, seine arroganten Züge im Dunkeln kaum erkannt.

„Wer ist das?" fragte Anny, die eine Bestätigung wollte.

Ich fürchtete einen Augenblick, man würde antworten: Frédéric, Kurt oder Charles.

„Wolf", antwortete Osiris.

Anny und ich waren stumm vor Glück. Wir hatten ein bißchen Angst. Denn dieser Wolf, der sich so in der Wirklichkeit verwurzelte, mit der Schrift auf dem Turm eins war, erschien uns plötzlich zu nah, zu wirklich, zu eindringlich.

Wir konnten uns nicht mehr in Vermutungen, Träumereien zurückziehen. Wolf war da, dreidimensional, in der Nacht.

„Wie lebt er denn so?" fragte Anny, die sich diesmal an Maurice wandte.

„Er lebt mit seiner Schwester auf einem Schleppkahn hinter der Kathedrale, da unten, am großen Südquai, jenseits der Île Saint-Louis. Aber Sie sind ja recht neugierig, Anny! Er gefällt Ihnen, er ist sehr schön, nicht wahr?"

„Was macht er beruflich?"

Maurice lachte schallend angesichts der Beharrlichkeit meiner Geliebten. Sie ließ ihn nicht in Ruhe.

„Er ist Fotograf."

„Und seine Schwester?"

„Ehra sammelt Graffiti, sie schreibt an einer Doktorarbeit über Graffiti in Paris, phantastisch, nicht wahr? Sie stellt ein Inventar zusammen, teilt sie ein, interpretiert, kommentiert sie . . . ja! Und das alles auf ihrem Schleppkahn."

Anny und ich wären versessen darauf gewesen, daß er jenen Satz zu Ende geführt hätte! . . . Diese Vorstellung, auf einem Schleppkahn die Ausbeute von Zeichen und Namen, von geheimnisvollen Spuren zu speichern. Bruder und Schwester, Wolf und Ehra, Hüter von Hieroglyphen. Osiris schwieg im Dunkeln. Daß er schwieg, war selten. Wenn es sich um andere Leute gehandelt hätte, hätte er sicher eingehakt und eine außergewöhnliche Geschichte gesponnen. Doch da gab es wohl ein Verbot oder etwas Ähnliches. Osiris wagte nicht, sich auf Wolf und Ehra einzulassen. Warum? Er wirkte ernst, geradezu erregt. Wolf war schön, makellos. Osiris schwieg im Schatten von Notre-Dame . . .

Osiris, Maurice und David entschlossen sich dann plötzlich, aufzubrechen, und wir, Anny und ich, waren erfüllt von einer Bekanntschaft, deren Relief, deren Ausstrahlung uns keine Ruhe ließ. Man mußte alles überdenken, die Einzelheiten auskosten. Wir blieben noch einen Augenblick stehen,

gingen dann weiter, wobei wir uns von den Gärten des erzbischöflichen Palais fernhielten mit Rücksicht auf Wolf und
seine Brüder, die um die riesige Apsis schlenderten, schlichen, aneinander vorbeihuschten. Doch dann ging das Licht
plötzlich wieder an. Die Kathedrale tauchte aus der Dämmerung auf. Gelb, vollkommen beleuchtet, preisgegeben in all
ihrer strukturierten Stofflichkeit. Wie eine gewöhnliche Postkarte. Uns überkam eine große Traurigkeit. Wir wurden
ganz nostalgisch. Zwei Verbrechen hatten stattgefunden: die
Säuberung durch Malraux und die Scheinwerferbeleuchtung.
In beiden Fällen war Notre-Dame entschleiert, vergewaltigt,
verkauft, der Schaulust ausgeliefert worden. Die Schönheit
sichtbar machen, sie dauernd zur Schau stellen, das ist die
Sünde. Doch die Falken schliefen trotz der Blendung. Hinter
Notre-Dames phosphoreszierendem Bild ahnte man noch
immer, was sie versteckte. Anny und ich waren überzeugt,
daß das Licht in gewisser Weise nur eine Verkleidung war,
eine Fassade, die der tiefen Kathedrale ermöglichte, in ihrer
eigenen Nacht zu verschwinden. Die Spots zeigten von der
Kathedrale nur die Rinde, unter der sich der mystische Kern,
ihr Volk von Engeln und Vögeln verbarg.

Anny zog sich aus. Zart, zierlich, noch goldbraun vom Sommer her. Wo der Slip gewesen war, zeichnete sich ein schmales, helles Dreieck ab, und in diesem entblößten Winkel
wölbte sich die braune Scham. Ich bewunderte diese Über-
schneidung des gebräunten Körpers, plötzlich weiße Haut
und dunkle Behaarung. Es war eine Abfolge köstlicher
Grenzlinien. Die strahlende Haut duftete nach Moschus, erinnerte an Sand, Muße, verband sich mit anderen entblößten
Körpern am Strand. Ihre Schönheit, weit davon entfernt,
individuell zu sein, war in einem kollektiven gleichsam an-
steckenden Ritus aufgehoben, der Anny mit den Mädchen
im Sommer vermischte. Nomadische, sichtbare und preis-

gegebene Bräunung. Darüber hob sich das makellose Haut-
dreieck ab. Da zeigte sich Anny, ihr wahres, bleiches, ge-
ädertes Fleisch, sein zartes Gewebe und ihre durchsichtigen
Leisten. Dann der Schamhügel, all das gekräuselte Haar,
über der feuchten Spalte aufgebauscht. Und hier hatte ich
keine Worte mehr, der Körper verband sich da nicht mehr
mit demjenigen anderer Mädchen. Das war Anny, vor mir
allein. Zauberei. Nackte Anwesenheit, Dunkel ... Ich wurde
es nicht müde zu schauen, immer wieder darauf zurückzu-
kommen, die Grenzen zum Zentrum hin zu überschreiten,
dieser Helligkeit des Bauches, seiner fahlen, behaarten Ikone, seinem schwarzen Farn. Mich faszinierte das Haar, ja,
dieses ungeschönte, haarige Wort. Auch Neuzil wäre erstaunt gewesen über diese ihre Behaarung, er, der ein Meister darin war, echte Fragen zu stellen und falsche Selbstverständlichkeit zu entlarven. Warum? Da, diese Reliquien,
dieser Schatz einer wunderbar unversehrten Tierhaftigkeit,
in diesem Winkel, an der Gabelung der Seine, am Schnitt-
punkt der Strömungen, der Kräfte. Als ob das große wilde
Leben nicht den ganzen Körper hätte aufgeben wollen, als
ob es sich zusammengeschart hätte in seiner heißen Zone,
in der fruchtbaren Spalte. Am schönen Flußufer. An der
duftenden Quelle. Die Haare, Annys hübsches Wäldchen,
ihr Wald in Form eines Spitzbogens.

Ich bewunderte auch ihre breiten, feinen Schultern. Die
sich abzeichnenden, auseinanderstrebenden langen Schlüs-
selbeine. Ihren zarten, muskulösen Rücken. Ihre festen, runden Brüste, die dunklen Spitzen. Ihr süßes, kindliches Gesicht. Ihre tiefblauen Augen, Augen von einem Blau, das
manchmal aufbrandete und mein ganzes Wesen mit seiner
Leuchtkraft vereinnahmte.

Sie war auf allen vieren, und so nahm ich sie, lange. Ihr
Rücken bäumte sich auf, breitete sich aus wie ein Flügel-
paar, hielt sich durch die Spannweite der geraden Schultern

im Gleichgewicht. Der Nacken schwankte unter diesem zarten Joch. Und die Hinterbacken wölbten sich, glatt und oval, klafften auf am Rande der Scham, in die ich von der andern Seite, von hinten, eng zwischen den wuchernden Schamlippen, eindrang. Das war nicht mehr das makellos gefügte, weiße Dreieck aus Fleisch mit seinem schwarzen Winkel, es war weniger scharf im Umriß, anarchischer und turbulenter. Paßte besser zur Glut unseres Handelns. Es war unmittelbarer. Ich nahm kaum mehr etwas wahr. Ich war in Annys Geschlecht, ihrem Fleisch einverleibt. Dann ihr vertrautes Stöhnen: „Ich spür deine Eier ... ich spür deine Eier ...", eine eintönige Litanei, der Singsang der Liebesorgie.

... Ich werde mich immer daran erinnern: Eines schönen Abends drehte sich bei einem Abendessen mit Freunden das Gespräch um Worte, die beim Beischlaf geäußert werden. Da verriet ich Annys Geheimnis. Nicht in böser Absicht. Ich wußte, daß solche Hymnen Allgemeingut sind: „Ich spür deinen Schwanz" ist eine noch banalere Variante ... In meinem Fall betraf es meine Eier, die Annys Hintern bestrichen. Ich erzählte das, vom Alkohol angeregt, verriet Annys Satz und ahmte sie dabei vielleicht auch nach. Niemand war echt überrascht, jeder kannte diese Musik der Liebe, ihr wirksames, gelebtes Libretto. Anny nahm meine Geständnisse offenbar nicht über die Maßen übel. Doch ich hörte sie diesen Satz, der meine Eier, die Eier ihres Geliebten pries, nie mehr aussprechen. Sie schwieg sich seither aus. Ich hatte zweifellos das Geheimnis entwertet. Ich begriff zu spät, daß man nicht alles aussprechen, daß man die Schlüsselworte, die Worte des Verlangens für sich behalten soll. Es gibt eine von Zauber getränkte und gleichsam mit den Körpern eins gewordene, von ihrem Fieber verströmte Schattensprache ... ja, die Sprache des goldenen Dreiecks, die Sprache gemeinsamen Schweißes, zerzausten Körperhaares, vermischter Geschlechtlichkeit, eine Sprache des Liebesflusses. Ich hatte die geheiligte Formel außerhalb der Vereinigung, von der sie geprägt war, ausgesprochen. Abgetrennt vom Rausch der Unsterblichkeit, den Neuzil zur Sprache gebracht hatte, verloren die Wörter ihre Aura, verwelkten, ausgedünnt und platt. Als Anny sie bei diesem verhängnisvollen Abendessen zu Ohren bekam, hatte sie sie nicht wiedererkannt, hatte nur ihre triviale Hülse wahrgenommen. Seither konnte sie sie nicht mehr aussprechen. Denn sie hatte sie nie geäußert. Im Grunde gingen diese Wörter von unseren Körpern aus, umfingen uns, hüllten uns ein in ihren tönenden Traumstoff. Sie entsprossen der Umarmung, wuchsen aus uns heraus wie obszöne, herrliche Blumen. Gerade dank ihrer Unmittelbarkeit, ihrer sexuellen Naivität, ihrer Energie waren sie schön, waren verwandelt, vor allem aber zutiefst vom Magnetismus des Begehrens erfüllt.

Man soll nicht alles aussprechen. Man muß das Geheimnis bewahren können, unsere nächtigen Kathedralen verschweigen und schützen, unsere Madonnen, unsere Engel und Falken mit Achtung behandeln. Sie betrachten, erkennen im Licht der Seele. Für uns selbst, ohne den Schatz im Chaos, im Lärm der Welt zu verraten, zu verschleudern. Es sind Schöpfungen der Liebe. Sie keimen langsam, wachsen und erblühen in der Stille. Sie sind im Halbdunkel des Flusses die schönen Wälder der inneren Nacht.

Ich mußte mich übergeben, mir wurde schwindlig wie einer werdenden Mutter. Das Kortison griff meinen Magen an, der Schlangenfraß in der Mensa war nicht mehr das Richtige. Ich erhielt die Adresse eines Restaurants der sozialen Krankenversicherung, das kränklichen Studenten vorbehalten war. Da gab es Diät, dort wurden die Kranken verhätschelt. Nach einer ärztlichen Untersuchung wurde mir gestattet, diese bevorzugte Einrichtung zu benutzen. Sie befand sich in Saint-Germain-des-Prés, in einer langen, ruhigen, etwas abseits gelegenen Straße. Schon am Eingang war ich überrascht von der fröhlichen Stimmung, die da herrschte, von dem lebhaften Radau. Fidele Burschen aus aller Herren Länder; viele – ich sehe sie noch vor mir – waren dunkelhäutig, bärtig, hatten ein hübsches Vollmondgesicht, scherzten, frotzelten sich, verpaßten sich freundschaftliche Püffe. Ich hatte zu unrecht gefürchtet, es gehe da zu streng zu, und alles sei auf Kranke eingestellt. Wohlbeleibte Kerle bedienten sich aus Krügen mit Vollmilch – das war einer der Vorteile der angebotenen Diät –, die sie hinunterschütteten wie randvolle Gläser Wein. Ich konnte sie noch so eingehend beobachten, sie sahen mir gar nicht so aus, als ob sie unter Kalkmangel litten. Der Wirt des Lokals, eine Art Intendant, strahlte selbst auch eine unbezweifelbar gute Stimmung aus. Ich beneidete ihn um seinen blühenden Teint, seine karierten Wollhemden, seine molligen Pullis, seinen Bart, seine Wohlbeleibtheit, sein prahlerisches Auftreten. Sie hatten alle einen Bart, ich wiederhole das, der war das Zeichen von Vitalität und Üppigkeit. Ich fragte mich, ob hier nicht alle Absahner und Drückeberger der Universität Zuflucht gesucht hatten, um sich an zusätzlichen, großzügigeren Rationen gütlich zu tun ...

Wenn ich indessen die Tische genau beobachtete, fiel mir ab und zu ein zarteres Mädchen auf, ein wächsernes Gesicht mit allzu bleichen Wangen, eine Magersüchtige inmitten der Reihen puterroter, wie Affen behaarter Fresser. Instinktiv setzte ich mich an einen Tisch, wo eine dieser bleichsüchtigen Gestalten Platz genommen hatte. Ich schlich mich in die lange Reihe von Gästen ein, die, mit frischer Milch gefüllt, für vier fraßen, angeregt und kraftstrotzend. Nie habe ich mich so schwach, so schmächtig gefühlt wie inmitten dieser Riesenkerle, die teilweise zehn Jahre älter waren als ich, Studenten auf Lebenszeit, die in den Heimen für ausländische Kommilitonen wohnten und, wie ich später erfahren sollte, nicht selten Agenten, Geheimleute, ausgebildete Aktivisten waren, muskulöse, von Vitaminen und militanter Energie geschwellte Unruhestifter. Im Restaurant für Kranke fielen sie nicht so auf wie in Lokalen, die für jeden zugänglich waren. Sie hatten sich diese Vergünstigungen durch Tricks verschafft, die ihnen von ihren Botschaften empfohlen wurden. Und heute kann ich ja verraten, daß dieser Zufluchtsort für Kranke in Wirklichkeit eine Brutstätte der Sagas im Nahen Osten war. Der Sturz des Schahs ist unter meinen Augen vorbereitet worden, nicht zu vergessen die Gefechte im Sinai, die Attentate der Palästinensischen Befreiungsfront ... Später habe ich die Teilstücke zu einem klaren Bild der Tatsachen zusammengefaßt. Ich war in ein Nest überfütterter, fanatischer Typen geraten, die unter ihren Turbanen, zwischen zwei Humpen Milch, Kommandounternehmen und Revolution ausheckten.

Schon beim ersten Bissen überkam mich eine Art Ekel. Vor allem der Geruch der Milch mit der faltigen Fettschicht oben im Krug brachte meine Innereien in Gärung. Die Typen durchbohrten die Haut, rührten sie unter und füllten das wabblige Gesöff in ihr Glas. Das erinnerte mich an Kühe, die dicken Milchkühe der Normandie, wo ich herstamme. Mir war ganz danach, diese ländlichen Bezugnahmen auszukotzen. Die Weiden, das Fleisch, die Euter, die Milch und die flachen, rotbraunen, flüssigen Kuhfladen. Ich hatte den Eindruck, daß diese Riesen die ganze Pampe, den Dreck der Färsen und Muttersauen, sich mir nichts dir nichts einverleibten.

Meine Nachbarin gegenüber, die offenbar aufgrund ihrer Leiden ein besonderes Gespür für hysterische Anwandlungen hatte, erkannte in mir sogleich den morbiden Bruder. Sie warf mir einen zarten, mitleidsträchtigen Blick zu, aus dem ich ein gewisses Maß an Freundschaft, Ermutigung, ein heimliches Einverständnis herauszulesen glaubte. Was sie anging, so kaute sie hoch, gewissermaßen mit spitzen Zähnen, und würgte an ganz kleinen Häppchen herum. Die fetten Typen verzogen ab und zu spöttisch das Gesicht, ihre schwarzen Augen blitzten vor Geringschätzigkeit, vielleicht auch lüstern. Sie linsten die Zicke verstohlen von der Seite an. Ich, das Lamm, bedachte sie mit einem schüchternen Lächeln. So bindet Krankheit schwächliche oder behinderte Naturen zwecks medikamentöser Idyllen, Serenaden des Leidens aneinander. Meine Phantasie malte sich prompt eine schwindsüchtige Liebe zwischen Blutentnahmen, Spritzen und Pillen aus. Dann würden wir in Augenblicken der Erleichterung die Ekstasen von Moribunden durchleben, die angesichts des drohenden Todes aufs höchste gesteigert waren.

Ich brachte nichts mehr herunter. Meine Nachbarin kaute weiterhin geduldig und schicksalsergeben, aus Gründen des Überlebens, sicher ihren Eltern zuliebe, gehorsam bis zur Verzweiflung. Sie hob die Gabel, spießte ein Stückchen Fleisch auf, zerkleinerte es mit den Zähnen, zermanschte und verschluckte es. Ich stellte mir vor, wie der Nahrungsbrei in diesem erschöpften Labyrinth nach unten wanderte.

71

Sie war gelb, sehr gelb, hatte gelbliche Augen, eine Haut wie eine angegangene Banane, es war zweifellos die Leber. Weil ich so störrisch und angeekelt vor meinem Fraß verharrte, fürchtete sie, wieder in ihre eigenen Ekelgefühle zu verfallen. Denn sie kannte meine Krämpfe, den scharfen Blick eines skeptischen Kranken angesichts der vitalen, blinden Gier der Tischgenossen nur zu gut. Die Wutze taten sich an Fudern überbackener Nudeln gütlich, woben ein Netz elastischer Sehnen aus Gruyère zwischen Teller und Schüssel. Dieser Schweinefraß, diese zahllosen hauchzarten, glitzernden Fäden aus zähflüssigem Käse über den klebrigen Nudeln waren nicht mehr zu entwirren. Unter gierigem Gelächter spulten diese Ferkel die Melasse um ihren Löffel, fuhren sie ein in ihren Schlund. Dann genehmigten sie sich noch ein großes Glas Milch. Ich hatte den Eindruck, daß sie ständig zunahmen, dicker wurden, sich mit Kraft und Blut eindeckten. Meiner Nachbarin wurde auch übel.

Wir gingen beide schon vor dem Nachtisch: saurer Yoghurt, das war nicht mehr möglich! Wir spazierten im Jardin du Luxembourg herum. Sie hieß Nicole. Sie war einundzwanzig und bereitete sich auf ihr Examen in Psychologie vor. Sie war sanft und schwach. Regelmäßige, recht schöne, unauffällige Gesichtszüge. Sie mußte sich schonen, beim Atmen, beim Gehen, beim Sprechen, und auch wenn sie mich anblickte. In einem Anfall von Paranoia hatte ich den Eindruck, sie wolle mich mit sich selbst identifizieren, mich auf die Seite ihrer defizitären Kraftlosigkeit ziehen. Ich sah auch, daß sie meine Angst wahrgenommen und verstanden hatte, daß sie mich ihrer guten Absichten, meine Person betreffend, versichern wollte. Sie spürte alles, die Krankheit hatte ihre zartesten Fibern, alle ihre Wahrnehmungsorgane geschärft. Dennoch war sie ein bißchen verblüfft, als meine natürliche Zyklothymie mich veranlaßte, plötzlich von der Depression zur weitschweifigen Erregung überzugehen. Sie erkannte den zarten, angeekelten jungen Mann vom Restaurant nicht wieder. Sie fragte sich auch, wieso mir mit einem Mal eine solche Verschwendung von Energie möglich war, da ich kaum etwas gegessen hatte. Ich ahnte, daß sie mit Hilfe ihrer durch Studium erworbenen psychologischen Erfahrung meine manische Krise diagnostizierte. Doch ein labiler, überhitzter Typ meines Schlages mußte ja eine solche von Blutarmut untergrabene leidende Schöne, deren Leber sich zersetzte, faszinieren. Sie gestand denn auch, daß sie an einer seltenen Form von Hepatitis leide, einer chronischen Degeneration. Ihre Leber verfaulte langsam, mit Sicherheit. Sie hatte einen giftigen Schwamm unter den Rippen. Ich sah diese übelriechende Seerose und das arme Leben, das an dieses verrottete Organ gebunden war. Sie bewunderte mich, beneidete mich mit jenem trügerischen Drang, der jeden Kranken bewegen könnte, seine Schrecken gegen diejenigen eines anderen zu tauschen, die ihm weniger schlimm erscheinen. Das Gespräch zweier Mütter – die eine hatte ein mongoloides Kind, die andere ein autistisches – sollte mich Jahre später auf gleiche Weise in Erstaunen versetzen. Die zweite war ganz angetan vom Down-Syndrom. Wie gerne hätte sie ihren kleinen Depressiven, der an Inkontinenz litt, gegen einen handfesten, selbständigen, fröhlichen und stämmigen Mongoloiden ausgetauscht! Der Schrecken ist immer relativ und die Hölle eine Frage des Grades. Nicole hätte mir mit Freuden ihre Hepatitis angehängt und meine lebhafte Zyklothymie dafür genommen. Zweifellos war ich nach meinen Krisen erschöpft, fiel in ein tiefes Loch, aber dieses beschleunigte Lebenstempo hatte auch etwas Anziehendes. Ich konnte auf diese Weise während drei, ja vier, fünf Stunden dauernder sintflutartiger Schwatzhaftigkeit zum großen Mißfallen meiner Freunde, die sich noch heute vor meinen Telefonaten fürchten, andern etwas vormachen. Sie hingegen mit ihrer Leber wäre solcher Aufschwünge keine zehn Minuten lang fähig gewesen. Aber sie hatte einen süßlichen, diskret fauligen Atem und große hervorquellende, von Gelbsucht und Melancholie getrübte Augen. Ich muß gestehen, daß diese ihre äußerste Gefährdung in meinem tiefsten Innern den Rest eines animalischen Sadismus freisetzte. Der Schwache ist einem noch Schwächeren gegenüber grausam. Ach ja, ich bereue es, aber Nicoles Blutarmut schürte plötzlich meine sexuelle Erregung. Weckte in mir wer weiß was für ein reißendes archaisches Tier. War ich denn nicht von ganz anderem Schlage als diese trivialen Bartträger mit puterrotem Gesicht, diese spionierenden Parasiten, die das Restaurant der Kränkelnden heimsuchten? Und wenn Nicole – ich weiß, es ist schrecklich, was ich sage – dank einem Spiel der Vorsehung einem noch hinfälligeren Kranken begegnet wäre, hätte sich ihre Auflösung vielleicht rückgängig machen lassen, wäre sie möglicherweise plötzlich aufgelebt im Verlangen, die Lebenskraft eines anderen zu nutzen, wäre sie über diesen Schwächeren hergefallen.

Unsere Begegnung war in fahlen Sonnenschein getaucht. Die goldenen Blätter im Garten funkelten in einem Licht, das aus ihrem innersten Wesen zu strömen schien. Sie verbreiteten in der Agonie des Herbstes ein letztes Leuchten. Und dieser Luxus, dieser Glanz im Tode faszinierten mich. Ich knüpfte daran ein paar schöne Metaphern, die meine neue Freundin vollends verführten. Sie antwortete, ihre Leber, sie selbst, verbrenne in diesem sterbenden Schimmer. Mir fiel es schwer, die hohen, trockenen, sonnigen Kastanien, ihre rötlichen Tönungen, die die Luft zum Knistern brachten, mit Nicoles Leber zu vergleichen. Der Boden war übersät mit großen Blättern, deren Rückseite glänzte, ein Windstoß wirbelte sie hoch, und plötzlich flatterten sie scharenweise davon, vollführten funkelnde Tänze. Wir waren gefangen, Nicole und ich, im Reigen der Flammen. Ich war begeistert von diesem Tanz, und Nicole sah zu, wie ich vorstieß, mit einem Mal dionysisch, auf diese glühenden Wirbel zu, als wolle ich sie umarmen und mich mit ihnen wie mit einer Siegestrophäe schmücken. Es war mir allerdings schwindlig, meine Spannung hatte mit einem Mal nachgelassen, ich taumelte und lehnte mich schwankend an Nicoles Schulter. Sie nahm mich in die Arme. Ich spürte ihren welken Atem, versank in ihren großen gelben Augen, die wie Tümpel aussahen. Ich lehnte mich an ihren Schenkel. Ihr Rock, an dem ich mich festhielt, rutschte etwas hoch, und ich spürte unter den Fingern ihr nacktes Fleisch. Ich wurde steif, loderte unverblümt auf wie am Rande einer Ohnmacht, unglaublich hart, ein roter, erigierter Kastanienbaum ... Das Gefühl dieser jungfräulichen, aus den Kulissen der Krankheit aufgescheuchten Haut, die Berührung dieses sehr glatten, unbekannten Fleisches, das gleichsam aus dem Fallobst des Herbstes gepflückt war, hatten mich heftig durchgerüttelt. Es war im Grunde das Leben dieses Mädchens, die Schönheit ihres Schenkels, unberührt für meine gierige Jugend. Ich hatte Lust zu vögeln, zu vögeln, bis ich krepierte, uns vor Lust zum Schreien zu bringen unter der glühenden Krone der Bäume und auf diese Weise den Tod zu zerstören, seinen Drachen aus kriechenden Blättern, die feucht am Rande des Bassins lagen, wo die Kinder spielten, niederzustrecken.

Wir trennten uns. Ich konnte ihr meine Verbindung mit Anny nicht ganz verheimlichen. Ich war in einem Alter, wo man in Herzensangelegenheiten noch nicht diplomatisch verfährt. Nicole war enttäuscht über meine Bindung, doch das Wissen darum, daß ich vergeben war, erleichterte sie gleichzeitig, verwies sie wieder auf ihre Krankheit, auf ihre langsamen, regelmäßigen Riten, ihre Kasteiungen, die wie eine sanfte Droge wirkten, in der das Leben vor sich hindöst.

Abends hatte ich einen Termin bei Doktor P. Der Gedanke an meinen Staphylococcus beschäftigte mich aufs neue. Ich fürchtete, daß der Arzt ein Fortschreiten der Krankheit feststellen könnte, einen Sprung in Richtung auf mein vom Dolch bedrohtes Herz. Ich mußte etwas warten. Die Tür des Sprechzimmers ging auf. Ich hoffte, daß ein schöner ängstlicher Greis oder ein gestreßter Fünfzigjähriger auftauchen würde, daß P. ihnen die Tür zeigte, auf die große Treppe wies, und der Patient die Ersteigung in Angriff nehmen würde, passiv, schicksalsergeben, nur flüchtig bekleidet oder noch entblößt, mit dem Ausblick auf das Elektrokardiogramm, das folgen würde. Doch statt eines Patriarchen oder eines Graukopfes erschien eine kleine, lebhafte, plappernde Alte. Als P. plötzlich den Arm ausstreckte, wußte ich, daß sie den Treppentest machen mußte. Sie ließ sich diese ungewöhnliche Aufforderung wiederholen. Dann richtete sie sich verärgert kerzengerade auf, maß den Doktor mit einem Blick:

„Was? Ich soll da hinaufkrauchen, ganz allein, haben Sie denn keine anderen Methoden?!"

Dann lachte sie plötzlich schallend:

„Sie sind ein exzentrischer Mensch, Herr Doktor! Ein Künstler in Ihrem Fach! Jawohl! Haben genialische Einfälle ... Ich werde Ihre Treppe da nie hinaufgehen, mir tun die Knie schon weh, wenn ich nur daran denke. Denken Sie sich etwas anderes aus, aber ich: niemals. Ich leide an Klaustrophobie, Herr Doktor! Lege keinen Wert darauf, da oben jemandem zu begegnen, auf den Etagen, im Unbekannten. Nie und nimmer!"

Der Doktor erstarrte, zögerte, kapitulierte. Sobald er mich eintreten sah, gehen sah, hatte er, glaube ich, seine neueste Eingebung und gab die Hypothese des schönen goldenen Staphylococcus auf. Indessen röntgte er mich und prüfte das Herz. Nein, der Muskel funktionierte normal. Die Mikrobe hatte sich also nicht von der Stelle gerührt ... Er sah mich prüfend von der Seite an, ließ mich den Mund öffnen, stellte fest, daß der Rachen weniger gerötet war. Er untersuchte mich weiter. Es störte ihn doch, daß er den großen Staphylococcus ad acta legen mußte. Dann rief er plötzlich aus:

„Es ist ein Meniskus!"

Ich fuhr zusammen, kannte dieses Wort überhaupt nicht. Ich befürchtete irgendeine akute ansteckende Krankheit, die noch unheilbarer war als mein Staphylococcus. Und der Doktor warf hin:

„Eine Bagatelle! Eine Bagatelle, das operiert man!"

Mich jedoch erfüllte die Vorstellung einer Operation mit Schrecken, ich zog meine wandernde, goldfarbne Mikrobe vor.

„Eine Bagatelle! Es handelt sich um einen winzigen Knorpel, eine Stütze des Kniegelenkes. Und das haben Sie gebrochen, jawohl! Ich habe zuerst nicht daran gedacht, weil Sie nicht wie ein Sportler aussehen, und diesen Ärger haben meistens Fußballer oder Rugbyspieler. Aber das ist's! Ich weiß es."

Ich hingegen fürchtete, daß P. von einer weiteren Illusion an der Nase herumgeführt werde. Der Meniskus sagte mir nichts. Dann befragte er mich aufs neue, wollte wissen, ob ich nicht irgendwo angestoßen oder gestürzt sei. Kein Aufprall ...

„Denken Sie nach! Denken Sie nach!" ermunterte mich P. „Auf jeden Fall röntgen wir die Knorpel, gut, es ist ein wenig schmerzhaft, man träufelt eine Flüssigkeit ins Gelenk, das Knie schwillt wie ein Ballon auf das Dreifache, Vierfache seiner normalen Größe an, dann sieht man alles und kann röntgen! Aber das wird häufig gemacht, ist nichts weiter, eine Bagatelle! Viel besser als der goldene Staphylococcus! Denken Sie nach! Es muß ein Trauma vorliegen, das ist sicher ... Dann auch noch der äußere Meniskus! Das ist selten! Das reißt nicht von selbst, denken Sie nach, gehen Sie bis in Ihre Kindheit zurück. Die Schädigung kann jahrelang vorhanden sein, dann bricht es, reißt es plötzlich …"

Ich suchte nach einem Trauma in meiner Kindheit. Und zwar im Sinne von Freud, aber Dr. P. verstand das anders, er wollte etwas Physiologisches, Mechanisches, einen schönen Knochenbruch, keinen seelischen Schaden. Ich fand nichts. Er verordnete mir besagte Röntgenuntersuchung.

Nachts im Bett kamen Erinnerungen hoch dank jenem leichten Rausch, der am Rande des Schlafes eintritt, sogar bei denjenigen, die nicht einschlafen wollen und vor dem Nichtsein zurückweichen. Ich mochte diesen Augenblick, diesen Kampf gegen die Stumpfheit mittels eines von Bildern vergoldeten Balletts. Nach und nach verflüchtigt sich das Gefühl der Unwiederbringlichkeit der Zeit und unserer Endlichkeit. Das Ich kommt in Schwung, erwärmt sich, berauscht sich, berieselt von den Strömungen seines eigenen Lebens, seines gesamten Schicksals. Narziß macht sich wieder flott an seinen Quellen, die lebendiger, tiefer sind, als er annahm. Es ist eine Auferstehung, ein Wiederaufleben. Man fliegt, gerät in Levitation, wirbelt herum in Wellen der Euphorie. Man hat das Gefühl, sich kreisförmig auszudehnen, unsterblich zu sein, aber nicht in dem Sinne, wie Neuzil das Wunder des Orgasmus beschrieb. Nein, wer nicht einschlafen kann, taucht in eine nicht so heftige, nicht so ekstatische Unsterblichkeit ein, er schwimmt, badet im Fluß seines Lebens, das sich um ihn herum einrollt, plazentar und sternförmig. Das Bett ist Rückkehr in den Urleib, die überreizte Einbildungskraft nährt einen mit ihrem Blut, mit ihrem feurigen Strom. Man schwebt in den Sternen, in runder Unendlichkeit, gesättigt von Wachheit, Sinn, Strahlung.

In diesem Zustand sind gewisse Ereignisse meiner Vergangenheit wieder an die Oberfläche gekommen. Ja, ich hatte mir natürlich einen Meniskus angeknackst, und ich begriff auch, wie, mit der Wachheit und dem Langmut, die für den Zustand, in dem ich mich befand, jetzt um Mitternacht, charakteristisch waren ... Als Gymnasiast hatte ich die Gewohnheit, mein Publikum durch Gleitflüge im Treppenhaus zu unterhalten. Das war ein Spiel, eine Farce, eine Herausforderung. Ich informierte meine Gefährten. Ich blockierte in meinem Innern alles Empfindungsvermögen, ich sperrte alle Zugänge zum Leiden ab. Das ist eine Technik, die ich zum Patent anmelden und vertreiben lassen könnte für Fakire, für solche, die auf glühenden Kohlen wandeln möchten oder Anwärter auf Folterungen sind. Es gelang mir auf Anhieb, meinen Stromkreis abzuschalten. Ich zuckte nicht mit der Wimper. Ich war gleichzeitig angespannt, ganz vereinnahmt von höchster Konzentration, und ausradiert. Und hopp! Ich sprang ins Treppenhaus, ich überschlug mich mehrmals ohne Laut zu geben, geduckt zwischen den Armen, den Beinen, verpuppt, ich prallte auf wie ein Ball. Der Schmerz, wenn ich hart aufschlug, war um mich, aber nur am Rande, erreichte mich nicht, drang nicht durch meine inneren Barrikaden. So mußte ich den Meniskus gebrochen haben. Das paßt. Ich war auch ein As im Klettern. Wenn ich mit meinen Freunden abends ausging, faßte ich einen Lichtmast ins Auge und hißte mich mit Armen, Knien und Füßen blitzschnell bis ganz oben hoch. Ein bißchen wie die Eingeborenen auf Kokospalmen klettern. Das war mein Exotismus. Ich mag ja die Inseln so ... Ich spürte durchaus, daß meine Knie gegen die Metallsäule stießen. Noch schlimmer, auf dem Rückweg ließ ich mich, um ihn abzukürzen, von oben herunterfallen. Wenn ich unten ankam, mußten meine Gelenke den Aufprall auf dem Bürgersteig verkraften ...

Dem Erwachsenen, der daran zurückdenkt, enthüllen diese Kamikazeleistungen des Jugendlichen einigermaßen beunruhigende selbstmörderische Neigungen. Ich stürzte mich begierig ins Leere. Ich fühlte mich, gerade weil ich den Teufel versuchte, unverletzlich. Am Ende dieser Logik stand insgeheim die Gewißheit, daß selbst der Tod mir nichts hätte anhaben können. Das war die zugrundeliegende Vorstellung, die eigentliche Versuchung. Ich bin heute dabei, sie wiederzuentdecken. Sich ohne zu zittern umbringen, die Gegenwart des Todes blitzschnell genießen, ihm ein Loch in den Wanst bohren und durch selbiges abhauen. Ich habe das Zeremoniell des *Harakiri* immer bewundert, dieses ganz und gar hochmütige, narzißtische Schlachtfest, das darin bestand, sich ohne zu zögern den Bauch aufzuschlitzen, in den Tod einzugehen, indem man sich selbst die Tür seines Körpers öffnet. Genaue, makellose, einwandfreie Arbeit. Nicht so sehr Heroismus, sondern Handwerk eines Künstlers oder Hohenpriesters. Ich finde das ein bißchen eigen, aber erregend wagemutig. Was sein muß, muß sein, damit man nicht idiotisch stirbt. Gewissermaßen eine Sicherheit des Schreibens, des Stils, eine scharlachrot paraphierte Unterschrift. Nun ja, ich werde die mir Nahestehenden ängstigen und quälen. Jedenfalls akzeptierte ich in dieser schlaflosen Nacht plötzlich Doktor P.s Diagnose, natürlich, ein Meniskus! Und ich tauschte meinen romantischen goldenen Staphylococcus gegen eine winzige elfenbeinfarbene Gelenkstütze aus, die nun wie ein Ring meines Schicksals war.

Am nächsten Morgen enthüllte ich Doktor P. die Wahrheit. Er freute sich, daß seine Hypothese Bestätigung erfuhr, wobei er sich über meine Kaskaden in den Treppenhäusern überhaupt nicht wunderte und mich auch nicht aufforderte, über diesen merkwürdigen Trieb einmal ausführlich nachzudenken.

Die Arthrographie war weniger beschwerlich, als man mir gesagt hatte. Ich empfand überhaupt nichts während der eindrucksvollen Ausdehnung des Knies. Doch vielleicht war das auch hier wieder ein Streich, den mir meine Fähigkeit spielte, den Schmerz auszuschalten, indem ich direkt auf ihn zuging. Das war die Erklärung: Ich stürzte mich fröhlich auf das Übel, das ich mir ausgesucht und das ich beschworen hatte. Ja, und zwar nicht ohne lyrische Begeisterung! Ein Freund, ein alter Romancier, nannte mich einmal scherzhaft „das Signalhorn", und zwar unter dem Vorwand, daß ich laut spreche. Er wußte gar nicht, wie recht er hatte. Der Jugendliche, ungestüm, gab dem Pferd beide Sporen, das Horn in der Hand, und zelebrierte sein Halali.

Ich kaufte eine Zeitung in einer kleinen schäbigen Buchhandlung mit Radiergummis und Bleistiften, da sah ich hinter der Scheibe auf dem Bürgersteig die junge Jüdin, die einmal in der Woche einen Religionskurs in der kleinen Schule besuchte, auf die das Fenster meines Zimmers hinausging. Ich erkannte sie sofort. Gelassen, schüchtern, mit ihrem langen Haar. Sie war in Begleitung einer sehr schönen Frau, wahrscheinlich ihrer Mutter ... Man konnte voraussagen, daß das junge Mädchen später einmal wie sie aussehen würde. Sie kamen näher und betraten plötzlich die Buchhandlung. Wir grüßten uns. Das junge Mädchen erkannte mich, errötete, deutete ein leichtes Lächeln an, den Hauch eines Lächelns, der ihr Gesicht beschlug. Die Mutter bemerkte die Verlegenheit ihrer Tochter und betrachtete mich. Sie hatte fülliges, tiefdunkles Haar und große schwarze feurige Augen, die mich forschend ansahen. Ihre Schenkel und Hinterbacken steckten in ausgebleichten, engen Jeans. Eine kurze, etwas saloppe Lederjacke gab den Blick auf einen mit Nägeln beschlagenen Gürtel frei. Sie stand offen über einem braunen Pullover. Man sah die dicken Brustwarzen, die sich unter der Wolle abzeichneten. Das kleine Mädchen sah, wie seine Mutter mich ansah. Sie bemerkte, wie fasziniert ich war von der schönen nach Moschus duftenden Frau, ihren weichen Bewegungen, der erregenden Art und Weise, wie sie sich über die Magazine beugte und mit dem Finger die

Seiten umschlug. Lässig, dann plötzlich nervös, vor ihrer Tochter stehend, ihr ein Bild zeigend, ihr eine Zeitschrift vorschlagend, dann etwas anderes ... sie flanierte die Gestelle entlang, nachdenklich. Dann sah sie, angezogen von einem Modefoto, die Seite konzentriert aus der Nähe an, betrachtete sie lange, prüfte sie, verglich sich mit dem Modell, studierte es, stellte sich das Schmuckstück an sich selber vor, fragte die Tochter um ihre Meinung. Und diese entdeckte ein ganz kleines Kleid aus Jersey, das straff über den schönen Formen eines Mädchens lag, dessen Busen, Hüften, sinnliche Falten sich abzeichneten. Das kleine Mädchen blinzelte angesichts solcher Gewagtheit, solcher Sicherheit im Weiblichen, und zog sich mit einem Frösteln in sich zurück, wie überstrahlt vom Glanz und der Lüsternheit ihrer Mutter, die die Weihe des Liebeskleides begehrte.

Bevor sie den Laden verließen, grüßten sie mich noch einmal. Das kleine Mädchen lächelte wieder, mit diesem flüchtigen Lächeln, das sich nicht so sehr auf den Lippen abzeichnete als vom ganzen Gesicht widergespiegelt wurde. Sie drehten sich weg. Das Hinterteil der Mutter versammelte auf kleinstem Raum ein Höchstmaß an trägem, laszivem Fleisch. Ich konnte nicht umhin, meinen Blick darauf ruhen zu lassen, das kleine Mädchen warf einen kurzen Blick zurück und erfaßte, in welche Richtung mein Blick, den ich sofort abwandte, gegangen war. Die Mutter ging als erste auf die Straße, die Kleine folgte ihr, ihr Magazin in der Hand. Sie konnte nicht vermeiden, sehr rasch, wie ich, mit fast ängstlichem Gesichtsausdruck, den Hintern ihrer Mutter zu betrachten, der füllig und in Bewegung war, sich durchdrückte durch den verwaschenen Stoff, aufs äußerste gespannt, unter dem schwarzen glitzernden Rand der hin und her schlenkernden Halbstarkenjacke. Das kleine Mädchen trug einen dunkelblauen Mantel, der seinen Körper verhüllte.

Ich war auch gerade am Hinausgehen, als ich Johann Neuzil sah, der langsam auf dem Bürgersteig daherkam. Das Erscheinen des Bankerts von Egon Schiele überraschte mich. Neuzil humpelte mit sanftem, etwas schmerzlichem Gesichtsausdruck. Er blieb stehen, um einem Paar zuzusehen, das sich jagte, auf dem Bürgersteig herumhüpfte, zurückblieb ... Die Frau und der Mann stießen sich mit den Ellbogen an, rammten ihre Schultern gegeneinander, trieben leichtfertig Unfug. Sie umarmten, küßten sich, eins stand dabei auf der Straße, das andere auf dem Bürgersteig, sie schwankten hin und her. Sie spielten die Rolle eines Liebespaares, denn man spürte, daß sie sich ihrer Gesten bewußt waren, ihrer launigen Streitigkeiten. Neuzil verfolgte die Szene, blieb auf der Straße stehen, ein bißchen vorgeneigt, über seinen kranken Fuß gebeugt. Er verschlang das herrliche junge Liebespaar mit den Augen. Doch sein Blick verriet nicht die geringste erotische Neugier, einzig das Glück der Betrachtung. Neuzil genoß die Schönheit der Liebenden. Sie überholten ihn, und Neuzil blieb stehen, ein bißchen verblüfft, unbeweglich auf dem Fahrdamm. Er ging nicht weiter. Er hatte kein Ziel, keinen genauen Treffpunkt. Da, wo er war, fühlte er sich wohl. Er spürte den Schmerz in seinem Fuß nicht mehr. Er sog die Luft tief ein, einen frischen Wind. Ein Sonnenstrahl drang durch die Wolken und fiel auf die Straße, beleuchtete sie in ihrer ganzen Länge. Neuzil lächelte dem Licht zu. Sein Gesicht strahlte eine unendliche Sanftheit aus. Er blieb da stehen, bot sich der fahlen Sonne dar, überließ sich ihr, horchte gedankenverloren in sich hinein, war aber trotzdem offen für die Dinge, für die Leute auf der Straße. Er wurde durchsichtig, sein übernatürlicher Umriß verflüchtigte sich allmählich, verwandelte sich in ein Trugbild. Dann entschloß er sich plötzlich dazu, weiterzugehen, mit hocherhobenem Gesicht, das immer noch vom gleichen Entzücken geprägt war auf dieser Zauberstraße, die plötzlich von allem Lärm verlassen war ... ein leerer, breiter Gang, der sich phosphoreszierend dahinzog ... Von Neuzil ging ein Leuchten aus. Und ich wurde von einem Schauder ergriffen, als ich ihn im Profil vorbeigehen sah, die zarten Adern seiner Schläfe, seiner Wange sah wie Spuren von Leiden, die das Licht nun dämpfte, die es von ihm genommen hatte.

Diese Vision von Johann Neuzil beschäftigte mich den ganzen Tag, wurde zur Besessenheit. Ich versuchte, meinem Denken eine andere Richtung zu geben, doch das Bild eines Neuzil, der offen und strahlend vom Licht getragen wurde, kam immer wieder an die Oberfläche. Am Abend versuchte ich, die Szene Marguerite zu schildern, die vor sich hin summte und Nieren für Touflette kleinschnitt. Ich ließ nicht locker. Sie richtete sich auf, sah mich prüfend an und zuckte die Achseln. Sie kam mir plötzlich grotesk vor, schief und aufgeblasen. Dann sagte sie:

„Na ja! Neuzil ist ein Original! Schwebt in höheren Sphären ... gewiß!"

Wie dankbar war ich Marguerite für diesen Vergleich, der Himmlisches ins Spiel brachte.

„Ja, genau ... er schwebt auf Wolken ..."

„Ah! So war das nicht gemeint! Er ist mit seinen Gedanken eben anderswo!" entgegnete Marguerite.

„Nein! Da steckt mehr dahinter, etwas Intensiveres ... Neuzil strahlt Licht aus!"

So weit wollte Marguerite nicht gehen. Sie fand meine Begeisterung sogar etwas fragwürdig. Hatte ich denn keine Augen im Kopf? Das sei doch wirklich übertrieben!

„Aber was wollten Sie mir über Neuzil erzählen? Was gibt's denn?"

Sie wartete gespannt auf meine Antwort. Ich konnte nicht anders, ich wußte zwar, wie falsch es war, wußte, daß ich schweigen, meine Eingebung, meine Erleuchtung für mich hätte behalten sollen. Aber überwältigt, geblendet von dem, was ich tatsächlich gesehen hatte, rief ich aus:

„Johann Neuzil ist ein Heiliger! Jawohl! Ein Heiliger! Marguerite, es ist außerordentlich ... Er ist ein echter, von Licht durchdrungener Heiliger. Ja, es gehen Strahlen von ihm aus."

Marguerite war das nicht recht. Sie war zutiefst realistisch, sie war für greifbare Tatsachen. Meinetwegen noch für eine strahlende Sonne, für die Treppe des Justizpalastes – dieses reine architektonische Wunder –, meinetwegen für Touflette, für Begeisterung in normalen Bereichen. Eine Katze vergöttern, nun gut. Aber Unsinn verzapfen über Neuzil und, noch schlimmer, das Übernatürliche bemühen! Ich wußte, daß ihr Glaube an Gott und ihr Lippenbekenntnis zum Katholizismus gerade die Funktion hatten, alles Mystische zu unterdrücken, während sie mit beiden Beinen auf dem Boden der Wirklichkeit stand. Marguerite war auf Normen bedacht. Mir nichts dir nichts behaupten, Johann Neuzil sei ein Heiliger, das schockierte sie, weckte den Verdacht, ich sei nicht ganz richtig im Oberstübchen. Marguerite war mißtrauisch gegenüber den Erleuchteten; Spinner seien das, sagte sie.

„Der ,Plötzlich' ist kein Heiliger! Was fällt Ihnen denn ein ... In seiner Jugend war er ein arger Schürzenjäger, das weiß ich genau, ein Windbeutel! Jawohl! Ha! Das hatte er von seinem Vater, seinem vorgeblichen Papa! Der, dieser Schiele, mit seinen nackten Mädchen, ständig und überall mit gespreizten Beinen auf dem Rücken, ja! Nicht mal gut gebaut, schwächlich, schwindsüchtig, syphilitisch, Nutten, noch halbe Gören ... Minderjährige! Ich habe sie in seinem Album, das wie eine Bibel auf dem Tisch in seiner Wohnung liegt, gesehen ... nein, danke! Und offenbar ist Schieles Zeichnung, die Neuzil versteckt, grauenhaft obszön und gotteslästerlich. Maurice und David haben sie gesehen. Er hat sie ihnen heimlich gezeigt. Kommen Sie mir also nicht mit dieser Heiligkeit! Ich bin, was ihn angeht, noch über anderes informiert, seine Neigungen ... Insgesamt ist er ein ordentlicher Mensch, wenn Sie so wollen, im großen ganzen, aber er hat seine Schwächen, aber wie! Und nicht kleine, sondern gewaltige!"

Wie konnte sie nur wagen, Neuzil mit dem grotesken Spitznamen ,Plötzlich' und ihrem üblen Klatsch zu profanieren! Ich rief entsetzt aus:

„Ich habe Sie nicht für so prüde gehalten! Und Neuzils vergangenes Leben geht mich nichts an, meiner Meinung nach ist das kein Grund dafür, daß er kein Heiliger sein könnte! Denn das hat es ja schon gegeben, Heilige, die in ihrer Jugend sehr ausschweifend gelebt haben! Ich habe ihn genau beobachtet auf der Straße, habe sogar Betrachtungen über ihn angestellt, und weiß Bescheid! Haben Sie jemals gehört, daß er über jemanden etwas Böses sagte? Nein! Nie ... Er ist geduldig, gütig. Er hört einem aufmerksam, freundschaftlich zu. Er ist liebenswürdig, liebevoll! Und gerade als er mir das Album mit Egon Schieles Akten gezeigt hat, geschah das ohne jede Zweideutigkeit und Geilheit. Davon ist er meilenweit entfernt! Im Gegenteil, er brachte solcher Schönheit äußerste Achtung entgegen! Entzückt! Er kommentierte den überwältigenden Zeichenstil Schieles, seine präzise, außerordentliche Kunst, seine Liebe zu den Körpern, ihrer verletzlichen, vergänglichen Schönheit, jawohl! Ihrer heiligen Schönheit! Er ist ein Heiliger! Ätherisch ist er, jetzt hab ich's! Nach dem Wort habe ich gesucht. Ah! Das ist's: ätherisch!"

„Ätherisch?"

Marguerite nahm das Wort wie eine Beleidigung auf, gewissermaßen als juristisches Beweisstück:

„Ätherisch! Das besagt überhaupt nichts, oder bei Ihnen ist eine Schraube locker!"

Ich schlug zurück:

„Er ist ein Heiliger!"

Da entdeckte meine Hauswirtin eine Eigenheit ihres Studenten, die sie noch nicht kannte: den Zorn, die herannahende Krise, die veränderte Stimme, ihren mit einem Mal metallischen lauten Klang. Das mochte sie gar nicht. Was fiel mir denn ein, so benahm sich doch nur ein Verrückter?

„In diesem Ton spricht man nicht mit einer alten Dame!" sagte sie, in höchstem Maße indigniert. „Sie machen mir Ärger, ich dachte immer, Sie ... so etwas hatte ich von Ihnen nicht erwartet! Nerven Sie mich nicht mehr mit Neuzils Heiligkeit und Schieles Schweinereien. Sie sind ein Fanatiker! Ein Fanatiker! Vor so etwas graust mir! Heilige? Gibt's nicht mehr. Seit der heiligen Therese gibt es keine mehr. Das ist nicht mehr modern, das ist vorbei!"

Ich verdaute mein Scheitern im Bett. Ich hatte meiner Hauswirtin meine Entdeckung nicht vermitteln können. Nur nichts mehr sagen, auf Anny warten: Sie würde verstehen.

Wir liebten uns, einmal ganz schnell, und beim zweiten Mal langsam, mit allen Mäandern der Lust. Dann gingen wir essen und kehrten in mein Zimmer zurück. Ich wartete, zögerte ... Anny fragte sich, weshalb ich so verstört sei.

„Du bist so seltsam, ist etwas nicht in Ordnung?"

„Ich habe da etwas erlebt, auf der Straße. Ich bin nämlich Johann Neuzil begegnet. Er ging auf dem Bürgersteig, dann blieb er stehen. Ein Lichtstrahl fiel jäh über sein Gesicht. Neuzil lächelte, es war ein ganz überirdisches Lächeln! Er war durchsichtig. Er strahlte immer mehr Licht aus. Er war vollkommen ätherisch!"

„Ja, er ist wirklich ein freundlicher Mensch. Ich mag ihn auch sehr."

„Ach nein, Anny! Da steckt mehr dahinter! Neuzil ist ein

Heiliger. Das ist mir plötzlich aufgegangen, es war einleuchtend, augenscheinlich: Neuzil ist ein Heiliger!"

Anny schwieg. Sie hütete sich, mir zu widersprechen, aber sie war nicht ganz meiner Meinung. Sie war erstaunt über diese Heiligkeit, die plötzlich, an einem ganz gewöhnlichen Wochenende, auf den Plan trat. Sie war von dieser Heiligkeit nicht ganz überzeugt, ohne daß sie sie von vornherein ausschließen wollte.

„Findest du nicht auch?"

„Ich weiß nicht ... Ich habe mir diese Frage nie gestellt ..."

Nein, Anny teilte meine Überzeugung nicht. Doch sie hatte ja Neuzil auch nicht gesehen, auf offener Straße von einem Heiligenschein umgeben, im Nimbus einer fahlen Sonne. Dieses Erlebnis war nicht mitteilbar. Wäre ich an Annys Stelle gewesen, hätte mich die Sache zweifellos interessiert, beschäftigt, ohne mich aufzuwühlen, mich in Mitleidenschaft zu ziehen mit einer wunderbaren Gewißheit. Ich hoffte, daß Anny weitere Fragen stellen würde, verlangen würde, daß ich es noch einmal schilderte, meine Eindrücke präzisierte. Doch sie blieb still. Denn die Heiligkeit entzieht sich dem gewöhnlichen Gespräch, der Befragung. Man kann sich darüber nicht unterhalten. Und vor allem jagt Heiligkeit Angst ein. Ich verstand plötzlich dieses Mißbehagen, diese Angst angesichts des Irrationalen, der Flamme des Geistes. Das war zu gefährlich. Man riskierte, ins Abseits zu geraten, sich zu verlieren ...

Ich küßte Anny so inbrünstig, so pathetisch und verzückt, daß sie sich ein wenig sträubte. Wir waren schließlich keine Heiligen. Ihr wäre lieber gewesen, ich wäre schneller zur Sache gekommen, hätte ohne Umstände ihre Hinterbacken betastet und mich mit steifem Geschlecht an sie geschmiegt. Das hätte sie etwas beruhigt. Sie hätte mich erregt und geküßt, hätte rasch ihr Höschen hinuntergeschoben; die

Beine waren noch in die Jeans verpackt ... Wir waren bald außer Atem, beengt von der Hose, erregt durch diese Behinderung, den helleren, weicheren, nach unten gekrempelten Slip, mein Gürtel schlug mir um die Waden ... Anny, so herausgeholt aus dem zerknitterten Stoff, wirkte nackter und zarter. Zuweilen überkam es uns, wenn wir gerade weggehen wollten, dann hatte sie anschließend keine Zeit mehr, sich zu waschen, sprang auf, im Nu auf den Beinen, zog den Slip einfach wieder hoch, knöpfte kategorisch die Hose zu. Ich fand das etwas gewagt und locker, diese über einem raschen Akt, über ihrem nassen Geschlecht zugeknöpfte Hose. Auch ich verstaute meinen duftenden Phallus, ohne mich zu waschen. Und wir brachen auf, gingen durch die helle Straße Richtung Pont-Marie, Inseln, heilige Kathedrale, von Gerüchen gesättigt. Es kam vor, daß wir Osiris trafen, den Führer und Wächter der Türme. Er musterte uns. Er lächelte schelmisch, ging nah an uns vorbei, seine Nüstern sogen unseren Liebesgeruch ein.

Ach, dieses charmante Auf und Ab des Lebens war jetzt gestört durch den Einbruch des Heiligen, dieser zu weit führenden, zu gefährlichen Heiligkeit. Ich besann mich also auf mich selbst, ging streng mit mir um. Neuzil war vielleicht ein Heiliger. Aber ich durfte darüber nicht ins Schwärmen geraten. Im Gegenteil, ich mußte mich auf Anny konzentrieren, auf die Welt, in den Grenzen unserer Kräfte und unseres Lebens. Ich hatte plötzlich auch Angst, Angst für Anny und für mich. Denn wenn in der großen Leere des Lebens, das sich vor mir auftat, die Heiligkeit mich benommen machte, wäre es sicher schlimmer, noch schwindelerregender, es gäbe keine Schranke mehr vor dem Trieb zum Grenzenlosen hin, zur Trunkenheit, zum Sturz ins Unermeßliche.

Es war besser, über meinen gebrochenen Meniskus zu sprechen. Diese kleine Gelenkstütze war nützlich und konkret ... Während dieses Universitätsjahres konnte ich eine

Operation nicht ins Auge fassen. Es war zu riskant vor den Prüfungen. Man mußte mit vierzehn Tagen im Krankenhaus und einer Rehabilitationszeit rechnen ... Anny hörte mir zu, war gleicher Meinung. Plötzlich küßte sie mich auf die Wange. Ich spürte ihre laue Wärme, den Glanz ihrer Perlmutthalskette. Wir waren aufs neue gleichgestimmt, zwei Studenten, junge Liebende am Anfang ihres Lebens. Neuzil hingegen bewegte sich im Licht, sandte seinem Tod Strahlen entgegen, trug im Herzen Egon Schieles Ikone. Anny und ich waren so weit entfernt vom Ende der Dinge, vom letztendlichen Tun und von der Ewigkeit.

Ich sprang in die Métro, die Türen schlugen zu. Ich sah, noch recht undeutlich, die Leute, die mich umgaben. Plötzlich vor mir: DE GAULLE GESTORBEN. In Großbuchstaben. Riesig und schwarz. Eine aufgeschlagene Zeitung. Die Nachricht nahm eine ganze Seite ein. Ich staunte ungläubig die gleichgültigen Fahrgäste an. Die gleichen in den Tunneln durchgerüttelten ausdruckslosen Gesichter. Ich war nie Gaullist oder sonst etwas gewesen. Weder Mao noch de Gaulle. Verlangen ohne Ziel, Rebellion ohne Programm und Fahnen. Nerven, Krämpfe, Trugbilder. Mir war der Dichter Rimbaud lieber als jedwede Doktrin, ob sie nun mit Waffen rasselte oder kleine Bücher schwenkte. Dann: der Andere, der Große, plötzlich gefällt. Ende des Totems. De Gaulle ist gestorben. Laut vernehmlich, in Großbuchstaben. Das paßt gut zu dem Namen, dem etwas kalten Blason des Namens. Grandios, episch und düster. Eine Mauer stürzte ein wie der Bergfried eines Schlosses, alt und fern, das mich nicht direkt betraf. Aber mit einem Mal näher war. De Gaulle ist gestorben. Jeder in den Fels gemeißelte Buchstabe zerfiel mit seinem ganzen Gewicht, in voller Höhe. Der große gezackte Bergfried stürzte ein. Altes runzliges Heldenlied. Hochtrabender Ton, zum Schweigen gebracht. Ein schwarzer Trümmerhaufen.

Ich ging nach Hause. Marguerite saß auf einem Stuhl und weinte. Als ich sie sah, brach ich gleichfalls in Tränen aus. Ich beweinte vor allem mich selbst, vielleicht auch „den König". Ich weiß nicht, wen Marguerite beweinte ... Ein Horizont, ein Berg in ihrem Herzen, der handfeste Traum eines Kindes, des kleinen Mädchens versank. Ich weiß nicht ... denn für gewöhnlich weckten die Toten weit eher ihre Neugier und ihre Freude darüber, daß sie selbst noch lebte. An

91

diesem Tag war Marguerite nicht neugierig, überließ sich aber einer Sintflut von Tränen und Schluchzern. Sie saß vor dem Fernseher und verschlang die Bilder, alle Bilder aus allen Epochen, aus der ganzen Welt, seine Appelle, seine Versprechen und seine Kehrtwendungen. Die Attentate, die Reden, das Komische seiner Improvisationen in fremden Sprachen. Mit barscher, hochmütiger Miene. Der riesige Spitzbauch über den Völkern. Seine Gangart, der graue, durchfurchte, harte Schädel, dann seine Spottlust, die in den Höhlen rollenden Augen, die Possen eines Riesenaffen, seine Streiche, der Stil, die von unserer Geschichte gesättigte Art, sich auszudrücken, die geheimen Intrigen, rachsüchtigen Wiederholungen, die Prahlereien und Herausforderungen.

Man erlebte alles noch einmal, der an den Stränden Irlands herumirrende Lear, Frankreich, gescholten, ausgezankt wie ein Kind, dann wieder gepriesen, ins Legendäre erhoben, in schwindelnde gotische Höhen entrückt. Ein alter homerischer Kämpe, ein majestätischer alter Herr, ein erschöpfter Gralsritter, ein dicklicher Patriarch, ungezwungen und stolz. Drache der Urzeit, monumentaler gallischer Guru, alte Mistel, alter Baumstamm, uraltes, von Stürmen gebeuteltes Astwerk. Kirchenfenster. Und all das eingestürzt. Ruinen.

Marguerite lud mich zum Abendessen ein. Sie lief in mein Zimmer, öffnete eine Art langen, niedrigen Wandschrank, ein von einem Vorhang verdecktes, veritables Versteck. Da lagen in einer Nische Weinflaschen und verschiedene Kinkerlitzchen. Man hätte in dem Loch einen Terroristen verstekken können, einen dieser von apokalyptischen Plänen überschäumenden Typen des Krankendiät-Restaurants. Da, bei Marguerite, in meiner Bude, klammheimlich. Wie in der Zeit des Alten heimliche Verbindungen, raffinierte Komplotte gegen die Nazis. Marguerite bereitete ein Hühnchen zu ... „Sind Sie mit einem Hühnchen zufrieden?" Ich bejahte. Während sie herumwirtschaftete, erfolgte ein weiterer Tränenguß, sie hielt inne, eine Tasse in der Hand, um Ihn auf der Rednertribüne zu sehen, gegen die treubrüchigen Generale wetternd, plötzlich wütend, drohend ... Und er sah immer wieder anders aus je nach den Epochen, den Dokumenten, mehr oder weniger dick, mit glattem oder ledernem, mit faltigem Gesicht. Ich fand ihn im Jahre 58, als die Geschichte ihn zurückrief, ein wenig obszön, strahlend und pomadig, wie er war. Weder alt noch jung, blasiert, ein großartiger Blender, der wußte, daß er im Recht war, Ehegatte und Herr Frankreichs, selbstzufrieden in seiner Paarung ruhend. Glücklicher Gatte von Marianne. Später faszinierte er mich, anläßlich der Attentate, Petit Clamart unter MG-Feuer, Stürme, Ansprachen, Bannflüche, Spott. Mein Liebling jedoch war dann vor allem der ganz alte, brummige, graue Knurrhahn mit Hängebacken, prähistorischen Kehllappen, dieses große müde, monströse Archiv. Nichts mehr als die glänzenden, scharfblickenden Augen, umgeben von unglaublich spröder Haut, seiner abgewetzten, verbeulten, altersschwachen Rinde. Ein alter Kaiman, eitel und ritterlich. Seine Augen im Nest der Falten, ihr immer noch unerbittliches, eigensinniges Funkeln, sein gegen Ende enttäuschtes, krampfhaftes Lachen, die bitteren Sprünge in allen Faltungen seines paläontologischen Gesichtes .. Ganz zuletzt gepudert, zerlaufener Puder über den Sprüngen im Gesicht, über den Fettpolstern, um die kleinen Augen herum, die unter den gleichfalls gepuderten ledernen Augenlidern aufblitzten ... Denn dieser Puder, der unabdingbar war, wenn man im Fernsehen auftrat, wurde Staub der Zeit, tausendjähriger Sand, Schlamm, in dem sich seine grünspanfarbene, gesprenkelte, rissige, von den chemischen Bädern der Geschichte angegriffene Statue gewälzt hatte.

Marguerite schenkte mir Wein ein. Sie schluchzte: „Mein Hühnchen schmeckt doch, oder? ..." Ich bejahte. Ich aß von

93

der Brust. Sie mochte lieber die Schenkel, die fetten, muskulösen Stücke, die Knochen zum Abnagen, das Steißbein, kleine Anhängsel des Rumpfes, hängengebliebene Hautfetzen. Ich die großen Streifen der homogenen, weichen Brust. Wir gossen den Wein hinunter. Sie huschte zu dem Versteck, brachte ein zweites Literchen an, und hopp! Jetzt weinte ich zusammen mit Marguerite, sobald Er auftauchte ... Der Zirkusclown, der phantastische, auf Stelzen daherkommende Bramarbas mit vorgewölbter Wamme und heroischem Käppi, der Gladiator der Gallier ... Der Augur des 18. Juni tanzte in unserer Trunkenheit Walzer. Dann überkam es uns plötzlich, wir fingen an zu lachen, während wir heulten, man konnte sich nicht mehr beherrschen, bei aller Traurigkeit überkam es uns, wenn man ihn so in Großaufnahme sah, majestätisch und trotz allem häßlich mit seinem unmöglichen gebogenen, kastenförmigen Zinken, den Walroßbacken, seinem Auftreten als Eiche von Dodona, als eingebildeter Bourbone, überheblich und brummig. Wir brachen in schallendes Gelächter aus, gossen uns noch ein Glas Wein ein, fraßen das Hühnchen ratzekahl bis auf die kleinsten Knöchelchen und braungebratenen Abfälle.

Marguerite informierte Touflette: „Ah! meine arme Touflette, der große Charlot ist tot!" Die Katze sah uns mit ihren glänzenden, leeren Augen an. Dann stieß sie angesichts der beiden Betrunkenen ein dünnes Jaulen aus und verzog sich ins Nebenzimmer.

De Gaulle brüllte: „Es lebe das freie ..." und wir lachten uns krumm und schief dabei, wiederholten gemeinsam: Quebec! Quebec!", lachten uns tot ... Die Menge schrie sich heiser, rief ihn, kniete nieder. „Ich habe Euch ..." und wir, Arm in Arm, im Duett: „Verstanden! Verstanden!" ... „Ein Viertelhundert Generale auf dem Rückzug!" ... Und wir, prompt: „Schlimm! Schlimm! Schlimm!" ... Alle diese Maximen und ausgefeilten Tiraden ... „Der Arsch!" sagte Marguerite entzückt, „ah, so ein Arsch!" Es war bewundernd gemeint. Wir weinten, lachten schallend, bepißten uns angesichts dieses Heldenepos. In Lateinamerika hatte er Ähnlichkeit mit irgendwelchen lokalen populistischen Machthabern. Auf Plakaten und Transparenten stellte man ihn immer viel jünger dar, als eine Art graumelierten Herrn mit brillantinegetränktem Haar, alterslos, eine Kombination aus Friseur und rostfreiem Oberst. In der Sowjetunion machte er auf Russisch und Slawisch, Tolstoj-Look. Nur in England und Amerika gelang es ihm nicht, britisch zu wirken. Dann, ganz gelungen: in Togo, in Kamerun, in Senegal eine Mischung aus patriarchalischem Sultan, heiligem Ludwig, Lyautey und einer Prise Fidel Castro. Vor allem aber Herrscher über Frankreich, gewaltiger Fetisch, ruhmreicher Magier auf Achse, mit marmornem Gesicht und die pure Liebenswürdigkeit. Exzellent in Schwarzafrika. Dort war er am besten, verkörperte den Katholizismus, die Kolonialmacht, die sich freiwillig zurückzog, dort war er Stammeshäuptling und Führer sämtlicher Clans. Phantastischer Fellache und inspirierter Pascha. Man hatte Lust, ihm Goldkarawanen und Harems zuzuschanzen. Nebukadnezar ... Und dann plötzlich leutselig, bäurisch, ganz einfach: Lothringen ...

Marguerite war besoffen und amüsierte sich köstlich, ihn wieder und wieder zu sehen. „Man kann nicht behaupten, er sei ein hübscher Junge gewesen ... Kein Alain Delon, mit Sicherheit!" Und man schlug sich vor Lachen auf die Schenkel, wobei uns das Hühnchen, dessen Sauce fett gewesen war, aufstieß, man lag halb auf dem Tisch zwischen den Krümeln und den beiden leeren Flaschen. *Er* sah uns prüfend an, sein Vollmondgesicht, das irgendwie unecht wirkte, war wie der Kopf eines zornigen Riesenkalmars oder eines Puters mit Kehllappen ins Eßzimmer vorgestoßen und riß seine patriarchalischen Augen auf. „Ich, Frankreich! . . ."

Wir hingegen waren nur Kleinvieh, keinen Pfifferling wert, Fußvolk, wertlose Münzen in der Tasche der Götter und Herrschenden. „Wir sind ein Scheißhaufen, ist ja klar!" lachte Marguerite unter Tränen. „Man kann nicht bestreiten, daß er, de Gaulle, *zwei* Klöten hatte." Das war der Gipfel der begeisterten Komik. Ganz Frankreich hatte an diesem Mythos mitgewirkt, ihn ausgeschmückt, durchgekaut, erschöpft. Wir wurden es, überm Wachstuch hingelümmelt, nicht müde uns das elephantische Glied auszumalen, den Steuerknüppel, von dem alle Welt sprach ... Unzählige komische Geschichten, Rätselraten um Charlots Schwanz, über die Keule dieses Mordskerls. Frankreich träumte von seinem Szepter, wobei bekannt war, daß er es nie mißbräuchlich benutzte, das war sozusagen seine jungfräuliche Seite, Katholik, treuer Ehemann seit Menschengedenken ... und das verlieh seinem unbefleckten Ding einen numinosen Glanz, das Prestige der Unbestechlichkeit.

Am Tage der Bestattung war Marguerite um sechs Uhr morgens aufgestanden und hatte mich geweckt, mich gewaltsam auf den Vorplatz von Notre-Dame entführt. Sie konnte nicht allzu lange allein stehen, ich mußte sie ein bißchen stützen. Dafür wollte sie mir bei der Miete etwas nachlassen. Ich flehte sie an, erklärte ihr, ich habe einen Horror davor, unter viele Menschen zu gehen, Angst vor Riesenmessen. Es war nichts zu machen, sie beharrte darauf, drohte mir, schmeichelte mir, erpreßte mich, wie sie nur konnte ... Ohne mich könnte sie leicht ein Unwohlsein überkommen. Ich hatte nicht das Recht, ihr Charlot vorzuenthalten. Also kapitulierte ich.

Marguerite schwärmte für Großveranstaltungen, besonders wenn sie nichts kosteten. In Cannes war sie einmal im Sommer um vier Uhr morgens aufgestanden und hatte sich mit Picknickkörbchen am Strand niedergelassen, kampierte dort bis abends, bis um Mitternacht, weil dann nämlich ein Feuerwerksfestival stattfand. Marguerite war eben so. Immer am Ball, wenn etwas unentgeltlich abfiel, die Katastrophe in Technicolor. Ich vermute, sie hätte an öffentlichen Hinrichtungen teilgenommen: Enthauptungen, die letzten Guillotinierten, die man noch zu sehen bekam. Mit offenem Mund, entzückt ... Ludwig XVI., Bürger Capet, Rübe runter. Ein Tränchen für Marie-Antoinette.

Wir waren hinter metallenen Schranken und Bullen in tadellosen Kordons zusammengepfercht. Marguerite hatte einen Feldstecher mitgenommen, den sie für wichtige Ereignisse aufbewahrte: Mond- oder Sonnenfinsternisse, Kometen, Bischofsweihen ... In der ersten Reihe, dank ihres Schwerbehindertenausweises, ich hinter ihr, Faktotum in ihrem Dienst, lehnte sie sich auf eine Schranke, reckte den Hals, mit fliegenden Löckchen, unglaublich fasziniertem Gesichtsausdruck ...

Langgezogene Staatskarossen trafen auf dem Vorhof ein, wendeten, stellten sich im Gänsemarsch vor dem mittleren Portalvorbau von Notre-Dame an. Dann stiegen sie aus: die Königinnen, Könige, Prinzen, Prinzessinnen, die Maharadschahs, die Obersten, die Präsidenten auf Lebenszeit, die muskulösen Generale, die orientalischen Potentaten, die aus dem Ural, aus Uganda ... Länder, von denen man gar nicht wußte, daß sie existierten, kleine herrenlose Staaten, wo es glutheiß war, Diktaturen um den Äquator herum, Oligarchien. Die ganze Welt war versammelt. Alle verschwanden in meiner Kathedrale, empfangen von einer Art diplomatischem, salbungsvollem Prälaten, der einem Präsidialsekretär entsprach, einem Protokollchef, ein sehr sanfter Typ, sehr vornehm, der sich vor den Majestäten verneigte und sie ins Innere geleitete. Marguerite gab mir ab und zu den Feldstecher, sie war ganz aufgeregt, erkannte fast niemanden. Sie verwechselte Türken, Russen, Südamerikaner, Japaner und

Chinesen. Wo kamen die denn her? Diese riesige Menschenmenge, alles, was an der Macht war, die Herrschenden.
Da ... der Portalvorbau schluckte die monströse Schlange.
Sie gaben sich entschlossen und feierlich und verschwanden
im Dunkeln, im Innern.

Wir warteten während der ganzen Messe. Man konnte sie
sich nur vorstellen, ziemlich beengt in der Kathedrale, knall-
voll mit Prominenz. Ein Haufen aufsehenerregender Schicksale, märchenhafter Existenzen, die Ressourcen des Planeten, sein präzises Uhrwerk. Bokassa und Mobutu weinten,
schneuzten sich um die Wette. Lämmer, zarte Seelen. Und
der Menschenfresser aus Uganda, Idi Amin Dada, war er
schon da? Ich hatte Angst um meine Notre-Dame der Engel und der Falken. Was wurde aus den Vögeln in ihren
Dachluken? Hörten sie die Chöre, die Hymnen, die Orgeln?
Ahnten sie, welch heilige Geschäftigkeit unter der gotischen
Wölbung vor sich ging? Engel und menschenscheue Vögel,
die der Tod der Menschen nichts anging. Aufgescheucht,
verängstigt durch den Radau, das Karussell der Autos, die
Menge rundherum, den Glanz des Chroms, der Uniformen.
Das hatte Ähnlichkeit mit einem riesigen Halali, einer kolossalen Jagd auf Falken, einer königlichen Metzelei. Abschlach-
tung der Engel und der Raubvögel. Die Falken lauerten,
horchten in ihren Spalten, in der dicken stachligen Schale
des behauenen Steins. Sie hörten das mystische Gemurmel
wie ein Brausen des Meeres.

Dann ertönte die Totenglocke. Das Geläut der großen Kir-
chenglocke Emmanuel. Osiris mußte die Auslösung anord-
nen. Die Glocke, die ab und zu über Paris erklingt. Anläßlich von Katastrophen oder großen Feiern. Bei der Befreiung
von Paris hatte der gleiche de Gaulle, herrisch, der Befreier,
dieses Läuten gehört. Plötzlich rief Marguerite: „Nixon!"
Sie reichte mir den Feldstecher. Es war wirklich Nixon, der
in den Portalvorbau hinausgetreten war und auf seinen Wa-

gen wartete. Undurchsichtiges, diskretes Lächeln. Sein ek-
kiger Kopf, zu beiden Seiten die runden Wangen. Nixon.
Und sein Wagen kam nicht. Man mußte zuerst eine Menge
Könige abtransportieren, holländische und schwedische Prinzessinnen und andere, die flüchtig wahrnehmbare blonde
Prinzessin Grace, dekorierte oder nicht mehr dekorierte Her-
zöge, Großwesire, Kinderfresser vom Kap Horn und vom
Goldenen Horn, Henker mit Medaillen, manche, die nicht
mehr fest im Sattel saßen, wackelten, alte Knacker, die hierhergekommen waren, ihr baldiges Hinscheiden vorwegzu-
nehmen, andere lebhafte, katzenartige Raubtiere, noch mit
Fleischfresserblick, die im Blut eines Putsches gebadet hatten. Und Nixon lächelte, jede zu ironische, zu frostige Mimik
vermeidend, er stand da mit nachdenklichem, geduldigem,
bravem Gesichtsausdruck. Marguerite sagte: „Nixon mag
ich!" Sie beobachtete ihn weiter durch ihr Okular. Sie bemächtigte sich seiner. Mir war der Mann nicht geheuer, ich zog den
jugendlichen Kennedy vor, den Don Juan, mit seinem mun-
teren Lachen. Nixon, das spürte man, war verschlossen durch
dieses X, den mittleren Konsonanten, die schwarze, gebie-
terische Schraubenmutter, die in seinem Namen festsaß. Er
hätte nie mit Marilyn Monroe geschlafen. Das machte ihn so
gefährlich.

Marguerite flüsterte: „Wenn man daran denkt, daß *Er* nicht
da ist!" Sie kam trotz allem auf de Gaulle zurück, auf das
Riesenparadoxon. All diese Mächtigen der ganzen Welt ver-
ehrten lediglich einen Abwesenden. De Gaulle hatte sich
meiner Kathedrale verweigert. Ich nahm es ihm ein wenig
übel. Mein Traum wäre eine private Trauerfeier in Notre-
Dame gewesen. Niemand außer der Familie und den Wider-
standskämpfern des letzten Krieges in Gesellschaft der Engel
und Falken. Und damit Schluß. Kein Aufhebens. Die Kathedrale und der General. Unter vier Augen. Sohn und Madonna. Und zehn Feuerfalken.

Zur selben Zeit begrub man ihn auf dem Land, in der Erde, wo so oft Krieg geherrscht hatte, in der Erde der Schäferinnen, die Visionen hatten, der Erde, die schon immer voller Toter war, märchenhaft und düster. Männer aus seinem Dorf, muskulös, mit rotem Gesicht, kamen aus der Kirche mit seinem Sarg auf den Schultern. Zwölf Burschen, die der Scholle verbunden waren. Zwölf Bauern, die kein Wort verloren. Er mochte diese rauhe Weihe lieber als den Aufwand. Meine große Kathedrale war leer, gesättigt von einem großen leeren Dröhnen. Schuld daran war Violett-le-Duc! De Gaulle hätte niemals eine Kathedrale in Pseudogotik gewollt mit Nixon und seinem Ku Klux Klan-Lächeln auf dem Vorplatz. Colombey war das Dorf des Alten, hier stand Nixons Kirche. Schauerlich . . . In meinem tiefsten Innern eine Anwandlung schrecklicher Verbitterung. Notre-Dame unter Nixons Joch, unter dem Siegel der CIA. Das Giebelfeld des Portalvorbaus, die Strebepfeiler, die Falken, die Turmspitze, alles entartete zum Trugbild, zur künstlichen Postkarte. Ich sah meine Legende, meine Liebe sich auflösen, befleckt durch so viele Könige und Königinnen und diesen Al Capone, der auf seinen Cadillac wartete. Notre-Dame von Chicago . . . was sonst? Vielleicht von Hollywood. Ausstattung von C. B. de Mille . . . John Wayne und John Ford, auf dem Vorplatz wartend, hätten mit ihrer Heldenhaftigkeit und Ritterlichkeit ins Bild gepaßt oder der alte Negus Haile Selassie, der König von Äthiopien, Kaiser von Saba, Herrscher des Goldes, mumifiziertes Skelett, verkümmert, despotisch, der hätte zum Mythos gepaßt. Wo war der nur? Zweifellos schnell abtransportiert in seinem Wagen, am Ende seiner Kräfte, bereits mit zahlreichen Erhebungen ringend, immer lauter werdenden Gerüchten von Revolution. Und der Schah, der Schah! Marguerite und ich hatten den iranischen Wolf verpaßt, sie beklagte sich: Nixon dauerte eine Viertelstunde, doch die andern, die älteren, die Künstler, die Alchimisten von Diktatur und Tausendundeiner Nacht? Der Negus und der Schah, wirklich ein grausames, üppiges Paar mit ihrer legendären Aura von Gold und Blut. De Gaulle hätte in romantischer, soldatischer Einfachheit geglänzt neben diesen beiden orientalischen Herrschern. Doch Nixon, lächelnd, reglos, unerschütterlich, sackte die ganze Aufmerksamkeit ein. Die pompösen, die Reißzähne bleckenden Machthaber waren bereits Ausschußware, alter Pofel, pharaonische Überreste. Überall machten die uralten Opernhäuser königlicher Verbrechen dicht. Es war das Ende der Mythen.

Marguerite hatte es sechs Stunden lang an ihrer Schranke stehend ausgehalten. Sie lutschte von Zeit zu Zeit ein Bonbon oder knabberte an einem kleinen Keks und gab mir stückchenweise davon ab, Kohlehydrate ... Denn sie war, was meine Gesundheit anging, im Augenblick mißtrauisch. Sie kannte mein Krankenrestaurant. Ich war schwach, wenn auch heftig, genau wie sie – vital, aber von einer Vitalität, die ein ständiger Wirbel umherschleuderte. Wir knabberten also unser Zuckerzeug und ließen die Augen auf Notre-Dame ruhen. Dann war es Marguerite plötzlich müde, auf einmal. Sie drehte sich zu mir um: „Gehen wir!"

Abends vor dem Fernseher, als sie die Beerdigung in Colombey sah, weinte sie nicht mehr. Man erzählte, als der Sarg aus der Kirche getragen worden sei, sei ein großer Schwarm Gänse übers Land geflogen. Das erinnerte mich an die Jagden, an den Schnee meiner Kindheit. Von diesem Tag blieb mir im Grunde weiter nichts als Nixons geschraubtes Lächeln und fliegende Gänse, die dieses Lächeln da oben im Himmel der Reise, ihrem ewigen Zug auslöschten.

Anny war gesund, nahm also wenig Anteil am Hinscheiden des letzten fränkischen Königs. De Gaulle hatte sie immer auf die Palme gebracht, sie und ihre Schwester, wenn sie als kleine Mädchen still sein mußten, sobald er auf dem Bildschirm erschien, schimpfend, salbadernd, katzenhaft freundlich und weihevoll. Anny war von Größe und Emphase nicht hingerissen, die waren für sie von gefährlicher Anrüchigkeit. Sie mochte es auch nicht, wenn ich mich in epischen Ergüssen ereiferte. Instinktiv erblickte sie darin das Auge des Abgrundes, die Verfinsterung unserer Liebe.

Wir hatten schlecht geschlafen, meine Geliebte und ich. Mein Knie tat mir weh, ich hatte mich ununterbrochen im Bett gewälzt, aufgeregt, schlaflos, so daß wir am frühen Morgen mit dem Gefühl aufstanden, die Nacht sei ganz kurz gewesen, von beiden Enden her beschnitten, gewissermaßen zerfasert. Doch ich war berauscht von dieser Schlaflosigkeit, war hellwach. Anny fürchtete solche Anwandlungen ein bißchen, weil sie ungute Gegenreaktionen nach sich zogen. Als wir ausgingen, lag über Paris ein gleichmäßiges, dumpfes Hintergrundgeräusch, es war nicht das Brummen des Autoverkehrs, sondern ein natürliches Geräusch wie Meereswellen, die an Felsen schlugen, Windesrauschen im Wald. Das mußte mit der morgendlichen Stunde, den ziehenden, irgendwie kosmischen Nebelschwaden und einem rötlichen, kühlen Licht, das das Hin-und-Her der Menschen einhüllte, zusammenhängen. Von der Seine stieg ein Geruch nach Quelle und Flußmündung auf.

Der Vorplatz von Notre-Dame lag wieder ruhig da. Die Kathedrale hatte den Prunk, den Ruhm mühelos vereinnahmt. Im Laufe der Jahrhunderte hatte sie schon so manches geschluckt, Feierlichkeiten, Pakte und Katastrophen, und zuletzt immer die Begräbnisse, stets denselben langsamen, schwarzen Zug, der jenen galt, die bis in alle Ewigkeit starr gemeißelt ragen würden. An diesem Morgen war Notre-Dame unberührt von Festlichkeiten und Trauer.

Oben auf dem Turm, am Ausgang der großen Galerie, erblickten wir Ehra. Sie war offenbar allein und traurig.

Statt näher zu gehen, blieben wir abseits stehen, zogen uns in eine Ecke zurück und sahen nach Südosten, während Ehra auf dem bleiernen Rand des Daches in Richtung Nordosten saß. Die wohlklingenden orientalischen Vornamen Amador und Rawi waren unmittelbar über uns eingeritzt. Doch ihr leuchtendes Strahlen konnte uns nicht erwärmen, so groß war unsere Verwunderung, Ehra ohne Wolf anzutreffen. Sie wirkte wie in Trauer und war bleich. Ihre Gestalt verharrte reglos, blieb starr. Sie schien auf nichts zu warten, nichts ins Auge zu fassen. Ihr war die Welt gleichgültig. Wolf, so schrecklich abwesend, fehlte.

Ein Falke hatte sich plötzlich auf die Schnauze eines werwolfartigen Wasserspeiers nicht weit von Ehra gesetzt. Der Vogel blieb ruhig. Er sah Ehra ohne Angst an. Diese hatte ihn gesehen, denn sie richtete ihren Blick seitlich auf ihn. Ehras weißes Profil und das Auge des geflügelten Räubers. Anny und ich waren fasziniert von der Stille und der rätselhaften Schönheit der Szene. Der Vogel flog auf, drehte eine Runde, nahm Kurs auf das Kirchenschiff, und seine Schwungfedern glänzten in der Sonne. Dann setzte er sich wieder, aber jenseits, auf den sanften Dachfirst des Nordturmes, des unbekannten Turmes, der unberührt war von jeglichem Blick. Und es war, als ob er Ehra immer noch ansähe. Vor allem hatte man den Eindruck, diese befinde sich immer noch in der Aura, unter dem Einfluß dieses Vogelblickes. Ich konnte nicht ausmachen, ob das, was das Tier und das junge Mädchen verband, Vertrauen war oder Besitzergreifung. Ich flüsterte Anny meine Eindrücke ins Ohr. Meine Freundin war vor allem erstaunt gewesen über die Nähe der beiden, des Falken und Ehras, über diese morgendliche Begegnung auf Notre-Dame. Aber sie war nicht der Meinung, der Falke blicke Ehra weiter an. Sie fand, ich übertreibe ein bißchen, erfinde dort Indizien, wo nur Zufall und Alltäglichkeit herrschten. Anny wollte nicht überall Zeichen entdecken.

Sie liebte die Welt so, wie sie war, ihr natürliches Erscheinungsbild. Aber ich, ich träumte vom Nordturm, von seiner Stille und dem Vogel, der Wache hielt.

Ein bißchen beschämt darüber, hinter Ehras Rücken zu flüstern, stiegen wir wieder hinunter und suchten Zuflucht in einer Bar, hinter der Apsis. Ein wenig später kamen David und Maurice herein und setzten sich neben uns. Irgend etwas hemmte uns, die Frage, die uns beschäftigte, zu rasch aufzuwerfen. Ein Tabu, Respekt vor Ehra. Wir plauderten über dieses und jenes, auch noch über das Begräbnis des Generals. David und Maurice verabscheuten ihn. Sie waren aus Algerien gebürtig, kleine Pieds-noirs, stammten aus einer armen Bevölkerungsschicht. Man konnte von ihnen keinen Lobgesang erwarten. Dann, plötzlich, elektrisiert von ihrer Schroffheit, schoß ich los:

„Wir haben Ehra gesehen, da oben, das junge Mädchen. Sie war allein. Sie war traurig."

David und Maurice zögerten, ein bißchen verwirrt.

„Ja, das ist eine Geschichte für sich ... Wolf ist verschwunden. Jedenfalls ... kann man ihn jetzt nicht sehen. Es ist etwas passiert. Niemand weiß, worum es sich im einzelnen handelt. Es gibt Gerüchte. Er soll einen Unfall gehabt haben. Aber es ist seltsam. Es gibt keine Zeugen. Es wird geheimgehalten. Ehra schweigt."

So war es nun also. Die siderische Stille der Schwester hüllte auch den Bruder ein. Dann begann David, um alle diese Rätsel etwas zu verwischen, von Ehra zu sprechen, von ihren Forschungen, von den Graffiti, die sie sammelte in den Falten der Stadt.

„Sie geht überallhin, in die Métro, die Bedürfnisanstalten, die alten Kirchen, die Bahnhöfe, die Friedhöfe, die Mauern entlang. Es ist unglaublich, bei dem, was sie sammelt, kommt man zu keinem Ende", sagte David.

„Und es gelingt ihr, das alles zu ordnen?" fragte Anny.

„Ja, sie legt Zettelkästen an, mit verwandten Themen, die sie analysiert und in Zusammenhang bringt."

„Haben Sie ihre Arbeit gesehen?"

„Sie hat mir ihre Notizbücher gezeigt ... Es gibt zahllose Zeichen, manche sind allgemein bekannt, pornographisch oder Slogans, andere sind barbarisch, schrecklich, rassistisch. Ehra hat mir auch gestanden, daß sie ein persönliches Zeichen erfunden und zum Spaß in den Wald der Graffiti eingefügt hat."

„Was für ein Zeichen?" fragte Anny.

David wußte es nicht. Ehra verriet es nicht.

Zehn Jahre später besuchte ich die archäologische Krypta auf dem Vorplatz von Notre-Dame. Am Ende einer Galerie stößt man auf die Fundamente des großen gallo-römischen Bollwerkes, das gegen Ende des 3. Jahrhunderts errichtet worden war und die Île de la Cité schützte. Man kann nach Belieben auf Knöpfe drücken, die die Überreste erleuchten. Dann sieht man, und zwar genau in der Zone, die den Buchstaben G trug, eindrucksvolle viereckige Blöcke, vermischt mit Steinen, die chaotischer wirken und oft mit Schmiereien und Zeichen übersät sind. Da glaubte ich im sonnigen Glanz eines Spotlights, an der Basis der uralten Mauer die Gestalt eines Falken zu erkennen. In einem Netz dunkler Linien zeichneten sich das Auge, der Schnabel, der lange Flügel und der Fang ab. Es war ein Aschenvogel. Plötzlich hatte ich eine Eingebung, das könnte Ehras Zeichen sein.

Der Vogel ist unter Notre-Dames Ferse eintätowiert. Denn wenn man darauf verfällt, die Fluchtlinie des Bollwerkes zu verfolgen, führt sie direkt auf die Kathedrale zu und stößt auf das Sankt-Annes-Portal, das dritte der Fassade, das letzte im Süden, das älteste, schönste, mit seiner Jungfrau aus der ersten Hälfte des 13. Jahrhunderts, noch romanisch, majestätisch auf ihrem Thron sitzend, reglos, frontal, imposant und kosmisch. Notre-Dame wurzelte somit im Sonnenauge des Horus und in seinem Falkenschnabel.

Durch das Fenster meines Zimmers, zwischen den Eisenstangen, sah ich die junge Jüdin. Jetzt kannten wir uns besser. Seit ich sie in der Buchhandlung überrascht hatte. Ich wußte, daß sie überstrahlt wurde von der allzu großen Schönheit ihrer Mutter. Die Stille des grauen Hofes trennte uns, und ich hatte Lust, ihr einen Zettel zukommen zu lassen, ihr zu sagen, eines Tages werde sie schöner sein als ihre Mutter, schlanker, klüger. Schön von Seele und schön in ihrem zarten Körper. Ich gab diesem Wunsch plötzlich nach. Ich nahm ein Blatt Zeichenpapier, ein sehr großes, und schrieb darauf: „Hoffnung! Vertrauen in die Sonne." Es war hochtrabend und lächerlich. Und wie kam ich eigentlich dazu, ein junges Mädchen irgendwie ermutigen zu wollen, ich, der ich die Zukunft so fürchtete? Ich hätte schreiben mögen: „Sie sind hübscher als Ihre Mutter!" Doch das wäre sicher ungeschickt gewesen. Die anderen Schüler hätten mich ja sehen können. So verzichtete ich auf die Botschaft, auf das Spruchband des Glückes, und begnügte mich damit, ihr einen andeutungsweisen Gruß des Erkennens zukommen zu lassen, indem ich die Hand in ihrer Richtung öffnete. Ein lebhaftes Lächeln ging in ihrem Gesicht auf. Und da sie nicht wagte, mir mit einer allzu sichtbaren Geste zu antworten, bewegte sie mit auf dem Tisch aufgestütztem Ellbogen langsam ihre schmalen weißen Finger in meine Richtung. Dieses Zeichen wollte mir lange nicht aus dem Sinn . . . Im Grau der Mauern erhob es sich zart und gespenstisch.

Ich kannte jetzt ein paar Typen in unserem Viertel. Oft sah ich durchs Küchenfenster, das auf die Straße und auf die Synagoge hinausging, einen finstern Kerl vorbeigehen, eine

Art Beckettsches Wrack in dunklem Überzieher, mit hagerem Gesicht, fahler Hautfarbe und grauem Haar, das in dünnen fettigen Strähnen am Schädel klebte. Wenn ich ihn sah, packte mich immer die Angst. Eines Tages brachte er mich unfreiwillig zum Lachen. Er führte seine ewige Hündin aus, eine unförmige Wurst, als ein offenbar männlicher Mischling auftauchte, der die Hündin zu bespringen begann. Mein Typ zog an der Leine, so sehr er konnte. Doch der fröhliche Köter sprang um sie herum und war ihr hartnäckig hinterher. Der Mann kam nicht mehr vorwärts, von seiner Hündin in den Tanz des bacchischen Hundes verwickelt. Ich sah, wie er das Gesicht verzog, stöhnte, sich beklagte, überfordert von der obszönen Vitalität des Köters und der Duldsamkeit seiner Hündin, die sich kaum von der Stelle rührte. Ich brach in schallendes Gelächter aus über diesen grämlichen Hiob, der seinem schmutzigen Schicksal ausgeliefert war, denn die Hündin versuchte jetzt, einfach aufs Pflaster zu scheißen, während der Rüde in höchstem Maße erregt war durch das sich niederhockende Tier.

Doch ansonsten fürchtete ich mich vor einer Begegnung mit diesem Spaziergänger, der wie ein ungutes Vorzeichen wirkte. Ich hatte Angst, eines Tages wie er zu enden, vernichtet, träge, kurzatmig ... Doch einen Monat nach der Pantomime der beiden Hunde sah ich durchs Küchenfenster und erkannte ihn: Er war ganz verwandelt. Es war zwar noch er, offensichtlich die gleichen Gesichtszüge. Doch diesmal war der Mann fröhlich, gebräunt, in einem dicken Jacquardpullover, ohne Hund, ohne Leine! Er ging mit schnellem Schritt die Straße hoch, und schwenkte einen eingepackten Tennisschläger. Entspannt, fröhlich, frei, glücklich. Was war mit ihm geschehen? Ich war verblüfft. Ein Beckettscher Held, der sich zum optimistischen, ausgelassenen Tennissportler gemausert hatte. Abends schilderte ich Marguerite die Sache, die lachte, ohne mir Glauben zu schenken. Sie wußte nicht, von wem ich eigentlich redete. Am darauffolgenden Wochenende glaubte auch Anny an einen Studentenulk, eine neue auf meinem Mist gewachsene Spinnerei. Dabei stimmte es wirklich. Dieser heruntergekommene, unter der Bürde der Zeit gebeugte Typ hatte sich wie durch ein Wunder aufgerichtet, verwandelt, war gereist, hatte angefangen, Tennis zu spielen. Er war's, die gleichen Gesichtszüge, und er war doch ein anderer, ein neuer Mensch. Ich hätte gern um die Umstände gewußt, die Medikamente, die diese Auferstehung erklären konnten. Vitamine? Eine Hormonkur, Testosteron, heimliche Bestrahlungen, ein genialer Guru? Welche Bekehrung, welche Liebe?

Als ich ihn später wieder sah, sah er noch genauso sportlich und munter aus. Ich fürchtete, er könne wieder in seine frühere schlechte Verfassung verfallen. Vielleicht hoffte ich es sadistischerweise sogar ein bißchen, um das Grausame und Gegensätzliche seines Schicksals zu verstärken. Doch er blieb weiterhin in guter Form, auf Dauer. Da sagte ich mir, eines Tages würden die Gäste des Krankenrestaurants mich auftauchen sehen, noch kenntlich, aber größer, muskulöser, sonnenverbrannt, ein kraftstrotzender, ungestümer, donnernder, fröhlicher Kerl, der mit jedermann scherzte, der den Geheimagenten, diesen Drückebergern, mit deftigen Sprüchen kam, sich neben Nicole setzte, die verwirrt, ätherisch war, sie abknutschte, ihr überall mit den Fingern hineinfuhr und ihr versprach, daß auch sie eine vergleichbare dionysische Verwandlung erleben würde. Mit Sicherheit wäre sie dann bald hochaufgerichtet, hätte einen prächtigen Busen, wäre rotblond, in einem einzigen Tag aufgeblüht, von Säften und Lebenskraft geschwellt, in einer engen Jeanshose, die ein großes, rauschendes Vlies verdeckte, das über den Genitalien der verblüfften Terroristen klaffte. War ich doch einmal Zeuge eines solchen Wunders geworden. Das konnte sich wiederholen. Und diese Aussicht möbelte mich auf.

Marguerite nahm Anny beiseite und sagte ihr, daß ich mich nach der Geschichte mit Neuzil und seiner Heiligkeit wieder mit einem Mirakel, einer Wunderheilung beschäftige: „Spielt er sich auf? Was ist denn das? Macht er sich lustig? Überwachen Sie ihn ein wenig. Er kommt vom rechten Weg ab, meine Kleine! Entgleist. Er übernimmt sich." Anny erzählte mir alles. Sie war nicht beunruhigt. Sie glaubte mir. Neuzil war vielleicht nicht unbestreitbar ein Heiliger, der augenblicklich kanonisiert werden konnte, aber der arme Schlucker in dem dunklen Mantel sah jetzt tatsächlich ganz anders aus. Übrigens zeigte ich ihn Anny, wir begegneten ihm auf der Straße und sahen ihn neugierig an. Er bedachte uns mit einem dummstolzen, breiten Lächeln von unzweifelhaftem Einverständnis. Das war der Beweis! Schließlich begann vielleicht die Ära der Wunder, leistete endlich meinen Schatten, meinen schwarzen Ahnungen Widerstand. Aber ich hatte das Rezept dieses Burschen nicht, mir fehlte sein Elixier. So näherte ich mich ihm, wenn ich ihm auf der Straße begegnete, heimlich, bis ich ihn fast streifte, um sein Geheimnis zu wittern, zu erfassen, um durch Ansteckung den Glanz seiner guten Eigenschaften zu empfangen. Und tatsächlich war er aus der Nähe fast furchteinflößend vor Glück, so sehr funkelte seine Roßgesundheit, in einer Art ständigem Lachen auf seinem rundlichen Gesicht, von dem Wellen von Glückseligkeit ausgingen. Diese Fröhlichkeit erschien mir so übertrieben, daß mich plötzlich wieder Angst überkam. Diesem Typ mußte man ganz entschieden aus dem Weg gehen!

Anny und ich waren versessen auf ein kleines marokkanisches Restaurant, wo wir ein Kuskus aßen, das nicht teuer und sehr reichlich war. Ich vergaß für einen Abend das hygienische Diätetablissement. Der Raum war klein, purpurfarben, von lehmigem Rot. Gewissermaßen überall mit karminfarbener Harissa-Sauce oder Pilipili beschichtet. Eine Kellnerin kümmerte sich um uns. Sie hatte weiße Arme, deren grünliche Adern sichtbar waren. Ihr Gesicht war von einer Dichte hellen festen Fleisches, die einen kraftvollen Willen, eine gewisse Reserviertheit vermittelte. Ihr Haar war füllig und dunkel, ein schwarzer Flaum beschlug den Nacken, die Vorderarme. Ich bewunderte dieses kräftige, reine Mädchen, das schöne Übermaß an Behaarung.

Das Kuskus erfüllte mich mit einem Entzücken, das alle Entbehrungen und Unsicherheiten des Lebens wettmachte. Zuerst kam der appetitliche, dampfende Grießhügel. Dann die Schalen, die Suppenschüsseln, die Näpfe für die Brühe, die Saucen, andere Teller für das Fleisch. Alles war voller Schalen und Schüsseln. Ich mochte diese Fülle, diese Vielfalt. Der Kohl, die Karotten, das duftende Lammfleisch, all diese Pfefferdünste, diese würzigen Feuerstöße, die von den großen flachen, heißen Schalen aufstiegen. Das Hühnerfleisch ganz durchgebraten in goldbraunem Fett, über den Knochen härter, die Kichererbsen, trocken und ledern, ja, tellurisch, körnig, mehlig und knackig, ihr Geschmack, der sich stark abhob von den zarteren Grießgraupeln, die unterstrichen wurden von den weniger trockenen denn gummiartigen süßen Rosinen. Die kleinen Bratwürste aus Hammelfleisch, leicht geriefelt, gehämmert in ihrer roten Substanz, platzten unter den Zähnen auf wie ein heißes Schwert. Die festen Bouletten gefüllt mit gehackten Kräutern und Aromen, die gut gemischten Gemüse der Kraftbrühe zwischen den feuchten Körnern, mit Saucen angerührt die Lauchstücke, das ganze Gemisch, das saftige Geschnetzelte, unzählige kleine Reste, bis zur Suppe, die als Grundlage diente, geiler Brei und saftiger Sud der Karotten, des Kohls und der verschiedenen passierten Fleischsorten. All das vollmundig in der Speiseröhre, in die Tiefe des Wanstes vordringend, einem die Eingeweide verbrennend, einen aufblähend, einem Lust

111

machend, zu furzen, steif zu werden, einen zurückschlingend in die goldene Harmonie des gefräßigen Tieres. Doch vor allem das nicht zu Durchschauende dieser Nahrung, dieses Patchwork, aus Enden, Fibern, flauschigem Geäst gewebt, die Mäander und Mischungen des großen krakenhaften Kuskus, die Unmäßigkeit, der Missouri-Aspekt des Fressens, die Safari des Geschmackes. Schlammiger Nil, Hochwasser des Fraßes! Ja, ich stopfte mich gierig voll im Schoße des Kuskus, Bauch, Ohren, Lefzen und Nasenlöcher gebläht im feurigen Nebel. Und das wollte nicht enden, Mühsal, Überraschungen, Höhepunkte . . . Es gab immer noch was, es kam immer noch mehr, rote Hammelfleischwürstchen, dünne Lauchblättchen und ein Nachschlag von Grieß, der wieder und wieder sich kräuselte. Ich habe immer Angst gehabt, aufzuhören, zu unterbrechen, auszusetzen, zu sterben . . . Barock, ja, das war ich, bereits damals, von Anfang an. Horror vacui, den es abzuwenden galt, den es einzukleiden, in Myriaden von Falten zu hüllen galt. Das Wunder war, daß der orgiastische Überfluß des Kuskus von einem asketischen Land abgesondert wurde. Ich wußte, daß ich genauso mager war wie dieser geflügelte Maghreb. Das war das Genie des Kuskus, das alle seine geheimen Hilfsmittel in sich auflöst, sein Fleisch, seine Würze aus dem seltenen Humusboden, die Herbheit der Stengel, der von den Lämmern abgeweideten Gebirgsgrate, ja diese Zauberkraft, die aus dem trockenen Klima mit den Ausdünstungen von Bock und Agave, Maultier und Feigenbaum kam. Ein aus dem steinigen Boden entspringender Schatz für die Sülzen. Ich sah Wadis und Ergs im Herzen des Pfeffers lodern, in den Harissaschnitten, die ich verschlang. Wilde Wogen erdolchten mich, glühende Brandungswellen hüllten mich ein, überfluteten mich, und ich besänftigte sie mit Löffeln voll weißem, reifem Grieß.

Reichhaltiges, kosmisches Kuskus, arabisch, rot und liederlich, Bordell der Zunge, ich grüße dich und beweihräuchere dich. Schöne, unbefleckte Liebesmoschee, großes Wüstenroß. Vollblut! Kolossales, gieriges Kuskus, du rundest mich, du sättigst mich, befriedigst mich, bestirnst mich ... sonnenhaft bin ich eingepflanzt in deinen riesigen Schmerbauch und deine Güte.

Anny verzehrte den Grieß und die Kichererbsen mit Maß. Ein Nichts schon machte sie satt. Sie konnte bereits nicht mehr. Sie schätzte vor allem die Lammkoteletts, ihr zartes rosafarbenes Inneres. Der Schwall meiner Schwätzereien belustigte sie, ohne sie anzustecken. Und ich hatte nichts gegen diese Distanz zwischen uns, diese für die Verführung notwendigen Unterschiede ...

Oft tauchte, wenn wir am Samstag im Restaurant unseren Nachtisch aßen, ein großer Mann auf, mit fliegendem Haar, im schwarzen Überzieher. Ein schönes Gesicht, blau angelaufen und verrückt, doch vor allem eine füllige graue Mähne, aufgelöst. Alles spielte sich immer nach dem gleichen Drehbuch ab, das an Choreographie grenzte. Der Typ ging zwei Schritte vor, lebhaft, ausladend, wich zurück, drehte sich um, stand vor der Bar, wo der Wirt ihn mit einem höchst mißfälligen Gesichtsausdruck fixierte. Voller Besorgnis flüsterte mir Anny zu: „Fängt das jetzt wieder an, dieses gräßliche Duett?" Plötzlich griff der Typ mit theatralischer Geste in seinen schwarzen Überzieher und holte einen großen Revolver heraus, dessen Metall glänzte. Er erhob die Waffe, hielt sie dem Wirt unter die Nase, nahm seinen Galopp wieder auf, zwei oder drei Schritte vor, sehr lange, blitzschnelle, Zurückweichen, Drehungen um sich selbst, der erhobene Arm war auf die Deckenlampen gerichtet. Dann kam der Wirt hinter seinem Tresen hervor, stürzte sich auf den Narren, packte ihn und hielt seinen Arm fest. Ein kurzer, von Keuchen und kräftigem Zischen markierter Schlagabtausch. Dann machte sich der Mann mit dem Revolver wunderbarerweise los, nahm einen Anlauf, verschwand auf der Straße, im

Nu. Anny und ich hatten die gleiche Szene schon dreimal erlebt. Der Typ und der Wirt mußten durch eine alte rituelle Feindschaft aneinander gebunden sein. Niemand in dem Raum sagte einen Ton. Nur die schöne Serviererin mit den nackten Armen und dem weißen, flaumigen Fleisch zitterte in ihrer Ecke, ihr schöner, erhobener Busen wogte, ihre Nüstern waren leicht erweitert. Sie ließ eine plötzliche Spannung merken, eine schlecht versteckte Gier nach Gewalt, die gar nicht zu der Vorstellung paßte, die man sich von ihr gemacht hatte.

An diesem Abend zog der Revolverheld seine übliche Tour ab, aber als er sich dann aufmachte und auf die Straße hinaustrat, sahen wir, daß er seinen Arm und seine Faust plötzlich zum Himmel erhob im Licht der Straßenlaternen und zwei Schüsse abfeuerte. Ich hatte das Gefühl, es finde ein Tanz, ein außerordentlicher Seiltanz statt, der seinen krönenden Abschluß fand durch diese Westernknallerei, die im Faubourg Saint-Antoine widerhallte. Der Mann verschwand im Dunkeln.

Ein bißchen später fiel mir auf, daß ich eine nicht normale Erektion hatte. Ich kannte dieses Gefühl nicht. Es war schmerzhaft und brannte. War das der gefährliche Cocktail aus Kuskus und dem Kortison, das ich nach wie vor nahm, der mich in diesen Zustand versetzte, oder hatte man heimlich in mein Glas Sidi Brahim irgendeine chemische, aphrodisisch wirkende Substanz geschüttet? Ich empfand keine Lust, aber mich durchfuhr eine blutige Stange, schmerzte mich heftig.

Anny und ich lagen auf dem Bett. Zuerst versuchten wir, uns zu lieben, um die krankhafte Spannung zu lockern, aber es trat keine Besserung ein. Keine Ejakulation, keine lebendige, euphorische Steigerung der Erregung. Es war wie Eisen, seelenlose Materie, und war drauf und dran, aufzubrechen, zu platzen, Venen und Arterien. Mir kamen schreckliche

114

Anekdoten über Priapismus in den Sinn, die Typen hatten nach ein paar Stunden Erektion Kreislaufkollapse, kaputte Blutgefäße, eine ins Schwärzliche spielende Eichel, brandig ... Ein Liebestod mit hektischem Finale. Ich ging fast zugrunde, so steif war ich. Anny beobachtete das Phänomen mit aufrichtigem Erstaunen und einer Prise verkappten Humors. Sie glaubte nie an die Ernsthaftigkeit meiner Symptome. Ihre Ungläubigkeit störte mich, beruhigte mich aber im Grunde. Die hatten eine Dosis Papaverin in meinen Sidi Brahim gemischt, klar! Meine Geliebte zögerte noch, mir zu empfehlen, einen Arzt zu rufen, aber eine schmerzliche Grimasse verzerrte mein Gesicht, und der Pimmel nahm eine merkwürdig harte, leicht gebogene Form an; die Verwandlung verschlimmerte sich. Mir wurde schwindlig. Ich hatte die Trance des großen schwarzen Satans wieder vor Augen, seinen gezückten Revolver, der die Ladung ausspuckte. Ich hatte das Gefühl, mein Geschlecht werde mit einem Mal so losgehen, von ganz alleine, sich der Schwerkraft entziehen, sich meiner Haut entziehen, sich ablösen und als Ganzes auffliegen, ein roter, harter Meteorit, da oben, gen Himmel, ins Bacchanal der Gestirne und Kometen. Ich hielt es instinktiv fest, hatte die Hand am Bauch, aus Angst vor dem kosmischen Aufflug zu den Engeln. Anny riet mir zu lauwarmem Wasser, einem entspannenden Bad. Aber im Wasser zielte mein Torpedo auf den Bauch imaginärer Zerstörer. Dann überkam mich Müdigkeit, mein Denken war erschöpft. Ich spürte nach und nach den Abbau, das Schwinden der Kräfte. Das Ding erschlaffte, wurde weich, hing herunter. Nie hatte ich das Ende einer Erektion begeisterter begrüßt. Mein Gesicht war immer noch puterrot, die Schläfen klopften stark, das Herzklopfen ließ nicht nach. Das Gift wirkte noch im Gehirn. Kuskus mit Harissasauce, Kortison, Sidi Brahim, heimlich appliziertes Aphrodisiakum, was für ein Pfeffer? Und Papaverin ... ja, ich mag diesen Namen eines russischen Helden,

Spions und Selbstmörders gern. Uns war das angeregte Verhalten der Gäste am Ende der Mahlzeit schon lange aufgefallen, ihr übertrieben erotisiertes Benehmen. Sie brachen Arm in Arm auf, scharlachrot und eilig. Mein Verdacht hinsichtlich einer Prise, die in die Saucen gegeben wurde, war somit nicht unbegründet. Anny und ich hatten sogar einmal am Ausgang ein Paar überrascht, in einem Auto, das am Straßenrand geparkt war, das bereits recht handgreiflich geworden war und sich ausgezogen hatte, ohne die Rückkehr in sein Zimmer abzuwarten.

Selbst nach der Abschlaffung schwitzte ich noch, strömte von Schweiß, mein Herzmuskel hämmerte, wie umklammert von eisernen Zangen. Ich hatte gewissermaßen eine karminfarbene Strumpfmaske über dem Gesicht, und mein Oberkörper, mit Schweiß überzogen, zuckte. Wie war das bloß passiert? Welche nervöse Erschütterung steckte dahinter, ausgelöst vielleicht auch durch den Rachetanz des verrückten schwarzen Kerls, der um Mitternacht in den schönen Pariser Himmel feuerte? Das war emporgeschossen wie ein Gesang, eine lyrische Verzweiflung, die die Gestirne erschoß.

Am Sonntagnachmittag kam es zu einer weiteren Erektion. Anny und ich beobachteten sie angstvoll ... Vielleicht mußte man meine Aufmerksamkeit ablenken, sich irgend etwas Trauriges vorstellen? Doch die Erscheinung war nicht von Schmerz oder steinerner Härte begleitet. Es war die schöne, warme Erektion eines jungen verliebten Mannes, und wir gaben uns ohne Sparsamkeit der Liebe hin, wie jedes Wochenende. Am Montag allerdings mußte ich für unsere Zärtlichkeiten bezahlen. Mein Schwanz war ein bißchen wund, vor allem die so feine, so dünne Haut an der Stelle, die vor der Erhebung der Eichel liegt, wenn die Rute steif ist und die Vorhaut ganz zurückgeschoben. Diese Haut sollte meine Freundinnen im Laufe der Zeit oft erregen, denn dort offenbart der Penis seine ganze Sprödigkeit, sein Eigentlichstes, zart und gequält, ein Stück Satin, bestickt mit dicken Venen, die beim geringsten Anlaß anschwellen. Verletzter Penis, übersät mit kleinen wunden Stellen, wenn man sich beim Beischlaf gemüht hatte ... Nun kann man nicht behaupten, daß Anny und ich mit unseren zwanzig Jahren die Wochenenden in Museen verbrachten. Wir besuchten für gewöhnlich Notre-Dame, das war fast alles. Der Rest der Zeit war gierigen Umarmungen gewidmet. Mein Montag bestand somit darin, die Exzesse des Vortages zu behandeln. Mein Schwanz, der von unmerklichen Kratzern verletzt war, brannte. Ich brauchte eine Weile, bis ich die Sache im Griff hatte. Ungeschickt und anmaßend griff ich zu einer elastischen Binde und wickelte mir das Glied ein wie mit einem Wollschal. Doch der Anblick der im Vergleich mit dem schlappen Geschlecht viel zu großen Hülle, erfüllte mich mit Unbehagen. Die mythologische Kastrationsangst war schnell zur Stelle. Ich stellte mir Blutflecken vor, die das schneeweiße Gewebe des Verbandes beschmutzten. Plötzlich kam mir der Sezessionskrieg in den Sinn. Warum? Tatsächlich hätte ich ja auch auf unsere nationalen Metzeleien zurückgreifen können. 14–18 war geeignet, Bajonette und Schützengräben ... Nein, die Kastration in meinem Unbewußten ließ zuerst den Sezessionskrieg aufleben, und zwar dank der Vorstellung eines Bruches, einer Spaltung! In welchem Film hatte ich diesem Aufwickeln einer elastischen Binde über einer Amputationswunde in den Südstaaten gesehen?

Ich verzichtete auf die zu emphatische Binde und begnügte mich mit einer einfachen klebrigen Kampfersalbe. Sie wirkte lindernd, und das benutzte ich ein bißchen, um mich zu massieren, was zur Folge hatte, daß sich das Glied entfaltete und das Einreiben erleichterte. Während ich mich pflegte, wurde mein Penis mein Double, mein Sproß, mein metonymischer Zwilling, mit einem Wort: mein Baby. So trafen Freuds Hauptthesen auf mich zu. Ich eignete mich verdammt gut als

Versuchsperson, war ein glänzender Beleg für all die Geschichten aus dem Wiener Wald. Man mußte nur ihre Verkörperungen in mir beobachten. So hätschelte und verzärtelte ich meinen angeschlagenen Phallus, doch die zu fette Salbe, die den Schmerz beseitigte, verhinderte andererseits, daß die winzigen Wunden, die versteckten blutenden Risse, vernarbten. Man mußte die Salbe wegwischen, und das Reiben tat recht weh. Schließlich entdeckte ich das Heilmittel, die notwendigen Schritte, und das ist eine Behandlung, die ich meinesgleichen empfehlen kann, meine Brüder! Zuerst die feinen Verletzungen mit kaltem Wasser waschen, mit einem Handtuch abtupfen, nicht drücken. Warten, bis es trocknet, keine zähflüssige Salbe verwenden, sondern einen antiseptischen und die Vernarbung fördernden Puder, etwas wie Exoseptoplix – ich habe keine Angabe, die weniger gallisch klingt ... Dieser Puder hat den Vorteil, daß er trocken ist. Man muß das Glied einfach überpudern. Das ist nicht unangenehm, man hat das Gefühl, in Mehl gewendet zu werden, der Bäcker seines Pimmels zu sein, und das nimmt eine geraume Zeit in Anspruch, während der man sich liebt, sich mit sich selbst versöhnt, und dem Übel, geboren worden zu sein und in der Verbannung, im Absurden zu leben, abhilft. Man hätschelt und verwöhnt seinen weißgepuderten Penis. Ein harmloser Zwischenfall kann das Ritual trüben, wenn nämlich ein aus einer Verletzung sickernder Blutstropfen die Weiße des Puders verfärbt. Diese Mischung von Blut und Unbeflecktheit hat etwas von Entjungferung, etwas Peinliches. In diesem Fall die ärgerlichen Assoziationen unterdrücken, noch einmal waschen, trocknen lassen, lediglich hauchfein bepudern, warten, bis das Blut gerinnt, dann noch einmal richtig pudern. Wunderbarerweise ist es nicht nötig, den verstreuten Puder nachher abzuwischen; dadurch könnten die wunden Stellen wieder aufbrechen. Unabdingbar ist hingegen, daß er sich aus eigenem Antrieb verflüchtigt. Seine Flugneigung befähigt ihn, sich zu verkrümeln, sich nach und nach im Slip, ja bis zu den Socken hinunter zu verteilen. Erst nach gänzlicher Verheilung ist eine fette, schützende Salbe empfehlenswert, die die Schleimhaut nährt und neuen Schäden zuvorkommt. Von jeder Lösung mit Alkohol, selbst zu Desinfektionszwecken, ist abzusehen, sonst wird man *unverzüglich* an die Decke fahren, einen Indianertanz aufführen und Siouxschreie ausstoßen.

Anny war ganz gerührt über diese Verwundungen, zu denen sie durch unser Ungestüm beigetragen hatte. Doch sie ärgerte sich über die narzißtisch-masturbatorisch angehauchte zeremonielle Kur, der ich mich unterzogen hatte. Eifersüchtig, jawohl, auf diese Nille, deren Toilette gemacht wurde, über diese manische Intimität, mit der ich meinen wunden und wiedererstehenden Phallus behandelte, diesen Stengel im Zentrum meiner Metamorphosen, dieses Abbild meiner selbst, meiner Identität, meines Wesens, meiner Krisen und Konflikte . . . Dieser ganze elegisch-epische Cocktail für einen Schwanz! Anny war immer auf ihn neugierig gewesen, auf seine Antriebskräfte, seine Ergüsse, sein Wachstum, seinen Eigensinn, seine herrlichen Morgenröten und schrumpligen Abenddämmerungen, sein Versagen und seine errötende Wiederkehr. Es machte ihr Spaß, ihn zu betasten, zu fühlen, wie er steifer und länger wurde. Ich werde nicht so weit gehen, zu behaupten, Anny habe die berüchtigte, so sexistische und totalitäre Macho-These des Penisneides bekräftigt! Ja, Anny malte mir oft die Vorstellung aus, sie habe einen Schwanz, eine Nille, und zwar nicht etwa symbolisch, sondern organisch, handfest. Übrigens eher eine Nille als einen Schwanz . . . Ich kann die Nuance nicht erklären. Sie hatte Lust auf eine, das war's. Manchmal überkam es sie einfach. Um damit zu spielen? Ich weiß nicht . . . Um sich ihrer zu bedienen und damit um die Wette in jeden beliebigen, jede beliebige, in die andern einzudringen. Sie war durchaus fähig, trotz ihrer unkomplizierten Natur, Begierden, Wildwuchs, Extravaganzen zu hegen. Einen schönen Penis für Anny.

Wir trafen Osiris auf der Turmtreppe. Ich kam gleich auf Ehra zurück, auf ihren verzweifelten Blick. Osiris setzte eine geheimnisvolle Miene auf. Er wußte zweifellos mehr als David und Maurice. Anny rückte ihm ein wenig auf den Pelz.

„Man sieht Wolf nicht mehr! Wolf ist verschwunden."

Und der Wächter aus Martinique, der Pförtner des Südturmes, schwieg, plötzlich stumm, was bei ihm außergewöhnlich war, seiner redseligen Art widersprach.

„Man kann nicht über alles sprechen, Anny . . ."

Der Satz entzückte uns. Er wußte es also. Osiris wußte alles!

„Aber man kann etwas andeuten", legte ihm meine Geliebte nahe.

„Heute nicht, noch nicht . . ."

„Ist es eine schöne Geschichte, Osiris, so eine, wie Sie sie gern erzählen?"

„Ja, eine schöne, eine schreckliche Geschichte . . . meine schönste Geschichte."

Wir hielten es nicht mehr aus.

„Und Sie werden sie uns nie erzählen?"

„Jetzt nicht . . . es ist verboten. Pst, Anny!"

Es gab zu dieser morgendlichen Stunde keinen Besucher. Osiris nahm uns mit auf den großen Glockenstuhl der Glocke Emmanuel, das riesige Gerüst aus Balken und Pfeilern. Es roch nach Holz, nach Wald, meiner Kindheit und meinen Hasenjagden. Die steinernen Türme verbargen also hölzerne Eingeweide, dieses herrliche Eichengerippe, in dem der Wind vibrierte, in dem einst Quasimodo herumturnte. Anny zog Osiris vor, den schönen schlanken Phantasten aus

120

Martinique. Das Groteske, Gotische sprach meine Freundin kaum an, während ihr – wie sie mir eines Tages gestanden hatte – die schwarze Erscheinung des lachlustigen Osiris gefiel. Ich hatte ihr eifersüchtig dargelegt, sie habe keine Chance, einen Schwulen zu verführen. Da setzte Anny ein draufgängerisches Lächeln auf, drehte ihren Oberkörper elegant herum und klopfte anmutig auf ihren zarten, reizenden Hintern, der so hübsch, so hermaphroditisch war, ungenutzt in Positur unter dem engen Samt. Ich war sprachlos angesichts dieser obszönen Herausforderung. Wahnsinnig eifersüchtig . . .

Osiris sprach über die Glocke. Ich ermunterte ihn dazu.

„Dreizehn Tonnen, meine Lieben, ein Mantel von dreizehn Tonnen. Sie ist im 17. Jahrhundert umgegossen worden, und darüber gibt es eine schöne Geschichte . . . wenn Sie ein bißchen Zeit haben."

Osiris war groß darin, die Spannung zu schüren, sich bitten zu lassen.

„Wir haben den ganzen Tag Zeit", erklärte Anny honigsüß.

„Also gut! Als man das Ungetüm umgegossen hat, haben die Prinzessinnen, die vornehmen Damen, die Gräfinnen, hat der ganze hohe, reinblütige Adel den Schmuck, die glänzenden Reifen, die goldenen Fingerringe in die kochende Bronze geworfen, auf den Grund des Schmelztiegels, aus freien Stücken, Sie verstehen, um ein Opfer, ein Geschenk darzubringen, um in den Himmel zu kommen, um Gottes Verzeihung zu erlangen . . . ein goldener Quell in den bronzenen Vulkan . . . Die Schönen wollten mit der Riesenglocke läuten, ihrem Klang, ihrem Spiel, ihrem Sturm angehören."

„Ich habe schon davon gehört, tatsächlich, das ist bekannt, das ist historisch!"

Ich war plötzlich böse auf Osiris, schmälerte die Tragweite seiner Eröffnungen.

121

„Das ist bekannt, richtig, aber meine Geschichte geht auf Einzelheiten ein, ist genauer, und diese Details kennt niemand, sie stammen aus einer Quelle, die nicht genannt sein will, von einem Geistlichen, der auf Notre-Dame spezialisiert ist."

Osiris machte eine Pause, stand hochaufgerichtet unter dem Glockenstuhl, im Wirrwarr der Balken, die wie ein Atommodell wirkten, in dem der Wind grollte. Man war auf See, im Takelwerk der Arche Noah. Osiris blickte uns an, öffnete seine fleischigen Lippen über seinen fabelhaften Zähnen ein wenig. Er ließ ein leises, schwaches, sanftes Lachen hören, einen dünnen Strahl, der aus seiner glatten, schwarzen Kehle aufstieg. Osiris sah uns begehrlich an. Breitbeinig dehnte er seinen Brustkorb, mit wiegenden Schultern, prahlerisch, aber nicht penetrant, mit einer Art muskulösem Zartgefühl. Er war der Narziß und der Freibeuter des riesigen Glockenturms.

„Er ist wirklich anziehender als Quasimodo", flüsterte mir Anny zu.

„Ja, die Geschichte, die eigentliche Geschichte, die geheime, die köstliche, betrifft nämlich nicht so sehr die Glocke als ihren Schwengel! Nicht die Blütenkrone, sondern den Stempel, meine Lieben!"

Oh, mit welcher Sinnlichkeit hatte er die Blütenkrone vom Stempel unterschieden!

„Das Subtile ist der Stempel! . . ."

Anny lachte, und aus der nackten Kehle des Wächters erklang ein Echo auf ihr Lachen, ein spitzes, bezaubertes Glucksen. Osiris war durchsetzt, gesättigt von seinem Lachen, durchdrungen von einem leisen Quieken, das tief in seiner Brust laut wurde. Er hätte beinahe schallend gelacht. Doch er hielt sich zurück. Das Lachen hatte von seinem ganzen Körper Besitz ergriffen, ohne auszubrechen, und es verwandelte sich in gedämpften Schaum, in ein köstliches Prikkeln in der Nase. Es war, als hätte er dieses Lachen für sich behalten wollen, um sich an seinem Salz zu ergötzen.

„Der Stempel wiegt fünfhundert Kilo, meine Lieben, das ist kein Pappenstiel!"

Anny lachte.

„Als sie dann die Glocke einschmolzen, schmolzen sie auch den Schwengel ein. Aber beides einzeln! Und die Damen fingen wieder damit an, knisternde Seide und Geflüster: die Kaskade der Ringe, der Armreifen, der goldenen Halsketten für diesen Riesenstempel, das war noch aufregender ... Nun hat noch niemand die Geschichte der Gräfin Jeanne erzählt, nämlich was *sie* in den Schoß des Schwengels warf, damit er stärker ausschlug. Also, das ist die Geschichte! Die Liebesgeschichte, die Jeanne, ein junges Mädchen von sechzehn Jahren, und ihren Geliebten, einen sechsunddreißigjährigen Bischof, einen leidenschaftlichen Aristokraten, verband."

Osiris schwieg, um Anny neugierig zu machen, sie zu reizen. Er sah aus, als wollte er sagen: „Die will verdient sein, eine solche Geschichte, meine Kleine." Er stützte sich auf den kupfernen Rand der Glocke, wühlte in seiner Hosentasche, man sah, daß er mit den Fingern von unten etwas, das nicht weit von seinem Slip war, betastete, er holte schließlich ein dickes Fünf-Franc-Stück heraus und klopfte damit gegen die Bronze. Diese gab einen hellen, melodischen Laut von sich, die Musik all der plötzlich geweckten goldenen Ringe. Als ob so viele reine, geheime Schmuckstücke, die im Schoße der Bronze ruhten, schon auf einen einzigen Bogenstrich hin anklängen. Und Osiris klopfte mit seiner glänzenden Münze. Seine Augen weiteten sich, als er das Echo vernahm. Sein Gesicht wurde sanft, sinnlicher, eine Art Kopf eines verliebten Bacchus, während er weiter klopfte, dem Rand der Glocke Töne entlockte.

„Also, die Gräfin Jeanne?" flehte Anny.

123

„Das ist eine schöne, traurige Geschichte", antwortete Osiris, „denn der Bischof verunglückte tödlich bei einem Ausritt. Ein Bischof, wie sie zu seiner Zeit eben waren. Die Pferde und Dirnen waren ihm wichtiger als der Glaube ... Nun, also ... Ich muß mich entschuldigen, es ist sehr eigenartig. Es hat auf eine gewisse Weise etwas von der Geschichte von Heloïse und Abélard, doch diesmal ist Heloïse die Handelnde. Es hat sogar Bezug auf älteste Riten, die Gabe des Attis an die Göttin Kybele, wenn Sie daran denken, was Attis ihr als absolutes Pfand der Treue darbringt. Also gut! Der Bischof war tot. Von ihm war also nichts mehr zu erwarten. So hat Jeanne aus Liebe seinen Phallus abgeschnitten, hat ihn in eine marmorne, dann in eine bronzene Scheide einschließen lassen und sie unter Mithilfe eines Handwerkermeisters, der den Schwengel einschmolz, im letzten Augenblick in die Bronze gestopft, als sie gerade hart wurde. So, meine Lieben, ist der Phallus des Bischofs, Jeannes Geliebtem, in den Stempel gekommen!"

„Osiris, was Sie da erzählen, haben Sie von vorn bis hinten erfunden!"

Anny warf mir einen vorwurfvollen Blick zu, ich verdarb alles. Osiris riß die Augen auf, beleidigt darüber, daß ich ihn im Verdacht hatte, die Sache erfunden zu haben.

„Diese Geschichte ist mir von einem hohen Geistlichen, anvertraut worden, einem Kardinal, der, das kann man laut sagen, sehr berühmt ist, sehr weltoffen, ein Gelehrter und ein sehr sinnlicher Mann, meine Lieben. Ein Jesuit. Ich schwöre es ... bei meiner Insel!"

„Wenn er es bei seiner Insel schwört ...", sagte Anny zu mir. „Ich glaube an Ihren Phallus, Osiris!"

„In der Tat handelt es sich eher um den Phallus von Osiris!" erklärte ich meinerseits.

„Um denjenigen des Bischofs, meine Lieben!"

„Es ist auch ein bißchen Ihrer, Osiris, denn Sie sind der einzige Verwahrer dieses singenden Penis!"

Osiris lächelte, zögerte, schwankte. Es gefiel ihm, daß es auch ein wenig sein Phallus war, verschmolzen mit demjenigen des Bischofs, der im Herzen des Schwengels ruhte. Er schwieg und setzte eine geheimnisvolle, genießerische Miene auf.

Wir verloren uns in Gedanken, Anny und ich. So war also neulich, als man de Gaulle begrub und die Machthaber der ganzen Welt Notre-Dame füllten, die Totenglocke, die erschallte, der Phallus von Osiris, der an den weiten Kelch der Glocke klopfte. Immer ist es der Phallus von Osiris, der zu Ostern läutet, Paris in seine sonnigen Echos taucht. Die Heilige Jungfrau und Osiris: War das nicht das notwendigste, märchenhafteste Paar, das man sich vorstellen konnte? Ja, Osiris ertönt im Turm von Notre-Dame, ins Geheimnis seines überirdischen Kleides gehüllt. Das ist die himmlische Botschaft. Das wissen alle Falken.

Marguerite kam gegen sechs Uhr von der Arbeit. Sie hatte einen etwas rätselhaften Job, befaßte sich mit Sozialfällen und Behinderten. Sie arbeitete in einem Zentrum für Wiedereingliederung, wohl im öffentlichen Dienst, ich habe das nie ganz durchschaut. Jedenfalls ordnete sie Akten, in denen in bezug auf jeden Kandidaten das Ergebnis eines Gesprächs mit einem Psychologen festgehalten war. Ich hatte die Formulare einmal gesehen. Da war die Rede vom phobischen Blick des X., vom introvertierten Eindruck, den ein anderer machte, von der latenten Aggressionslust, der Labilität eines Dritten ... von psychopathischem Aussehen, manisch-depressiv, Zwangsvorstellungen, von langgliedrigem, asthenischem Körperbau ...

Wenn Marguerite sich auf die Arbeit des nächsten Tages vorbereiten wollte, breitete sie das Papierzeug auf dem Wachstuch über dem Tisch aus und begann die Tests sehr eifrig zu sichten. Die Fälle, die Kandidaten defilierten an ihren Augen vorbei. Plötzlich rief sie mitleidig und herablassend: „Ah, der macht nicht mehr lange ... O der Arme, was man dem verpaßt!" Diese Hekatombe der Jugend erfreute ihr Herz. Zappelnd vor Ungeduld schnupperte sie in den Papieren herum, las sie ein zweites Mal, kommentierte sie, stieß Seufzer aus, lachte leise und zustimmend. Plötzlich war sie wichtig, hatte zu entscheiden. „Ich liebe meine Arbeit! Ah, meine Arbeit! Die ist mir alles ..."

Sie trabte aus dem Ausgang der Métro, ihre Dossiers unter dem Arm, stieg keuchend die Treppe hoch, blieb bei Mademoiselle Poulet stehen, stellte ihr mit der Miene einer Intellektuellen ihr Paket zur Schau. Und die Nachbarn waren eifersüchtig.

An jenem Tag jedoch schleppte sie nichts an, sondern hißte eine wippende, aufgedonnerte, unglaubliche Frisur. Sie entledigte sich ihrer Handtasche und ihrer Prothese, indem sie sie auf den Tisch warf. Sie legte ihre Lieblingsplatte von André Dassary auf („Mein Andi"), machte Licht an, teilte sich mit Touflette in die Nierchen, wobei sie sie mit Zärtlichkeiten überschüttete, nahm einen Spritzer Zitronensaft zu sich, um die Nieren zu verdauen. Sie behauptete, Zitrone fördere die Verdauung. Sie stieß ihr nämlich auf, und das faßte sie als Zeichen guter Verdauung auf. Sie summte vor sich hin, machte den Fernseher an, war begeistert von den geringsten Nachrichten, ließ sich zu einem leisen Stöhnen herbei, wenn dabei von Todesfällen, Kriegen, Sturmfluten die Rede war. Dann prustete sie, scharrte mit den Füßen, sobald mit Pompidou wieder Fröhlichkeit aufkam, seinem Blabla und seiner heiteren Visage.

„Und Sie sagen kein Wort! Merken nichts!" warf sie schließlich hin und wies auf ihre Haarpracht.

Ich antwortete, ihre Frisur sei in der Tat bemerkenswert. Da gestand sie mir, sie habe einen Trick, sie müsse den Friseur nicht bezahlen. Sie stellte sich nämlich den Lehrlingen und Volontären als Versuchskaninchen zur Verfügung. Die jungen Hüpfer, die Friseusen, die einstweilen erst die Haare waschen durften und in ihrem Beruf vorankommen wollten, übten sich an ihrem Schopf. Sie tobten sich ohne Bedenken aus, nacheinander lyrisch, genialisch oder kurz und bündig. Sie schnitten, drehten Locken, flochten, pfuschten, bauten außerordentliche Lockengebäude auf. Sie entstellten sie jedesmal, aber mit Überraschungen, mit großer Erfindungsgabe für Verwüstungen und Spitzfindigkeiten, unerhörte Aufbauten, köstliche Improvisationen, Ausbrüche von Kitsch . . . Doch Marguerite war stolz darauf, ihr Haar diesen angehenden Künstlern zur Verfügung zu stellen, mit welchen sie scherzte, weiblich, schalkhaft, und unter ihren zerzausten

Haarbüscheln hervor verstohlene Blicke aussandte. Sie stand im Mittelpunkt, und das fand sie herrlich! Man wusch ihr das Haar, fönte, frisierte sie. Man ließ irgendwelche Leute auf sie los, die untauglichsten Volontäre, Bekloppte, Eigensinnige, Fahrige, die Champions der Schafschur, Könige der Heckenschere, Caligulas des Haares. Die Bewerber drängten sich, sie zu shamponieren, zu färben, ihr einen leichten Glanz aufzusetzen ... wie sie sich euphemistisch ausdrückten; um Strähnen, Fransen, Stirnlocken, schelmische Schmachtlocken, Löwenmähnen oder Schnitte à la Jeanne d'Arc zu versuchen, Messerschnitte für die Guillotine. Sie beklagte sich nie, fand sich bezaubernd, fühlte sich wie ein neuer Mensch, lief von Tür zu Tür, um das Meisterwerk vorzuführen, die Frisur, die im nächsten Frühjahr Mode sein würde. Und jedermann stimmte zu, man sagte sogar, mit neutralem Lächeln, ja, das sei wirklich originell ...

An solchen Festabenden lud mich Marguerite zum Essen ein. Wein und Hühnchen wie immer. Sie vertraute mir ihre Sehnsüchte an.

„Ah ... wissen Sie, mein Traum! Nämlich: einen Lebensgefährten zu haben!"

Sie faltete die Hände, als ob der Lebensgefährte vor uns erscheine. Ich mochte diese Anwandlungen von Romantik angesichts ihrer Einsamkeit.

Sie ging über zu Episoden ihres Lebens, die fast unaussprechlich sind. Abscheulichkeiten. Die Geschichte von ihrem Mann, der Alkoholiker und Maurer von Beruf war, man hatte ihr geraten, ihn trotzdem zu heiraten, denn ihr Gebrechen und ihre Prothese würden nicht zwangsläufig Scharen von Freiern anlocken. Der Typ starb bald, ich weiß nicht woran, und ließ Marguerite mit einem Mädchen zurück, das mit achtzehn einen Ingenieur heiratete, der in der Erdölbranche tätig war, so daß Marguerite ihr einziges Kind fast nie sah. Eines Tages ließ Marguerite, um von einer Versicherung Geld einzuheimsen, ihren Gatten ausgraben. Es ging darum, zu beweisen, daß er an den Folgen eines Arbeitsunfalles gestorben war. In diesem Zusammenhang gestand sie mir folgendes gräßliche Detail:

„Als man den Sarg geöffnet hatte, habe ich mich vorgebeugt und Roger betrachtet. Das ganze Gesicht war mit schwarzem Haar überwachsen, mit lauter dicken roten Würmern drin."

Ich berichte wörtlich. Dieses Porträt wurde mir an der Schwelle des Lebens präsentiert. Marguerites Kunst, ihre Neugier. Diese Enthüllung strenger Wahrheit. Wie sie sich vorgebeugt, wie sie prüfend geblickt haben mußte! So endete man also. Marguerite hob den Deckel hoch, zeigte einem, wo der Hase im Pfeffer lag, ließ einen den köstlichen Braten riechen. Das war ihr heimlicher Dreh, ihr Sinn fürs Authentische, für wirkliche Schicksalhaftigkeit. Marguerite die Schreckliche.

Am gleichen Abend, als sie noch im Schwung war, schilderte sie mir ihren Unfall. Wie sie ihren Arm verloren hatte! Indessen schätzte sie sich glücklich, fand, sie sei noch gut weggekommen, denn sie hätte tot sein können. Ein Wunder! Sie war ganz entzückt ... Sie hatte sich immer wohlgefühlt im Unglück. Die Métro war angekommen. Es war vor dem Krieg. Sie war siebzehn. Sie war lebhaft und fröhlich. Ein geradezu angsteinflößender Optimismus, animalisch, maßlos. Die Métro taucht auf aus dem schwarzen Tunnel und hält am Bahnsteig. Marguerite schwatzt mit einer Freundin, hält sich damit zu lange auf, stürzt im letzten Augenblick herbei, kommt zu spät, doch ihr Arm ist in der wieder geschlossenen Tür eingeklemmt. Und die Métro fährt los, schnell ... wie alle Tage.

„Da habe ich gebrüllt, wurde zusammengedrückt, gestoßen, festgehalten ... Gebrüllt habe ich ... Ich war achtzehn Jahre alt, war noch Jungfrau ... Meine Freundin hat mir sehr viel später von diesem Gebrüll erzählt. Sie war wie versteinert, es war das Gebrüll von jemandem, der erwürgt wird, das kam aus dem Bauch, ein Schreckensgeheul. Dieses Wort hat sie wiederholt: Schrecken. Wie wenn, ich weiß nicht, eine Pythonschlange über mich hergefallen wäre, um mich lebendig hinunterzuschlingen. So war's! Der Schrei, den man ausstößt, wenn einem das Innerste geraubt werden soll, wenn man es verliert, wenn man das erlebt ... So war es!"

Marguerite war, wie ich schon sagte, rednerisch begabt, hatte einen angeborenen Sinn für Worte, Eingebungen und glückliche Funde. Ihr „Ich war noch Jungfrau" kam unerwartet, war eindrucksvoll. Ihre Schilderung setzte sich in meinem Gehirn, dem Gehirn eines jungen Mannes, fest. Ich lernte das wahre Leben kennen. Ich stellte mir die Szene vor, ich sah sie vor mir ... Der angesaugte Hampelmann, gegen die Métro gedrückt, angeklatscht, gebeutelt, zerschlagen, zerstückelt. Und dieser Urschrei, Schrei des Grauens, aus tiefsten Tiefen ausgestoßen, aus dem Bauch, von Entsetzen erfüllt ... Jemand, den man vergewaltigt und ausblutet. Ja, ich hörte diesen Schrei der Wahrheit.

Man hatte bei ihr eine der ersten Bluttransfusionen vorgenommen. Sie erwähnte nichts mehr aus ihrer Jugend nach diesem Unfall. Sie schwieg sich über die folgenden Jahre aus. Später heiratete sie. Wurde Mutter. Der Maurer tot, exhumiert, die Versicherung blechte. Witwe, nun ja.

„Er war nicht bösartig, mein Mann, aber er trank."

Das faßte alles zusammen, das war Zola! Ich entdeckte das wie *L'Assommoir*. Naturalistisch, schonungslos. Das gab es also. Das ganz gewöhnliche, schwarze und blutige Melodrama. Alkohol und Verhängnis. Ich war aus der Provinz. Ich kannte die Stadt, ihre Vorstädte nicht. Ein Säufer auf dem Lande ist irgendwie pittoresk und lustig. Eben im Freien! Das beläßt dem ganzen einen gewissen ländlichen Aspekt

131

von Hohlwegen und Heuernten. Doch der Alkohol in Paris, bei den Armen ... das ist etwas ganz anderes, finster, eng, auf dem absteigenden Ast, bei den Proleten. Ich hörte die Stadt, stellte sie mir vor, verstand sie, diese tristen Lebensanfänge der Menschen, diese Odyssee der düsteren Menge. Und ich war mitten drin, Rue Pavée, bei Marguerite, ganz am Anfang. Und ich hatte Angst vor ihrem Arm und ihrer obszönen Fröhlichkeit, dem miesen und bereits vertrauten Viertel. Die Métrostation Saint-Paul war braun angestrichen. Als einzige, bräunlich, kackbraun. Ich ging im Restaurant für Kranke und Drückeberger essen. Das war mein Abend. Ich fand die Zukunft, mein kaputtes Bein zum Kotzen. Ich hatte solche Angst. Allein schon beim Gedanken, in Paris zu sein. Schwindelgefühl. Im Examen würde ich wohl durchfallen, Anny enttäuschen, sie schließlich mit meiner Angst anstecken. Dann sitzt man auf dem Pflaster, und Marguerite, die wartete, die seit jeher Bescheid wußte, sieht zu.

Einzig Notre-Dame tröstete mich, Osiris mit seinen Erzählungen, und Ehra. Das Spiel der Zeichen. Horus, die Sonne. Und schließlich Egon Schiele, das waren eben schon damals meine Extravaganzen.

Ich betrachtete Johann Neuzil mit einem Höchstmaß an Diskretion und Fingerspitzengefühl. Ich versuchte, auf seinem Gesicht, in seinen Gesten unbezweifelbare Zeichen von Heiligkeit zu erhaschen. Weiß ein Heiliger, daß er ein Heiliger ist? Wahrscheinlich nicht, sonst würde seine Demut leiden unter einer solchen Vertrautheit mit dem Himmel. Ich erkundigte mich nach seiner Gesundheit. Ich wußte, daß seine Arterienentzündung immer schlimmer wurde, der Blutkreislauf funktionierte nicht mehr in dem kranken Zeh. Es war von einer Präventivoperation die Rede, damit der Brand nicht weiter hinauf ging. Neuzil antwortete im Ton sanfter Schicksalsergebenheit:

„Der Fuß wird immer schlimmer. Man denkt daran, ihn abzunehmen, übrigens schon lange. Ich muß mehr gehen, um die Durchblutung anzuregen. Ich gehe also, ich gehe. Die Leute hier herum fragen sich, was mit mir los sei. Warum ich ständig auf den Beinen bin. Es ist seltsam, zu gehen, zu gehen ... Bewegung ohne Ende, eine Erfahrung, wissen Sie, ein Abenteuer. Der Geist kommt dabei auf seine Rechnung ... man geht herum, entdeckt die Seine, die Quais, die kleinen Straßen, so viele Namen von einst. Es macht mir Spaß, ihnen nachzugehen, berühmten, aber vergessenen Namen des 17. und 18. Jahrhunderts. Ich schreibe sie mir auf und suche in Lexika. Finde Lebensläufe, die uns heute überhaupt nicht mehr gegenwärtig sind. Ich lebe ein bißchen mit diesen freundlichen Gespenstern. Aber Sie! Sagen Sie doch etwas über sich. Sie arbeiten für Ihr Examen, Sie kommen voran ..."

Ich stammelte ein Ja. In Wirklichkeit hatte ich Lust, von Schiele zu sprechen, von Wally Neuzil, Johanns Mutter. Vor allem hätte ich gern die berühmte geheime Zeichnung gesehen. Aber ich wußte nicht, wie ich die Frage anschneiden sollte. Ich traute mich nicht. Dann begann ich sachte in dem Album zu blättern, das auf dem Tisch lag. Ich sah die jungen rothaarigen Mädchen, Schwestern der Sonne, ihre strahlenden Schenkel und ihre goldene Spalte. Denn Schiele hatte die Neigung, das Geschlecht der Frauen mit Gold zu verbrämen. In dem dunklen Vlies zeichnete sich der Spalt ab, die schmale Feuersichel, deren Farbe sich auf das rote Haar auszubreiten schien, auf die roten Spitzen der Brüste und auf die orangeroten Arme.

Ich sah Neuzil an und nahm einen Anlauf:

„Ich habe gehört, daß Sie eine unbekannte Zeichnung Egon Schieles haben? Stimmt das?"

Neuzil ließ seinen hellen Blick lange auf mir ruhen:

„Das stimmt!"

„Aber wie sind Sie dazu gekommen, da Ihre Mutter, wie Sie mir versichert haben, gestorben ist, als Sie, ich glaube, etwas über ein Jahr alt waren . . .“

„Sie ist im Jahre 1917 an Scharlach gestorben, Sie hat vorausgesehen, daß sie starb, wie Schiele an der Grippe, wie Edith, Schieles Frau, alle drei in der Blüte ihrer Jugend. Und die schönsten Modelle Schieles mußten auch im Jahre 1918 an der spanischen Grippe sterben. Sie hat also die Zeichnung einem Vetter gegeben, der sie mir später, als ich erwachsen wurde, zurückgegeben hat. Diese Zeichnung hat eine außerordentliche Geschichte, plötzlich . . . Denn Schiele hatte im Jahre 1912 in einem Dorf, in Neulengbach, gewohnt. Es standen ihm sehr junge Mädchen Modell. Eine gewisse Tatjana verliebte sich in ihn, lief von zu Hause fort und suchte bei ihm Zuflucht. Nicht lange danach klagte die Familie gegen Schiele wegen Verführung einer Minderjährigen und Sittlichkeitsvergehen. Die Polizisten rückten an, beschlagnahmten die im Haus aufgehängten erotischen Zeichnungen, und die als besonders skandalös befundene wurde am Tage des Urteilsspruches im Gericht öffentlich verbrannt! Unglaublich! Was aber wenige wissen: Wally war es gelungen, das wahre Meisterwerk, diese schöne Zeichnung, die tabu war, durch eine andere, offizielle Zeichnung zu ersetzen. Sie konnte die Leute, die die Hausdurchsuchung durchführten, überreden, täuschen oder verführen. Wally, meine Mutter, war eine großzügige Natur, war sehr freizügig. Auch Schiele war über alles Gewöhnliche erhaben. Es gelang ihnen, das Kunstwerk zu retten. Öffentlich verbrannt wurde etwas Zweitrangiges. Daraufhin schenkte Schiele ihr aus Dankbarkeit das gerettete Kunstwerk, sie bewahrte es nach ihrer Trennung auf, und so bin ich meinerseits dazu gekommen. Dieses Meisterwerk ist dem Scheiterhaufen entronnen! Ein Phönix, mein Lieber . . . Aber Schiele mußte trotzdem vierundzwanzig Tage ins Gefängnis!“

Neuzil schwieg, er hatte nicht vorgeschlagen, mir die Zeichnung zu zeigen.

„Und was stellt diese Zeichnung dar?" fragte ich verwirrt.

„Sie stellen mir diese Frage so aufrichtig und ernsthaft, daß ich es Ihnen sage. Es handelt sich um eine Darstellung eines Paares, nicht Egon und Wally, sondern Egon und Gerti, das war seine Schwester, sein erstes Aktmodell. Ja, sie war die erste, die ihm nackt Modell stand, im Jahre 1910. Von ungeahnter Kühnheit. Sie war sechzehn, er zwanzig. Sie waren kaum erwachsen und liebten sich. Eine Leidenschaft, die auf feuriger Frühreife beruhte, auf besitzergreifender Zärtlichkeit und Bewunderung, anhaltender Faszination."

„War Wally, Ihre Mutter, nicht eifersüchtig auf diese Liebe?"

„Das weiß ich nicht, aber ich glaube, sie nahm es vor allem Edith Harms übel, daß Egon sie im Jahre 1915 heiratete. Edith hat Egon und Wally getrennt. Gerti nicht."

Und Neuzil öffnete die ersten Seiten des Albums und zeigte mir Gertis Aktporträt. Großer magerer Körper, hermaphroditisch und rot. Egon malt sich fast gleich, mit seiner Schwester vereint. Beide scharlachrot, asexuell, eckig.

„Für mich ist das ein bißchen Adam und Eva, sehen Sie ... die Zwillinge der Schöpfung. Ihr Fleisch ist lebendig und roh ... paradiesische Muskelfiguren."

„Und Ihre geheime Zeichnung stellt sie also dar?"

„Ja ... Ich habe gemerkt, daß Sie sie sehen wollen. Ich weiß, daß es sich nicht um oberflächliche Neugier handelt. Das habe ich begriffen. Ich weiß, daß diese Zeichnung Sie betrifft, plötzlich, daß sie wichtig ist für Sie."

Neuzil sah mich eindringlich an, mit jener Mischung aus Ruhe und Konzentration und der immer gleichbleibenden friedlichen Hellsicht, die alles übrige überstrahlte. Sein Blick

umfaßte mich, ruhte voll auf mir, verstand mich. Und diese
gütige Vergeistigung lächelte amüsiert. Sie war nicht streng,
hatte Leichtigkeit. Neuzil, der freundliche Mensch, verfügte
über Leichtigkeit, engelhafte Leichtigkeit.

„Wenn ich Sie mit Anny, ihrer kleinen Freundin, sehe ...
denke ich immer an Egon und Gerti. Ja, das berührt mich.
Ihre nervöse, fast gewaltsame Art und Weise, sie ist so wahr-
haftig. Sie ist einfach da. Gegenwärtig und angemessen. Sie
stimmt. Sie neben ihr, sie bei Ihnen. Ganz selbstverständlich,
daran gibt's nichts zu rütteln. Wissen Sie, so etwas ist einem
Menschen wie mir wichtig. Das zu sehen. Ich könnte Sie
beide stundenlang beobachten, ohne mich zu langweilen.
Betrachten! ... Neulich war ich im Musée de Cluny. Ich
blieb wie angewurzelt stehen vor einem Engelskopf, der vom
Marienportal von Notre-Dame stammt ... Der Kopf hat
das Wüten der Revolution wie die Köpfe der Könige von
Judäa überstanden. Und dieser gotische Engel lächelt. Das
erste Lächeln einer gotischen Skulptur. Dieser Engel ist
überwältigend. Er hat nichts Graziles, Beflügeltes. Er ist
massiv, orientalisch. Die Nase fehlt. Das verleiht seinem Gesicht etwas Flaches, Verwischtes, etwa von einem plattnasi-
gen, geheimnisvollen Magier, doch das Lächeln deutet sich
an, ein kaum wahrnehmbares geheimes Lächeln, das im
Stein aufblüht. Sie müßten ins Musée de Cluny gehen und
sehen, wie das am Original hervorbricht. Die lächelnde Religion. Es ist Gott, der uns zulächelt. Der Himmel, der sich
öffnet, sich entlastet. Der ganze Kosmos sanfter. Ich bin
lange, lange geblieben. Es war ganz verrückt, ich konnte
mich nicht losreißen von diesem Frühling der Skulptur. Es
handelt sich nicht um Hypnose, aber ich schaue, ich schaue ...
ohne mich indessen zu verlieren, ohne mich aufzuzehren. Ich
stehe einfach davor. Merkwürdig? Immer mehr. Ich fühle
mich da wohl, da ist die Welt. Und das macht mich überglücklich ..."

Ich spürte, daß das das unbezweifelbare Zeichen für Neu-zils Heiligkeit war, diese geistige Fähigkeit, zu lauschen, endlos zu schauen. Ich jubilierte insgeheim: „Also ist er ein Heiliger!" Auflodernde Freude. Und in meiner Begeiste-rung sagte ich plötzlich zu ihm:

„Zeigen Sie mir die geheime Zeichnung!"

„Ach, das gefällt mir! Es gefällt mir, daß Sie mich mit solcher Freude darum bitten."

Und Neuzil verließ ohne Zögern das Zimmer. Ich hörte, daß er eine Tür öffnete, einen Schlüssel umdrehte und sich ziemlich lange fast geräuschlos zu schaffen machte. Er kam mit der Zeichnung, ohne Rahmen, ohne Hülle, einfach so, breitete sie vor mir aus. Wild. Und ich erzähle das, wie es war: Ein Sonnenstrahl fiel durchs Fenster. Da legte Neuzil die Zeichnung in die Sonne. Und Egon Schieles Rot- und Goldtöne strahlten wie Blut. Dann breitete Neuzil das Blatt auf dem Tisch aus.

„Ich habe es aus dem Rahmen genommen und das Glas entfernt, eigens für Sie, damit Sie es ohne Begrenzung und Spiegelung sehen."

Egon und Gerti boten ihre langgliedrigen, gotischen Kör-per dar: eine ungeheure Umarmung. Ihre langen, scharlach-roten, sonnigen Körper, vereinigt, kosmisch. Von dieser Verbindung strahlte etwas Sanftes, Heiteres aus. Doch die schillernde Verschmelzung Egons und Gertis war präzise um-rissen. Die Vereinigung von Bruder und Schwester, ihr Inzest versenkte sie nicht in ursprüngliches Chaos. Sie waren zwei, sie waren eins, ihre Zweiheit hatte weiter Bestand in ihrer gemeinsamen, klaren Anbetung. Man erkannte in dieser mit Aquarell- und Gouachefarben kolorierten Zeichnung Schieles ganze Kraft, seine geballte Heftigkeit, seinen inten-siven Blick, seine ganz individuelle, freie Seele. Doch das Kunstwerk hatte Weite, war großzügig. Zitternde, glückliche

Fleischlichkeit. Egons und Gertis Gesichter ähnelten sich. Egons dunkler, verzehrender Blick, seine schwarzen Augenbrauen, harten Backenknochen; Gerti eckig, feiner, rothaarig. Vor allem durch diese Rothaarigkeit unterschied sich die Schwester vom Bruder, auch durch einen Haarhelm, der ein kleines bißchen üppiger war. Sie streichelten sich mit ihren langen, schmalen Händen – ganz Schieles Stil, seine ausgefeilte Signatur – gegenseitig das Gesicht. Diese Gesichter, gefangen, vereinigt in der Liebesflamme der Hände. Die Oberkörper ähnlich, mager, kantig wie geweihte Schreine, Reliquienbehälter, in denen Herzen klopfen. Die Bäuche, vorgewölbt, wie bei gotischen Adam- und Evafiguren, berührten sich. Er mit steifem Glied, sie klaffend. Eins dem andern zugewandt und in lasziver Verdrehung, in fieberndem Griff zusammengewachsen. Aber all das – ja, frei von Begierde. Die schmalen, muskulösen Hinterbacken von vollkommener Symmetrie. Egons Schenkel entfalteten sich kräftiger, behaarter als Gertis zartes Fleisch. Das war der einzige, etwas herausgearbeitete Unterschied: die Schenkel. Doch sobald man sich der Betrachtung des ganzen Bildes überließ, gingen Bruder und Schwester, König und Königin ineinander auf und durchdrangen sich strahlend, so daß die phallische Gerti Egon, ihren gespaltenen Bruder zu umarmen schien, worauf dieser härter wurde und sich begierig in seine offene, zartere Schwester drängte.

Und Neuzil ergriff das große Blatt, das sich wellenförmig rollte in seiner Hand. Und wiederum tauchte die Vereinigung der inzestuösen Jugendlichen in den Lichtstrahl, des Malers und seiner Schwester. Ihre Liebe ruhte in Schieles Stofflichkeit und Zeichnung, in seiner Leidenschaft, in der Farbe, die sie einfaßte wie ein Nest. Bruder und Schwester im Schmuckschrein, junge, aus dem Schlamm des Nils geformte Pharaonen, die ein roter Strahl, geflügeltes Morgenland zum Leben erweckte. Dank Wallys Einschreiten, dank ihrer List war die Zeichnung dem Scheiterhaufen entkommen, und man hatte sie weitergereicht. Johann Neuzil, der Behinderte, hatte sie in ihrem geheimen Glanz ausgegraben. Das Tabu der Umarmung und der Ewigkeit.

Neuzil kam wieder herein. Und ich wiederholte für mich immer wieder: „Er ist ein Heiliger."

Ich war mir über die Bedeutung dieser augenscheinlichen und zugleich verhüllten Aussage im klaren und war es auch wieder nicht. Neuzil sah mich an. Sein Blick galt meinem Wesen, meinem Sein. Aber war das überhaupt noch ich, den er so betrachtete? Er hätte den gleichen Blick auf Anny gerichtet. Ich fragte mich, ob dieser Blick noch eine Wahrnehmung meines tatsächlichen Lebens sei, insofern es sich von andern unterschied. Was nahm er, so aus der Ferne, wahr? Wurde nicht alles transparent gleichrangig? Ist Gottes Blick noch ein Blick, der sich auf ein einzelnes Geschöpf richtet? Neuzil war weder ein Engel noch war er Gott, aber vielleicht – in dieser ärmlichen Straße, dem zerfallenden Haus – ein Heiliger. Nicht weit von der Métrostation Saint-Paul, nicht weit von Pont-Marie und meiner schönen Kathedrale. Er war unterwegs ... David und Maurice wechselten sich ständig ab, führten ihn durch das Labyrinth der Straßen, die Quais, die Inseln, die Seine entlang, die dem Meer entgegenfloß. Sein Zeh war schwarz. Und Neuzil lächelte über diesen verrotteten Fuß. Ich kannte kaum etwas Schöneres als dieses sein hoffnungsloses, rastloses Gehen. Hatte ich damals schon vergleichbar intensive Erlebnisse gehabt, von den Jagden meiner Jugendzeit im Schneesturm, im Orkan der Goldregenpfeifer und vom Schwindelgefühl abgesehen, das mich in Annys Spalte, in ihrer feurigen Umarmung überkam? Nichts als die schwärmerische Begeisterung über die Falken ... Dann das Auftauchen des erleuchteten alten Mannes, des Bankerts von Egon und Wally, der die herrliche Zeichnung der verzauberten Umarmung umrundete, wie um sie zu hüten, zu schützen, dessen vom Brand geschlagener Körper endlos kreiste, ja sich aufrieb um diesen unberührten Schatz, der im Mittelpunkt stand. Egon und Gerti. Und die Agonie des Wächters.

Nicole hat telefoniert. Wir gehen nicht ins medizinische Restaurant, um der Fütterung der seltenen Kranken und dem Festschmaus der Parasiten beizuwohnen. Nicole erträgt den Anblick dieser fetten, dunkelhäutigen, anzüglichen Schönlinge nicht mehr, die ununterbrochen Scherze machen und ihr zuzwinkern. Sie senkt die Augen, wird immer gelber, verwelkt in diesem Witzboldrestaurant. Sie möchte die Gauner vertreiben, den Skandal publik machen und das Lokal wieder seiner eigentlichen Bestimmung zuführen: die Schwachen, die Erschöpften, die Bedrückten dieser Erde schützend in einem Hafen des Friedens zu versammeln, um einen geselligen Tisch herum, mit einer weniger schädlichen Ernährung ... Doch dann kommen die Bartträger, Gemecker dicker kräftiger Böcke, die alle Milch hinunterschütten, ihren unstillbaren Durst löschen, die bleichen Lämmer, die abgemagerten Schäfchen beschämen, sich vollfressen, sich vollstopfen, das Restaurant der Mageren besetzen und für sich in Anspruch nehmen.

Ich lade sie also in ein kleines chinesisches Restaurant ein. Sie liebt Asien, die zarten piependen Geschöpfe, die uns, bleich und androgyn, in ihren Pluderhosen bedienen. Die säuberlich, gleichsam abstrakt aufgetischte Nahrung in kleinen Schüsseln. Sojasprossen, Glasnudeln, kleine Pasteten, die nichts Kaiserliches an sich haben außer ihrem Namen, Garnelen. Nicole genießt unser kleines Abendessen für Leute, die keinen Appetit haben. Sie teilt mir mit, daß sie von Paris, von der Universität weggeht wegen ihrer sich immer verschlimmernden Leber. Sie hat sich in Rennes, ihrer heimatlichen Provinz, an der Universität eingeschrieben. Sie kehrt zu ihrem Vater und zu ihrer Mutter zurück. Die hatte sie verlassen, um ein neues Leben zu beginnen, sich zu bestätigen, sich zu befreien, endlich zu *sein!* Und jetzt gibt sie auf, kehrt in die Familie, ihr Nest, ihre Leber zurück. Sie wird nie wieder daraus auftauchen. Ich habe Mitleid mit ihr. Doch ein tiefes, scharfblickendes, verwirrendes Mitleid. Was soll ich sagen? Was soll ich tun? Sie anflehen, dazubleiben, durchzuhalten. Doch welchen Verbündeten hätte sie in mir, an meiner distanzierten, zeitweilig unterbrochenen, unbeständigen Freundschaft? Sie machen lassen, gehen lassen, sich zurückziehen lassen, sich im Kokon ihrer Familie und des Mitleids verkümmern lassen. Ich habe nichts zu sagen, nichts zu geben. Ich bin kein Heiliger. Ich kann ihr nicht einmal von Egon und Gerti, diesem Abbild des Lebens, berichten. Das würde sie nur vernichten.

Wir brechen auf, sind auf der Straße. Die Seine glänzt kalt. Nicole zittert. Das ganze städtische Grau in Grau lastet auf ihr. Selbst die Inseln sind weniger schön, und die Quais wirken verfallen. Ein Ausflugsschiff, spärlich besetzt, fährt flittergeschmückt an uns vorbei, mit reihenweise leeren Stühlen. Und all die harten, verchromten, aufgestauten Autos stürzen sich ohne Abstand, pausenlos, verschachtelt und schnell in den Schlund des Quai Voltaire, gefräßig, flechten metallische Ketten, ein Aufblitzen von Windschutzscheiben und Stoßstangen, aneinandergehäuft wie Legostücke. Zähflüssig, betäubend tauchen sie in die Kerbe des Quais, das große Rapier der Wasser entlang. Nicole wird es schwindlig, sie hat Lust, sich angesichts dieser Raserei zu übergeben. Ich nehme sie in die Arme. Ich streichle sie. Ein bleicher Lichtschimmer dringt durch die Wolken, bringt alle Grautöne der Seine in Bewegung. Nicole schaut mich an, plötzlich fröstelnd und schön. Sie hat eine Gänsehaut. Sie ist ganz körnig von Schaudern, die ihr etwas Sinnliches verleihen. Ich drücke sie lange an mich, ohne etwas zu sagen. Ich nehme ihre bleiche Hand und drücke sie an mein Geschlecht. Ich habe das Ge-

142

fühl, daß ich mich wiederbelebe und daß ich Nicole davon etwas mitgeben könne, durch diesen abergläubischen Kontakt mit meinem Glied, das in einem plötzlichen Begehren nach ihr steif geworden war. Ich spüre, wie Nicole atmet, zittert. Sie läßt ihre Hand lange auf meinem lebendigen Geschlecht ruhen. Sie liebkost es, umfaßt es, hält es sacht durch den Stoff hindurch. Und die ganze Seine wälzt ihre Wellen, ihren Dunst, ihre Steine um, ihre Fuhren, schlägt an die Quais, vermischt die Lichter und die Körper, die Massen, die Strömungen, die Energien in einem Chaos, das um uns herumtanzt.

Ich sage zu ihr: „Drück ..." Sie traut sich nicht. Ich wiederhole: „Drück, ganz stark." Und plötzlich drückt sie mit ihren Fingern zu, gegen ihre Handfläche, bemächtigt sich des Geschlechtes, spürt es auf, genießt es. Und ich flüstere ihr zu: „Faß zu, faß an!" Und sie faßt kräftig zu, nimmt es gierig in die Hand. Ich hätte gewollt, daß sie es in den Mund genommen, daß sie es verschlungen hätte, daß sie damit in ihre heimische Provinz aufgebrochen wäre. Daß meine Stange sie von ihrer Sippe getrennt, sie am Rande des Abgrundes festgehalten, angehalten hätte. Wir hätten in irgendein Hotel gehen können. Ich hätte dann die Heldentat vollbracht. Aber es geschah hier, auf der Straße, da hatte es mich überkommen und sie hatte mich angefaßt, fast steif auch sie. Und sehr bleich. Ein Hotel suchen, miteinander sprechen, das hätte uns getrennt. Man hätte noch einmal von vorn beginnen müssen. Doch solche Augenblicke sind nicht wiederholbar. Nach kurzer Zeit löste sie sich sacht von mir. Sie bot mir ihren Mund dar und küßte mich, ich kam ihr entgegen. Dann wandte sie sich ab. Ging. Ging unter im vielfachen Getriebe der Quais, der fliehenden Flußufer, zwischen Grautönen, schrägen und vertikalem Gestein, zwischen den Wassern, den wabernden Wolken, den beiden aufragenden Türmen von Notre-Dame, grau auch sie, die gleiche anonyme, welke Farbigkeit. Ich sah sie nie wieder.

Ich ging zurück, Richtung Notre-Dame. Ich erstieg den Turm, um vor mich hinzuträumen. Kaum war ich oben auf dem Dach mit seinem Bleirand, sah ich, wie eine alte Felsentaube sich niederließ, kränklich und kahl. Sie schleppte sich dahin. Ihr Gefieder hatte mit der Zeit die schieferblaue, schmutzige Färbung der Dachtraufen angenommen. Diese Vögel waren in meinen Augen keine Wildtiere mehr. Die Ringeltauben meiner Kindheit waren mit malvenfarbenen und rötlichen Federn geschmückt. Die Felsentauben waren glanzlos, schwärzlich. Und diese hier war auf dem Bleidach gelandet, um im Sternbild der Namen und Signaturen zu sterben. Der Falke kreiste am Himmel, scharf, präzise. Sein schrauben-förmiges Kreisen, seine Totenkrone über unseren Köpfen. Dann stand er einen Augenblick rüttelnd in der Luft und stieß plötzlich steil auf die Felsentaube herunter. Seine Fänge gruben sich in den Rücken, zerfetzten die dürftigen, zuckenden Schwungfedern. Und mit dem Schnabel hackte er auf den Kopf ein, knackte ihn grausam auf. Dann drehte er seine Beute um, schlitzte sie auf und kröpfte die warmen Eingeweide. Ich beobachtete mit Grauen, wie schrecklich stolz er dabei war. Aufgeplusterte Federn, wild. Sein seitlich spähendes Auge. Die schmalen, kräftigen Füße. Die Krallen. Das leichte Zusammenzucken der Flügel im Gleichgewicht über dem Gerippe, während er mit dem sehnigen Hals, dem scharfen Schnabel das Fleisch allmählich zerstückelte. Viel-leicht war es Ehras Falke. Ich glaubte seine Färbung, seine herrliche, grausame Form zu erkennen. Er war es, der sich nicht weit von ihr niedergelassen und sie beobachtet hatte. Wir waren dabei gewesen, Anny und ich.

Am Wochenende war ich wieder dort, zusammen mit meiner Geliebten. Und wir sahen ihn wieder. Er war nicht mehr so arrogant. Beugte sich ein bißchen vor. Wir erkannten ihn von hinten, an seinem länglichen, feinen Nacken, seinem makellosen Hals, dem spitzen, im Profil vorspringenden Kehlkopf. Dann, als er sich ein wenig umdrehte, an seiner weiblich geschwungenen zornigen Brust, ihrer reinen Kontur. Er hatte eine Kehrtwendung gemacht, die Arme hinten auf den Rand des Daches abgestützt, dessen eingeritzte Namen er in seinen fahrigen, müden Händen haufenweise zusammenzuraffen schien. Wir sahen sein Gesicht mit dem über das rechte Auge laufenden Band. Der geblendete Wolf.

Wir flohen. Ließen ihn dort oben, einsam im kalten Himmel. Wir kehrten in mein Zimmer zurück und stellten die verrücktesten Hypothesen auf, ohne eine einleuchtende Erklärung zu finden. Am Spätnachmittag, als die Türme geschlossen wurden, fingen wir Osiris ab. Als er uns sah, war er etwas zurückhaltend. Unsere unersättliche Neugier ärgerte ihn, doch er nahm gleichzeitig das Verführerische unserer extremen Jugend, dieser Mischung von Überspanntheit und Unbefangensein, hin. Wir trauten uns nicht, die Frage anzuschneiden. Natürlich hatte er uns durchschaut. Wir griffen also zum letzten Mittel und luden ihn rundheraus zum Abendessen ein. Osiris ließ sich zu einem Kuskus im Viertel herbei. Roter Pfeffer und Sidi Brahim würden mit dem Rätsel vielleicht fertig werden. Osiris bewunderte uns, weil wir Studenten waren, über intellektuelles Prestige und, wenn auch noch in bescheidenem Rahmen, literarische Kenntnisse verfügten. Unsere Freundschaft schmeichelte ihm ein bißchen. Er hatte vielfältige, ganz verschiedene Bekanntschaften, aber ein bißchen Sorbonne war eine weitere Feder an seinem Hut. Manchmal befragte er uns über diesen oder jenen Autor. Und wenn wir ihm genaue, ausführliche Antwort geben konnten, war er ganz überwältigt. Man mußte einen reichen Schatz peinlich genauer Wörter ausbreiten, mit Bildern, Überraschungen, saftigen kleinen Informationen, exzeptionellen Einzelheiten versetzt. Genau das war der Typ von Adjektiven, die Osiris mit Begeisterung entdeckte. Seine Augen glänzten lüstern, wenn er so eine Vokabel hörte ... exzeptionell! Er würde sie dann den Besuchern der Türme anbieten, den Schwengel Emmanuels damit benennen, der im Mittelpunkt, glänzend, in seiner bronzenen, glänzenden Blütenkrone ruhte. Man mußte Osiris mit kostbaren Wörtern anlocken, sie ins Gespräch einflechten, als sei nichts dabei, ihn mit diesen goldenen Körnern ködern. Er schmückte sich dann mit diesen schillernden Federn. Der Trick bestand darin, daß man ihm bedeutete, daß man noch einen ganzen Schwarm davon in Vorrat hatte ... Goldbraune, schillernde Wörter, in seltenem Metall ziseliert. Dann konnte er nicht mehr anders. Er hätte uns seine Großmutter verkauft gegen den Talisman eines Wortes.

Anny nahm Anlauf:

„Wir haben Wolf gesehen, da oben!"

Osiris ging sacht um mit dem Pfeffer, dem starken Wein. Die Frage löste keine besondere Reaktion aus. Er schien sie zu trinken, sie aufzusaugen genauso wie alles übrige, die Umgebung, die Mahlzeit, unsere beiden jugendlichen Gesichter und unsere sprachlichen Kenntnisse. Doch diese etwas verblüffende Passivität ließ in uns die Befürchtung aufkommen, daß er sich nicht einmal die Mühe machen würde, zu antworten, und sich damit begnügen würde, geschickt auszuweichen, in sein sinnliches, scheinbar naives Lachen abzutreiben. Damit löste er alles auf. Man konnte nicht mehr an ihn heran, alle unsere Bemühungen brach sich an einem Zuwachs an prickelnder, lässiger Fröhlichkeit. Er ließ uns untergehen in seiner lächelnden Trunkenheit. Allerbestens betrachtete er uns liebevoll und lasziv, als hätte er plötzlich Lust, zu vögeln. Man wich aus, schlug schnell einen

146

Haken. Immerhin unruhig. Wir besaßen ja nichts außer der Wissenschaft der Wörter. Es ging darum, ihn auf seiner Flucht zu stoppen.

„Es ist schrecklich, Wolf hatte ein ausgekratztes Auge."

Ich ging aufs Ganze, obwohl ich noch nichts wußte, um Osiris zu erregen, einen Ausbruch zu provozieren.

„Wer sagt denn, daß es sich um ein ausgekratztes Auge handelt? Vielleicht ist es nur eine vorübergehende Sache ... Wolf hat immer zu helle, extrem empfindliche Augen gehabt, er verträgt das Licht schlecht."

„Also wissen Sie", platzte Anny heraus, „dann würde er eine Sonnenbrille tragen. Es war aber eine Binde und darunter ein Verband. Das Auge war nicht zu sehen, abgeschirmt, schrecklich. Warum wollen Sie uns die Wahrheit vorenthalten, Osiris? Das verstehe ich nicht."

„Weil Sie so dahinterher sind und den Wunsch, etwas zu erfahren, so penetrant vorbringen. Da kann ich plötzlich die Macht ermessen, die ich habe, und bin versucht, sie auszuspielen, Sie zu gängeln. Einfach instinktiv. Ich muß das gar nicht wollen, mich leitet mein Gespür. Und das ist angenehm."

„Osiris, ich werde Ihnen wunderbare, fast unbekannte Wörter verraten ... Die gehören dann Ihnen."

„Das ist mir zu unverbindlich", antwortete er, „und außerdem kann ich ja das Wörterbuch aufschlagen."

„Viel zu umständlich und riskant! Sie werden nach dreißig Seiten in diesem Gewusel, diesem willkürlichen Durcheinander kapitulieren. Ein Wort erhält seinen Glanz durch den Gebrauch, den man von ihm macht, man muß es aussprechen, in die Rede einfügen ... es unter der Zunge auskosten ... Was mich angeht, ich werde Ihnen meine Wörter ordentlich präsentieren, sie Ihnen wie Juwelen im Schmuckkästchen in Sätzen offenbaren. Ich werde sie Ihnen schillernd, in ihrem besonderen Glanz, ihrem Zusammenhang, ihrer Schwere und Körnigkeit, samtweich oder ziseliert darbieten. Verstehen Sie, das hängt von der Machart, ihrer Nervatur ab . . ."

Ah, ich spürte, wie mein guter Osiris an dieser Aufzählung von Köstlichkeiten herumbiß, die ich aus meinem Zauberzylinder hervorgeholt hatte, „Nervaturen" und „ziseliert" vor allem . . . Ich sah, wie er allmählich anbiß, schon ganz scharf war . . .

„Dann geben Sie doch erst mal diese Wörter her!"

Anny warf ein:

„Nein, wir werden sie Ihnen handschriftlich zukommen lassen, per Post, in aller Ruhe hübsch in Schönschrift geschrieben. Dann können Sie sie lesen und entdecken. Dann kommen wir und sprechen sie aus und geben Ihnen mündlich Beispiele!"

Dieses subtile Ritual faszinierte Osiris. Er ließ die scharfen Gewürze und den Alkohol gären. Er war schon im voraus überglücklich angesichts dieser seltenen Worte, dieses ihm zugedachten Schatzes. Seine schönen vollen Lippen kosteten sie schon aus, verschlangen sie. Das war Fleisch, war Genuß, Essenz der Sprache.

Dann ließ er die Katze aus dem Sack:

„Wolf ist ganz einfach angegriffen worden von einem Gauner, im Garten des erzbischöflichen Palastes. Ein Messerstich."

„Hat man den Kerl denn?" fragte Anny.

„Nein, er hat ihn nur undeutlich gesehen in dem nächtlichen Hin und Her, Sie verstehen, er war auf so was nicht gefaßt."

„Vielleicht war es ein eifersüchtiger Liebhaber?"

„Ich glaube nicht, Anny, nicht in solchem Maße eifersüchtig. In dem Garten ist man eigentlich nicht eifersüchtig. Mit einer Begegnung ergreift man keinen Besitz. Alles fließt . . ."

Anny fuhr fort:

„Aber es könnte irgend jemand unter dieser Bewegung, unter dieser Verfügbarkeit leiden und ihr auf brutale Weise ein Ende machen."

„Ich glaube nicht an ein so melodramatisches Drehbuch ... Übrigens, er selbst ...!"

„Er selbst – was?"

„Er erzählt etwas ganz anderes. Unsinn."

„Was sagt er denn?" fragte Anny.

„Er sagt, er habe nachts plötzlich ein Flügelrauschen gehört, schwarzes Flügelschlagen über seinem Kopf. Und es sei ein Falke gewesen, der ihm das Auge ausgekratzt habe."

Osiris zitterte beinahe und kostete die Reaktion auf seine Eröffnung aus. Anny und ich schwiegen. Eine Vorstellung ließ uns erstarren, verzehrte uns: das Messer des Vogels in Wolfs blauer Iris.

„Haben Sie immer noch Lust, mir die Wortsammlung zu schicken?"

Ich antwortete:

„Warten Sie, Osiris, versprochen ist versprochen. Nicht gleich. Wir sind ganz erschlagen, die Wörter kämen nicht. Sie wären unpassend."

Osiris war trunken, weil er getrunken und alles gesagt hatte. Auf der Straße richtete sich sein Körper auf. Seine länglichen Schenkel wölbten sich in den Jeans, Strebebogen des Kerls der großen Glocke Emmanuel. Er murmelte:

„Warum hat er diese Falkengeschichte erfunden? Das habe ich nicht begriffen. Er hat sich plötzlich in diese Geschichte verstiegen. Will nichts anderes hören. Klagt niemanden an. Er sagt: ‚Der Falke hat mir mein Augenblau ausgekratzt.'"

Wieder in meinem Zimmer, konnte ich nicht einschlafen. Ich nahm zwei, drei Imménoctal. Dieses Schlafmittel ist inzwischen verboten worden. Ich verdankte ihm indessen Visio-

149

nen, Befreiung und Rausch. Ich schlief mit Imménoctal nie ein, aber es löste in mir einen lyrischen Erguß, eine gewissermaßen kosmische Hochstimmung aus, die mich entspannte, in grenzenlose Liebe einbettete, welche mich mit mir und der Welt versöhnte und alles Leere in mir ausfüllte. Anny mochte nicht, wenn ich unter Wirkung von Imménoctal stand. Sie hatte Angst. Offenbar irrten meine Augen umher, rollten meine Pupillen in einer Art Ekstase an den Rand der oberen Augenlider, und ich erzählte prompt die verrücktesten Sachen. Wurde unterwürfig. Verkündete meinen seligen Tod. Ich schmolz uns, Anny und mich, in eine himmlische, wunderbare Zelle ein. Es gab keine Andersheit, keine Schwierigkeit, keine Angst, keinen Mangel mehr. Aus der Tiefe ozeanischer Glückseligkeit schlugen Wogen empor. Notre-Dame, ungeheuer, dehnte sich aus im Sonnenlicht, barg in ihrem gotischen Astwerk alle gelbbrüstigen Falken. Die herrlichen Janitscharen, hochaufgerichtet und schützend, Schildwachen des Kosmos, brachten uns in Wallung. Und die Seine floß mit ihren Wassern um unseren Liebesclan herum. Umringte uns mit dunklem Lebenssaft, wuchtigen Klingen und Liebestränen.

Ich nahm also Imménoctal. Jetzt, zwanzig Jahre später, erinnere ich mich noch an die Wirkung, an dieses Weggleiten meiner Abwehr, meiner Schotten, an dieses köstliche Dahinschwinden. Dieses Stromabwärtstreiben des gesamten Wesens, das zusammengestürzt und verstreut war, plötzlich durchdrungen von hohen lanzettförmigen Flammen, reinen Ausbrüchen von Freude, von Ewigkeit. In der Woche der Schlußprüfung an der Universität nahm ich, da ich überhaupt nicht mehr schlafen konnte, Imménoctal, doch die Tabletten verhalfen mir höchstens zu zwei Stunden Schlaf. Dieses Wachliegen im Verlauf langer Nächte hatte jedoch eine andere Qualität. Statt die Stunden zu zählen und zu verzwei-

150

feln, ließ ich mich erleuchtet von unerschütterlichem Glauben dahintragen. Dem Narrenschiff lichtvoller Schönheit anheimgegeben.

Am Morgen, in den Räumen, wo das Examen stattfand, geschah dann das Wunder. Meine Kommilitonen waren erstaunt über meine Ausgelassenheit, meine Schlagfertigkeit. Ich, der so unglaublich unter Schlaflosigkeit litt, war der einzige, der in Hochform war. Es stand zu befürchten, daß ich etwas Wirres, Verrücktes zu Papier bringen würde. Ganz im Gegenteil! Ich äußerte klare Ansichten, mein Gedächtnis war blendend. Ich schlug Volten beim Schreiben. Das Thema war Marivaux. Und ich erfaßte die feinsten Nuancen, die nur angedeuteten Geständnisse der Liebenden. Ganze Sätze kamen mir wieder in den Sinn, ich enthüllte ihre verborgene, überwältigende Melodie ... heimliche Allegri, subtile Einfälle, kleine Hemmnisse, fauler Zauber, Scharfsinnigkeiten und Tropismen ... Ich war in meinem Element, schwamm in den Listigkeiten, der Moirierung der Herzen, den Doppelzüngigkeiten, den diskreten Motiven ... So rutschte ich beim Schriftlichen achtzig Plätze nach vorn. Doch das Mündliche warf mich zurück. Das Imménoctal wirkte nicht mehr so stark. Heftige Depressionen, eine fast totale Appetitlosigkeit überkamen mich. Ich zwang mich, kleine Häppchen zu essen, einen Löffel für Giono, einen für Proust, einen für Céline, einen für Freud, einen für Saint-John Perse, einen für Jean Genet, einen für Arthur Rimbaud und den letzten für Brigitte Bardot.

Ich mußte mich oft übergeben. Anny und ich lachten darüber bei allem Elend. Und ich schluckte wieder irgendwelches Zeug. Es konnte ja nicht schlimmer kommen, ich mußte höchstens noch einmal kotzen. Und lachen, trotz Übelkeit und finsterer Laune. Marguerite oder Anny zwangen mich, zur mündlichen Prüfung zu gehen. Ich hatte keine Lust mehr. Ich gab angesichts des Lebens mit seiner offenen Perspektive auf, gab genau auf der Schwelle auf. Wenn ich die Prüfung bestand, war ich der unabwendbaren Zeitlichkeit unterworfen. Konnte mich nicht mehr entziehen. Entsetzlich. Ich wollte fliehen. Doch sie sprachen mir Mut zu, wiesen mich unablässig auf diese mündliche Prüfung, auf dieses Leben hin. Ich fiel um fünfzig Plätze zurück. Doch der Vorsprung, den ich dank Imménoctal im Schriftlichen gewonnen hatte, plazierte mich glücklicherweise im Mittelfeld derer, die das Examen bestanden hatten. Auf diese Weise, durch die Tür einer Neurose, einer Halluzination, erlangt man somit Zutritt zum Staatsdienst. Der Zugang zur Literatur ist genau derselbe . . .

In dieser Nacht, mit Anny, nach der Eröffnung über Wolf und den Falken, schwebte ich in üppigen Tälern, und die Himmelsgewölbe wiegten mich. Das Messer des Vogels in der blauen Iris Wolfs verwandelte sich in eine Nadel aus Schnee vor dem Hintergrund des Azurs. Mein Phallus war steif, aber ich spürte weder die Erektion noch das Gewicht. Ein vagabundierender, fliegender Phallus, ein Engel in Levitation, den ich Anny zwischen die Schenkel steckte. Die Liebe war Verschmelzung im Schoß einer weiterreichenden Symbiose. Ich ejakulierte ohne heftige Leidenschaft, ohne Anstrengung. Eine irgendwie intensivere Woge dämpfte meine Euphorie.

Anny hatte es lieber, wenn ich ganz präsent war, ihren Hintern kaperte, sie ritt, keuchend, einzelne rasende, leidenschaftliche Wörter hervorstieß, derbe Loblieder, aber nicht so, versunken in einer himmlischen Marmelade, wobei meine Augen verdreht waren, weiß wurden wie die der Todeskandidaten auf dem *Floß der Medusa,* der Märtyrer im Kolosseum oder der Verzückten von Bernini, je nachdem . . .

Ich mußte sie doch wirklich ein bißchen ekeln, sie übersättigen mit meinem Kortison, meinem kaputten Meniskus, meinen Ängsten, meinen Krämpfen, meiner Zwangsvorstellung von Neuzils Heiligkeit, meinen priapischen Kuskusfressereien, meiner Notre-Dame, meinen Akten von Schiele, meinen kolossalen Falken, meiner Abneigung gegen die Zukunft, meinen Fieberanfällen, meinem Heißhunger und meinem Gekotze, meinem nie versiegenden Redeschwall. Ich verflocht sie in diesen Dschungel. Sie wurde mit der Zeit auch ein bißchen klaustrophobisch, mußte die Fenster aufreißen, ein bißchen frische Luft schnappen. Logischerweise überschwemmte ich sie dann mit Sauerstoff, pumpte ihn in sie hinein, verstopfte alle Öffnungen mit meinem Walfischspritzloch, ließ all den Mordskrach meiner Lungen und das schreckliche stimmliche Getöse auf das Trommelfell meiner Nachbarschaft los, meiner sensiblen Freunde. Anny hatte immer ein Bedürfnis nach Luft und Stille meinetwegen, nach einem ruhigen, stummen Garten.

Osiris erhielt das versprochene Handschreiben, das Wortgeschenk. Zuerst „falb und undulatorisch". Im Duett, für alles, was schimmerte und tanzte. Dann als Kontrast „odios und rhomboid". Härtere, dunklere Wörter. Dann kam uns „Obi" in den Sinn, ein hübsches, lebendiges, nacktes Wort, die Bezeichnung eines traditionellen breiten japanischen Gürtels. Ich hatte immer Lust gehabt, eine asiatische Frau zu nehmen, die mit nichts als einem seidenen Obi gegürtet war. Dann suchten wir nach einer Maxime, einem Talisman für Osiris, einer Art magischer Formel für seine Phantasie. Nach verschiedenen Versuchen und Wortverdrehungen, kam uns in den Sinn: „Obi und Masturbie". Diese von „masturbieren" abgeleitete Wortneuschöpfung entzückte uns. „Masturbation" klingt so armselig, hündisch, mechanisch. Aber „Masturbie" rollt und glänzt in der Nacht des Verlangens.

Ein paar Tage später lud Marguerite ein paar Freunde zum

Abendessen ein. Ein buntscheckiger Haufen. Neuzil, die Concierge und ihr Mann, David und Maurice samt Anchise, ihrem einfältigen Hund, Mademoiselle Poulet und Osiris. Dieser beugte sich, als er hereinkam, zu Anny und mir herunter und flüsterte: „Obi und Masturbie". Wir waren ganz verlegen über die unanständige Formel, die wir da erfunden hatten. Doch der Übergang vom Geschriebenen zum Gesprochenen bewirkte eine ziemlich gefährliche, schlüpfrige Nähe. Osiris deutete damit an, daß wir in die Geheimgesellschaft der Zauberworte aufgenommen seien. Mademoiselle Poulet, die gewaltige jungfräuliche Exkrankenschwester, brachte wieder ihre groben Ausdrücke an den Mann. Die Concierge war unfreundlich und zänkisch. Man verdächtigte sie des Rassismus. Ihr Mann genoß den Ruf, über unerschöpfliche Manneskraft zu gebieten. Marguerite hatte mir berichtet, daß er seine Frau ununterbrochen heimsuchte und daß sie sich darüber beklagte. Nun war zwar der Typ klein, schwächlich, sah schlecht, hatte schütteres Haar und einen schlechten Teint. Aber er hatte eine klare, metallische Stimme. War das ein Hinweis auf diese eiserne Manneskraft? Marguerite, die nicht zimperlich war, hatte ihm den Spitznamen „Stahlpint" verpaßt. Es gab die größte Aufregung, bis man Anchise und Touflette getrennt hatte. Dabei war Touflette diejenige, die sich wild gebärdete, zischte, fauchte, das Haar sträubte angesichts des Riesenköters. Marguerite hatte jede Menge Wein aufgefahren. Sie setzte uns sehr sauren Bordeaux vor, als sei es ein Tropfen bester Sorte. Sie tischte ihr ewiges Poulet auf, wobei der Gleichklang mit dem Namen der Exkrankenschwester zu längst bekannten Scherzen Anlaß gab.

Mademoiselle sprach von den Ferien, die sie in Louviers bei ihrer Schwester verbrachte. Mir schien, daß es in Louviers weder etwas zu tun noch zu sehen gab. Aber es war die jährliche Reise des Fräuleins. Das Haus lag an einer großen Durchgangsstraße, von der es durch ein Gärtchen getrennt war. Dort machten es sich die beiden Schwestern gemütlich, um zuzusehen, wie die Autos an den Gitterstäben vorbeifuhren, und um den Kirschbaum zu bewachen. Sobald ein Schwarm Stare auftauchte, schimpften sie die Plünderer mit lautem Geschrei aus. Es war eine Art Heldenepos, *Die Sieben Samurais* ... Wenn die Stare sich einen andern Baum aussuchten, langweilten sie sich ein bißchen. Aber gerade diese sommerliche Langeweile, die so verschieden war von derjenigen in der Rue Pavée, machte für Mademoiselle Poulet den Reiz dieser Ferien aus. Das ganze Jahr hindurch träumte sie von dieser köstlichen Langeweile im Garten ihrer Schwester, im Schatten des bedrohten Kirschbaumes. Ich weiß nicht, warum ich bei der Sommerfrische von Mademoiselle Poulet in Louviers verweile. Aber insgeheim entzückte sie mich. Ich beneidete die Krankenschwester im Ruhestand um ihre Heiterkeit; sie mußte das Leben nicht beginnen, die Zukunft ins Auge fassen, sondern verbrachte ruhige, ereignislose Ferien. Sie genoß das simple Verfließen der Zeit. Das war gewiß etwas Langwährendes, endlos, gefahrlos. Zweifellos war das für sie das Glück, weil sie nichts Besonderes mehr wünschte, sondern sich tragen ließ vom Verlauf dieser Sommertage, in Gesellschaft ihrer Schwester. Sie lebten. Sie machten nichts anderes. Und plötzlich schreckten sie aus ihrer Siesta auf, sprangen auf, brüllten, tobten herum wie Apachen beim erstbesten Angriff der Stare. Die ganze Nachbarschaft hatte Teil an der Krise. Die Vögel machten sich davon wie Segelschiffe im Wind, kreischend und schwarz. Ihre Flügel zuckten, glänzten, rauschten, wenn sie in schrägem Flug die Flucht ergriffen.

David und Maurice tranken mäßig, benahmen sich diskret und betrachteten ihre Tischgenossen mit Liebenswürdigkeit. Marguerite, sehr angeregt, spielte den Hanswurst. Sie schwärmte für Schabernack, Angeberei und derbe Späße. Sie erhob sich ständig, fuchtelte herum, befaßte sich mit jedem ihrer Gäste, drechselte Phrasen für die stockdumme Concierge. Sie streifte deren Gatten, der kaum reagierte, aber Marguerite sprang auf, als hätte der gute Mann sie gekniffen. Sie warf Mademoiselle Poulet einen Verständnis heischenden Blick zu, mit einem Augenaufschlag, der besagen wollte: Was für ein Maniak! Sie setzte eine blasierte Miene auf. Ihr Traum wäre gewesen, auf der Straße von schönen Männern angequatscht zu werden. Ihre Frustration glich sie aus, indem sie den flüchtigsten Blick, das geringste Gedränge als erotische Angriffe interpretierte, deren Ziel sie war.

Neuzil aß recht wenig, trank aber normal. Marguerite nutzte das aus, um ihm ostentativ noch mal einzuschenken, wobei sie mir einen siegesbewußten Blick zuwarf, der bedeutete: „Da sehen Sie doch, daß er kein Heiliger ist, er säuft ja wie ein Loch!" Dann beging sie das Sakrileg, seine Marotte zu parodieren: „Ist es nicht herrlich, mein Weinchen, plötzlich!"

Nach einer Weile übernahm ich die Führung des Gesprächs, wenn man das Durcheinander von Scherzen, von Trunkenheit um nichts und wieder nichts willen so nennen kann. Ich liebte es, andere zum Lachen zu bringen, lustige Geschichten aufzutischen, so daß sie in schallendes Gelächter ausbrachen. Und das war nicht schwierig. Maurice und David wollten sich ausschütten, prusteten. Diese Heiterkeit, die mit Wein, Essen, ausgelassenem Geplauder verbunden war, vereinigte uns in einer friedseligen Verwirrung, die sich gar nicht so sehr von der Wirkung des Imménoctals unterschied. Selbst die Concierge vergaß darüber ihre Gehässigkeit. Osiris trug zu dieser Hochstimmung mit sanfteren Kadenzen bei, Koloraturen klangvollen, tönenden, metallischen, unerschöpflichen Gelächters. Dann bewunderten wir sein strahlendes Gebiß, eine ganze Haifischtastatur! Die Stimmung war so aufgekratzt, daß ein einziger Einfall, eine Grimasse, ein Witz ausreichte, um sie wieder anzuheizen, sie aufs neue zu schüren.

Mit beinahe sadistischer Freude goß ich mit einem weiteren Scherz Öl ins Feuer, worauf sie sich vor Lachen bogen und wanden, keuchten, außer sich, ja gequält, weil sie nicht mehr konnten, keine Luft mehr bekamen, sich den Bauch hielten und mich anflehten: „Nein ... nein ... hören Sie auf! Hören Sie auf!" Mit Tränen in den Augen und rot angelaufenen Gesichtern. Ich genoß es, sie der Qual des Glückes zu unterwerfen. Ein paar Jahre später, als ich unterrichtete, mißbrauchte ich auf diese Weise, durch Gelächter, meine Schüler. Sie ließen sich gehen, rissen die Augen auf, konnten sich vor Lachen nicht halten. Junge Burschen und hübsche Mädchen, scharlachrot vor Fröhlichkeit, schäumend, bespritzt von zwanghaften Tränen. Ich mochte diesen Schiffbruch meiner kleinen Schützlinge, diese Sturmflut orgiastischen Gelächters. Ich hatte dann den Eindruck, das sei der schönste Beruf der Welt, meine Fähigkeit eines bacchischen Brandstifters! Ja, ich heizte sie an, ich stocherte in dem Feuer herum und wärmte mich an diesem jugendlichen Feuer, an dieser maßlosen Unbändigkeit.

Dann zeichnete sich eine Atempause ab. Man tauchte wieder auf, noch ganz zerstört, noch gezeichnet von dem, was man erlitten hatte. Man fand nach und nach wieder in die Alltäglichkeit und in die ernsthafte Welt zurück. Man schüttelte sich. Letzte Spuren auf den Gesichtern verflüchtigten sich. Man war ein bißchen verlegen, schämte sich, wieder wie normale Sterbliche zu werden, auf die Verrücktheiten zu verzichten.

Dann begann Osiris seine Geschichten zu erzählen. Man wußte nie, ob er alles von A bis Z erfand oder ob das, was er berichtete, einen wahren Kern hatte. Er erzählte uns von einem in Notre-Dame verborgenen Christus. Neuzil, der etwas angetrunken war, unterbrach ihn in seinem Schwung, indem er sich entzückt zeigte von den gotischen Christusfiguren aus Elfenbein im Kirchenschatz von Notre-Dame.

„Ich schwärme für sie . . . Sie sind so feierlich, haben etwas so Gequältes, wenn sie aus diesem weißen Material geschnitzt sind. Man ist die hölzernen und steinernen Christusfiguren so gewohnt, die alt werden, Sprünge bekommen, ganz zerfressen und nachgedunkelt sind, daß die andern wie lackiert, gewissermaßen künstlich wirken. Man könnte sie für Fälschungen halten, so sehr glänzen sie!“

Osiris stoppte Neuzil.

„Aber ich will ja gerade auch von einem elfenbeinernen Christus erzählen, nicht von diesen, die man ausstellt, sondern von einem Christus . . .“

„Aber was ist denn so Besonderes dran an Ihrem Jesus, Osiris?“ platzte Marguerite heraus.

„Ein Detail, ein kleines Korn in der Körnung, wenn Sie so wollen . . . ein Korn zuviel. Es ist ein elfenbeinerner Christus von etwa der gleichen Größe und aus der gleichen Epoche wie diejenigen des Schatzes, also aus dem 13. Jahrhundert. Doch er hält in der linken Hand ein Weizenkorn. Ein winziges längliches Korn, und wegen dieses kleine heidnischen Details, dieses Saatkornes hat man ihn verschwinden lassen!“

„Aber warum denn bloß?“ rief Marguerite.

„Wahrscheinlich ein Verdacht auf Fruchtbarsglauben, auf Agrarmythologie . . .“, bemerkte Neuzil.

„Das ist kein Christus mehr, das ist Dionysos!“ erklärte der Wächter der Türme. „Verstehen Sie, Christus ist erfunden worden, um alle diese Geschichten abergläubischer Bauern, die Opfer darbrachten, zu sublimieren. Aber er ist schließlich kein Gott der Bacchanalien und der Ernte! Da haben sie ihn weggestellt. Außerdem sieht er seltsam aus . . . zu orientalisch, zu zwitterhaft. Er hat Anstoß erregt, wenn Sie so wollen. Zweideutig! Aus der Mitte der anderen herausgeholt wie ein Unruhestifter!“

„Und den hat man Ihnen gezeigt?“ fragte Anny interessiert.

„Ja, natürlich . . ."

An diesem Punkt konnte man erahnen, in welchem Maße Osiris fähig war, etwas dazuzuerfinden, zu mogeln. Das sah man an seinem allzu klaren Blick. Er wurde ganz glatt vor Unschuld. Das war zu gut inszeniert.

„Es gibt einen offiziellen Schatz für die Gaffer, die Frommen, und den andern, einen weniger orthodoxen Kirchenschatz, der nicht klar zu ordnen ist, ein Durcheinander . . . Man muß gesehen haben, was man jetzt unter dem Vorplatz von Notre-Dame entdeckt . . . Die Archäologen graben nicht nur Tongeschirr aus. Es gibt auch Embleme und Gegenstände des gallischen Kultus . . . ziemlich derbe Figürchen. Der Boden ist voller Adler- und Sperberfiguren, und so weiter, und voller Falken . . . Das grenzt an Animismus, phallische Fruchtbarkeitssymbole, jawohl! Schamanismus und all das ekstatische Tamtam. Notre-Dame ruht auf einem anrüchigen Bestiarium! Deshalb hat man diesen etwas zweideutigen und allzu ländlichen Christus mit seinem Ährenversprechen beiseite geschafft. Es gibt ja haufenweise genug Wasserspeier an Notre-Dame, mit nicht gerade respektablen Rüsseln und Schnäbeln, Affenfratzen und Schmerbäuchen. Unsere Liebe Frau erhebt ihre beiden Türme über einem wilden Karneval."

Und Marguerite, beschwipst, lacht plötzlich schallend:

„Man kann nicht behaupten, mein lieber Osiris, Sie seien der Normalste bei diesem Tanz. Ha! Sie sind mir ein etwas buntscheckiger Heiliger. Eines schönen Tages werden die Sie ausrangieren wie Ihren allzu frühlingshaften Jesus. Passen Sie bloß auf! Und all Ihre Kumpane vom erzbischöflichen Palais, die ganze Bande. Ich habe daran nichts auszusetzen, aber die Behörden, die Konformisten, die Kirchen könnten zu dem Entschluß kommen, daß Sie sich ein anderes Nest suchen müssen als die Apsis einer christlichen Kathedrale, die der Heiligen Jungfrau geweiht ist!"

Um diesen Ausfall wiedergutzumachen, klopfte Marguerite Osiris auf die Schulter, wobei sie freundlich lachte, uns jedoch gemein zuzwinkerte, als ob sie sagen wollte: „Na, dem hab ich's aber gegeben, diesem verfluchten Osiris."

Osiris entschloß sich zu einem leichten, ausdruckslosen, plätschernden Lachen, das jede Rauheit, jede präzise Empfindung auslöschte. Und ich rückte plötzlich mit einem penetranten psychologischen Kommentar heraus. Ich war neuerdings scharf auf Freud ...

„Zwischen ‚Jungfrau' und ‚junge Frau' steht ein kleiner, unbetonter Vokal. Diese winzige Öffnung, diese Lücke ändert dann alles. Die Jungfrau aber läßt sich von ihrem unberührten Jungfernhäutchen nichts abhandeln. Sie ist keine Frau, da öffnet sich nichts. Der Engel ist vorbeigerauscht wie ein Luftzug. Im Grunde ist sie ein weiblicher Single."

„Immerhin hat sie Christus zur Welt gebracht! Und ihr Jungfernhäutchen ist dahin", wandte Marguerite vergnügt ein.

„Ja, aber in unserer Vorstellung ist sie immer noch die unberührte, glatte Jungfrau außerhalb des Kreises gewöhnlicher Weiblichkeit. Es ist offensichtlich, daß sie auf gleicher Ebene wie die Engel steht: neben dem Gabriel der Verkündigung. Man sieht doch, daß sie außerhalb der Norm ist, daß sie wunderbare Beziehungen hat mit all dem, das vom Himmel und von anderswoher kommt."

„Und ist es das, was uns so anzieht?" fragte Osiris, irgendwie verlockt.

„Ja, warum nicht? Die Jungfrau im Dunst des großen schwarzen Flusses, die Laubbäume am Ufer, das zwitterhafte Bestiarium und die Schar unberührter Engel. Das ist schließlich etwas! Eine Rarität!"

„Man merkt, daß er ein Studierter ist! Ich finde das faszinierend", rief Osiris aus. „Und weil Sie schon dabei sind: die Krypta. Geil und gallisch, eine Schlangengrube!"

Osiris wagte es. Er hatte getrunken, wir hatten getrunken. Mademoiselle Poulet wand sich vor Lachen, wobei sie vergaß, daß sie ja auch Jungfrau war – oder weil sie plötzlich Anspruch darauf erhob, auf gleicher Ebene zu stehen wie die aus der Art schlagenden Madonnen und edlen Engel. David und Maurice zuckten nicht mit der Wimper, diskret, lächelnd, ein bißchen verlegen, nichts weiter.

„Die Religion ist etwas ganz anderes, als man so denkt!" schloß Marguerite träumerisch.

Spät in der Nacht, als jedermann im Bett war, stand ich auf, um zu pissen, und begegnete Marguerite, die das gleiche Bedürfnis verspürte. Irgend etwas stimmte nicht, sie klagte über ihre Verdauung.

„Ich schwelle an! Ich schwelle an! Es ist nicht zu glauben, schauen Sie!"

Mit diesem „ich schwelle an" war sie mir schon einmal gekommen. Und jedesmal war ich verwirrt durch Marguerites Bauchinflation. Eine beachtliche Blähung, die zum Oberbauch hin über die Ufer trat. Das Ärgerliche war, daß sie, statt es bei der intellektuellen Feststellung zu belassen, mich bat, das Symptom zu begutachten. Ich mußte einen Finger zwischen ihren Unterleib und den Gürtel schieben, das Übel, das Übermaß klassifizieren. Dann sah sie mich hinterhältig an. Das war wieder diese heimliche Marguerite, das waren ihre Träume, der Hunger auf eine Idylle mit einem draufgängerischen Studenten. Ich zog mich zurück, löste den zwischen ihrem Bauch und dem Gürtel eingeklemmten Finger heraus. Wir standen uns gegenüber, sehr nah. Ich sehe sie noch, steif, schief, krummbeinig wegen des Armes, mit vorspringendem Kinn, das Gesicht herb und gerötet, ihr unerfreuliches Leben bar aller Romantik. Glücklicherweise schlief Anny im Zimmer nebenan. Marguerite hätte auch andernfalls nicht darauf beharrt. Das machte sie übrigens nie. Nichts Bestimmtes.

161

Eine Träumerei ... Farbflecken ... nach Mitternacht, unter Wirkung von Schlafmitteln, in verschwommener Hypnose. Sie vergaß die Wirklichkeit und ihre Grenzen. Sie schwankte ein bißchen: „Ich schwelle an! Ich schwelle an! Fühlen Sie mal, fassen Sie doch mal hin ..." Ich verzog mich eilig.

Trotzdem muß ich gestehen, daß ich selbst wahrscheinlich ein bißchen geträumt hatte, auch ich, als ich die Karteikarten der studentischen Zimmervermittlung durchging: von einer Marguerite L., die fünfunddreißig Jahre alt, Witwe oder geschieden war, ohne Kinder oder mit einem wirklich noch ganz kleinen, wesenlosen Kindchen. Von einer Madame de Rênal im Grunde, einer Madame Arnoux, sanft und sinnlich. Man wäre sich spät nachts im Flur zur Toilette begegnet. Sie diskret und elegant trotz ihres kleinen Bedürfnisses, ich schüchtern und fasziniert. Ich hätte sie von meinem Zimmer aus pinkeln hören ... Ein leises Rauschen, eine feine, heimliche Musik, dann das zarte Rascheln des Papiers auf dem Schamhügel. Während Marguerite schnurstracks einen mißtönenden Wildbach verströmte. Sie reinigte sich kunstlos, mit aufs Geratewohl abgefetztem Papier.

Ja, eine junge Zimmervermieterin, die gerade die erste Trauer überwunden hatte, die insgeheim unter ihrem wiedererwachten Verlangen litt, die ich um Mitternacht im Flur gestreift hätte, in einem dünnen Nachthemd über den bebenden Brüsten. Ich, befangen in halluzinierter Wachheit, richte meinen Pfahl auf unter der sich spannenden Wäsche. Die Schöne vergißt ihre Witwenschaft, ergreift meinen jugendlichen, harten Pimmel, küßt mich auf die Lippen, die Brust, während ich ihre Titten, ihre vor Liebe erregt zuckenden Hinterbacken betaste. Und ich dringe wie im Traum in sie ein. Ihre Hand krault mir begierig den Sack, und ich berührte ihren schönen, seit einem Jahr wieder jungfräulichen Hintern, ihre feuchte, gespaltene Rundung, die sich zusammenkrampft, sobald sie sich mit ausholenden Stößen den stock-

162

steifen Stengel eines ängstlichen, leidenschaftlichen Studenten einverleibt, ihn tief, maßlos vereinnahmt, während sie obszöne Vokabeln über meinen Ständer, diesen derben, so aufregenden Jungmännerschwanz herunterleiert, gerade aufgetaucht aus den Tränen der Trauer. Plötzlich kniet sie sich hin, damit sie ihn besser betrachten, seinen Duft einatmen, ihn so hautnah einhüllen, einsaugen kann, daß ich das zukkende Fleisch ihrer Lippen und den kleinsten Nerv auf der Vorhaut, der Eichel spüre, damit sie ihn prüfen, über ihn meditieren kann wie angesichts einer langen Kirchenkerze, die sie sich immer wieder in ihr lustvoll überströmtes, so gut, so stark riechendes Geschlecht steckt. Und ich, ich weiß nicht mehr, wohin mit meinen Fingern, an die Wurzel ihres zarten, im Orgasmus gebäumten Nackens, auf ihren wogenden Busen, auf den Anus, der unter jedem Stoß meiner Lanze erbebt ... ja, eine Witwe und der Auferstehung geweiht, während ihr fließendes, unter unseren Körpern hochgerutschtes, zerknittertes Nachthemd Falten wirft, feucht von unserem gemeinsamen Schweiß, nur mehr moschusgetränkter Schleier, zerrieben von ihrer sich windenden, sich immer aufs neue windenden Kruppe, Stoff, in den sie herzhaft beißt, den sie verschlingt und ableckt, wenn ich es ihr von hinten mache. So daß er, als wir zu einem Ende gekommen sind und die junge Witwe ihr Hemd, dieses Fähnchen, wieder hochrafft, es ausbreitet, das genaue Schweißtuch ihrer Furche, ihres Hintern, ihrer wilden Scheide, ihres Mundes und meines Ständers ist, ein von den Lavaströmen des Vulkans von Pompeji noch beflecktes Überbleibsel, das sie als kostbaren Schmuck in ihrem Schrank aufbahren wird, ein geiles, schmutziges Gespensterlaken, Beweis für diese Brunst um Mitternacht, die sie den Tod vergessen ließ.

Aber meine Vermieterin war Marguerite! Und das rettete die Liebe zwischen Anny und mir, bewahrte uns vor einer Trennung.

Am Morgen erzählte mir Anny, sie habe von Anchise, der Riesentöle, geträumt. Wir hatten also nicht unbedingt zur gleichen Zeit die gleichen Träume … Denn sie hätte ihrerseits da unten in Lothringen einen Vermieter haben können, einen robusten Vierziger, einen nordischen Typ mit fliegender Mähne, Witwer … Doch wieso soll ich von einer Episode berichten, die mich nichts angeht … Jedenfalls war Annys Traum keineswegs zoophil. Anchise wirkte noch größer und sanfter … Gut … Er lief die Treppe hinunter, hinaus auf die Straße, an Notre-Dame vorbei.

„Ich weiß nicht … aber er hatte irgendwie mit dem Tod zu tun, es ist schrecklich!"

Ich war überrascht, denn Anny erzählte ihre Träume nie so genau.

„Er war zum Fürchten wegen seiner großen Güte, seiner Sanftmut. Sein Riesenwuchs, seine übermäßige Trägheit hatten etwas Bedrohliches. Er war blaß, wie ein Hund mit hellem Fell, ein Albino, aber ohne Haare und Muskulatur, glatt und nackt … Eklig, nicht wahr?"

„Aber was hat er denn gemacht?"

„Ich kann mich nicht mehr erinnern. Er lungerte um Notre-Dame herum, in Richtung der Ausgrabungen, auf die Krypta zu. Verschwand in der Erde … ja, so ist mir. Mitten in den Tonscherben. Vielleicht ist die Verbindung mit dem Tod dadurch zustande gekommen. Er buddelte mit seiner widerlichen, gutmütigen Schnauze irgend etwas aus. Er wirkte dumm und ängstigte mich. Machte sich behutsam, wie ein Automat, mit den sterblichen Überresten, den Knochen zu schaffen. Der Traum ist wahrscheinlich durch Osiris angeregt, durch diese archäologischen Geschichten."

Einen Tag später gingen wir nachmittags über den Pont-Marie, als wir Johann Neuzil sahen. Er kam auf uns zu und verkündete, er habe sich entschlossen, er wolle uns da hinauf begleiten. Anny versuchte es ihm auszureden.

„Mein Herz funktioniert prächtig, meine Lieben! Und mein Zeh kann bei dieser Ersteigung keinen Schaden nehmen, im Gegenteil, das durchblutet ihn und stärkt ihn. Ich habe gut geschlafen, fühle mich bärenstark!"

Johann kam mit. Wir betraten zunächst die Aura von Notre-Dame. Es war ein magnetischer Bereich, der einfach durch die Anwesenheit der Kathedrale geschaffen wurde. Auf der schmalen Straße an der Nordseite wirkte das Bauwerk schwer, lastete mit aller Macht seiner gotischen Verwitterung in Großaufnahme, dann, auf dem Vorplatz, hatte man einen weiteren Überblick und konnte den Zauber der Örtlichkeit genießen. Die Kathedrale thronte in der Mitte der Insel und verbreitete ein Gefühl der Offenheit, der Freude. Man konnte hin und her gehen, sich setzen, herumschlendern. Sie war immer gegenwärtig, versah jede Parzelle des Bodens mit einzigartiger Intensität. Man wurde von ihrer religiösen, heiteren Anziehungskraft überwältigt.

Anny führte die Ersteigung an. Neuzil in der Mitte und ich hinten. Vierhundert Stufen. Am frühen Nachmittag waren wenige Besucher da. Die Nordtreppe war frei. Wir benutzten sie bis zur Großen Galerie und nahmen anschließend die Südtreppe auf der andern Seite. Und wir waren glücklich, Anny und ich, Neuzil in den Himmel zu geleiten, zu entführen. Anny, stärker beunruhigt, drehte sich oft zu dem alten Mann um, lächelte ihm zu und ermutigte ihn. Aber Neuzil stieg langsam hinauf, mit kleinen Schritten. Ich sah, wie sein Körper sich streckte, das andere Bein nachzog, auf der folgenden Stufe landete mit dieser wegen des Zehs gebotenen Vorsicht in dem Augenblick, wo er den Boden berührte, und sogleich setzte seine fragile eigensinnige Silhouette zu einem neuen Anlauf an. Ich verstand Neuzils Verletzlichkeit, denn ich selbst hatte vor ein paar Wochen bei jedem Schritt den Schmerz in meinem glühenden Knie gespürt. Die Entzündungshemmer hatten dann die Krise behoben. Aber manchmal schirmte ich mein Gelenk doch ab, instinktiv, wie um es vor einem Stoß, einer brutalen Verrenkung zu bewahren. Ich war Johanns Leidensgenosse, Bruder des angeschlagenen alten Mannes, der gewissermaßen ein zeitlich weit entferntes, aber doch vertrautes Bild meiner selbst entwarf.

Nach jeweils zwanzig Stufen blieben wir stehen. Anny nahm die Graffiti, die sie eingehend betrachtete, zum Vorwand. Neuzil schnaufte ein bißchen. Wir lasen ihm die Vornamen, die Namen vor. Alle Länder, alle Sprachen ... Cumba, Zulmira, Paul, Gertrud, Zina, Sue, Nazly, Fedor, Sai ... alle Körper auf Erden angezogen von dem Turm, Afrika, Asien, der Norden, all diese Menschen, die von der Geschichte geprägt waren, und dann dieses Duo in einem Kreidekreis: Tayama und Yôko. Man konnte endlos über ihr Leben nachsinnen. Neuzil murmelte: „Alle Romane der ganzen Welt, meine Lieben." Und er holte Atem, seine Lungen blähten sich in seinem engen Brustkorb. Er flüsterte: „Egon und Gerti hätten auch herkommen können, wären zweifellos gekommen ... Victor Hugo hat die Treppe erstiegen, bestimmt! Vielleicht mit Juliette Drouet. Goethe, wer weiß? Rimbaud und Verlaine waren vielleicht da oben ... ja!"

Der Zug der anonymen Menschen in dem engen Gang, und dann und wann die Überraschung einer Fee: „Rita Hayworth im Rollkragenpullover, jawohl! Klar!" Und Neuzil brach in Lachen aus: „Louise Colet und Ninon de Lenclos ... Und wie! Ganze Riegen von Blue Bell Girls, sehr athletischen Girls, Kinder ... Die Menschheit! Scharen von Menschen ..." Er richtete sich auf, quicklebendig, ein verrückter Irrwisch, berauscht von der Menschenmenge der Treppe, der in Notre-Dame Verliebten ... Wir suchten also noch gespannter im Palimpsest der Namen ... Durch ein kleines, in die Mauer eingelassenes Fenster konnte Neuzil ein bißchen frische Luft tanken, der matte Schimmer des Tageslichtes ließ die Rippen und die Spuren darauf erkennen. Unter der Schar frischer Namen waren alte, gespenstische Schriftzüge zu lesen: Amélie und Joseph . . . Éléonore . . . Hamilton und Dorian. Das blühte von unten hervor, unbekannte Stammbäume, vergessene Genealogien. Manchmal bildeten die Namen ein dichtes Gewirr, verzahnten sich in einem Maße, daß ein gemischter, vielgestaltiger Text entstand. Aminatoko . . . Ludmicarlos . . . Das Tageslicht sickerte stärker durch, und in diesem himmlischen Lichthof tauchten die Namen auf . . . wie auf Gräbern oder Eichenstämmen, Namen von Lebenden, Namen von Toten. Um diese eingeritzten Zeichen war etwas Kindliches, Abergläubisches. Alle hatten diesen Traum gehegt, daß Notre-Dame ihnen ein bißchen Ewigkeit verschaffe. Alle hatten sich in die Faltungen des Gesteins gestürzt, alle wollten ihre Lettern dem Zauberbuch einverleiben. Niemand wollte sterben. Die Madonna würde über den Initialen wachen und sie vereinen, die Mutter der Namen im Lichte des Vaters, das durch die Dachluke quoll. Das Tageslicht strömte herein wie das Blut von Jahrhunderten, auf ewig jungfräulich. Und die Namen verschmolzen, spiegelten sich in seinem Lichtstrahl.

Neuzil setzte den Aufstieg mit neuer Kraft fort. Anny flitzte voraus, nahm gedankenlos drei Stufen auf einmal. Sie verschwand einen Augenblick auf der Wendeltreppe. Dann erschien sie wieder, bremste mit hohlem Kreuz und trägen, noch fast kindlichen Hinterbacken, die in engen Jeans steckten. Vielleicht half dieser Anblick Neuzil. Er mußte einen Blick auf diese Silhouette eines jungen Mädchens geworfen haben, dieser Ariadne mit präzisen Rundungen. Er wurde eskortiert von der Ritterin und dem Ritter, wobei ich als Tristan kein Auge wandte von meiner Geliebten und dem alten König Marke.

167

Neuzil stieg und stieg. Sein Atem ging etwas schneller. Er blieb öfter stehen, gab auch zu, daß das sein mußte, doch er wußte, daß er da oben um jeden Preis ankommen würde, von uns, seinen Schutzengeln, unterstützt. Er sah uns plötzlich liebevoll und fröhlich an und sagte:

„Los! Lauft doch ein bißchen! Tut, als sei ich nicht da, ich möchte euch sehen, euch hören, mir vorstellen, wie ihr die Kehren nehmt ... Macht euch davon! Schwingt euch hinauf, einfach so zum Spaß ... dann kommt zurück und holt mich, und wir machen langsam weiter."

Wir gehorchten ihm, und er sah, wie unsere Körper davonstürmten, wie mit Flügeln, er hörte unseren Galopp, unser Gelächter, das Keuchen in dem engen Gang. Und wir kamen außer Atem zurück. Er sah gierig zu, wie wir keuchten. Er schöpfte aus allem, was von uns ausging – Schweiß, Sprungkraft, nervöses Schaudern – funkelnde Nahrung, die ihn höher trug.

Neuzil wurde von einem Zweifel heimgesucht, als wir die Große Galerie der judäischen Könige überquert hatten und nun die Südtreppe nehmen mußten, ihren letzten, verengten Abschnitt, hinaufführend zum letzten steilen Stück. Wir schlugen Johann vor, sich ein bißchen auszuruhen, von der Galerie zwischen den Türmen aus Paris zu betrachten. Man hatte da einen weiten, luftigen Überblick ... Und wir hatten ja Zeit.

„Nein ... Ich darf nicht zu lange stehenbleiben, denn wenn ich den Aufstieg eine Viertelstunde oder länger unterbreche, werde ich nicht das Gefühl haben, daß ich wirklich da hochgestiegen bin. Zuviel Treppenabsätze hätten dann die Reise in einzelne Abschnitte geteilt, auseinandergezogen, so daß ich sie innerlich nicht mehr als Einheit, als Kraft empfinden würde."

Anny vermied es diesmal, sich in einem Sprung von uns zu entfernen. Wir nahmen Neuzil in die Mitte, gingen vor und

168

hinter ihm. Wir redeten nicht mehr. Es gab keinen Spalt mehr in der Mauer, nicht das geringste Aufblitzen des Tageslichtes. War es Müdigkeit oder Furcht, daß uns die äußere Welt so gleichgültig war? . . . Neuzil blieb plötzlich stehen. Er sah mich an. Sein Gesicht war ganz eingefallen, zerstört von Erschöpfung. Anny blickte vorwurfsvoll: Ich hätte nicht auf Neuzils Wunsch eingehen sollen. Denn Johann litt: ein Stechen im Fuß, ein verheerendes Zwicken kamen zu der Erschöpfung hinzu. Wir nötigten ihn, sich in dem engen steinernen Bohrkanal hinzusetzen. Man hörte Stimmen auf der Treppe. Ein Paar ging an uns vorbei, um uns herum, nahm mit herrlicher Leichtigkeit zwei Stufen auf einmal, und seine Stimmen verhallten. Anny, die etwas klaustrophob war, wirkte plötzlich verängstigt. Wir saßen in dem endlosen Schlauch fest. Sie ertrug die Vorstellung nicht, daß unsere Körper in einer Sackgasse steckten. Ich sah mich hier zwischen zwei Opfern, dem Greis und dem jungen Mädchen. Ich lenkte Annys Aufmerksamkeit sofort auf Neuzil, damit sie ihr Schwindelgefühl vergaß. Neuzil entschuldigte sich, daß er sich überschätzt hatte. Doch räumte er das nicht ein, indem er irgend etwas sagte. Sein Kopfschütteln, seine hängenden Schultern brachten dieses Bedauern zum Ausdruck.

„Atmen Sie langsam, sachte“, sagte Anny zu ihm, ein Rezept, das sie gleichzeitig auch befolgte.

Wir hatten uns alle drei gesetzt. Neuzil in der Mitte. In peinlicher Lage, disqualifiziert. Man hätte eigentlich die Jungfrau Maria anrufen sollen. Aber wir trauten uns nicht . . .

„Das ist nicht schlimm, Johann . . . Es ist nichts, wir werden ruhig wieder hinuntergehen.“

„Nein!“ sagte Neuzil.

Und der freundliche Mann betonte dieses „Nein“ mit einer dumpfen Wut, die uns überraschte.

„Ich werde oben ankommen, plötzlich!“

Anny und ich nahmen dieses legendäre „plötzlich“ zur

Kenntnis und hatten unendlich Mitleid mit Johann Neuzil. Dieses „plötzlich" verkörperte die ganze Person, eine unbefangene, ausgefallene Freundlichkeit. Er richtete sich auf. Wir wollten ihn in die Mitte nehmen, ihn stützen.

„Nein, das wäre gegen die Spielregel", sagte er mit klarem Lächeln.

Er gestattete sich lediglich, sich am Geländer aufzustützen. Und er hißte sich nach und nach hinauf. Man spürte, daß ihn der Fuß schmerzte, die Knie, die Knorpel, seine zerschlagenen Hüften, seine kraftlosen Muskeln. Er blieb stehen und versuchte uns zu beruhigen, wobei er schwer atmend sagte:

„Das Herz ist gut ... glauben Sie mir, ich schwöre es."

Und er stieg so die letzten Stufen hoch, sehr langsam und ohne Zwischenfall. Im Dunkel der Treppe tauchte das Licht auf wie ein lebendiger Keim, länger und länger, entfaltete sich und eröffnete uns die Welt mit der Blütenkrone ihrer Geräusche, das Blau des Himmels, wo der Wind die Wolken bezauberte. Wir waren ganz zersaust vom Azur. Und die Stadt breitete sich aus, trat scharf hervor, wimmelte in dieser Lawine heftigen Tageslichtes. Sie vervielfachte sich um den Baum Notre-Dame herum. Sie war flach, unendlich, schachbrettartig in Viertel eingeteilt, monochrom wie grauer Kalkstein. Ein Grollen drang herauf, vermischt mit dem Brausen des Windes. Das ergab einen dynamischen, herrlichen Dunst, nicht eigentlich ein Geräusch, sondern eher einen ungeheuren Lufthauch, ein pulverfeines episches Summen. Wir waren trunken auf unserer Montgolfière. Anny lebte wieder auf. Ich sah, wie ihre Augen glänzten, vom Luftzug gesprenkelt. Neuzil erholte sich nach und nach. Schließlich richtete er sich auf, und diesmal hakte er sich bei uns unter.

„Ich fühle mich wie eine junge Braut! Laßt mich diesen hochzeitlichen Kosmos abschreiten!"

Wir waren ein bißchen erstaunt über die Metapher. Aber

zufrieden, gesiegt zu haben. Wir zeigten ihm das bleierne Dach und das wimmelnde Sternbild der Namen, wobei wir für Ehra und Wolf eigens haltmachten. Neuzils Gesicht blühte auf, obwohl es von Müdigkeit gezeichnet war. Von seinen durchfurchten Zügen gingen helle Wellen aus, und seine Falten waren unvorhergesehen von Verlangen erfüllt.

„Ich empfinde diesen Eindruck von Allmacht vielleicht zu stark. Ob das richtig ist? Ist es Stolz und Triumph?"

„Euphorie", sagte Anny.

„Ja, genau das, also keine Empfindung von Domination, sondern von Ausdehnung, nicht wahr? Man breitet sich ins Unendliche aus. Befindet sich auf der Krone von Notre-Dame, in den Blüten ihres Ruhmes. Man segelt ganz da oben. Steuert seinen Kurs, nicht wahr? In der Hütte oder im Mastkorb! Ich weiß nicht mehr. Der Himmel ist gewissermaßen ein gesetztes Segel. Und unser Bug durchfurcht die Seine, bringt die Inseln in Bewegung. Stimmt's? Plötzlich! ... Wie weit alles ist. Man entkommt in die Höhe, nicht wahr? Der Mensch wollte schon immer im Wind über sich hinausgelangen."

Die Höhenluft berauschte Neuzil. Offenbar sind die großen Heiligen heiter und etwas verrückt. Er rief aus:

„Man hat Lust, auf den andern Turm zu steigen, was? Maurice hat mir eröffnet, daß Osiris den Nordturm beliebig benutzt, kurz, daß er ihn für sich selbst behält!"

„Aber es gibt da nichts zu sehen ...", sagte Anny.

„Wer weiß! Die Namen, die Sie hier sehen, sind sicher auch auf der andern Seite. Früher muß dieser Turm für Besucher zugänglich gewesen sein. Es ist unwahrscheinlich, daß es immer verboten war, ihn zu betreten. Die Namen werden vermutlich in einem bestimmten Jahr jäh aufhören. Es ist seltsam ... es sei denn, daß er ohne jedes Zeichen ist. Irgendwann haben sie diesen Einbahnverkehr eingerichtet. Das ist praktisch. Und sie haben uns einen der Türme vorenthal-

171

ten. Aber Sie, Sie könnten, wenn Sie wollen, Osiris um einen Gefallen bitten und den Schwesterturm besichtigen ... den Zwilling des Nordturms."

Wir schritten das bleierne Dach in östlicher Richtung ab und stießen auf die verschlungenen Namen von Amador und Rawi. Doch genau am Rande der Namen lag ein toter Falke. Er lag auf dem Rücken, das Gefieder zwischen den steifgewordenen Flügeln plattgedrückt, die kleinen krallenbewehrten Füße wie verkrüppelt. Der Kopf hager und leblos, der Schnabel gekrümmt. Neuzil nahm ihn sachte in die Hand. Es war, als ob alle Blitze des Himmels erloschen wären im schmalen Oval des Vogels.

„Es ist außerordentlich, daß man lebt", sagte Neuzil, „es ist unvorstellbar! Denn alles führt auf dieses Geschick einer erstarrten Sache zu. Das Leben ist ein unglaublicher Wahnsinn. Kinder, wir sind noch am Leben! Wir sind am Leben! Ich kann es gar nicht fassen!" rief Neuzil aus, ganz perplex.

Ich verstand Johann Neuzils Überraschung nur zu gut. Auch ich war verwundert über das Leben, das in meinen Augen alles andere als selbstverständlich war. Daß man lebte, grenzte ans Wunderbare. Es war zufällig, ungeheuer. Man hatte fast Lust, zu sterben, um dieses Schwindelgefühl am Rande des Abgrundes nicht zu empfinden. Dieses an einem Faden Unendlichkeit flackernde Leben. Und trotzdem, als wir ins helle Licht hinaustraten, bebte eine Freude in uns, ein unwiderstehliches Rufen, ein Verlangen, zu sehen, zu erobern, zu tanzen. Für diesmal war es aus. Ich fühlte mich als Bruder des toten Falken.

Maurice und David hatten die
Idee, nach Clichy zu gehen, aufgebracht.

„Sie sollten dort einen Spaziergang machen, Sie werden
sehen, Sie werden es spüren. In Clichy ist abends einiges
los . . .“

Anny und ich gingen also gehorsam nach Clichy zum
Abendessen. Zuerst fehlte die Inspiration. Man sah nicht ein,
was an Clichy so außerordentlich sein könnte. Es war wahrscheinlich noch zu früh. Niemand drängte sich in die Restaurants, die Leute aßen später. Und mit einem Mal sahen wir
es, erlebten wir es, überraschte es uns. Man wußte nicht, ob
es vom Himmel herunter oder von den Boulevards herkam.
Es erschien in der Dämmerung, die Menge purzelte nur so
herein. Sie strömte von überall herbei. Horden von Jungs
und Mädchen aller Rassen. Die Bars waren brechend voll.
Vor den Kinos bildeten sich lange Warteschlangen. Die
Menge kam in Wallung, wogte heran, schäumend im von
Lichtern durchbrochenen Dämmerlicht. Man spürte die
Energie ihrer Begierde. Die Männer liefen herum wie die
Wölfe, Proleten, die nach Liebe gierten. Es war Samstag, und
das wollte etwas heißen. Die Afrikanerinnen lachten, riesig
und muskulös, die Asiatinnen flitzten in seidenen Leggings
herum. Die ledernen Miniröcke gaben den Blick frei auf
Schenkel, die sich verschränkten mit den Jeansbeinen der
prahlerischen Typen mit ihren nietenbeschlagenen Gürteln.
Die Mädchen waren fein herausgeputzt oder salopp. Niemand war neutral. Niemand trat in den Hintergrund. Alles
war auffällig und klirrte, Armbänder, riesige Ringe an den
Ohrläppchen der Mulattinnen. Manchmal das sehr weiße,

173

milchige Fleisch des Dekolletés einer Rothaarigen. Die Maßlosigkeit erregte uns, Anny und mich. Diese billigen, funkelnden Nippes. Die echte Schönheit der Frauen und Männer
glich den schlechten Geschmack aus. Soviel strahlende Tri-
vialität fegte die blassen Regeln des Schönen beiseite. Das
Leben war echter, stärker. Große dunkle Lebensströme flute-
ten vorbei. Etwas Wimmelndes, Zahlloses, eine Überfülle,
die es nirgendwo sonst gab, die aus dem Pflaster keimte.
Man spürte, wie dem Elend getrotzt wurde, wie man es ver-
neinte, spürte den Kampf, die Hoffnung, die Träume der
Menge, ihren Pulsschlag, ihren rohen Prunk und ihre zügel-
lose Gier. Schulter an Schulter, ganze Rotten, zogen sie den
Boulevard entlang, umzingelten die Place Clichy, verstopften
die anliegenden kleinen Straßen.

Im Neonlicht, in der Straßenbeleuchtung wirkte alles grel-
ler, fast nackt, die jungen Rowdys stolzierten in Lederjacken
daher, eingehakt mit ihren übermäßig blonden Miezen. Die
Straße lenkte das wahre Geschick der überheblichen Menschen ... Ich beneidete die Menge, diese ihre unmittelbare,
umfassende Beziehung zum Leben. Sie waren bis zum Hals
in ihren Samstagabend getaucht. Anny spürte, daß ich wie
verzaubert war. Sie konnte nicht wissen, in welchem Maße.
Die, die standen im Leben, im Einklang, im brausenden
Ozean. Mich faszinierte diese Fieberhaftigkeit. Ich sah zu,
wie sie lebten. Glücklicherweise zogen mich die außerordent-
lichen Frauen an. Sie wogten dahin auf spitzen Absätzen, in
glänzenden Stiefeln, farbigen Turnschuhen, roten Hosen, engen Shorts über dunklen Strümpfen, Anglerstiefeln aus Skai-
leder, Dreigroschenröcken, die die nackte Haut zur Schau
stellten. Das klapperte, war schwarz, wimmelte herum mit
sehr roten Lippen, Augen, die zu stark geschminkt waren,
Wimperntusche, angehobenen Brüsten, geschwellt wie bei
Totemfiguren. Selbst die schlanksten jungen Mädchen wak-
kelten mit den Brüsten. Die neue Generation wollte das, die

174

Steigerung der Körperlichkeit, die Pointierung der Silhouetten, die Akrobatik der Hinterbacken und der überquellenden Ausschnitte. Die Vermischung der Rassen leistete solchen wundersamen Verkörperungen Vorschub. Sie hatten gewonnenes Spiel nur auf Grund ihrer selbst, *de visu*. Sie legte ihr Werden nahe, und ihre Pracht entfaltete sich. Sie schloß die Ungeschminkten, die Schwächlinge aus. Ich träumte davon, mich unter all die Kupfer- und Ockerfarbenen zu mischen, diese warmen braunen Tönungen und die arabische bläuliche Blässe und diese Tiefgelben aus Kambodscha. Ich hätte mich gern gebadet, wäre eingetaucht in diesen goldenen Schmelztiegel.

Ja, ich liebte meine Mitmenschen im Schwarm der abendlichen Banden, ihrem blühenden Gold, dieses Vorüberstreichen der majestätischen, fanatischen Rassen. Diese trägen Negerinnen aus dem Benin, mit körniger Haut, wohlgeformt, mit großen rundlichen Hintern, diese flinken Algerier mit vorstehenden Backenknochen, diese asiatischen Aale in dünnen Stoffen, deren flötendes Lachen mich reizte, schürten meine Lust, von hinten in ihre zerbrechliche Schönheit einzudringen. Wenn mein Blick allzu beharrlich auf einem Stück nacktem Fleisch verweilte, auf einer Harmonie, und ich mich ganz disrekt umdrehte, schimpfte Anny mich aus. Plötzlich eifersüchtig angesichts meines herumschweifenden, gierigen Blickes. Unruhig. Ich erklärte ihr, es handle sich um eine Mischung aus Neugier und Betrachtung, nicht eigentlich um unmittelbares Verlangen. Sondern daß die einzigartige Form eines Körpers mich mit ihrem Stempel prägte, als sei ich Fotograf oder Maler.

„Also rein künstlerisch!" sagte Anny ironisch.

Sie hatte recht, denn die Schönheit der Mädchen, ihr Gang und ihre üppigen Formen schnitten mir ins Herz wie ein Blitzschlag, ein Zauber, dem ein Verlust folgte. Ich war einem kurzen Bann unterworfen, dann verschwand das Mäd-

chen im Straßengewühl. Ich war nur dieser vorübergehen-
den, leidenschaftlichen Teilhabe fähig. Im übrigen sah ich
ihrem Samstag von außerhalb her zu. Alle stürzten sich in
den Lebensstrom. Und ich blieb am Ufer zurück. Anny
spürte dieses Absacken meines Willens. Die überfüllten Restaurants ekelten mich an. Da stieß sie mich mit dem Ellbogen an und sagte zu mir, da komme ein herrliches Mädchen,
eine Erscheinung mit langen nackten Beinen.

„Sieh mal, jetzt fängst *du* an! Und nachher machst du mir
Vorwürfe", sagte ich lachend zu ihr.

Aber Anny hatte nur instinktiv versucht, meine visuelle
Begierde zu wecken, um mich wieder mit dem Lebensstrom
zu verbinden. Sie hatte wie als Mimikry die Neigung, sich mit
mir zu identifizieren, mit meinem Verlangen, obwohl sie mir
meinen Hunger nach Formen vorwarf.

In Richtung dieser Stadtrandgebiete vernimmt man den
Wind der Welt wie das Echo des Raumes und der Schöpfung.
Die Vororte dringen durch die Tore und Breschen herein.
Alle Farben, alle Strömungen fließen herbei aus den Boulevards und von weiter her. Die Kreise und Ringe der Innen-
stadt werden durchbrochen von einem Schub, der aus der
Ferne kommt. Man spürt, daß die Umwälzung von dort kommen wird, eine Überfülle an Leben, an Gier, die Razzia der
großen Erneuerung. Denn die Menge ist bewundernswert
frühreif und katzengeschmeidig. Ihre Fähigkeit zum Wildwuchs ist unbegrenzt, alle ihre animalischen und göttlichen
Mittel ergießen sich in die Samstagnacht. Im Gegensatz dazu
bringt unser Quartier latin nur eine homogene Art hervor,
begrenzt, verkümmert und verbraucht. ... Spiegelfechtereien,
Nachahmung. Kein Leben. Nicht diese Revolte, diese ge-
fräßige Quelle, ihr dunkler, feurig funkelnder Bluterguß.

Wir entfernten uns ein bißchen. Wir gingen wieder über
die Brücke am Friedhof Montmartre. Es trat Stille ein, die

Passanten waren nicht mehr so zahlreich. Man sah den Marmor unten leuchten, die ganze Flottille der Gräber. Der Himmel war riesig, aber ganz nah. Die Sterne wurden sichtbar, denn da gab es weniger Leuchtreklamen und Lichthöfe. Die Spiralnebel blinkten über den Labyrinthen der Grabstätten. Eine Stille, ein Geheimnis. Ruhe inmitten des Menschengewimmels. Plötzlich der Geruch nach Luft und Erde. Da packte uns, Anny und mich, eine aufwühlende Erregung. Auf der Brücke, über den marmornen Grabsteinen und den Toten, unter dem Himmelsgewölbe, in diesem schönen schwarzen Hafen, eingefügt in die Stadt, ihrer abendlichen Seele lauschend. Man hörte das Stampfen, den Schritt der vielen Menschen, nicht weit von hier, auf der Place Clichy, an der pathetischen, erleuchteten Kreuzung. Anny schmiegte sich in meine Arme, sah mich an, begehrte mich. Ihr Mund wollte meinen Mund in der Phosphoreszenz der Gestirne und der Gräber, in der Nähe der sich ausbreitenden Menge, die ihre Pythonwindungen schlang. Mein Glied wurde steif, ich drückte mich an Annys dünne Jeans, ich spürte ihre Zunge und ihren offenen Mund. Mein Fleisch wurde schwarz, verschlungen von der schwarzen Stadt. Mir war, als platze mein Geschlecht vor Glut, vor Wonne in der starrenden Stadt, die voll, randvoll war von Liebenden.

Die ganze Woche lang verfolgte mich die schwarze Menge mit ihren Sternbildern aus glutvollen Körpern. Ich war von dieser Poesie überwältigt, aber Marguerite holte mich via Küche wieder auf den Boden der Wirklichkeit hinunter. Sie bereitete ihren monatlichen Hefekuchen, den sogenannten Gleichschwer zu. Und das war ein furchtbarer Krawall. Sie traktierte mit ihrem Kuchen die große Hausgemeinschaft, verteilte auf allen Treppenabsätzen ihre Stücke. Ich haßte den Duft des Gleichschwers, diesen üblen Geruch nach Butterteig, süßlicher Hefe und Zucker. Ein Nachtisch, der so mehlig und stopfend war, hatte für mich nichts Verführerisches. Der Gleichschwer war in meinen Augen der primitivste Kuchen schlechthin. Ich mochte lieber Pudding und Mousse au chocolat ... Wenn Marguerite ihren Gleichschwer aus der Form nahm, stellte sie ihn wie einen Goldbarren, wie einen Schatz zur Schau, schnitt ihn in Scheiben, die innen weich und etwas pappig waren. Die ganze Wohnung roch nach Gleichschwer, dieser Mischung aus Eiern, Zucker, Butter und mit Hefe versetztem Mehl. Man war selbst ganz aufgedunsen, teigig ... Sie flitzte zu den Nachbarn, pochte leise, veranlaßte laute Ausrufe, lyrische Proteste: „Das ist zuviel! ... Nein, nicht so viel! ... Sie werden nichts mehr übrig haben für Ihren Studenten." David und Maurice bekamen je ein dickes Stück, die Concierge und ihr Mann ... Marguerite hatte mir über letzteren gerade eine seltsame, vertrauliche Mitteilung zugeraunt.

„Die Haare fallen ihm aus!"

„Das ist das Alter", antwortete ich.

„Nein, es ist viel befremdlicher, er verändert, verwandelt sich ... glauben Sie mir ... Da ist etwas im Gange. Er, der so hinterher, der unersättlich war, wie die Concierge immer durchblicken ließ, und nun! Das nimmt ruckzuck ab. Weniger Spannkraft, faul, träge, ein Schlappschwanz ... Geht Ihnen nun auf, was mit ihm los ist?"

Kurz danach begegnete ich dem Mann der Concierge. Er plauderte auf der Straße mit dem jungen Milchmädchen, das sich ab und zu bei Marguerite duschte. Ich beobachtete ihn verstohlen. Es stimmte, er hatte sich verändert, war kahler, fetter, ein recht unerfreulicher Anblick. Die Verwandlung bezog sich nicht eigentlich auf eine bestimmte Körperpartie, sondern vollzog sich untergründig, heimtückisch. Der Mann wirkte innerlich mürbe, gleichsam aufgeweicht.

„Offenbar bringt er's fast überhaupt nicht mehr!" vertraute mir Marguerite an, ein paar Tage später. „Was die

Concierge angeht, das gibt sich schon irgendwie! Sie hat es nicht besonders gern gemacht ... Aber diese schleichende Entwicklung beunruhigt sie, Sie verstehen. Sie weiß nicht, was es ist, sie spürt diese Unbestimmtheit ... dieses Verschwommene, wie sie sagt! Das ist kein Wort, das sie früher in den Mund nahm. Sie verfügt über einen sehr beschränkten Wortschatz. Diese Angelegenheit zwingt sie, nach mehrdeutigen Wörtern zu suchen. Immerhin! Ich habe versucht, ihr das heimtückische Adjektiv unterzujubeln, das der Situation entspricht. Doch das war zuviel für sie ..."

Marguerites Gleichschwer konnte nicht der Grund sein, wohl eher die Wirkung der Antibiotika, die ich schluckte, um meinen Meniskus zu beruhigen. Doch mein Gedärm war entzündet, ein geradezu maßloser Ausbruch. Marguerite versuchte, diskret zu sein. Doch das war nicht gerade ihre Stärke. Sie sah, daß ich ununterbrochen aus meinem Zimmer zur Toilette lief. Oft lief ich ihr genau in die Hände oder besetzte die Örtlichkeit, wenn sie ihrerseits dahin wollte. Schließlich sagte sie zu mir:

„Haben Sie ..."

„Ja ...", antwortete ich, „das läuft und läuft ..."

„Wollen Sie einen Pernod? ..."

Ich fuhr zurück, denn ich sah den Zusammenhang nicht ein.

„Doch! Pernod ist das beste Mittel dagegen, das weiß jedermann, das stopft!"

Sie suchte nach einer Flasche Pernod, aber gerade der war ihr ausgegangen, und sogleich zog sie ohne Vorwarnung über die Treppe ab, die Treppenabsätze, pochte an alle Türen. Es war abends, die Paare waren zu Hause, sie fragte überall nach Pernod. Ich konnte mir vorstellen, daß sie überall heimlich, intim und schlüpfrig verbreitete: „Es ist mein Student! Er hat

Durchfall!" Aber Marguerite drückte sich drastischer, trivialer aus: „Mein Student hat Dünnschiß." Das tat sie der ganzen Hausgemeinschaft kund, wobei sie das Wort genoß, das so lautmalerische „sch" und den Zischlaut am Ende wie einen skatologischen Geysir. Sie ging auch Neuzil an, die Concierge, die andere Sorgen hatte, Fräulein Poulet, die Fragen stellte und wissenschaftliche Hypothesen äußerte bezüglich dessen, was ich zu mir genommen hatte. Marguerite stellte mich bloß ohne Rücksicht auf meine Schüchternheit, meine noch jugendliche Eigenliebe. Als Verführer galt ich hier nichts, sie reduzierte mich auf die Ebene der Kaldaunen, der Geschehnisse in den Eingeweiden. Ich war schamrot und fuchsteufelswild. Ich hörte sie herumlaufen, höllisch, wie besessen . . . lüstern, die Nachricht zu verbreiten, schlüpfrig mit den Augen zwinkernd, komplizenhaft, flüsternd: „Mein Student hat Dünnschiß, rasch einen Pernod!" Und alle wendeten ihren Blick vom Fernseher ab, wo man eine offizielle Reise Pompidous kommentierte, machten ihre Scherze, erregten sich über diese akademische Kacke. Sie brachen darüber in schallendes Gelächter aus. „Aber was hat er denn gegessen? . . . „Das ist die Angst, sein Studium, die Furcht vor der Zukunft!" sagte David einfühlsamer. „Ah, meinen Sie!?" antwortete Marguerite brutal und skeptisch. Sie kam zurück und schwenkte einen gelblichen Bodensatz in einer Flasche, den ich hinunterstürzen mußte, ohne daß sie mir die Zeit ließ, Einwände zu machen. Sie goß sich selbst ein kleines randvolles Glas ein für den Fall einer Ansteckung. Das Mittel wirkte rasch, aber ich war daraufhin betrunken, und mir wurde von dem Anisgeruch schlecht. Ich fürchtete, den Alkohol, der mich brannte, wieder hinauszubefördern, diesmal durch den Mund.

„Ah nein! Sie werden sich jetzt doch nicht übergeben!"

Sie musterte mich, zögerte. Ich befürchte plötzlich, sie könnte sich wieder aufmachen in die Flure ihrer alten Bude, um ein Mittel gegen Erbrechen zu verlangen. Doch das tat sie nicht. Als ich am nächsten Tag den Nachbarn begegnete, machten sie als feine Psychologen keine Anspielung auf meine Turbulenzen. Nur die Concierge warf mir einen scheelen Blick zu: „Geht es jetzt besser mit dem . . ." Und sie deutete vulgär eine langsame, kreisende Bewegung mit ihrer weißlichen Hand an in Höhe des Bauches, einen gräßlichen Wirbel. Ich machte mich davon, ohne zu antworten. Ich hatte mein Ansehen bei den Mietern verloren. Ich hatte den Eindruck, daß sie meine Person nicht mehr in Betracht zogen, mein Sein, mein nicht in Worte zu fassendes geistiges Wesen, sondern einzig meine groteske organische Wirklichkeit.

Osiris erschien eines Sonntags, als Anny und ich frühstückten, ziemlich matt und mitgenommen von unseren Umarmungen. Osiris beschnupperte uns, spähte uns aus. Wir waren noch verschlafen, noch nicht in unserem Ich zuhause. Und er genoß unsere Schlaffheit und jenes Aroma, das wir nicht verheimlichen konnten. Wir waren beide im Pyjama, was den Eindruck der Entspanntheit verstärkte. Die von unserer Wärme getränkten Stoffe waren flaumig und gleichsam eingeschlummert über unserem Fleisch. Osiris hingegen stand kerzengerade da, eine klare Silhouette im Raum. Sein Blick ruhte direkt auf uns. Anny lud ihn ein, sich zu setzen. So sank er ein bißchen zusammen und war nicht mehr so dominierend. Er fügte sich, rückte den Stuhl vertraulich näher zu uns . . . Der warme Tee rief auf Annys Gesicht einen rötlichen Schimmer hervor, ein leichtes, hauchdünnes Netz von Schweiß. Auch ich war von einem unbestimmten Dunst umgeben. Das Frühstück ist eine Schleuse, es ermöglicht uns, sacht ins Leben einzutreten. Es ist eine Schwelle voller kindlicher Lauheit: Butter, Zucker, Milchspeisen, Brötchen . . . Osiris nutzte unsere Regression zu kindlichen Anfängen aus und verschlang uns mit den Augen. Er mochte diese mollige, von Säften der Nacht aufgedunsene Jugendlichkeit. Wir waren noch, eins im andern, darin befangen, unvollkommene, auflösbare Körperlichkeit. Und er strahlte, gespannt vor Lust.

„Sie sind aber hübsch so! Ich kann nicht anders, ich muß es Ihnen sagen, noch so vernebelt vom Schlaf ... "

Er war vorbeigekommen, um mit David und Maurice zu plaudern. Dann hatte er den Einfall, uns guten Morgen zu sagen, denn er mochte uns sehr. Anny faßte sich ein Herz und erklärte plötzlich:

„Wann zeigen Sie uns denn den Nordturm? Das wäre einmal etwas anderes für uns!"

„Er ist im Prinzip für Besucher gesperrt ..."

„Ja, aber man sieht ihn ja, einsam auf der andern Seite, verlassen. Da bekommt man eben Lust, ihn zu besichtigen."

„Na, Sie möchten da sein, wo Sie nicht sind? Anderswo ist es immer schöner als da, wo man ist", erklärte Osiris an Annys Adresse, als wäre sie eine kleine Emma Bovary.

„Nein, nicht ich ..."

„Sieh mal an! Sieh mal an!" sagte Osiris und musterte mich ... „Also ist er der Unbeständige ..."

„Das habe ich nicht gesagt."

„Er interessiert sich für den Zwillingsturm, man höre und staune ..."

Ich räumte meine Neugier ein:

„Ja, für den Schwesterturm, wie Neuzil sich ausdrückt."

„Ein hübscher Name!" räumte Osiris ein, „reiner und weniger verdächtig als Ihr berüchtigtes Geschenk ‚Obi und Masturbie' ..."

Wir hatten keine Lust, uns das wieder auftischen zu lassen, in seiner intimen, provozierenden Art. Er sah uns an, versuchte, uns zu durchschauen, uns als Paar, zu begrüßen, was sich zwischen uns abspielte, unsere Gemeinsamkeiten und verschwiegenen Unterschiede, was uns vereinte und was

182

uns trennen könnte, was uns freuen würde und uns Leiden bereitete. Er spürte, daß diese Neugier auf den schwesterlichen Turm eher eine Marotte von mir als ein Wunsch Annys war. Sie hatte die Frage nur angeschnitten, um Osiris von seiner gierigen Betrachtung abzulenken. Plötzlich faßte er einen Entschluß.

„Ziehen Sie sich rasch an, ich führe Sie da hinauf!"

„Geben Sie uns nicht noch Zeit, ein wenig Toilette zu machen?" fragte Anny.

„Nur ein wenig!"

Und Osiris hörte uns, horchte, wie wir in unserem Zimmer herumwirtschafteten, Schränke und Wasserhähne öffneten. Rasch die Slips übergezogen, rasch übers Gesicht gefahren mit dem Waschlappen. Unsere Hast, unsere gedämpften Ausrufe, unser Hin-und-Her und Zickzack, das Knirschen der Zahnbürsten. Er genoß es, diese freundliche Panik ausgelöst zu haben. Er wäre gern dabeigewesen. „Sie werden keine Zeit haben, sich intim zu waschen", mußte Osiris denken, der uns so, im Dufte der Nacht, lieber mochte.

Und dann erschienen wir vor ihm, mit feuchtem Haar, ordentlich zurechtgemacht, wiedererstanden. Er entdeckte ein frisches Tröpfchen auf Annys Hals.

Wir nahmen die übliche Treppe im Norden. Doch statt sie zu verlassen, in die Große Galerie abzubiegen, dies zu überqueren, die letzte Treppe des Südturmes hinaufzugehen, ging Osiris geradeaus weiter. Eine kleine Tür versperrte den Zugang. Er schob den Riegel zurück und schlug sie hinter uns zu. Wir befanden uns im Aufstieg auf den verbotenen Turm. Wir waren im unbekannten Körper von Notre-Dame. In der Stille. Wir hatten etwas von heimlichen Engeln. Oben niemand, das Dach wölbte sich in steter Ruhe vor. Es war durchfurcht von alten Inschriften. Und die vom Wind, vom Regen, vom Staub gebeutelten Namen waren abgenutzt, hatten ihre Farbe verloren in der Alchimie des Bleis, das auch den Dreck der Tauben und Falken tilgte. Osiris schwieg und ließ uns nach Belieben über die Terrasse gehen. Uns umgab ein großer einfarbiger, weißer Himmel. Plötzlich sah ich den Namen, frisch eingeritzt, in Großbuchstaben: EHRA.

Osiris kam auf uns zu und wartete darauf, daß wir etwas sagten.

„Sie haben also Ehra hier hinaufgeführt?" fragte Anny.

„Nein, ich bin eines Abends mit Wolf hierhergekommen. Er hat den Namen seiner Schwester da eingeritzt."

Unter dem Namen lag versteckt ein Loch. Es war gesäumt von gipsfarbenen Schmutzflecken. Osiris erklärte uns, daß ein Falke jedes Frühjahr sein Nest an dieser Stelle baute:

„Ich habe ihn ‚Ehras Falken' getauft."

Wir gingen wieder hinunter. Osiris schloß die Tür des Turmes wieder wie vor dem Geheimnis der Schwester und des Falken.

Ich betrat Marguerites Schlafzimmer. Ich wollte ein Wort nachsehen in ihrem kostbaren Larousse, dessen Bände auf einem Stuhl aufgestapelt waren. Touflette, die Tigerkatze, lag am Rande des Bettes und lehnte den Kopf gegen den Schnitt der Lexika. Sie schien noch heimtückischer und aggressiver zu sein als sonst. Plötzlich begann Anchise, der Hund von Maurice und David, in der Wohnung zu bellen, und das bewirkte, daß sich das Fell der Katze, die den riesigen, friedlichen Hund haßte, sich sträubte. Aber ich war ungeduldig. Ich mußte in der Enzyklopädie blättern, ich wollte den Artikel über Horus, den Sonnenfalken lesen. Ich streckte zögernd die Hand in Richtung des Bandes aus, der oben auf dem Stapel lag, ohne den Kopf der Katze zu berühren. Da biß das Luder wie der Blitz zu. Ich hatte mich vor ihren Krallen in acht genommen, aber nicht vor ihren spitzen Zähnen. Ich sah, daß meine Hand blutete und stieß das Vieh mit einer brutalen Bewegung zurück. Doch sie wehrte sich, krallte sich in meinen Arm und zerfleischte ihn. Sie verfiel in Krämpfe, ein Nervenbündel, das Haar auf ihrem Rückgrat sträubte sich. Zusammengekauert, scheußlich, zitternd, verzerrt vor Wut, fauchend. Ich fürchtete, sie springe mir ins Gesicht, deshalb versuchte ich mit einem Fußtritt, sie weiter weg zu befördern. Sie sprang auf meinen Fuß, klammerte sich, krallte sich an ihm fest, mit dem ganzen Körper, schlug alle vier Füße ein, der Schuh schützte mich ein wenig. Ich schüttelte den Fuß. Sie ließ nicht los, begann hysterisch zu miauen und mir den Knöchel zu zerfleischen. Ich stieß sie mit dem andern Fuß weg. Sie hielt fest, ein Pelzknäuel, konzentriert, von Haß verzerrt, und begann durchdringend, anhaltend zu heulen und zu

185

schreien, eine Art gräßliches Wimmern wie ein Baby, ein gebranntes Kind. Und plötzlich sprang sie mich an, ich spürte auf meiner Brust das krallenbewehrte Bündel, das mich bearbeitete. Ich bekam einen solchen Schreck, daß ich einen donnernden Schrei ausstieß, meine Bruststimme, meine Stentorstimme, wobei mich ein jähes Ausstoßen der Luft unterstützte. Die Katze zog sich wie niedergeknüppelt zusammen, glatt vor Panik, sie ließ sich auf den Teppich fallen und machte sich mit einem Satz in das anliegende Zimmer davon.

Ich zitterte, ich konnte ihn nicht fassen, diesen Kampf, diesen Ausbruch von Streitsucht, mörderischer Hartnäckigkeit. Ich keuchte, hätte in meiner Betäubung und Angst weinen können. Ich hätte in das Zimmer stürzen und das Vieh verfolgen, an der Gurgel packen, aus dem Fenster schmeißen und auf dem Straßenpflaster zerschmettern können. Ich blieb lange ganz benommen stehen. Ich hörte nichts von nebenan. Und in mir keimte eine Neugierde, eine selbstmörderische Lust, ich konnte nicht anders. Ich verließ das Zimmer, ging durch das Eßzimmer und guckte in jede Ecke. Ja, ich suchte sie, ich wollte sie wiederfinden, sie sehen, sie niederkämpfen, niederstrecken mit meinem Blick.

In mir stieg eine langsamere, aber wildere Lust an Gewalt hoch, schraubenförmig, in weiten, wachen Oszillationen. Mein Atem wogte. Die Brust, den Hals schnürte es mir zusammen ... Die Hände, die Knöchel bluteten. Das Hemd war zerrissen. Ich tastete mich in der Wohnung, in Marguerites lächerlicher, greulicher Einrichtung vor. Diese miese Bude, die mich würgte, mir den Atem benahm, wenn ich nicht reagierte. Ich stieß eine weitere Tür auf. Da war die Dusche mit ihrem durchsichtigen Nylonvorhang. Ich zog die Hülle mit einem Ruck zurück. Und da erblickte ich sie auf dem weißen, kalten Emaille. Sie kauerte in einer Ecke, das Fell teilweise starr verbeult, die kleine Schnauze versteinert. Sie schrie nicht mehr, zischte nicht mehr, ließ lediglich zwischen den Zähnen hindurch ein schwaches Fauchen hören, wie wenn man eine Gasflamme andreht. Sie zog den Kopf ein, der gleichsam ins Innere des aufgeblähten Halses zurückgestaucht war, der Körper wirkte wie ineinandergeschobene Kugeln. Und der Anblick des Tieres, des ganzen Tieres, der reinen, wilden Bestialität ohne Maske, im Rohzustand, überraschte, hypnotisierte mich. Die Angst eines Tieres, das kraft Instinkt zusammenschrumpft und kleiner wird, sich vor Schreck in sein Loch ringelt. Doch die Augen lauern noch, aus der Tiefe des Entsetzens und der schrecklichen Entstellung des Körpers. Ich ermaß die verrückte Energie dieser Angst. Sie war da, konzentriert, erspürbar, wie eine nach innen erfolgte Detonation. Ich sah die Katze an. Ich konnte mich von diesem Anblick nicht lösen. Und ich liebte, ich bewunderte dieses Leben, diese Gewalttätigkeit des Lebens. In dieser Katze wohnte der unglaubliche Instinkt des in sich zurückgezogenen, in sich selbst mündenden Lebens, alle Neuronen und Sehnen und Kreisläufe in einen eisernen Kreis gefaßt. Dies inmitten der Objekte, neben der Waschmaschine, nicht weit vom Henri-II-Büffet und vom Linoleum. Das Leben hatte sich plötzlich erhoben, gespannt, umfassend, aufs höchste gesteigert. Die magnetische Wachsamkeit, das Entsetzen, der flammende Blick mitten unter der trägen Materie, den Möbeln, den Haushaltsgeräten. Das Leben war verquer emporgesprudelt. Und es tummelte sich in seiner Ecke, behaart, krallenbewehrt, gereizt von Blut und Feuer.

Ich zog den Vorhang zu und verließ die Stätte. Mein Zorn war verraucht. In mir wohnte ein geheimes Entzücken. Ich desinfizierte meine Wunden und verbarg sie. Ich wollte Marguerite nichts sagen. Als sie abends nach Hause kam, lief die Katze nicht an die Tür. Marguerite wunderte sich, weshalb sie sich so unerwartet verhielt. Ich erzählte ihr, Anchise habe den ganzen Tag gebellt.

„Aber sie hat doch vor diesem dummen Köter nie Angst gehabt! ... Nein! Ich glaube, sie kränkelt. Das kommt eben vor ... sie ist ein bißchen krank ...“

Ich hatte es so eingerichtet, daß ich mich mit Marguerite in einem Zimmer unterhielt, wo die Katze nicht anwesend war. Denn die hätte ihren Haß und ihre Angst zum Ausdruck gebracht, und man hätte etwas gemerkt. Ich erzählte Marguerite, der Verband über meiner Hand sei auf eine Verletzung zurückzuführen, die ich mir zugezogen hätte, als ich mit einer Schere zugange war. Sie wußte, daß ich ungeschickt war und fragte nicht weiter.

Frühmorgens hörte ich den Lärm, einen Sturz in der Dusche. Ich eilte schleunigst herbei. Doch Marguerite richtete sich bereits langsam auf. Nackt ...

„Ich hatte einen Schwindelanfall ... Das ist gar nicht gut, ich hatte das schon einmal ... Das ist was ernstes: das Herz.“

Ich traute mich nicht, Marguerite zu betrachten. Aus Angst hatte sie jedes Schamgefühl verloren. Gewiß, sie hatte in dieser Hinsicht nie große Hemmungen gehabt ... Ich sah ihre rosafarbenen Hängebrüste, ihren weichen Schmerbauch, ihre dicklichen, krummen Schenkel, die trotz allem eine gewisse Frische hatten, was die Haut anging, dieses kindliche Etwas, das in allem Fleisch überdauert trotz dem Alter, das faltige Gesicht ausgenommen. Sie hüllte sich in ein Handtuch, setzte sich auf den Boden wie eine kaputte Kasperpuppe. Dann befahl sie mir, die Feuerwehr zu rufen. Sie wollte schnurstracks ins Krankenhaus.

Marguerite hatte ein totales Vertrauen in öffentliche Krankenhäuser. Sie waren für sie fast eine Garantie für Unsterblichkeit. Der Wagen der Feuerwehr brachte sie in die Salpêtrière. Die Fachärzte diagnostizierten eine Thrombose, der Cholesterinspiegel war zu hoch. Ich befand mich allein in der Wohnung mit der Katze, die Mademoiselle Poulet jeden Tag fütterte, denn Marguerite hatte vorausgesehen, daß ich zu diesem Geschäft nicht taugte.

Am folgenden Wochenende statteten Anny und ich ihr einen Besuch ab. Mein Herz krampfte sich zusammen angesichts des großen blaßgelben Gebäudes. Es war das Krankenhaus, das richtige, das für Notaufnahmen, für hoffnungslose Fälle, für all die Vielfalt der Leiden. Das Neonlicht erhellte die Flure mit einem grünlichen Schimmer. Der große Saal der Poliklinik enthielt zwanzig Betten, die größtenteils von sehr ramponierten alten Frauen und Männern besetzt waren. Marguerite thronte in ihrem Bett, kindisch stolz, aufsässig. Zufrieden, sich zur Schau stellen zu können und den Nachbarn zu zeigen, daß sie jugendlichen Besuch hatte. Denn viele der Kranken waren allein, ohne Verwandtschaft, manche lagen in der Agonie, ohne daß jemand ihre Hand nahm ... Genau gegenüber Marguerite war eine alte Frau ins Koma verfallen.

„Ein Krebs", sagte Marguerite zu uns. „Gestern hat sie auf einen Schlag alles Blut von sich gegeben, unten raus ... Der Gestank war entsetzlich."

So begegnete ich wieder der Marguerite des Todes und der Nacht. Sie war am Ende zwischen all den Krebs- und Herzkrankheiten gelandet. Und das hätte sie beunruhigen sollen. Sie schien zu schwanken zwischen ungesunder Neugier auf den Tod der andern und der Angst, ihrerseits zu sterben. Doch sie hoffte. Sie glaubte nicht an das unmittelbare Bevorstehen des Todes. Man nahm Tests an ihr vor, untersuchte sie. Ihre Herzkranzgefäße waren verkalkt. Aber mit einer Diät, gerinnungshemmenden Substanzen, regelmäßiger Überwachung wurde ihr Fall im Augenblick nicht als hoffnungslos eingestuft. Sie könne so jahrelang überleben, sagte sie. Und diese Vorstellung, trotz ihrer Krankheit jahrelang zu überleben, möbelte sie auf. Sie richtete sich bereits ein in diesem unbestimmten Überleben. Sie hatte eine Gefährtin: eine Frau in den Sechzigern, eine Kranke, die ebenfalls noch Zukunft hatte. Im Grunde waren Marguerite und ihre Freundin in der Poliklinik die beiden vom aktiven Dienst Zurückgestellten. Sie erzählte uns, daß in den sechs Tagen bereits zwei gestorben seien. Man brachte dann einen Wandschirm, der das Bett des Verstorbenen umgab. Doch Marguerite und ihre Gefährtin nutzten die Abwesenheit einer Krankenschwester aus, trippelten auf den Vorhang zu und schoben ihn beiseite, um den Leichnam zu besichtigen. Das war ein Spiel, ein Exorzismus und, bei Marguerite, das Wesen ihrer Persönlichkeit. Sie mußte sehen! Dies wollte sie sehen, vor allem dies, den Tod der andern. Sie fühlte, daß das Problem sie unmittelbar betraf, und gleichzeitig betrachtete sie die Leichen distanziert wie ein Mensch, der bei guter Gesundheit ist. Das war Marguerites Geheimnis. Ihre Zweideutigkeit. Sie bewohnte beide Ufer, Leben und Tod. Ich zweifelte nicht, daß sie mit ruckweise wachsender Überzeugung sich schließlich unsterblich fühlte, doch gleichzeitig war sie fest davon überzeugt, daß ihr Ende nahe sei. Sie sprach oft von ihrem Testament, von Touflettes Schicksal, falls sie sterben sollte. Sie verheimlichte sich die Wahrheit nicht. Sie hatte bereits eine Summe beiseite gelegt für ihr Begräbnis in Chatou. Doch in ihrem tiefen Innern flackerte das Leben noch, eine glühende Lebendigkeit. Marguerite gestand uns auch, daß sie nachts inmitten der Sterbenden plötzlich Angst gehabt und ihre Freundin gerufen habe. Und diese, als hätte sie dieses Zeichen nur erwartet, war herbeigeeilt, hatte sich zu ihr ins Bett gelegt. Die beiden Frauen hatten sich aneinandergeschmiegt gegen den Tod und geschluchzt.

Anny und ich, wir gaben klein bei, wir trauten uns kaum, uns umzusehen. Bevor wir ins Leben eintraten, mußten wir wahrscheinlich diese Offenbarung der Salpêtrière erleben, diese Betten, in denen die sterblichen Überreste und die

Wracks der Lebensweisen ruhten. Einige dieser alten Leute hatten einen in sich gekehrten, schwachen Blick, gleichsam auf ihr Inneres zurückgewendet, aber auf ein Inneres ohne Substanz und Wärme: auf die Leere. Es war ein dürftiger Blick, der nicht rebellierte, vielleicht ein bißchen mürrisch, ein undankbarer Blick vor allem, der letzte Blick, den man auf sich selbst und auf die andern wirft, wenn das Ende da ist. Man kann nichts mehr wünschen, nichts sagen, nichts sehen, man ist beschränkt auf die Grenzen seines beklagenswerten Körpers. Und der Blick, eher beschämt als flehentlich, welkt in dem zerstörten Gesicht. Ein tiefliegender Blick im Käfig der Augenhöhlen. Es scheint, als werde das ganze Leben verneint, als ob es nicht der Mühe wert gewesen wäre, es zu leben, das war das Schlimmste, als ob es nur eine Falle gewesen wäre. Man hatte nicht den Eindruck, daß die alten Leute Erinnerungen hatten. Sie waren vollkommen ohne Licht ... Ich stellte mir bereits vor, wie ich in diesen Altersbetten liegen würde. Die Sache würde mir passieren, weil sie ihnen passiert war. Man mußte den Film nur ein bißchen beschleunigen, und alles endete genauso, in diesem Zwischenreich, der nicht mehr Leben war, aber auch noch nicht endgültige Nacht. Das Krankenhaus war dieser finstere Raum, dieses düstere Zwielicht, wo sie warteten, ohne zu warten.

Einige hatten noch die Kraft, auf die Toilette zu gehen. Wie groß war mein Erstaunen, als ich entdeckte, daß gerade sie auf einem Flur lagen, wo ein kühler Luftzug wehte. Manche dieser Kranken holten sich eine Bronchitis, die ihnen den Gnadenstoß gab, wodurch ihr Bett schneller frei wurde. Marguerite hütete sich vor diesem Flur. Da sie blitzschnell die Eingebung gehabt hatte, hier drohe Gefahr, verlangte sie für Urin und Stuhlgang hartnäckig die Pfanne. Sie schützte einen Rheumatismus, Schwindelgefühle vor ... Sie verrichtete ihre Notdurft schamlos vor den Augen ihrer Nachbarn.

Man hörte das schnelle Surren eines Hubschraubers. Marguerite sprang mit unvermuteter Jugendlichkeit aus dem Bett, um zuzuschauen. Ein roter, kleiner Hubschrauber landete auf einer Notpiste auf dem Grundstück der Salpêtrière. Ein ganzer Trupp Personal stürzte sich auf den Kranken, der bereits von Röhren, Flaschen, einer dramatischen Apparatur umgeben war. Marguerite konnte sich nicht sattsehen an diesem Unglück, das größer war als das ihre. Sie schüttelte kritisch den Kopf. Vielleicht handelte es sich um einen Verkehrsunfall, um einen Schwerverletzten ... kaum noch ein Quentchen Luft in seinem durchlöcherten Brustkorb. Sie war von diesem spontanen Theater ganz fasziniert. Die donnernden Rotorblätter, der karminrote Hubschrauber, das Hilfspersonal. Der da absolvierte seinen Todeskampf mit einem gewissen Komfort. Sein Tod erschien anomal, außergewöhnlich im Vergleich mit den in den Betten der Poliklinik herumliegenden Körpern, Sterbenden ohne Glanz und Pomp, gewöhnlichen schlappen Halbtoten, die allmählich, aber zuverlässig starben, ohne die Routine des Todes zu stören.

Auf der Straße hatten wir Mühe, wieder ins Lot zu kommen. Sogar Anny war sehr bleich und fröstelte. Sie wirkte anfällig und kraftlos. Mich überkam die Angst in Schüben, ein Wirbelsturm hellsichtiger Furcht. Dieses Vorgefühl einer Bedrohung, eines Verhängnisses, das mich beschlichen hatte, seit ich in Marguerites L.s Bereich eingetreten war, nahm heimlich von mir Besitz. Ich wehrte mich dagegen, fand es absurd, abergläubisch. Aber ich fühlte, daß mein Leben, meine Lebensfähigkeit, meine Lebenskraft auf dem Spiel standen und daß die Einarmige mich mit ihrem leeren, fast heuchlerischen Blick mehr oder weniger bewußt auf die Probe stellte, wenn sie das Schicksal ausspähte, mit ihrem falschen Blick. Das Auge meines Todes. Entweder sie oder ich. Ich fand die Alternative gräßlich. Doch sie verfolgte mich.

Marguerite würde mich überleben, wie sie schon die Studentin überlebt hatte, die vor mir da gewohnt hatte und die aufgrund von Drogenkonsum und Verfall gestorben war. Es sei denn, ich blieb Sieger ... Marguerites Haus war mir von Anfang an wie ein irgendwie unheilvolles Theater vorgekommen, wie ein Gefängnis, ein verschimmeltes, ramponiertes Labyrinth, aber gleichzeitig barg es in seinen Tiefen einen geheimen Überfluß, einen hartnäckigen Glauben. Es war nicht zu unterscheiden. Ein freundliches, freigebiges Haus, Sprungbrett oder Falle?

Ich fühlte mich so oft postum und ins Ei zurückversetzt. „Alles, was enden muß, hat bereits geendet." Das war ein Zitat aus *Der König stirbt* von Ionesco! Eine wesentliche Maxime, die unsere menschlichen Belange gut zusammenfaßte. Aber wenn meine Lebenslust, vor allem die sexuelle Lust, die von sich aus Widerstand leistete, wiedererwachte, hielt ein anderes, lebenskräftiges, phallisches Zitat Eugènes hartem Ausspruch die Waage: „Der Falke der Begierde zerrt an seiner Lederfessel", von Saint-John Perse, diesem verteufelten Ependichter! Doch keine Angst, ich werde niemanden mehr zitieren. Ich bin weder ein Mann des Zitats noch der kurzen Entgegnung. Ich glaube an lange Skizzierungen, an Reihungen bis zum Ende, an wortreiche, voll ausgeschöpfte Sagas. Aber für Notfälle und Epopöen habe ich einige Autoren anvisiert. Die Literatur kann in Krisenfällen helfen, die Prosa der großen Vorfahren unterstützt die gefährdeten Sprößlinge ein wenig. Sie fühlen sich weniger verloren angesichts dieses mörderischen Getriebes der Welt, das die Totemkünstler in die Leuchtkraft des Schönen umzusetzen wußten.

Die Dusche, auf die Marguerite so stolz war, wurde zum Schauplatz unvorhergesehener Ereignisse. Ich hatte dort die giftige, verstörte Zuckung der Katze erlebt. Marguerite war dort gestützt, hatte sich gestoßen und eine Thrombose bekommen. Und seit sie in der Salpêtrière war, kann das Milchmädchen vom Faubourg Saint-Antoine sie jeden Mittag benutzen. Sobald sie die Wohnung betrat, machte sie unter dem Vorwand, mit der Katze zu sprechen, festzustellen, ob alles in bester Ordnung war, einen furchtbaren Radau. Im Grunde kündigte sie mir damit an, daß sie sich der Freikörperkultur zu widmen gedenke. Das Milchmädchen war jung, frisch und stämmig, aber alles andere als wohlgeformt und anmutig. Daß der Student in nächster Nähe war, reizte sie. Sie brach während des Duschens in Ausrufe aus, vergaß immer ihr Handtuch, flitzte triefend durch die Zimmer, um in einem Schrank eins zu suchen. Ich wurde ununterbrochen über ihre Aktivitäten auf dem laufenden gehalten. Einmal, als ich von der Sorbonne zurückkam, begegnete ich am Ende des Flurs, der zu meinem Zimmer führte, dem Milchmädchen, das aus der Dusche kam. Sie stieß einen leichten erschreckten Schrei aus und begann glucksend zu lachen. Ich sah durch den Nylonvorhang, wie sich die rosige Masse ihres Körpers bewegte. Ich ging bereits auf mein Zimmer zu, als sie mich rief und bat, ihr das große Badetuch, das auf dem Linoleum lag, zu reichen. Ich gehorchte, sah, wie der Vorhang zurückgezogen wurde, nahm einen dicklichen Arm und ein Stück rundliche Hüfte à la Renoir wahr. Undeutlich sah ich den dunklen Fleck des Schamhügels auf dem perlmuttfarbenen Bauch. Sie schrie: „Nicht gucken! Nicht hingucken!" Aber sie richtete es so ein, daß man alles sah. Sie nahm das Badetuch in Empfang, lachte und wickelte es um sich herum wie eine Venus im Bade. Ich wollte gerade abhauen, da zitierte sie mich noch einmal herbei und verstrickte sich in ein Lamento über Marguerites Krankheit. Sie schlug den Vorhang ganz zurück, erschien, in ihr Frottierpeplon gehüllt, setzte sich auf einen Hocker, wobei sie ununterbrochen mit tremolierender Stimme Befürchtungen

hinsichtlich der Krankheit, die die Vermieterin niederge-
streckt hatte, von sich gab. Ab und zu verrutschte das Frot-
teetuch und gab den Blick frei auf die feste, marmorfarbene
Wölbung des Busens oder das Fleisch eines üppigen Schenkels. Sie zupfte ihr Kostüm eines im Bad überraschten Stars
sogleich wieder zurecht, hüllte sich ein in den flauschigen
Stoff, wand sich vor Wohlbefinden, streckte ein Bein mit
einer kräftigen Wade aus und murmelte, man müsse befürchten, daß Marguerite da nicht mehr rauskomme. Man
spürte, in welchem Maße dem Milchmädchen das Hinscheiden, von dem es sprach, gleichgültig war. Das rosige, lachende
Gesicht platzte fast vor Gesundheit, der so rundliche wie
gedrungene Körper schien den Tod zu verbannen. Doch
gleichzeitig erregte er in meinen Augen keinerlei sinnliche
Gelüste. Es war ein Körper, der aus so biologischem Stoff
geformt war, so dicht, so glatt, ein bißchen schweinchenhaft
und ohne Konturen, daß es bei dem jungen Mann, der ich
war, keine erotische Verwirrung erzeugen konnte. Zu jener
Zeit brauchte ich einen Umweg, um steif zu werden, ein
Mindestmaß an Zweideutigkeit, ein Geheimnis, dessen sich
mein Gefühl bemächtigte. Ich liebte an einer Frau das
Schräge, Versucherische, ein wenig Schiefe, noch Kindliche
und Facettenreiche. Wie mit einem heimlichen Blick auf das,
was sie mir verbergen wollte. Ich schwärmte aus diesem
Grund für die ganze junge Jane Birkin. Die hatte ich eben
in Antonionis *Blow Up* entdeckt, im Profil und entblößt, wobei sie sich zum Spaß in einer Art endloser Kleiderkammer
versteckte, hineingezwängt in ein Rascheln von Kleidern,
von Kostümen, aus denen sie plötzlich auftauchte und in
denen sie sich dann wieder versteckte. Ihr Körper war nie
ganz anwesend und greifbar. Sie blieb zwitterhaft, hager, ihre
im Profil wahrgenommene Erscheinung glänzte, schmerzte
mich, wühlte mich auf, stürzte mich in den Schrecken unendlicher, namenloser Begierde. Das Milchmädchen war natür-

lich frohgemut und geradeheraus, ganz Freude über sich selbst, diese Frau füllte den Raum, der ihrem Körper, ihrem Sein zugestanden wurde, randvoll aus. Einfältig, in ihrem massigen Umriß ausgebreitet. Sie hätte mich nie auch nur ein bißchen erregen können. Heute indessen, zwanzig Jahre später, würde mich diese geballte Animalität, dieses triviale Aufblühen mehr anziehen. Das würde zwar nicht zu dieser ängstlichen, sinnlichen Unruhe führen, die bei mir Zeichen eines langanhaltenden Begehrens ist, aber zu einer Art gesunder Begierde. Es würde mir Lust bereiten, sie anzufassen, zu formen, sie zu nehmen, mich in ihrer Fülle einzurichten gegen den Tod. Ich hätte die Neigung, mich da einzunisten, einfach um nichts zu sehen, was fehlt, nichts Schwarzes, was offen ist für Krankheit und Verfall.

Inzwischen war Mademoiselle Poulet aufgetaucht, um Touflette zu füttern. Das Milchmädchen richtete sich in ihrem Badetuch würdevoll auf und umarmte das Mannweib. Plötzlich entstand ein Hin-und-Her gräßlicher Weiblichkeit in der Wohnung. Es fehlte nicht viel, und die gewaltige sechzigjährige Jungfrau hätte ihrerseits geduscht und sich in ein Frottiertuch gehüllt. Dann hätte ein Ballett der Riesinnen begonnen. Ich wäre in dieser Höhle dominierender Weiber immer gestaltlos geblieben, eingezwängt zwischen Klippen frischen Fleisches, denn Mademoiselle Poulet wies kein Zeichen von Verblühen auf. Sie hatte eine weiße Haut und sommersprossige Arme. Wenn Anny nicht da war, hätte ich in diesem Paradies der Mütter mit den wuchtigen Titten wie ein Kind dahinleben können. Dann wäre auch der Einfluß Marguerites, dieser Hexe, die den Tod liebte, gebannt gewesen.

Neuzil führte Anny und mich vom Pont-Marie her den Quai Bourbon entlang. Das war einer seiner Lieblingswege. Der Quai Bourbon war seiner Meinung nach die vollkommenste

Örtlichkeit in Paris. Ein Einwand dagegen sei unmöglich, alles habe seinen richtigen Platz, stabil, für die Ewigkeit erbaut. Und zwar weder steif noch kalt. Wir verstanden, wenn uns das Gespür für eine solche Vollkommenheit auch noch abging, doch recht gut, was sie für Neuzil bedeutete. Und seine Bewunderung faszinierte uns mehr als das Objekt, dem sie galt.

Er blieb mitten auf dem Quai stehen und streifte mit dem Blick liebevoll die aneinandergereihten, leicht schrägen oder verzogenen alten Fassaden, die aber nie heruntergekommen wirkten. Der Quai war klassisch, ja sogar ein bißchen jansenistisch. Vornehm und rein. Man hatte den Eindruck von Harmonie, gut angelegtem Geld, beherrschten Leidenschaften, den Eindruck eines Gleichgewichtes religiöser, militärischer und bürgerlicher Werte. Lauter wunderbare Herrschaftshäuser nebeneinander: Hôtel de Champaigne, Hôtel du Seigneur de Villars ... mit ihren großen purpurfarbenen Holztüren, den hohen Fenstern, ihren Friesen und Giebeln. Die Gebäude wiesen weder ein Zuviel noch ein Zuwenig an Ornamentik auf. Sie hatten genau das richtige Maß an Eleganz und Solidität. Schöne zartgrüne, unaufdringliche Fensterläden brachten die Strenge der glatten Steinmauern zur Geltung. Nach und nach ging uns dank Neuzils Hinweisen ein Licht auf, was diese Wohngegend, diese Meisterwerke bedeuteten. Der Quai führte sacht abwärts und war in regelmäßigen Abständen von Bäumen, kleinen Platanen, gesäumt. Und auf der andern Seite entfaltete sich die strenge Pracht der angrenzenden herrlichen Fassaden. Neuzil lächelte den Engeln zu. Er blieb stehen inmitten dieses strengen, majestätischen Rahmens, eingereiht in die Ordnung jener hochherrschaftlichen Häuser von Finanzmännern und Kriegsherren, von großen Verwaltungsbeamten, die hier Stille und Muße gefunden hatten und, von Kunstgegenständen und weisen Texten, Seneca und Plutarch umgeben, gealtert waren ... Dann kam, wie man ein Buch zuschlägt, ohne daß der Zusammenhang des Ganzen gestört wurde, der Tod.

Der gut erhaltene Quai auf der Insel Saint-Louis. Wenig Autos. Er wurde durch den Vorhang der Bäume von der Seine getrennt. Man sah selten einen der Eigentümer kommen und gehen. Das hüllte die Gebäude in eine Aura von Luxus, Schmucklosigkeit, verborgenem Leben. Die Leute, die hier lebten, hatten wohl eine ganz andere Wesenheit als wir, ja, sie waren von uns, unserer Zeit, unseren Drangsalen getrennt. Sie standen nicht am Eingang des Lebens wie Anny und ich. Sie wanderten nicht mehr herum wie Neuzil, der vom Brand aufgezehrt wurde. Sie waren unsichtbar. Man ahnte ihre Schatten in der Abenddämmerung, wenn die Lichter in den großen Salons angingen. Ich beneidete sie, weil sie nicht mehr kämpfen, sich herumschlagen mußten mit dem Unbekannten, das das Leben darstellte. Hier war alles geordnet, benannt, bewahrt ... Die einarmige Marguerite und Neuzils fauliger Zeh waren vorübergehende Schwächen, die diesen intimen, feierlichen Quai nicht beeinträchtigen konnten.

Dann tauchte ein kleines Auto auf, parkte rasch entschlossen in einer Lücke am Bürgersteig. Eine junge Frau stieg aus. Anny und ich waren so überrascht, als wir sie erblickten, daß ich nicht genau sagen kann, wie unsere gemischten Gefühle zustande kamen. Wir wurden gewissermaßen überrumpelt. Wir erwarteten jemanden in den Sechzigern, eher einen Mann, rassig, mit weißem Haar, bräunlichem Teint, in einem dunkelgrauen, gut geschnittenen Überzieher, einen kultivierten, wohlhabenden Mann, der Bilder sammelte und dessen Gesicht von Raffinesse und sinnlicher Heiterkeit geprägt war. Eine liberale, tolerante Persönlichkeit ohne Vorurteile, nachsichtig, fast gegen seinen Willen privilegiert, befreit von den materiellen Sorgen des Lebens, die er mit aufrichtigem Mitgefühl betrachtete, aber etwas abwesend – einem Mitgefühl, das abstrakt geworden war im Laufe von sechzig Jahren ungebrochenem Hedonismus und Einklang mit den Menschen und den Dingen. Das war unser Mythos … Und nun tauchte diese blutjunge Frau von kaum zwanzig Jahren auf, in engen verwaschenen Jeans, hochgewachsen, mit bläulichem T-Shirt über festen Brüsten. Kastanienbraunes Haar, nicht geschminkt, weiße Haut, reizend, mit großen veilchenblauen Augen. Vielleicht eine Schauspielerin in einem Theater, das Camus oder Sartre spielte, oder aus einem Film von Godard, eine nicht einzuordnende Bohèmienne. Man hätte sie sich in Saint-Germain, im Flore vorstellen können oder plaudernd mit Freunden an der Fontaine Saint-Michel. Aber diese saloppe Dame betrat dieses herrschaftliche Palais, als sei sie da zu Hause. Ein großes Portal ging auf. Sie verschwand. Heimtückisch wie Spione auf der Lauer wandten wir uns zum Seineufer um, warfen aber von der Seite Blicke auf die Stockwerke. In einem Salon ging Licht an. Das Mädchen ging an den Fenstern vorbei. Neben ihr tauchte eine größere, männliche Gestalt auf. War das unser erwähnter ruhiger, subtiler Sechziger?

Wir sahen nichts mehr. Der archetypische Quai Bourbon wurde ganz konkret von einer Studentin der Kunsthochschule oder der Sorbonne besucht. Flink war sie, selbstsicher, und kannte die Örtlichkeit. Wohnte sie hier? War der Mann ihr Vater? Oder hatte sie ein Rendezvous mit einem viel älteren, großzügigen und charmanten Geliebten? Anny neigte eher zu der Annahme, sie sei die Tochter, während ich in weiser Voraussicht eher an eine Liebe dachte, die den gebildeten Sechziger und die schöne entwurzelte Studentin verband. Ich malte mir einen wollüstigen Roman aus: Sie zog ihre gebleichten 68er-Jeans aus vor dem schönen genießerischen alten Knacker. Jedenfalls kam der Quai Bourbon dadurch ganz durcheinander, wurde von Begierden, Exzessen, Höhepunkten des Lebens, seinen schwindelerregenden Zufälligkeiten zerfurcht.

Ich fragte Neuzil, was er über das junge Mädchen denke. Er teilte unsere Verwirrung in keiner Weise. Für ihn fügte sich die Besucherin geschickt in eine Umgebung ein, die von nichts gestört werden konnte. Ganz im Gegenteil konnte sie unbeschadet randständige Gestalten, Prostituierte oder kleine Gauner, arbeitslose Komödiantinnen, Modelle von Malern oder Fotografen, absorbieren.

Neuzil regte uns an mit diesem herrlichen Vorschlag, es handle sich um ein Fotomodell. Das war unmittelbarer als Malerei, ohne Beziehung zu vergangenen Zeiten, direkter im Spotlight, mit Blitzlichtgeräten, dem Klicken der Kamera. Und der mit einer Canon bewehrte Sechziger wurde unheimlicher, war weniger durch seine Umgebung begrenzt, wurde unberechenbarer. Sie zog ihre Jeans aus. Sie trug keinen Slip. Gab es etwas Schöneres als eine zerknitterte, verdreht und stoßweise hinuntergestreifte Hose über den Härchen eines Mädchens in der jungfräulichen Haut der Leisten? Ihr Geliebter zwischen dem Hôtel de Champaigne und dem Hôtel de Villars nahm sie mit einem kannelierten schwarzen Objektiv ins Visier. Er war nicht mehr ganz sechzig, ich stellte ihn mir plötzlich als Fünfziger vor. Paßte das nicht besser zur Kunst des Fotografierens, zum ungebrochenen Voyeurismus, zur Begierde, zu der Leidenschaft für Körper, für den Dämon des Südens oder was weiß ich? Quai Bourbon, zwischen einem geilen, schönen und betuchten Fotografen und einer seltsamen, mittellosen Abenteurerin.

Als wir zurück waren bei Marguerite, überkam mich die Lust nach einer Umarmung. Ich wurde von einem Brand, einem Durst getrieben, der stärker war als ich, der den Quai Bourbon meinte, die Zukunft und ihre Legenden, die noch Versprechen waren. In meiner Vorstellung wimmelte Paris von Geschichten des Begehrens und von betörenden Lieben. Aber Anny war ein bißchen eingeschnappt von diesem

Appetit, den mir das schöne Mädchen vom Quai gemacht hatte. Auf ihrem vollwangigen Gesicht zeichnete sich ein schmollender Ausdruck ab. Sie lag mit angezogenen Beinen, fast trotzig auf dem Bett. Sie hatte keine Lust. So! Ich aber konnte einem Verlangen noch nicht widerstehen, darüber hinwegkommen, die Achseln zucken. Diese Weigerung verstärkte nur noch mein hysterisches, dringendes Bedürfnis nach Liebe. Ich meinte, Anny liebe mich nicht mehr, wenn sie die Spontaneität meiner Aufschwünge nicht teilte. Ich hatte die Vorstellung, ein anderer Mensch müsse ganz in Symbiose mit mir leben. Ich hatte Anny noch nicht von mir getrennt. Ich hatte nicht begriffen, inwiefern sie von mir verschieden war. Eine solche Verschiedenheit hätte mir Angst eingejagt. Den andern unabhängig von mir selber, um seiner selbst willen lieben, mit seiner Lebensgeschichte, die sich nicht immer mit der eigenen deckt, mit seinen Phantasien und seinem Verlangen, die nicht voll und ganz mit unserem eigenen übereinstimmen und unserem Narzißmus vielleicht sogar entgegenstehen – dessen war ich erst mit etwa vierzig fähig. Ich brauchte dazu Zeit, verzichtete schrittweise auf den kannibalischen Anspruch der Verschmelzung, überwand vor allem die Angst. Meine Ufer waren schließlich frei. Eine Frau konnte kommen, mir sagen, wer sie war, was sie begehrte, ohne mich anlügen zu müssen oder sich nach meinen Schwächen und meinem Verlangen richten zu müssen. Ich folgte ihr darin oder folgte ihr nicht, ohne den Stab über ihr Wesen zu brechen ...

Am Anfang, mit Anny, war für mich die Liebe etwas Rundes, Glattes, Volles wie ein Apfel, ohne Verschiebung und Unterschied. Anny schickte sich in dieses wechselseitige Verschlingen. Noch war von einer Revolte bei ihr nichts zu merken. Sie verfügte über jene gewisse innere Anpassungsfähigkeit und Ungezwungenheit wie zarter Ton, der meine Lücken, meine Schrunden ausfüllte ... Doch es kam vor, daß sie sich an etwas stieß wie nach unserem Spaziergang am Quai Bourbon. Ja, sie war eifersüchtig, von meiner Träumerei ausgeschlossen, die sie zu phantasievoll fand. Diese Studentin in Jeans, die in einem herrschaftlichen Stadthaus ihren Geliebten traf, hatte mich zu weit von ihr entfernt, hatte mir Vorstellungen, Szenen, Möglichkeiten eröffnet, deren Facetten sich wie Zwangsvorstellungen in meinem Kopf festsetzten. Ja, es waren Visionen von schmerzlicher Genauigkeit. Anny hätte im Grunde die Verschmelzung, das Einssein gern akzeptiert, doch sie ahnte, daß ich – obwohl ich sie begehrte – imstande war, sie zu verraten, mich hinwegzustehlen, andere Szenen, andere Gestalten in Anspruch zu nehmen ... Ich war begehrlich, ich war nicht zu bremsen, mein Gehirn geriet ins Schleudern, zehrte an flüchtigen Wahrnehmungen. Ich war unersättlich ... Ahnte sie bereits, daß ich mich nicht damit begnügen würde, mit ihr zu verschmelzen, sondern daß ich vom Rausch getrieben sein würde, immer mehr zu besitzen, mich mit einer nie erreichten, aber immer angesteuerten Totalität anzureichern? Mir fehlte das Unendliche, es tauchte mich in den Abgrund einer umfassenden Begierde unter dem Ansporn der Blicke und der Angst. Und mein Wahn versah die Welt mit einer ungeheuren Kontrasttiefe, wie ein begehrtes, vervielfachtes Paradies.

Anny war an diesem Tag der Meinung, sie sei nur Ersatz für den Gegenstand eines gewissermaßen unbegrenzten Verlangens. Ich hätte ihr damals nicht erklären können, daß dieser Gegenstand, gerade weil er nicht eingegrenzt war, keine Beständigkeit, keine Entsprechung in der Wirklichkeit hatte, daß er nur Leere, nur eine Brandwunde in mir war, daß sie keine besondere Rivalin hatte, daß es keine eigentliche Verkörperung gab, die meinem Wahnsinn Erfüllung hätte schenken können, daß die einzige Person, die ich kannte, deren Leben, deren Gesicht in mir verankert waren, eben sie war.

Aber Anny lag quer über dem Bett, in ihre schwarzen

Jeans gehüllt, mit geschlossenem Reißverschluß zwischen den Klammern ihrer reizenden Hüften. Ich stieß mich an ihrer brüsken Zurückhaltung. Sie lehnte dieses Verlangen ab, das nur Echo eines andern Verlangens war. Auf ihre Weise war sie ungezwungener zu einer Verschmelzung bereit als ich, anhänglicher. Sie brauchte nichts weiter als uns beide. Und ich, der ich sie ganz in Anspruch nahm, ich brauchte das ganze Weltall bis hinauf zu den Sternen, den großen Schwarzen Löchern, bis zu den Quasaren, bis zu den noch unbekannten Himmelskörpern. Dieser bewegten, funkelnden Nacht, diesem unendlichen, gestirnten Ozean flog mein Verlangen entgegen.

Aber wirklich bewußt war mir das nicht. Ich hatte die Krankheit noch nicht richtig ermessen. So daß ich guten Glaubens nicht einsah, wieso Anny Widerstand leistete ... Ich näherte mich ihr sacht. Kniete mich hin. Begann ihr Gesicht zu streicheln. Sie sagte keinen Ton, hörte aber zu. Ich spürte, daß sie angestrengt horchte. Sie hatte immer Sinn gehabt für mein buntes Geplauder. Sie wollte Wörter, viele zärtliche Liebeswörter, eine Innigkeit der Rede, die mir von Herzen kam, aus meinem tiefsten Innern. Also mußte ich die Bresche schließen, den schrecklichen Seitensprung des Quai Bourbon. Ich mußte sehen, daß mir verziehen wurde, daß ich dieses Verzeihen durch einen Überfluß an Worten, Bitten, echten Protesten verdiente. Sie hörte, daß ich meine Sätze immer glühender und aufrichtiger vorbrachte. Sie wollte, daß das Wurzeln schlug im Zentrum meiner Liebe, meiner Angst, sie zu verlieren, meines absoluten Bedürfnisses nach ihr. Denn sie wollte mich plötzlich ganz für sich und zwar als einen verlegenen, zutiefst aufgewühlten Liebenden. Als ich am Rande der Tränen war, näherte sie die Lippen meinen Händen, die sie in die ihren nahm und dann leidenschaftlich küßte. Diese Geste verwirrte mich, beglückte mich und machte mir angst, denn das war nicht ihre Art. Sie brachte ihre Liebe nie zum Ausdruck wie ich, nämlich betont, ja übertrieben. Sie ließ mich kommen und reden. Fügte nichts hinzu. Sie antwortete mit Blicken, mit ihrem Körper, wortlos, ohne Kommentar. Sie war da. War offensichtlich da, und gerade das war entscheidend. Doch nun hatte sie mich mit dieser Geste fast kindischer Verehrung überrascht. Sie wollte mich nicht weinen sehen. Sie küßte mir die Hände, weil ich mit den Tränen kämpfte. Sie konnte noch nicht wissen, was später geschehen sollte: daß ich weinte und daß diese Erfahrung für sie mehr als alles andere entwaffnend war. Und auch ich sah nicht voraus, daß sie einmal weinen würde, Tränen um meinetwillen, die mir unerträglich waren, und sie wiederum konnte noch nicht wissen, daß ich von ihr als einziger Frau einmal sagen würde: Ihre Tränen sind für mich ein Grund zur Umkehr, zur bedingungslosen Hingabe.

... Man ahnte noch nichts. Junge Paare tun sich immer auf diese Weise zusammen, auf dem Boden der Ahnungslosigkeit, eines unglaublichen Mangels an Verwurzelung, Selbsteinschätzung, Beurteilung des eigenen Verlangens ...

Da sie merkte, daß ein Schluchzer drohte, kam sie mir instinktiv zuvor, nahm meine Hände und verhinderte, daß ich dieser Gräßlichkeit anheimfiel ... dieser Auflösung der Welt: dem Chaos der Tränen.

Sie bot mir hingebungsvoll ihre vollen Lippen, deren Hohlform bis hin zu den feinsten Nerven eine Antwort der meinen ersehnte. Desgleichen ihren Körper, den sie ohne Hast, aber mit einer entschlossenen Geste, mit hypnotischer Bestimmtheit von seiner Kleidung befreite. Anny überlegte nicht mehr, sie entledigte sich ihrer Kleidung im Zustand schlafwandlerischer Sicherheit, hatte sich bereits unserer Umarmung überantwortet. Sie zog sich aus, aber ihr Körper, ihr Verlangen, ihre Seele waren ihr zuvorgekommen, waren schon bei der Liebe. Und ich bejahte diese Verkettung, diese wahnwitzige Triebkraft. Sie preßte ihren Leib an den meinen. Sie war zart, ein anschmiegsames kleines Mädchen, sehr sanft und leidenschaftlich. Sie vereinnahmte mich, ließ sich von mir vereinnahmen. Und das entsprang einem nächtlichen Bereich ihrer selbst, der offen war, völlig hingebreitet. Als ob ich die Liebe mit der Tiefenschicht ihres Wesens, ihres Fleisches vollzöge. Diese Liebe war blind, hingerissen, das spürte ich. Anny vereinigte sich in ihrem tiefsten Innern mit mir. Sie wollte nichts wissen. Ich meinerseits ging im Sog dieser feurigen Woge, die uns erfaßt hatte, nicht gänzlich auf. Ich tauchte in sie ein, blickte Anny ununterbrochen an, verschlang sie mit den Augen, ließ mich in den Sog dieser Woge hineinziehen … Ich versenkte mein Glied und preßte gleichzeitig ihre von meinen Haaren geröteten Brüste, dieses gleichsam etwas feuchte, mißhandelte Fleisch gegen meine Brust, ihre weichen Hüften, die sich einer wärmeren, dunkleren Nacht, jener Tiefenschicht ihres sich unablässig erweiternden Wesens entgegenreckten. Dann erlosch auch mein Bewußtsein. Ich verströmte mich durch die enge Spalte des Meeres, deren Woge immer stärker anschwoll, im Innern dieser Nacht. Ich spürte, wie Annys sich gleichzeitig, im selben Rhythmus, öffnender Mund mich gleichfalls einsaugte. Ich sah nichts mehr. Ich brannte. Ich war schweißüberströmt. Wir waren weder Fleisch noch Knochen noch Nerven, nur mehr eine flüssige, fließende Masse schwarzer Farbe, ja, schwarzrot wie Lava, die aus den Eingeweiden der Erde quillt. Wir waren Magma, das unsere Worte verschluckten, denn wir stöhnten und lallten ununterbrochen im Zuge dieser gestirnten Katastrophe, die sich uns einverleibte … mit jenem jähen, heißen Gefühl, jener unsagbaren Überschreitung, in jenem Aufschwung zur Unsterblichkeit begriffen, diesem goldenen Schrei, der in meinem tiefsten Innern tanzte. Und sie, im nämlichen flüssigen Gold treibend, nahm unseren dunchelroten Schrei auf, variierte ihn in einer umfassenderen, tieferen Tonleiter, in der sie sich selbst auflöste, verschlungen, zerronnen weit von ihren Ufern entfernt, ermattet in einem Raunen, in dem sie hinsterbend ruhte, umschmeichelt von den Göttern ihres Innern, unsterblich geworden, da, unter meinen Augen.

Nachts schlief sie. Und ich dachte wieder an Neuzil, der eines Tages zur Sprache gebracht hatte, was alle Welt wußte: dieses Gefühl der Unsterblichkeit im Orgasmus. Ja, das war das eigentliche Problem. Das sterbliche Fleisch und dieser unsterbliche Riß, der durch den Körper läuft, ihn transzendiert und uns in goldenem Überfluß, der unser vergöttlichtes Wesen durchschimmern läßt, ans andere Ufer trägt.

Im Schlaf legte Anny ihre Hand auf meine Hüfte, wie sie das immer tat, was im Laufe zahlreicher Jahre auch eintreten mochte, und sei es das Schlimmste. Sie schob die Hand über die Hüfte des Mannes, der nicht schlief. Sie tat das, ohne aus dem Schlaf aufzutauchen, manchmal gegen ihren Willen mit dem Tiefsten vereint, dort, wo man keine Wahl mehr hat, wo alles besiegelt ist seit den Schwüren der Kindheit . . . Und es war, als ob sie mir dann sagte: Ich schlafe, ja, doch ich sehe trotzdem, daß du nicht schläfst, bin trotzdem da bei dir trotz allem, trotz dem Verrat, den du wieder und wieder begingst, trotz der Zeit . . . Nur wenn ich so schlafe, kann ich vergessen, wieder auf dich zukommen, dir verzeihen und, neben dir eingeschlummert, wie auf dem Grunde des Meeres liebend dahingleiten bis in den Tod.

Wir waren durch tiefe Tore ins Leben eingegangen. Wir hatten uns in einer unergründlichen Falle gefangen. Wir wußten es nicht.

Am folgenden Tag sah uns Osiris lange an und sagte: „Ich will Ihnen etwas zeigen!" Für Osiris waren unsere Liebesdüfte unwiderstehlich. Es nützte nichts, wenn man sich rasch, aber gründlich wusch, er witterte unsere lüsternen Erinnerungen. Sie flockten um Annys dösiges, verschwommenes Gesicht, ihre Schlappheit, ihre vom Rausch vernebelten Augen. Osiris nahm uns zum Südturm mit, in den Saal der großen Glocke Emmanuel. Wir erblickten wieder einmal das herrliche Gerippe der gotischen Balken, wo der mit Kleinodien und einem Phallus beschwerte Glockenschwengel in seinem Mantel ruht.

In diesem Spätherbst kamen nicht mehr so viele Besucher. Osiris fertigte einen Schwung Touristen ab und legte für uns eine Pause ein. Er nahm uns bei der Hand und führte uns ans östliche Ende des Saales. Der Bretterboden hörte auf und mündete in einen Steg; auf der andern Seite wucherte ein neues Geflecht von Balken, so nahe aneinandergefügt, daß man rutschend auf ihnen dahingehen konnte. Osiris wies uns auf eine Nische zwischen zwei wie Äste gekreuzten Balken hin. In einem Haufen Stroh entdeckten wir dann die Fellknäuel und in den Pelz vergrabenen Schnauzen. Ich kannte mich seit meiner Kindheit mit Tieren aus, trotzdem blieb ich stehen. Was waren das bloß für unbekannte Gäste im Turm? Osiris wartete ab. Und wir beugten uns über diese unerwartete Wiege im Gerippe von Notre-Dame. Sie hatten ein schönes goldgraues Fell.

„Es sind Siebenschläfer", sagte Osiris.

Ich hatte noch nie Siebenschläfer gesehen und war ganz entzückt über diesen Anblick. Sie bereicherten die Kathedrale um eine tierische, tiefgründige Anwesenheit, die intimer war als diejenige der Falken. Denn die reglosen Siebenschläfer schliefen, hielten Winterschlaf gleichsam in Notre-Dames Bauch.

„Aber sie sind doch nicht einfach von selbst hier aufgetaucht?"

„Am äußersten Ende des Jardin du Luxembourg, in dem

berühmten, für Besucher nicht zugänglichen Obstgarten hauste ein Paar Siebenschläfer. Einer der Gärtner, mit dem ich befreundet bin, hat sie mir gezeigt. Sie fraßen Insekten und Obst. Ich war ganz verliebt in sie und ließ ihm keine Ruhe, bis er sie mir mitgab. Einmal im Winter, als sie schliefen, habe ich sie in einer großen Tasche transportiert, denn es sind schöne Exemplare von fünfundzwanzig Zentimeter Länge! Und ich habe sie in dieser neuen Höhle untergebracht, inmitten des Gebälks, in diesem unbesuchten Teil. Im Frühling erwachen sie nachts, laufen durch den Spitzbogen auf die andere Seite in Richtung des Daches des Schiffes, flitzen die Strebebögen entlang und gehen im Erzbischöflichen Garten auf die Jagd nach Insekten. Ich lege dort auch Früchte hin, speziell für sie. Dann kommen sie zurück und verstecken sich tagsüber im Gewölbe der Balken. Sie sind meine Pensionäre, meine Fetischtiere."

Anny und ich kamen aus dem Staunen über diese schlafenden Siebenschläfer nicht heraus. Sie waren die schönste Geschichte von Osiris, die wahrste. Die ganze Kathedrale gewann einen neuen Sinn, als sei sie auch erbaut worden, um diese goldenen Pelzchen zu beherbergen, zu schützen. Die hohen Spitzbögen erwachten durch diese Anwesenheit zum Leben.

„Haben Sie noch andere Geheimnisse, Osiris?" fragte Anny.

„Unendlich viele . . .", antwortete Osiris lächelnd.

„Andere Tiere?"

„Zahllose herrliche Tiere . . . Notre-Dame ist ein Wald im Mondschein, voller Mäuse, Schleiereulen, Waldkäuze, Spinnen. Die nächtliche Kathedrale ist nicht die Kathedrale der Sonnenfalken, sondern der Nachttiere. Es gibt auch Pillendreher und Koleopteren. Man könnte hier drinnen eine Boa ernähren, ohne daß jemand es merkte. Man müßte ihr lediglich ab und zu eine Maus bringen."

„Aber das haben Sie doch nicht getan, Osiris?! Eine Schlange in dieser christlichen Kathedrale ..."

„Ich habe gesagt, man könnte, es wäre genug Platz da, genug Möglichkeiten ... voller Löcher, Hängeböden, Schlupfwinkel, Zufluchtsorte. Eine sanfte, ruhige Boa, friedlich im Schoß der Jungfrau, die ewig an ihrer Brust saugt!"

„Das haben Sie doch nicht getan? Osiris! Ich will wissen, ob das wahr ist oder nicht?"

„Ich kann nicht alle Fragen beantworten, sonst ist kein Raum mehr zum Träumen ..."

„In welches Loch hätten Sie sie denn gestopft?"

„Ich hätte den Nordturm, den verbotenen, gewählt, denjenigen Ehras natürlich, den schwesterlichen Turm."

„Und wenn Sie es nun getan haben?"

„Man kann nicht alles erzählen, Anny, alles ausschöpfen, lassen Sie mir noch etwas Spielraum! Reservate, wo man fischen kann! Dann werde ich eines Tages wieder zu Ihnen sagen: ‚Kommen Sie!' Und Sie werden sich über eine schwarzgolden geringelte Boa beugen, die glatt und zusammengerollt auf einem dicken Tragebalken in den Armen der Jungfrau ruht."

„Wie schrecklich, Osiris! Ich fürchte mich vor Schlangen."

„Ja, aber Sie wären fasziniert!"

„Nehmen Sie sich bloß in acht, Osiris, eines Tages würde Ihre Boa abhauen und sich, angezogen vom warmen Blut der Siebenschläfer, über die Große Galerie schlängeln. Und würde die alle – haps! – hinunterschlingen. Da stünden Sie schön da!"

„Eine wohlgenährte Boa in den Armen von Notre-Dame schlummert sanfter als ein Buddha."

„Sie bringen die Religionen durcheinander, Osiris, das gibt eine fatale Mixtur."

„Ein Lebenselixier, Anny! Ein Lebenselixier!"

Marguerite kam um fünf Uhr nach Hause ... Sie alarmierte die Nachbarn, blies zum Sammeln, spielte sich auf, um durch den Spektakel die Last des Todes abzuschütteln. Dann verbrachte sie, Liebeswörtchen murmelnd, eine Stunde damit, ihre Katze zu bewundern, was Touflette allerdings kalt ließ. Doch Marguerite beharrte darauf, Touflette habe eben ein so sensibles Innenleben!

„Verstehen Sie, sie hat gute Gründe, ein bißchen zu schmollen. Ich habe sie tagelang vernachlässigt. Das läßt sie mich jetzt fühlen! Ich habe sie in ihrer Liebe gekränkt."

Dann drehte Marguerite den Fernseher an, hörte Schallplatten, trabte krumm und geschäftig überall herum, summte vor sich hin und schwenkte ihren Stummel ... Klemmte eine Schale Tee zwischen Schulter und Kinn und tunkte mit der verfügbaren Hand eine Stulle hinein. Ließ ihren Blick schalkhaft auf mir ruhen, während sie das Brot kaute. Plötzlich hatte sie eine Hitzewallung. Ich lüftete nie, war stets verfroren. Sie riß das Fenster weit auf. Zog sich aus, lief im Unterrock durch die Wohnung. Sie war wie neugeboren, von vielfältigem, köstlichen Leben erfüllt. Doch abends, beim Essen, wies sie mich mit ironischem Gesichtsausdruck auf das Saatfeld von Pillen neben ihrem Teller hin. Tabletten zur Blutverdünnung, zur Kräftigung der Arterien und, vor allem, ein Euphorikum.

„Stellen Sie sich das vor, ein Euphorikum! Ein Lustigmacher in Tablettenform. Um das Publikum bis zuletzt zu erheitern!"

Dieser Augenblick der Hellsicht beunruhigte mich plötzlich. Ich war der Meinung gewesen, Marguerite sei eiligst und spontan nach Hause gekommen, doch nein! Sie brauchte immerhin ein chemisches Aufputschmittel. Die Salpêtrière und ihre Perspektiven hinterließen Spuren und Ängste, die sich nicht von heute auf morgen in nichts auflösten. Wir aßen zusammen und sahen fern.

„Gut möglich, daß ich nicht zurückgekehrt wäre . . ."

„Na . . . na . . .", protestierte ich, „trotz all Ihrer kleinen Unglücksfälle – daß Sie alles so durchgehalten haben, beweist doch, daß Sie eine eiserne Gesundheit haben!"

Ich tischte ihr den herrlichen Satz auf, den sie mir einmal präsentiert hatte, von dem unwandelbaren Metall ihrer tief verankerten Gesundheit, die den Unbilden sämtlicher Krankheiten trotzte.

„Eisern, eisern! Eisern war die Moral, aber der Leib hinkt immer hinterher."

Das Fernsehen: Dokumentarfilm über Wüsten.

„Die da kenne ich nicht!"

Ich fragte verwirrt:

„Was kennen Sie nicht?"

„Diese Wüste da . . . Ich bin da nie gewesen!"

Ich war einen Augenblick lang der Meinung, Marguerites Gehirn sei schlecht durchblutet. Ich erwiderte angstvoll:

„Aber welche Wüsten kennen Sie denn?"

„Wüsten? Noch und noch!"

Und Marguerite richtete sich auf, mit schelmischem Blick, stolz, gereizt durch meine Überraschung:

„Ich kenne die Wüsten im Niger, in Lybien, die Sahara immerhin ein bißchen und den Süden des Irak, Saudi-Arabien recht gut . . ."

Marguerite als Lawrence von Arabien, auf einem Dromedar kauernd. Sie absolvierte ihre Reisen in den Orient wohl wie Flaubert. Begann sie unter Einwirkung der Euphorika zu faseln? Träumte sie von der großen Sonne, um den tödlichen Schatten der Salpêtrière zu beschwören? Sie erforschte die hellen Dünen, die Oasen, die Palmenhaine. Sie erblickte große blauschwarze Tuareg. Kurz, eine Nomadin! Sie nahm Kurs auf Wahnvorstellungen.

„Ich träume doch nicht! Bin nicht verrückt! Ich kenne die größten Wüsten der Welt!"

Und Marguerite gluckste, kam in Fahrt. Entzückt, ganz sachlich, den Blick auf ihren Studenten gerichtet.

„Ja doch! Ja doch! Meine Tochter – das habe ich Ihnen doch erzählt – meine Tochter hat einen Ingenieur geheiratet, der in der Ölförderung tätig war. Sie haben mich deshalb im Laufe der vergangenen Jahre immer dorthin eingeladen, wo der Mann gerade arbeitete. So bin ich irgendwie in so mancher Diktatur in der afrikanischen Wüste oder im Mittleren Osten gelandet. Ich muß gestehen, das war keineswegs aufregend, sondern langweilig, und es stank: all diese Gerüche nach Heizöl und die Rauchwolken über den Dünen. Kein Hälmchen, nichts, Leere ... Mit diesen kleinen Unterschieden zwischen den einzelnen Wüsten, wenn man ein geübtes Auge hat, Abtönungen von Ocker zu Beige, Dornensträucher, steiniger Boden oder einfach grauer Staub. Und die Brunnen, die phantastischen Pumpen, die überdimensionale Technisierung. Aber ich war jünger, die Vorstellung, zu verreisen, begeisterte mich. Ich erzählte in meiner Bekanntschaft, ich fahre in den Niger, nach Lybien. Das war grandios. Meine Freundinnen beneideten mich, stellten sich irgend etwas Exotisches vor, Palmenhaine. Was mich angeht, mußte ich mich schließlich überzeugen ... Ich habe allerhöchstens von weitem einen Beduinen, eine Karawane, einen Hirten mit seinen Ziegen gesehen. Trotzdem packte mich bei jeder weiteren Reise der gleiche Rausch, ich mußte da hin, auch wenn ich wußte, daß da nichts als Sand und nochmals Sand war. Ich war an die Fünfzig. Die Leere ist nie die Leere. Meine Begeisterung hat sie erblühen lassen, jawohl!"

Und Marguerite erzählte von ihrer Tochter und ihrem Mann, von den Abendessen, die sie für ihre Mitarbeiter und Kompagnons im Erdölgeschäft organisierten. Doch Marguerite war verbittert. Denn sie mußte an solchen Abenden zu Hause bleiben und die Kinder hüten. Sie hätte aber gerne teilgenommen an den Festmählern, im Abendkleid, anmutig und beredt, ja, weltgewandt, von einem Geladenen zum anderen wandelnd. Sie hätte ihre Hand hingehalten, damit man sie küsse, und Champagner getrunken. Aber ihre Tochter und ihr Schwiegersohn hatten sich nie, nicht ein einziges Mal, bereitgefunden, diesen Wunsch aus Tausendundeiner Nacht zu erfüllen. Plötzlich gestand sie mir schluchzend:

„Sie schämten sich, wegen meiner Prothese, das war's! Schämten sich ihrer Mutter, schämten sich, wie ich mich benahm. Dabei kann ich ja durchaus eine Konversation führen. Aber nein! Sie befürchteten, daß man von der Kindheit sprach, von dieser Bude hier, dem Gefängnis der Streitkräfte, vom Papa, der Maurer war und trank, von diesem nicht so großartigen Kontext. Ich bin überzeugt, ich bin überzeugt, sie schämten sich. Deshalb versteckten sie mich, wo ich doch meine Tochter aufgezogen und mich als Witwe ganz allein durchgeschlagen hatte, damit sie es einmal gut habe, weil sie Angst hatten vor Mißtönen, einer falschen Note . . .

Einmal bin ich, weil ich ärgerlich und traurig war, einfach zu Fuß in die Wüste hinausgelaufen, mit einem Regenschirm gegen die Sonne. Ich bin einen Trampelpfad entlanggegangen, einfach geradeaus, es war flach, und überall lagen kleine Steine. Ich begegnete keiner Menschenseele, keiner Ziege, keinem Hirten, keinem Insekt. Nichts. Die ungeheure Nichtigkeit. Aber, ich weiß nicht, plötzlich durchfuhr mich ein Blitz, irgendwie eine Freude. Ich sagte mir zu wiederholten Malen, ich sei ganz weit weg und allein, gegen eine feindliche, wilde Welt. Aber trotzdem! Die Freude hat mich überschwemmt. Ich begann zu singen und kleine Steine aufzulesen . . . Sehen Sie sich das an!"

Marguerite zog mich auf einen Wandschrank zu, wühlte in den Schubladen und förderte ein Säckchen voll winziger Steine zutage.

„Das sind Steine aus dem Niger, der Sahara, Lybien . . ."

Sie rollte sie über den Tisch. Sie waren farblos und in keiner Weise schön. Undurchsichtig, stumm. Sie schlug sie aneinander wie Knöchelchen, wie die Reliquien ihres Traumes.

Das Gewitter verdunkelt mein Fenster. Ich habe Lust auf Notre-Dame unter dem schwarzen Himmel. Ich gehe, über den Pont-Marie, die Quais entlang bis zur großen Insel. Und Notre-Dame zeigt sich mir in einem apokalyptischen Licht. Ein bleicher Lichtstrahl dringt durch den Himmel, direkt auf die Türme. Ich denke plötzlich: Victor Hugo. Der Name verselbständigt sich, wird riesig in meinem Kopf, richtet sich auf, wird eckig in der Form des Buchstabens „H". Und die Gestalt jedes Turmes wiederholt die Vertikalen und den Querbalken des „H". Zweimal Hugo. Zwei große aufrechte Hugos. Ich fürchte, wahnsinnig zu werden. Die Kathedrale wird dunkler, dieser behauene gotische Felsen, wie Hugos Hüfte, wie das Haupt des alten Hugo, sein bärtiges Wasserspeiermaul. Hugos Notre-Dame. Dank der Dunkelheit, dem Luftzug, dem Sturm ist die Kathedrale der Goten wiedererstanden. Die Jahrhunderte schäumten aus ihrem Gestein hervor, wimmeln auf ihrer Oberfläche wie Drachenschuppen, magnetische Klumpen. Auf ihr lastet Schatten, sie ist blutüberströmt. Jeder Donnerschlag hallt aus ihr heraus wie eine Stimme. Sie ist nicht mehr die Kathedrale der Jungfrau. Sie ist plötzlich viel zu alt dazu. Eine Greisin ... Maria so schwarz, uralt. Ewige Mutter, durch Rheuma steif, steif durch große Strebebogen und ganz gezackt von Gewölberippen und gealterten Turmspitzen. Die Welt hat sich im Nu verwandelt. Der Himmel reißt auf, gerät in Wallung, klappt seine Grabplatte herunter. Die Seine ist plötzlich wieder ein böser Fluß mit tobenden Wasserfluten. Die Menschen fliehen, bringen sich in Sicherheit. Über dem Vorplatz wirbelt jäh Staub auf. Und ich erblicke die Rose, Hugos Augapfel, weit aufgerissener Schattenmund überm Abgrund. Auf Notre-Dame prasselt, braust der Regen herunter. Die Kathedrale taucht in ihm auf wie der Bug einer großen Galeone auf dem wogenkammbewimpelten Ozean.

Die Falken zittern im Gewitter, das Fell der Siebenschläfer sträubt sich ... All die steinernen Ungeheuer, die Affenherden, Wölfe, Geier, die sich in den Ecken der Türme bäumen, all das gleißende Getier schwitzt, schnaubt, geifert. Notre-Dame reckt ihre beiden schwankenden, qualmenden burgundischen Hauben. Die Apostel, die Heiligen, die Jungfrauen der Portale ertrinken in dieser brodelnden Wetterwolke. Die Striemen der Regenflut zerschneiden, zerknittern die Fassade, Bogen und Pfeiler zergehen. Ab und zu taucht die Kathedrale wieder auf. Plötzlich, ganz und unbeschadet. Mit ihren beiden Hugo-Köpfen, den Augenhöhlen, dem Vollmondgesicht, seiner Brust und seinem Wort. Dann wird sie wieder von Regenböen und Wirbeln überflutet.

Nur der hohe, langgezogene Spitzbogen eines Turmes ragt über das schwarze Bollwerk hinaus. Ein Wasserspeier funkelt in einem Silberstrahl. Ich wünsche mir, daß es so donnert und wütet bis in die Nacht hinein, um der Menge Notre-Dame vorzuenthalten. Damit die Kirche sich fern von uns auf ihrem Riff verschanzt wie ein Leuchtturm in Zorn und Gewitter. Damit man sie verliert, damit sie sich unseren Blicken, unserem vulgären Zugriff entziehen kann. Damit sie ihre Fesseln sprengt und auf ihrer Insel die Anker lichtet, damit sie geht, abdriftet – verbeult, gesträubt, à la Victor Hugo ... Irgendwohin weit von uns weg, mit ihren Engeln, ihren Falken und Siebenschläfern, ihren strahlenden Kirchenfenstern, ihren blühenden Rosen im leeren Schiff, wo allein die Jungfrau des 14. Jahrhunderts herrscht, diejenige des Chores, diejenige, die der heiligen Stätte ihren Namen gibt, die zarte, intime, wie eine Gestalt von Botticelli, nicht sehr gotisch, ganz Anmut, die zerbrechliche Verlobte, gleichsam geraubt von dem Piraten Hugo, der in ihren Türmen heult, seinen

Rücken und seine Strebepfeiler wölbt. Der schreckliche, lachlustige Vater, Marias großer Raubvogel. Madonna, schräg vornübergebeugt, so jugendlich mit ihrem rosigen Fleisch, ihrem kindlichen Gesicht. Sie hört das Getöse ringsum, jenseits der Mauern. Sie horcht auf das Grollen, das Rollen des Donners. Sie lächelt, schüchtern in ihrem Schleier, der vom Lichtschein der Kirchenkerzen durchdrungen wird, während die hohen Türme die Razzien des Gewitters zurückstoßen, ihnen die Stirn bieten, herrisch, zäh, gescheckt, befleckt von Blitzen. Das Schiff der Jungfrau in Hugos derber Hand. Notre-Dame des Menschenfressers, in dieser großen haarigen Hand lauter formbare Masse, lauter Wörter, unter seinem erstaunten Blick, seinen weißen Augenbrauen, den geschwungenen, deren Strähnen sich im Wind locken. Dieser winzige Widerschein, Strohhalm einer gespaltenen Jungfrau, die im Auge des Alten thront.

Als ich von diesem Taumel zurückkam, sah ich den Rettungswagen vor der Rue Pavée Nummer Neun. Neuzil wurde abtransportiert. Das Fieber war plötzlich gestiegen, ein unerträglicher Schmerz im Zeh. Er wurde noch an diesem Abend amputiert.

Neuzil lag ganz schmal in seinem Bett. In den hellen Laken wirkte er gleichsam durchsichtig. Man hatte ihn am Morgen rasiert, seine Haut war blütenzart. Schmerzen hatte er nicht. Dagegen war ihm eine massive Dosis eines Schmerzmittels verabreicht worden. Marguerite, die neben mir stand, war neugierig und guter Dinge, daß sich die Situation umgekehrt hatte. Sie gab Neuzil als gewiegte Kennerin von Hospitälern gute Ratschläge. Ich sah ihr an, daß sie mit einer einzigen Sache befaßt war: der Zeh . . . Wo war er abgeblieben? Hatte man ihn in Formaldehyd eingelegt? Dieser abhanden gekommene große Zeh beschäftigte sie sehr. Sie, die einen gan-

217

zen Arm verloren hatte. Was ja viel schlimmer war. Neuzils
Zeh war nur eine Lappalie, selbst wenn die Arterienentzündung und der Brand sich weiterfressen sollten nach oben.

„Vielleicht ist Ihnen die Schüssel unangenehm? Oder die
Flasche, das ganze Zeug für die Notdurft, nicht wahr?"

Marguerite war versessen darauf, diesen ekligen Dingen
nachzugehen. Neuzil war ein würdiger Mensch, er schätzte
das Becken, das man ihm unter die Hüften schob, und die
Hilfsschwester, die die Sache dann abholte, nicht.

„Mit diesem Zeh wurde es ja immer schlimmer, Johann,
er war eine unmenschliche Last, sah gar nicht mehr aus wie
ein Zeh . . . Jetzt sind Sie frei, wie neugeboren! Sehen Sie
mich an, ohne Arm, ich habe Flügel!"

Und Marguerite breitete ihre Arme aus wie ein Vogel.
Der freundliche Mann blickte sie an.

Als wir zurück waren, herrschte große Aufregung im
Haus. Die Concierge teilte uns mit, Diebe hätten Neuzils Tür
aufgebrochen. Marguerite stürzte in die Öffnung, ich ihr auf
den Fersen. Die Zimmer waren durchwühlt, die Schubladen
ausgeräumt, überall lag verstreut Papier. Und Neuzils Unterwäsche, diese langen, gelblichen Unterhosen eines alten
Mannes, lagen auf dem Boden, eine Art aus der Fasson ge-
ratenes Bruchband auf dem Teppich.

„Diese Saukerle!" sagte Marguerite wiederholt, in Hochstimmung angesichts der Verwüstung.

Sie sah alles genau an, flitzte herum, sah aber davon ab,
die durcheinanderliegenden Kleidungsstücke zu berühren,
die Stöße von Papier, sie verschlang das Chaos mit den Augen. Ich fragte mich, weshalb sie so aufgeregt war. Sie
rannte in Neuzils Schlafzimmer. Er hatte ein schmales Bett,
ein Einsiedler- oder Kinderbett. Ein Foto seiner Mutter,
Wally Neuzil, hing gerahmt über dem Nachttisch. Sie trug
einen Hut. Alterslos. Nicht das junge Mädchen, das ich mir
vorgestellt hatte, nackt, siebzehn Jahre alt, das für Egon

Schiele Modell stand, lasziv, und die purpurfarbenen Strümpfe spreizte, um ihm das Geschlecht zu zeigen. Ein wallendes Kleid hüllte sie auf dem Foto ein. Sie machte auf altmodisch. Schiele hatte sie geträumt, verwandelt. Man sah ihn an der Wand, gegenüber dem Bett, ein Selbstporträt, das aus einem Kunstbuch ausgeschnitten war. Kurzes schwarzes Haar, ein spitzes Gesicht, verschatteter Blick. Dandypose, überwältigend. Sie und er, Neuzils Eltern? Sie auf jeden Fall die Mutter. Aber Schiele? Es blieb nach wie vor ein Geheimnis. Man konnte sich irgendwie nicht vorstellen, daß dieser jugendliche, verquälte Maler, elegant und arrogant, der Vater des alten Neuzil war. Gewissermaßen sein heimlicher Sohn. Und dann entdeckte ich hinter einem Wandschirm in einer Ecke auf einem Arbeitstisch den ausgestopften Falken, den toten Falken vom Südturm. Ich erkannte ihn, betroffen. Der Falke, der auf dem Bleidach lag in den Sternbildern der Namen. Er wölbte seinen hellgefleckten Brustbeinkamm vor zwischen seinen langen braunen Flügeln. Präzise und tot. Ich mochte diesen unvergänglichen Vogelkadaver nicht. Dieses prachtvolle Gefieder für nichts und wieder nichts.

„Ich wußte nicht, daß er diesen Spatzen hatte!" wunderte sich Marguerite. „Ich werde vielleicht Touflette ausstopfen lassen, wenn die Gute ... oh! ich kann gar nicht daran denken!"

Ich dachte plötzlich an die Zeichnung. Wie hatte ich bloß die Zeichnung vergessen können? Wir waren da hineingestürzt, weil wir dachten, jemand hätte Geld stehlen wollen ... Marguerite hatte nämlich die Idee geäußert:

„Vielleicht hatte er erhebliche Ersparnisse, Neuzil, plötzlich ... der Heilige?"

Marguerite sah mich scharf an:

„Daß die *das* gestohlen hätten? ... dieses erotische Dingsbums?"

Wie konnte ich wissen, ob sie es gestohlen hatten, da ich

nicht wußte, wo Neuzil es verstaut hatte. Ich telefonierte ihm ins Krankenhaus. Ich hörte seine freundschaftliche, gelassene Stimme. Die Zeichnung hatte sich im Wandschrank befunden, der den Flur von der Toilette trennte, ganz unten. Ich verließ das Zimmer, öffnete den Wandschrank. Nichts. Ich telefonierte noch einmal, bat ihn, es mir noch genauer zu beschreiben. Er wiederholte die gleiche Auskunft. Da versicherte ich, daß das nicht weiterhelfe, sie hätten alles ausgeräumt, weggeschafft, verstreut, man könne die Zeichnung möglicherweise anderswo, in dem Plunder, wiederfinden, worauf Neuzil mir sagte:

„Machen Sie sich nicht die Mühe ... Diese Zeichnung ist in mir."

Aber mir war die Vorstellung, daß man Egons und Gertis Umarmung gestohlen hatte, unerträglich. Die Auflehnung brannte in mir. Machtlos lief ich herum und wiederholte, es sei zum Kotzen, Ungeheuer seien das!

„Man soll nicht übertreiben", ermahnte Marguerite ... kleine Gauner, nichts weiter! Aber Ungeheuer?"

„Ungeheuer!" schrie ich in einem Wutanfall.

„Ah! Brüllen Sie nicht so! Fangen Sie nicht wieder an mit so einem Zornesausbruch wie damals, als ich unglücklicherweise Neuzils Heiligkeit angezweifelt habe! Ich hoffe nur, daß Sie nie mit Ungeheuern zu tun haben! Richtigen, die einen zerstückeln, quälen und alles umbringen, was fleucht und kreucht, was man ja in der Zeitung lesen kann! Sadisten! Mit Rasierklingen und Säbeln! *Das* sind Ungeheuer. Aber die da, das sind Diebe, oder vielmehr Kenner, nicht wahr, weil sie extra gekommen sind, um sein sogenanntes Meisterwerk zu klauen ..."

Und Marguerite sagte das mit einem Anhauch von Verdacht, einem Zweifel an der Bedeutung des fraglichen Werkes.

„Es ist ein einzigartiges, absolutes Meisterwerk! Ja! Daran

220

gibt's nichts zu rütteln! Unbezweifelbar. Überwältigend! Man möchte davor auf die Knie gehen … Und mich quält das, mich zerstückelt das, ja, das bringt mich um, wenn ich mir sage, daß sie es gestohlen haben, schlimmer als ein Mord ist das! Weniger banal, lasterhafter!"

„Sie schnappen über! Das ist ein Zug an Ihnen, der mich stört, der mich hemmt. Sie verlieren den gesunden Menschenverstand, plötzlich, wegen einer Zeichnung … Und ich, ich bin doch auch fast krepiert, oder etwa nicht? Und Neuzil hat man nur so einen Zipfel abgeschnitten, einfach so! Schnippschnapp! Und Sie brüllen, weil es sich um Kunst handelt? Neuzil ist das Schöne jetzt bestimmt schnuppe!"

Dann trafen zwei Bullen ein, um am Tatort ein Protokoll aufzunehmen. Marguerite mochte Männer und vor allem Polizisten. Sie hätte lieber Polizeiinspektoren gesehen, gute Spürhunde vom Quai des Orfèvres. Aber das konnte man ja nicht verlangen. Sie scherzte mit den Typen, beschrieb ihnen Neuzil, die Wohngemeinschaft, das ehemalige Gefängnis, die Filiale der Militärgerichtsbarkeit. Sie versuchte, aus ihnen andere Diebsgeschichten herauszulocken, saftigere, gewalttätige, möglichst ein seltenes Verbrechen …

„Ich würde mich wehren! Würde schreien! Schreien! Und mich verteidigen! Ich bin kräftig! Ich bin imstande, sofort aufzuspringen!"

Dann wagte sie es, ihnen von der Zeichnung zu erzählen, wobei sie das Thema andeutete.

„Hart! Sehr hart!"

Sie verzog den Mund:

„Mir sind die Impressionisten lieber … Monet … *Die Elster!* Nicht wahr, *Die Elster?* Kennen Sie *Die Elster?*"

Sie kannten keine Elster. Sie zwinkerte mir zu, um mir zu bedeuten, die hätten keine Kultur. Natürlich nicht! Es waren Tatmenschen, jung und robust. Junge, junge Leute! Sie hatten keine Zeit, rannten von einem Mord zum andern, von

einer Beschattung zu einem Überfall ... Sie hatte dafür Verständnis. Sie waren eine Ablenkung. Sie wäre geneigt gewesen, an einen Studenten der Kriminalistik zu vermieten. Aber
das gab es nicht. Einen Typen mit einem Revolver, einem
„P" irgendwo, Magnum und alles ... Waffen faszinierten
sie. Im Hui gezogen, schwarz und vernickelt, peng, peng!
Und das war legal. Sie liebte das Vornehme, Kalte.

Dann tauchte Mademoiselle Poulet auf:

„Da bist du ja, mon Petit Poulet!" verpaßte ihr Margot
gleich ihre kleine Unverschämtheit.

Sie faßte die Bullen ins Auge, ernsthaft, plötzlich ganz
sachlich:

„Sie heißt Poulet, das ist ihr Name."

Daraufhin sagte die Concierge aus, ihrerseits, zusammen
mit ihrem Mann. Sie hatte nichts als Sorgen. Wo ihr Mann
doch immer noch in seiner geheimnisvollen Wandlung begriffen war. Die Haare gingen ihm immer noch aus, die
Fingernägel brachen ab. Er sah irgendwie verschämt und
entblößt aus dadurch. Ein flehender Gesichtsausdruck, als
hätten wir alle dazu beitragen sollen, ihm seine Männlichkeit
zurückzugeben.

„Es ist vielleicht nur eine etwas überstürzte Form der An-
dropause", flüsterte mir Marguerite belustigt zu. „Aber er
steht ihm überhaupt nicht mehr, hat mir die Concierge gesagt ... Schluß und fertig ..."

Ich sah den Mann an. Er fühlte meinen Blick. Ich sah weg.
Er war wie ein Tier in der Falle. Und diese jähe Angst zer-
rüttete sein Gesicht, seine erschütternde, aufgelöste Silhouette.

Vierzehn Tage später kam Neuzil wieder. Er kam ein wenig
zu Kräften, nur ein bißchen. Er erwähnte mir gegenüber die
Zeichnung. Er durchschaute meinen Zorn.

„Nein, regen Sie sich nicht auf, ich selber habe Abstand

gewonnen dazu ... Ich habe Ihnen ja gesagt, die Zeichnung ist seit langem in mir. Was ich mir wünsche, ist einzig, daß die Diebe sie nicht zerstören. Sie können aber gar nicht daran interessiert sein, sie zu zerstören. Sie wollen sie an einen Sammler, an irgendein Museum im Ausland verkaufen ... Dann sind Egon und Gerti nicht bedroht. Für mich ist das keine Frage des Besitzes mehr. Mir wäre lieber gewesen, wenn ich die Zeichnung jemandem hätte geben können, schenken ... wählen ... Wichtig ist aber, daß sie ihren Wert begriffen haben. Das beweist ja der Diebstahl."

Ich schwieg. Ich verstand zwar Neuzil ein bißchen, aber mich hätte dieser Diebstahl zerrissen. Neuzil sagte dann noch:

„Ich habe plötzlich nichts mehr ... So ist es besser. Ich bin ganz frei. Ich kann mich treiben lassen. Sie dürfen das aber nicht akzeptieren, jetzt nicht! Absolut nicht! Sie müssen nehmen, berühren, halten. Das ist normal, das verschafft Ihnen Bezugspunkte, Wurzeln. Sie brauchen etwas Konkretes, Solides, Richtlinien ... Das gibt einem Körper, ja, und Mut zum Handeln, zum Leben! Und das ist wunderbar! Aber ich ... ich mache mich frei, es ist gerade umgekehrt, ich gebe her, schaffe Leere. Meine Zeichnung schenke ich denen. Ich hätte sie schon lange verschenken sollen. Das war ein Fehler. Man sollte nichts aufheben."

Neuzil, in seinen Sessel versunken, wirkte sanft und verträumt. Wie zerbrechlich er aussah! Sogar die Haut nicht gegerbt, ledern, von der Zeit gebräunt, sondern zu den Schläfen hin durchscheinend, zu zart. Die Adern traten hervor, grünliche, schmerzliche Wülste. Neuzil trug nicht diese Maske mythischer Greise, zerknittert, dick wie Karton, elefantenhaft. Er war ein kleiner seidiger Mann. Das Alter hatte ihn abgeschliffen, abgescheuert bis zum durchsichtigsten Stoffmuster.

Marguerite erging sich in Vermutungen:

„Man muß doch . . .", sagte sie zu mir mit scheinheiliger Miene. „Zwar ist es weder Maurice noch David. Das halte ich für ausgeschlossen . . . gut! Aber die haben es rumerzählt. Nur sie wußten, daß es diese Zeichnung gab, von Ihnen und mir abgesehen. Sie haben es Ihrem Freund Osiris erzählt. Er ist die Schlüsselfigur. Jawohl! Der Bauer, der plötzlich schlägt . . . Das müssen Sie sich doch auch schon gedacht haben. Osiris oder ein Kumpel von Osiris, dem er es erzählt hat. Jedenfalls läuft das über ihn! Natürlich ist es nicht meine Art, ihn bei den Bullen zu verpfeifen."

Und besinnlich, nachsichtig:

„Man denkt sich eben sein Teil . . ."

Anny und ich trafen Osiris später auf der Straße. Wir tranken zusammen einen heißen Kakao. Und ich sagte:

„Neuzils Zeichnung ist gestohlen worden. Widerlich!"

„Ich weiß . . . Ich weiß . . . Es wird ständig und überall etwas gestohlen. Es war eine ganz einzigartige, sehr sinnliche Zeichnung, nicht wahr?"

Plötzlich warf ich aus innerem Antrieb in einem Ruck hin:

„Ich habe mir gedacht, daß der Dieb Sie kennt, Osiris, daß es ein Freund war, dem Sie von der Zeichnung erzählt hatten."

Osiris war durch meine gewagte Bemerkung wie vor den Kopf geschlagen. Er schwieg einen Augenblick, faßte sich dann wieder und warf mir einen langen, unendlich wißbegierigen Blick zu – es lag etwas Tiefes, Gewundenes, Geistiges in seinem Auge, das ihn von innen her erleuchtete, als ob er meine Innenwelt, meine Möglichkeiten entdeckte . . .

„Ich habe nie jemandem von dieser Zeichnung erzählt! Nie. Das interessiert mich nicht. Ich mag nur Fotos . . . Fotos von nackten asiatischen Jungs! . . . Den Typ kambodschanischer Tempelbonze, dieses glatte Elfenbein. Ich bewundere

224

ihren makellosen jadegrünen Schädel, ihr rundliches Gesicht und ihre Hinterbacken, verstehen Sie, ihre köstliche unnachahmliche Farbe, ihre unzerstörbare Substanz."

Ich merkte, daß ich leicht errötete. Er hatte zugeschlagen und das Gespräch in andere Gleise gelenkt. Er lächelte. Er sah Anny an. Er war träge und sanft in seiner Weise, seinen Sieg auszukosten. Er schlenkerte sacht mit den Beinen, angeregt, lässig. Die Sonne vergoldete den Raum. Er streckte die Hand aus, streichelte das Licht wie den nackten Hals eines Pferdes.

„Ich mag die Sonne sehr . . . das Leben, alles, was es einem beschert! Spüren Sie, wie Vieles es rechtfertigt?"

Osiris war voll in Form an diesem Tag, das sah man. Nicht zu schlagen. Dann gefiel er sich auch noch in einem Anflug dämonischer Lust.

„Vielleicht werde ich euch, Kinder, eines Tages sagen: ,Kommt!' Und euch im Turm, versteckt in der Höhle der Siebenschläfer und geschützt von ihrem goldenen Fell, Egon Schieles Meisterwerk zeigen . . . Aber dafür müßte man mir Entsprechendes leisten!"

Anny und ich wollten lieber nicht fragen, was man dafür zu leisten hätte. Er war zu gut in Form. Er hatte keine Hemmungen mehr. Er war grenzenlos. Es war sein Tag, wegen der roten Sonne, die unseren Tisch lackierte und Annys Strumpf auf ihrem Schenkel mit heißen Funken übersäte.

Osiris führte uns plaudernd die Seine entlang hinter der Île Saint-Louis auf dem linken Ufer. Der Quai verbreiterte sich, und eine Flottille von Schleppkähnen war Seite an Seite vertäut. Ein ganzes Dorf, malerisch, farbig, mit seinen Geschichten, mit der zum Trocknen aufgehängten Wäsche, allerhand Klimbim, verschiedenartigsten Gegenständen. Da lebte ein Völkchen, seßhaft auf dem Fluß.

„Wolf und Ehra wohnen hier."

Es war wirklich ein guter Tag für Osiris, er spielte all seine Trümpfe ganz offen aus.

„Ich bin mit ihnen verabredet ... Ich muß mich verabschieden."

Er deutete eine ausweichende, wollüstige Geste an, und warf uns einen listigen Blick zu:

„Das brauche ich Ihnen wohl nicht erst zu erklären ... Denken Sie an Ihre Formel, Ihren Talisman: ‚Obi und Masturbie'."

Osiris ging über einen Landesteg und verschwand in dem langen, bauchigen Schleppkahn. Man hätte diesen Talisman nicht für ihn erfinden sollen, er hatte darin all seine Laster konzentriert und ließ uns plötzlich stehen!

Das war der Schleppkahn, wo Ehra alle Zeichen sammelte, die sie in der Stadt fand, Slogans, die sich auf Erotik oder Revolte bezogen, die Flüche in der Métro, die Schmierereien in den Aborten, die magischen Wörter, Spitznamen und Zornausbrüche. Sie verbarg ihre Ernte im Bauch des Schleppkahns. Manchmal schrieb sie die schönsten Sprüche ab, die unheimlichsten, auf Zeichenpapier, das sie um sich herum mit Reißzwecken aufhängte. Dieses Fresko aus Sprache betrachtete sie, begehrte sie, als ob sie sein unterirdisches, verbotenes Rauschen nur erkundet hätte, um darin die Chiffre ihres eigenen Schicksals zu entdecken. Es war schon vorgekommen, daß sie in die hölzerne Schiffswandung heftige Aussprüche, derbe Übernamen, wütende Verwünschungen, Beleidigungen, begehrliche oder zornige Schreie, fremdsprachige Wörter in Großbuchstaben – HATE! HASS! – einritzte, auch andere, die sie nicht verstand oder auch einfach nur Zeichen, Graphen, expressive Zeichnungen, allegorische, derbe Fruchtbarkeitssymbole, Symbole des Beischlafs auf den Seitenwänden ihres großen tätowierten Schleppkahns ...

Osiris klopfte an die Tür, Wolf öffnete. Ehra erschien nicht. Wolf war nackt. Er trug immer noch die Augenbinde. Seine Haut war jungfräulich, fast phosphoreszierend. Osiris war darüber irgendwie erschrocken. Wolf führte ihn in einen unteren Raum auf der Höhe des Wasserspiegels. Er streckte sich auf einer Bank vor dem einzigen Fenster aus. Und eine von der schwarzen Seine getränkte Lichtzunge sprenkelte Wolfs Haut, die noch fahler wirkte. Dieses Weiß hatte etwas vom Weiß seiner Schwester Ehra, von der Osiris fasziniert war, die ihm aber Angst einjagte. Seit Wolf sein Auge verloren hatte, fühlte er sich verfolgt. Seine Muskeln, die in nervösen Flechten vom Nacken zu den Hüften verliefen, waren nach wie vor wohlgeformt. Aber seine Arroganz war dahin. Nach seiner Verwundung hatte Wolf Angst. Und seine Angst drückte sich in seinem einen noch verbliebenen Auge aus, dessen einst so eisiges Blau kräftiger von Zweifeln und Schatten gehöhlt worden war. Osiris liebte Wolfs Angst, diese dumpfe Panik, die das blaue Auge verdunkelte. Wolf stützte sich mit den Ellbogen auf die Bank, den Körper etwas seitlich abgewandt, wodurch die Hüfte und die sichelförmige Rundung der Hinterbacken zur Geltung kamen. Ab und zu warf er einen Blick auf das schwarze Wasser, dessen modriger Geruch sich im Zimmer verbreitete. Osiris sah nichts als das erblindete, abgeschirmte Auge, den gebogenen, so zarten Hals, den stark hervortretenden Adamsapfel, die raubvogelartige Nasenkuppe, den fleischigen Mund, gierig, vorgewölbt, ähnlich wie derjenige Ehras, den Umriß der Schultern, wie in Metall getrieben, deren Sehnen und Muskelspindeln in die elfenbeinfarben Oberarmmuskeln übergingen, die Rippen sichtbar wie bei einem Flagellanten, und immer dieser weitere sanftere Bereich, die Nabe der Hüfte, die ausladenderen Hinterbacken. Osiris begehrte Wolf in diesem Tümpel düsteren Lichtes, das das Fahle seines Fleisches verstärkte. Wolf drehte sich wieder auf den Bauch. Und sein

227

Rücken, seine Hüften mündeten geschwungen in die prallen Hinterbacken, zwischen deren Halbkugeln sich eine Furche abzeichnete, die so schwarz war wie der Fluß. Dann legte sich Wolf wieder auf die Seite, Osiris zugewandt, um ihm zu zeigen, daß er steif war. Dann sagte er mit blasiertem Lächeln:

„Wenn ich den Samt der Bank berühre, werde ich steif . . ."

Osiris betrachtete die obszöne Rute, die bis hinauf zur malvenfarbenen Eichel schimmernd glänzte.

„Osiris . . . Du kannst deinen rausholen, darfst ihn aber nicht berühren. Ich habe im Augenblick auf nichts anderes Lust, du betrachtest mich, ich betrachte dich."

Osiris entblößte sein schweres braunes Glied, das sein Begehren verlängert hatte, ohne daß es schon stand.

„Man kann nicht behaupten, daß wir uns wie Brüder gleichen!" sagte Wolf.

Er legte sich wieder auf den Bauch, ließ die Lawine seines Rückens, seiner Hüften spielen bis zu den prallen, schwarz umrahmten Rundungen. Er bewegte sich, und das Fleisch zitterte. Osiris sah das Samtene, Weiche, Makellose, das Erschauern seiner feinen Hautporen im Licht der Seine.

„Dein Hintern ist wie Grieß . . .", sagte Osiris.

„Verdirb nicht alles mit deinen komischen kulinarischen Vergleichen! Sieh mal! Solche Idiotien machen dich ja schlaff. Osiris, er hängt dir!"

Osiris brach als guter Verlierer in ein glucksendes Lachen aus.

„Wenn du mir erlauben würdest, ihn anzufassen und in deiner Gegenwart sacht zu streicheln, würde sich die Situation sofort ändern!"

„Du darfst ihn nicht in die Hand nehmen. Ich will ihn sehen, ich will nicht, daß die Hand seine schöne braune Form verdeckt . . ."

Diese schmeichelhafte Bemerkung richtete das Glied von Osiris wieder ein wenig auf. Und Wolf, kokett, drehte sich wieder auf die Seite, zeigte sich von vorn und stellte sein aufgerichtetes Geschlecht im Schwung seiner Lenden zur Schau.

„Ich nehme ihn mir . . ."

Wolf masturbierte langsam. Osiris wurde mächtig steif. Da ging im Hintergrund die Tür auf. Wolf sah, daß Ehra auf sie zukam.

„Dreh dich nicht um, Osiris, das ist ein Befehl! . . . Jetzt bist du in der Klemme zwischen mir und ihr. Ich hoffe, daß du nicht klein beigibst! Nein! Dreh dich nicht um. Sie eilt herbei auf ihren bloßen Füßen, sie steht fast hinter dir. Meine sportliche, hellhäutige Schwester. Osiris, mach jetzt nicht schon wieder schlapp, du bist zu unbeständig. Nun müssen wir alles bis in die kleinste Einzelheit wiederholen . . . Sieh mich an, vergiß sie. Ich mach's mir, wir sind auf dem Liebeskahn im schwarzen Wasser . . . Ehra, streichle ihm leicht die Hinterbacken, ganz leicht. Fürchte dich nicht, Osiris, heute sind wir alle Brüder und Schwestern. Du bist unser schwarzes Schaf, unser außerehelicher Bankert von den Inseln, unser Tropenvogel . . . Massiere ihm die Backen gut durch, Ehra! Er drückt sie, schwarz und muskulös, heraus. Gold und Rum. Steck ihm deinen blütenweißen Finger . . . ja . . . schließ diese Masse auf, diesen Haufen Fleisch und Bänder. Das ist ja überhaupt kein Hintern mehr, sondern ein Bumerang. Und beschreibe mir . . ."

Ehra sprach leise, heimlich, sehr sanft:

„Mein lieber Bruder, du hast recht, dieser große Schwarze ist schamhaft. Er öffnet sich nicht gleich. Ich kann nicht gewaltsam eindringen, sein Stollen ist von den Muskeln wie verriegelt."

„Wenn du ihn ganz sanft streichelst . . . Wenn er sich vorstellt, daß du meine Schwester bist und ich dein Bruder und daß die Szene mich so steif macht, daß es fast schmerzhaft ist, müßte er doch bald locker lassen und die Schleuse öffnen."

„Jetzt ist es soweit! Plötzlich verschlingt er die Finger-
spitze . . .“

„Wie ist es . . .?“

„Tief, mit samtigen Ringen außen und unanständig.“

„Kitzle ihn mit deinem schönen weißen Finger in seinem
schwarzen Loch.“

„Das mache ich jetzt schon eine Weile.“

„Tatsache! Ich habe den Eindruck, daß sein Ständer sich
wieder aufrichtet . . . Erigiert wie ein Baum, angeschwollen
vor Stolz. Er mag Ehras Finger und das Auge seines Bruders, das auf seinem Schwanz ruht. Ist er jetzt richtig offen?“

„Phantastisch . . .“

„Bring ihn her auf die Bank . . . Leg dich auf den Bauch,
Osiris . . .“

Und Wolf kletterte auf den Rücken von Osiris und versenkte sich in das Futteral, das seine Schwester für ihn aus-
geweitet hatte.

Ehra mochte das nicht. Sie kannte das Ritual. Doch durch
diese Episode wurde sie ausgeschlossen. Sie lehnte Wolfs
zuckende Gier ab. Trotzdem liebkoste sie ihm bei jedem
Stoß den Rücken. Und für Augenblicke drehte er ihr sein
glühendes Gesicht zu. Er machte sich los, schob Osiris weg.
Er legte Ehra auf den Bauch an die Stelle, wo der Mulatte
gelegen hatte, und nahm ihre kindliche Spalte, wobei er ihre
Hinterbacken durchknetete und sie zwischen seinen Fingern
aufquellen ließ.

„Osiris . . . du kannst weiter wichsen . . . und dich sogar
ein bißchen einfädeln, nur die Eichel! . . . Nicht mehr . . . du
bist zu groß!“

Osiris kniete sich über die verschlungenen Körper, Wolf
bewegte seinen Hintern nicht mehr so stark, damit Osiris
hineinkam.

„Nicht mehr, Osiris . . . Nur was ich dir gesagt habe.“

Osiris betrachtete die länglichen, nervösen prallen Hinter-

backen Wolfs. Er konnte sich nicht mehr halten. Diese Hinterbacken kamen ihm stets entgegen, wenn sich der Bruder
aus der Schwester zurückzog, um dann aufs neue in ihr zu
versinken. Osiris neigte sich ganz auf die Seite im Verlauf
dieses Rittes, weil er zusehen wollte, wie Wolfs Harpune in
Ehras Geschlecht, unter ihrem Anus, eindrang. Osiris sah
zuviel braune, wuchernde Fülle. Er streckte seine Hand aus
und nahm Wolfs Falken, ohne zu drücken, in die Finger, der
im Geschlecht seiner Schwester hin und her glitt ... Er dankte
innerlich Wolf und Ehra, daß sie ihm dieses Paradies an Lust
verschafft hatten. Er stöhnte und hörte, als er diese Töne
ausstieß, „Obi und Masturbie", den Talisman der beiden jungen Leute. Plötzlich verkrampfte sich Wolfs ganzer Körper,
sein Glied fuhr brutal zwischen Ehras Schenkel und blieb
dort stecken, geschüttelt von Entladungen und Zuckungen.
Wolf stieß lauthalse, gierige Schreie aus wie ein Schwimmer,
der in ein eisiges Bad taucht, prustet, vor Schreck und Wohlbefinden keucht. So kam Wolf, mit großem Lärm, animalisch, laut. Osiris benutzte das, um plötzlich zwischen die beiden weißen Hinterbacken einzutauchen und sich Hals über
Kopf zu erleichtern, wobei er sacht vor sich hin summte.
    Ehra spürte das Zusammensacken der Körper, den Gong-
schlag der Herzen, den Schweiß des Bruders und den Mo-
schusgeruch des Schwarzen, die mit verschlungenen Armen
über ihr klebten. Diese zitternde, feuchte Bürde, diesen
Schiffbruch gelöster Muskeln und gesättigter Glieder, diese
zerzausten Köpfe mit Gesichtern, die herunterhingen wie bei
Hingerichteten ... Wolfs blau angelaufenes Gesicht und das
von Osiris, angeschwollen, rot vor Wonne. Sie sah ihre zu-
rückgeworfenen Oberkörper, die Halsschlagadern, die zwischen den Sehnen pulsierten, ihre leeren Augen, verstört,
ihre Haut, bleich wie von Géricault. Und die Herzen, die
zum Zerspringen klopften, diese Überfülle versinkenden
Fleisches, die beschmutzt auf dem Floß ihres Körpers lag, er-

öffnete ihr plötzlich ein großes Loch, einen Traum, einen rauhen Schrei. Ihr Bauch wand sich, wölbte sich nach vorn, erschütterte die Last der brüderlich zerschlagenen Körper, von denen Achselgerüche, Gerüche nach Geschlechtsspalten und Pimmeln, nach Anus und Hoden, die sich gerieben hatten, ausgingen. Sie ließ noch einmal alles auf sich fallen, auf sich lasten ... Sie wartete, sog lange die Luft ein, betrachtete die triefenden Haare, die versteinerten Gesichter, die über einem wollüstigen Gemurmel geschwollenen Lippen, die nassen, keuchenden Flanken. Dann schrie sie plötzlich auf und verging ... Sie kam. Sie brachen über ihr zusammen, und ihre noch steifen Ruten, aus denen Sperma sickerte, streiften ihre Hüften und ihren Bauch. Die Schwester packte sie in ihrer Ekstase wie Ruder der Liebe.

Wolf und Osiris hatten sich auf die Bank gesetzt und tranken Wasser. Osiris hatte den Arm um Wolfs Schultern gelegt. Diese brüderliche Umarmung besänftigte Wolf. Ehra sah sie an. Sie lächelten, Komplizen, tranken aus dem selben Glas. Zorn kerbte ihr das Herz. Sie hätte ihre Fingernägel in Wolfs einziges Auge gebohrt, damit er ganz ihr gehörte. Osiris nahm diesen giftigen Blick wahr. Da streifte ihn der Gedanke, Wolfs Falke sei nichts anderes als der spitze Fingernagel seiner Schwester. Er verdrängte dieses Gefühl und schloß sich wieder der Hypothese vom sadistischen Nachtschwärmer an, der mit einem Messer bewehrt war und das blaue Auge durchbohrte. Die Phantasie von Osiris war unerschöpflich, was sinnliche Boshaftigkeit betraf, alle verschlungenen Wege des Begehrens. Doch sobald es sich um kriminelle Gewalt handelte, wich sein Geist zurück. Er stand dem Tod hilflos gegenüber und konnte diese Szene nicht lange ertragen, wo die Schwester ...

Die Tür war halb offen. Anchise, der große dumme Hund, spürte die einzige Anwandlung in seinem Leben, den plötzlichen Trieb, fern von seinen Herren Maurice und David die Welt zu erkunden. Wenn im Gehirn eines deutschen Schäferhundes, dessen kämpferische Natur man seit langem vergessen hatte, ein so überwältigender Wunsch nach Freiheit entsteht, kann ihn nichts zurückhalten. War sich Anchise selbst dessen bewußt? Nachdem er mit der Schnauze in das riesige Treppenhaus vorgestoßen war, sog er dessen Geruch nach Schimmel, abgeblätterter Farbe und schmutzigem Staub ein. Er witterte auch die Luft von draußen, die durch die Tür im Erdgeschoß, die zur Straße hin offenstand, nach oben strömte. Und das brachte sein Hundehirn in Aufruhr. All die Gerüche der Stadt, all diese herrlichen Düfte nach Pisse, nach mit Scheiße bekleckerten Bürgersteigen, alle Schweinereien, der ganze Pariser Müll stieg ihm in Wolken in die Nase. Der Gestank der Ratten in den Gullys, der Rinnsteine und Tauben und schlampigen alten Frauen, all die Köter und das Labyrinth der Läden, Kaldaunen- und Wurstläden, Gerüche nach Blut und Eingeweiden ... Anchise vergaß darüber seine Herren und seine Anhänglichkeit. Ihn überkam eine ozeanische Lust, weckte in ihm seine tierischen Instinkte. Er ging bis zum Treppenabsatz und ging dann die Treppe hinunter bis zu Marguerites Stockwerk, deren Tür war auch halb offen, denn die Hauswirtin hatte gerade ihren Mülleimer heruntergebracht und war noch nicht wieder oben.

Plötzlich sprang die Katze, angelockt von Anchises Feigheit, seiner üblichen Gutmütigkeit, zischend, mit ausgefahrenen Krallen auf den Treppenabsatz. Sie wußte nicht um die Wandlung des Hundes, diese heftigen Ströme von Begehrlichkeit, die in ihm aufbrandeten. Der Geruch der Katze war zwischen Anchises Schnauze und der Unendlichkeit. Dieser Geruch schnitt dem Hund ins Fleisch wie ein Dolchstich. Er hatte das Gefühl, die Welt komme ihm abhanden, ihr Versprechen, das so wild war wie ein Fluß. Und plötzlich machte er einen Satz, fiel über Touflette her, die riesige Schnauze öffnete sich, zermalmte das Kreuz der Feindin, deren Geschrei plötzlich abbrach in den Fangzähnen des Hundes, der sie knurrend schüttelte, ihr blutiges Fell in die Luft schleuderte, sie wieder auffing, aufschlitzte, ihre Eingeweide auffraß. Dann ließ Anchise los und verzog sich schleunigst, an Marguerite vorbei unten an der Treppe, die brüllte:

„Anchise! Was fällt dir ein, komm her!"

Marguerite hatte Anchises blutige Schnauze übersehen. Sie ging mit dem leeren Mülleimer bis zu ihrem Treppenabsatz, wo sie auf die Bescherung stieß, auf das, was von dem ausgeweideten Idol übriggeblieben war. Sie schrie auf, hob die Arme zum Himmel und schlug sie sich dann vors Gesicht, denn die ekelhafte Touflette war Marguerites Goldschatz, ihre tagtägliche Freude. Der Anblick dieser roten Überreste löste in Marguerites Gehirn einen Blitz, ein Getöse aus ... Sie hatte den anfahrenden Zug im Tunnel der Kindheit vor Augen. Sie witterte den warmen Schmutz der Métro. Sie hörte ihren Schrei, der aus dem Bauch kam, ihren bestialischen Schrei, als das anfahrende Ding sie mitriß, dieses Schreckensgebrüll aus den Eingeweiden, es war wieder da. Doch Touflette machte keinen Lärm. Ein Fetzen Fell ohne Kopf und Körper. Marguerite dachte, jetzt müsse sie sterben, ihr Herz stand still, ihr wurde schwindlig, sie sah nichts mehr. Sie zitterte, fiel auf die Knie, dann kippte sie auf den Treppenabsatz, fröstelnd, die Knie an den Bauch gezogen wie ein Kind. So fand Mademoiselle Poulet, aufgestört durch das

Geschrei, ihre Freundin. Sie half ihr auf, zog sie ins Schlafzimmer, rief den Arzt.

Als ich von der Sorbonne kam, war der Arzt, der eine Be-
ruhigungsspritze gemacht hatte, gerade im Gehen. Marguerite döste in einer Art Lethargie, einem süßen Delirium dahin und murmelte Liebesworte. Bevor der Arzt ging, gab er
den Ratschlag, man solle die zerfetzten Überreste der Katze
schleunigst wegschaffen. Es gelte zu vermeiden, daß Marguerite das Tier auf einem Tierfriedhof beisetzen lasse. Dann
würde sie nämlich ständig an Touflette denken, was Zwangsvorstellungen Vorschub leiste. David, der mittlerweile ein-
getroffen war, brachte die Reste in einer Tüte weg. Später erfuhr ich, daß es ihm schrecklich gewesen war. Er ging ans
Seineufer und warf das Zeug hinein. Dann suchte er Anchise.
Doch keine Spur von dem Hund. David war im Zwiespalt
zwischen der Trauer, das liebe Tier verloren zu haben, das
beste auf der ganzen Welt, und der Verwunderung angesichts seiner kriminellen Entwicklung. Bevor Marguerite ab-
tauchte, hatte sie den Hund beschuldigt. Er war an ihr vor-
beigegangen. Er war's gewesen! Mademoiselle Poulet ihrerseits hatte ein kurzes, wildes Bellen vernommen.

Es war klar, daß Marguerite den Kopf von Anchise for-
dern würde, da er verrückt geworden war. David beschloß,
den Hund einem verläßlichen Freund anzuvertrauen, sobald
er ihn wiedergefunden hätte. Denn Anchise konnte sich nicht
so von Grund auf geändert haben. Die schreckliche Touflette hatte ihn wahrscheinlich gereizt, ihn wie gewöhnlich angegriffen.

Als Marguerite wieder zu sich kam, mußte man sich außergewöhnliche Klagelieder mitanhören. Ihr Schmerz nahm sofort exzessive Formen an, gewissermaßen literarische, was
mich wirklich überraschte. Ich hätte eher eine stumme Niedergeschlagenheit vermutet. Doch Marguerite reagierte viel
vernünftiger, wenn man das so sagen kann, mittels eines Aus-

bruchs, einer Entfesselung eines lyrischen Requiems. Sie besang ihre angebetete Touflette. Sie faltete die Hände mit einem verzückten Gesichtsausdruck, als sei ihr die Jungfrau Maria erschienen. Es war aber Touflette, die sie herbeisehnte, die sie in ihrem innigen Verhältnis, ihrem tagtäglichen Zusammenleben noch einmal sah. Sie pries die Intelligenz, die Schönheit der Katze, ihr getigertes Fell, die Güte des Tieres, das immer da war, herbeieilte, wenn Marguerite von ihrem Job zurückkam, sie mit fröhlichem Miauen empfing.

Mademoiselle Poulet und ich wohnten diesem ekstatischen Erguß sprachlos bei.

„Das hält sie gerade aufrecht", flüsterte mir das Fräulein zu, „es ist wie der Glaube. Das oder Depressionen. Sie war immer etwas zum Übertreiben veranlagt."

David kam zurück. Marguerite sah ihn. Sie hörte auf, irre zu reden, und sagte:

„Anchise!"

„Er ist verschwunden."

„Anchise!" wiederholte Marguerite im gleichen unwiderruflichen, erbarmungslosen Tonfall, und fügte hinzu: „Dann werde ich ihn selber ausfindig machen und umbringen!"

Ihre Reaktionen wurden immer verrückter, wobei sie die Stile vermischte: Nach ihrer elegischen Klage war sie bereit, im Tenor eines archischen Epos mit der Axt in der Hand auf die Straße zu stürzen. Marguerite, die einarmige Rachegöttin.

Doch dann hauchte sie wieder mit schwacher Stimme:

„Anchise ..."

Und man befürchtete ein jähes Umschlagen in die Depression. Glücklicherweise tauchte sie das Beruhigungsmittel in eine weitere Woge der Schläfrigkeit. Marguerite faselte ein wenig und schlief für zwei Stunden ein.

Wir wachten an ihrem Kopfende, Mademoiselle Poulet, David und ich, und ich flüsterte David zu:

„Sie haben also die Suche nach Anchise aufgegeben?"

Er erzählte mir, nachdem er Touflette in die Seine geworfen habe, habe er den Hund am Ufer entdeckt, sitzend, verwirrt, von den Gerüchen, den Geräuschen des Flusses überwältigt. David hatte ihn gerufen, und Anchise war gekommen, ganz lieb und wedelnd, so brav, daß man kaum glauben konnte, daß er dieses Gemetzel angerichtet hatte. David hatte den Hund gleich zu Osiris geschafft, der versprochen hatte, ihn an Freunde weiterzugeben.

Als Marguerite erwachte, verlangte sie wieder Anchises Kopf.

„Anchise!"

David war ausgegangen und ich sagte ihr, Anchise sei verschwunden, und ein herrenloser Hund werde in Paris vom Tierheim aufgegriffen und sofort getötet.

„Wo haben Sie diesen faulen Witz her?" fuhr mich Marguerite erzürnt an. „Die Schwulen verschwören sich, um das Biest zu retten!"

So beleidigend hatte sich Marguerite Maurice und David gegenüber nie verhalten. Die beiden Männer, die sehr praktisch veranlagt waren, halfen ihr da und dort im Haus. Auch war Marguerite in Sachen Sexualität eher freizügig, nur im Politischen hatte sie strengere Grundsätze.

„Schwule, die es mit Tieren treiben", sagte sie, wobei sie die Alliteration betonte, sie zur Geltung brachte wie ein obszönes, diabolisches Kleinod. „Dieser Anchise war davon ganz verblödet, degeneriert, jawohl!"

„Sie können doch keine so gräßlichen Dinge behaupten ..."

„Ach Sie, was wissen Sie schon vom Leben!"

Diese Antwort machte mich stutzig und erschien mir richtig. Wieder das Problem mit dem Leben, das über mich hereinbrach, unvermutet und rätselhaft. Totale Krise. Ich wußte nichts vom Leben. Und ich legte nicht so sehr Wert darauf,

es kennenzulernen. Für Marguerite war das Leben die Umwälzung, die Zerstörung, lauter Trauerfälle hintereinander,
ihr Arm, ihr Mann, ihre Katze. Und immer unter schrecklichen Umständen. Sie sah, daß ihre Antwort mich betroffen
gemacht hatte. Sie knüpfte deshalb noch einmal daran an, ruhiger, wobei sich ein Horizont des Nachdenkens eröffnete.

„Sie wissen nichts vom Leben . . .“

Das Leben, das Leben . . . Das war plötzlich ein zu weites
Feld, und zu undurchsichtig. Marguerite wußte etwas vom
Leben. Aufrecht sitzend beurteilte sie es, erinnerte sich der
denkwürdigen Höhepunkte. Sie überlegte sich das Ganze hin
und her, ihr Schicksal, das Schicksal der andern. Und ihr
Überblick beinhaltete nichts Zauberhaftes. Aber ich spürte,
daß es ihr trotzdem Selbstvertrauen verlieh, ihre ganze ver-
hängnisvolle Erfahrung vor mir vorauszuhaben. Ich sah sie,
ja, aufrecht und gewissermaßen erhöht, weiter von mir entfernt, auf einer Art unsichtbarer Terrasse, in Dunkel gehüllt,
von wo aus sie auf das Leben herunterblickte, ihm gegen-
überstand und es gleichzeitig in allen seinen Einzelheiten
und Hintergründen durchschaute, in die sie offenbar lange,
scharfsinnige Blicke warf. Sie war der Kapitän im dunklen
Universum . . . der dessen Duft mit ruhigem, fast kaltem
Ernst einatmete. Die Schicksalsschläge des Lebens konnten
sie nicht mehr erschüttern. Sie hatte aber auch nicht resigniert.
Sie befand sich einfach in Übereinstimmung mit der Wirklichkeit, mit dem wirklichen Leben. Sie sah dieser Wahrheit
ins Auge. Ungeschminkt. Sie hatte plötzlich etwas Würdiges.
Fast etwas Schönes und Starkes. Denn sie mogelte nicht, sondern sah den Tatsachen ins Auge. Dann hatte sie einen Rück-
fall in unmerkliche Grausamkeit:

„Das Leben, Sie werden es kennenlernen, jedermann lernt
es eines Tages kennen. Man weiß nicht wann. Nicht unbedingt so früh. Jeder lernt es unter andern Umständen kennen.
Aber eines Tages kennt man es und kann über sein wahres

Antlitz nicht mehr im Zweifel sein. Es sieht einem unmittelbar in die Augen, und man kann den Blick nicht mehr abwenden."

Ich versuchte zu widersprechen:

„Ich kenne es trotzdem ein bißchen ... Ich sehe meine Umwelt."

„Es handelt sich nicht um die Umwelt, es liegt vor Ihnen, Sie sind es!"

„Aber wieso sagen Sie, daß ..."

„Sie haben immer nur Bücher aufgeschlagen, sind nur auf Wörter gestoßen. Am Tag, wo das Leben kommt, werden alle Ihre Bücher zugeklappt sein. Sind zu nichts mehr gut. Tot. Ihre Literatur rettet nur Leute, die sowieso in Hochform sind ..."

Ich nahm einen letzten Anlauf, verstört, und es brach aus mir heraus:

„Ich liebe Anny!"

Sie deutete ein gewisses Erstaunen an:

„Das reicht nicht ... jedenfalls jetzt nicht! Die Liebe kann später etwas beinhalten, nicht am Anfang, nicht wenn alles noch ganz neu ist, jugendlich, voller Illusionen!"

Ich sah plötzlich, wo ich ansetzen konnte:

„Was wissen denn *Sie* schon von der Liebe?!"

„Ach! Regen Sie sich nicht auf! ... Es stimmt ja ... Ich kann nicht behaupten, ich hätte viel Liebe bekommen und mein Mann hätte mir dann später gefehlt ..."

„Also?"

„Also, ich habe eine Tochter, die ich fast nie sehe, die weit weg gezogen ist, um von zu Hause loszukommen. Das darf man nicht vergessen, das ist sehr wichtig! Und ich habe Enkel, die ich auch nie sehe und von denen ich träume, ja ..."

Sie schwieg ermüdet und fügte hinzu:

„Meine Touflette ist tot."

Und sie brach in Tränen aus. Mit einem Mal fielen ihre

Maßlosigkeit und ihre strenge Schönheit von ihr ab. Sie weinte wie eine alte Frau und begann sich noch einmal über Touflettes herrliche Eigenschaften auszulassen.

Marguerite rettete sich vor Depressionen, indem sie Fotos von Touflette heraussuchte. Sie hatte sogar die Negative aufbewahrt und ließ Vergrößerungen davon abziehen. Als ich eines Abends von der Sorbonne kam, entdeckte ich gleich an der Tür zu meiner Verwunderung an den Wänden und schließlich überall in der Wohnung eine Flut von Porträts der Katze. Typisch Marguerite, diese Belagerung, diese Herausforderung. Die tote Touflette erstand wieder auf durch dreißig Fotos, die Marguerite im Vorbeigehen grüßte, segnete, mit Lobliedern überschwemmte, als ob Touflette im Grunde noch da wäre. Das Leben erschien mir unerträglich in einer Atmosphäre solcher Besessenheit. Die Katze auf den Fotos blickte auffällig trübsinnig. Sie blickte, das war alles. Auf ihre etwas wehleidige und zurückhaltende Art und Weise, wobei das Blitzlicht ihre Augen seltsam aufleuchten ließ, wie Glas, wie leblose Materie. Auch wirkte das Fell kürzer, vom Licht glatt gedrückt ... Die auf einer Seite durch den tiefschwarzen Schlagschatten gerahmte Katze wirkte künstlich irgendwie in zwei Teile geteilt.

Ab und zu wurde Marguerite von einer seltsamen Traurigkeit überwältigt. Das geschah immer auf der Toilette, die durch eine Wand von meinem Zimmer getrennt war. Marguerite weinte auf dem Klosett. Diese Örtlichkeit rief auf einen Schlag ihren Schmerz wach. Ich hörte sie stöhnen. Ich fragte mich, weshalb die Krise sie gerade dort überkam. Ich sprach darüber mit Anny, dann mit Neuzil, die auch keine Antwort wußten. Sogar Neuzil, der das Leben so gut kannte wie Marguerite. Ich mußte mir die Sache selbst erklären. Indem ich dicke Bücher las, die von Freud beeinflußt waren ... Marguerite konnte sagen, was sie wollte, die Bücher enthielten auch weiterführende Passagen, die von tiefer Lebenserfahrung zeugten. Was sollte ich machen ... Also! Marguerite weinte auf dem Klosett, weil sie dort die Erfahrung von Einsamkeit, von jäher Trennung machte. Sie trennte sich von dem, was sie beschwerte. Und dieser Vorgang der Ausscheidung weckte in ihr Vorstellungen einer fast kindlichen Verlassenheit. Ja, das Gefühl der Trauer konnte sich da einnisten, im Ursprünglichen, in diesen winzigen, verriegelten Räumen. Marguerite war plötzlich von Melancholie ergriffen. Sie entleerte sich, verlor ihr Objekt, zog die Wasserspülung, und dieses Ritual war traurig. Das war meine Schlußfolgerung, die ich mir einzig und allein kraft Lektüre und Überlegung angeeignet hatte. So gewann ich, jawohl, *ich* die Oberhand! Hätte ich versucht, Marguerite den Mechanismus zu erklären, hätte sie mich mit Sicherheit für einen kompletten Idioten gehalten. Ich begriff somit etwas vom Leben, was Marguerite vollkommen entging, und zwar von ihrem Leben! Etwas Heikles, Durchtriebenes, Geheimes. Eine versteckte, kaum zugängliche Wahrheit. So kannte also Marguerite nicht das ganze Leben, sie hatte gelebt, hatte aber nicht alle Bedeutungen und unvorhergesehenen Echos begriffen. Während ich, ohne Erfahrung, noch sehr jung, schließlich den Sinn der Tränen auf der Toilette erahnt hatte, die Melancholie der Seufzer Marguerites, ihrer Tränen über jeglichen Verlust und über den Mangel an Liebe. Der Schiß war ein Abschiedszeremoniell!

Ich besuchte oft Neuzil, der wieder ein bißchen in den vier Wänden seines Schlafzimmers herumging. Er stöhnte nicht über den Diebstahl der Zeichnung und den Verlust seines Zehs. Wenn ich nach zwanzig Jahren wieder daran denke, packt mich die Angst. Eine wilde, dunkle Angst. In dieser alten Bude an der Rue Pavée herrschte eine ungewöhnliche Anhäufung von Unglück, dessen eigentliche Hintergründe ich noch nicht erfaßt hatte. Ich sehe jetzt Marguerite und Neuzil als die Helden eines verborgenen bürgerlichen Epos. Die Hexe und der Heilige. Was die erstere Einschätzung angeht, habe ich sicher unrecht, selbst wenn ich oft, augenblicksweise, den Eindruck hatte, Marguerite sei boshaft ... Doch über diese erschreckende Eingebung klappte sogleich wieder ein Deckel herunter. Marguerite stellte dann nichts weiter als ihre Lebenskraft zur Schau, das Wesen ihrer kämpferischen Fröhlichkeit. Was Neuzils Heiligkeit anging, war sie mein große Erlebnis jener Zeit. Sie ist eng mit meiner Liebe zu Anny verbunden, obwohl ich noch nicht weiß, dank welcher untergründigen Verknüpfung. Ich will nicht zwangsläufig alles wissen. Aber ich empfing von Neuzil etwas Lichtes, Strahlendes. Es sei denn, es war umgekehrt und die Quelle dieser Heiligkeit entsprang meiner Liebe zu Anny und breitete sich über den alten Mann aus wie über eine väterliche, göttliche Persönlichkeit. Geheimnisvolles Wechselspiel ... Nicht zu vergessen die Kathedrale, Notre-Dame der Engel und Falken. Denn in der Liebe spiegeln, treffen sich unsere heimlichen Gesichter. Ich werde diese unsichtbare Bühne, auf der sich um Anny und mich die Madonna, der Heilige, die Falken, nicht zu vergessen Egon und Gerti Schiele, verschlungen und nackt, begegnen, nie erschöpfen. Es gibt diesen Lichtschein über dem Fluß und am Himmel der Kathedrale. Das wäre der Ursprung ... Plötzlich tauchen die feurigen Falken auf. Der alte Neuzil geht an Notre-Dame vorbei, bleibt stehen und betrachtet sie. Anny und ich, wir wissen es. Dann verschlingen Egon und Gerti ihre begehrlichen, sinnlichen Körper auf irgendeinem Fries oder Giebelfeld der Portalvorbauten. Phallus und Spalte in sonnigem Heißhunger. Die Türme ragen auf über der Fensterrose der Körper. Der Südturm ganz von Namen und Zeichen übersät, der andere Turm jungfräulich und nackt, ganz dem Norden schwesterlich ergeben. Ich kann die Blickwinkel

242

wechseln, die Perspektiven umkehren, sie in verschiedenen Richtungen verändern. Und immer umgibt ein schönes helles Licht die Kathedrale im Fluß. Die Falken kreisen am stillen Himmel. Marguerite haust in ihrem Loch, fröhlich und düster. Anny und ich, wir küssen uns ganz oben auf dem Turm, im Sternbild aus Namen der Liebe.

Ich ging immer noch in die Mensa für Kranke. Seit ein paar Tagen interessierte mich ein neues Paar. Ein bärtiger junger Orientale vom gleichen Schlage wie seine so geschäftigen, so aktiven Kumpels, war in Begleitung eines sehr bleichen, verschleierten jungen Mädchens. Sie sah wirklich zart aus und bot in dieser Gesellschaft von Männern, Gaunern, Verschwörern einen sanften Anblick. Vor allem der Schleier faszinierte mich. Ich richtete es so ein, daß ich nicht weit von dem Paar entfernt saß. Eines Mittags saß ich ihr gegenüber. Der Typ neben mir konnte mich nicht beobachten, ohne sich mir zuzudrehen, und das hätte ich gemerkt. Ich verschlang das scheue junge Mädchen mit den Augen. Sie warf einen kurzen Blick auf mich, glänzend schwarz inmitten der weißen Hornhaut. Ich bewunderte ihre geschwungenen Augenbrauen, die wie winzige umgedrehte Schalen aussahen. Eine glatte Stirn. Volle Lippen. Zarte, fast durchsichtige Ohren. Von ihrem Körper konnte man nichts erkennen; er war versteckt in einem langen braunen Kleid, das gerade abfiel und vorn zugeknöpft war wie die Soutane eines Priesters. Da unten drunter war sie wohl schlank, hatte recht große Brüste und pralle Hinterbacken. Ich hatte eine Eingebung, wie schön sie war. In meinem Kopf versammelten sich indiskrete, genaue Vorstellungen. Schnelles Sondieren ... Man sagte, sie zupften sich unten die Haare aus. Wo hatte ich das gelesen? Oder stimmte es gar nicht? Ich wäre versessen darauf gewesen, das unbehaarte, gewölbte Geschlecht der jungen Sklavin zu betrachten, zu streicheln und zu lecken ... obwohl man den Eindruck hatte, sie sei dem Kerl gern zu Willen, der ein großes Fuder überbackenen Hackbraten mit Kartoffelbrei verschlang. Sie mochte den Hackbraten nicht besonders. Ich war gespannt darauf, wie sie essen würde. Den Kartoffelbrei nahm sie in kleinen Mengen, von den Rändern her. Der Hackbraten, der vom Gratin gelöst war, dampfte. Sie beobachtete diesen jäh aufsteigenden Dampf. Dann fischte sie Fleischstückchen aus dem Innern des heißen Kraters. Sie aß wenig, amüsierte sich aber. Sie begann das Spiel an einer andern Stelle von neuem, hob eine Kruste an und ließ den Dampf abziehen. Doch sie machte das nur verstohlen; wahrscheinlich fand sie dieses kindliche Spiel nicht schicklich. Sie führte den Brei zum Mund, in dem sich makellose perlmuttfarbene Zähne zeigten. Ich sah ihre Zungenspitze.

Plötzlich störte sie mein Spitzelblick. Sie öffnete den Mund weniger weit und nahm noch kleinere Portionen zu sich. Appetit wie ein Vögelchen ... dieser Ausdruck kam mir plötzlich in den Sinn und regte mich auf, ohne daß ich richtig wußte, weshalb. Was für ein Vogel? Eine stumme Taube unter dem Schleier oder eine Nachtigall, die zu einem ununterbrochenen Liebesgezwitscher bereit war ... Ob ihr Macker sie zeremoniell nahm oder einfach ruckzuck? Er sah aus wie einer, der plündert, autoritär und gierig. Wahrscheinlich vögelte er so, wie er fraß. Für ihn war sie nackt. Ich stellte mir den Zauber vor. Zweifellos hätte sie es vorgezogen, daß man sie nach einem Vorspiel nahm, vom Rande her, wie sie selbst ihr Essen behandelte, in den Steilküsten des Hackbratens feurige Höhlen entzündete. Wußte sie überhaupt, daß man bei der Liebe so vorgehen konnte? Mit wem hätte sie darüber sprechen sollen? Ich wünschte mir, daß sie onanierte, ohne es ihrem Herrn und Meister zu sagen. Daß sie nach langsamen, raffinierten Tricks nach Herzenslust käme. Mit geschlossenen Augen, langen Wimpern, die Augenbrauen erstarrt über ihrer elfenbeinfarbenen Wölbung. Ja, sie vergnügte sich, verborgen, hinter geschlossenen Fensterläden. Unter dem Schleier . . . schön und vom Wichsen befriedigt. Sie saß vor mir mit ihrem ganzen Leben, über das ich nichts wußte . . . So wird man Romancier, angezogen vom Geheimnis verschlossener Türen, gepackt von einem unendlichen Begehren, zu sehen, zu wissen . . . Sechzehn, siebzehn Jahre alt, ja, sehr jung . . . scheinbar kühl und aalglatt. So sehr hatte sie gelernt, ihre Gedanken oder Leidenschaften zu verheimlichen. Trotzdem, ich konnte sie ja nicht heimlich mit dem Fuß anstoßen. Auf ein solches Wagnis ließ ich mich nicht ein. Sie hätte einfach den Fuß rasch weggezogen, den Bissen unbeweglich vor ihren Lippen, ohne mich anzusehen, all das hätte sich insgeheim, verstohlen abgespielt . . .

Ich mußte ihre Aufmerksamkeit auf mich ziehen. Der Moment kam, der andere hatte sich mit seinem Nebenmann in eine Diskussion verstrickt. Man spürte, es ging um Politik, um Überzeugung. Ich sah plötzlich die Milchkanne. Ihr Glas war leer. Wenn ich Glück hatte, würde sie den Arm ausstrekken und sich einschenken. Und in diesem Augenblick mußte ich sofort handeln. Ich wartete ein paar Minuten, und das Wunder geschah. Die Taube hatte Durst, sie streckte die Hand aus, ich schob unauffällig meine Hand über das Tischtuch, und auf dem Henkel berührten sich unsere Finger. Sie zog ihre Hand gleichgültig zurück. Immerhin warf sie mir einen Blick zu. Ohne etwas zu sagen, bedeutete ich ihr, ich bitte sie um Entschuldigung wegen dieser unvorhergesehenen Berührung, etwa so, wie wenn zwei Menschen, die auf dem Bürgersteig aneinander vorbeigehen, sich anstoßen. Ich lächelte ihr zu, wobei ich meiner Mimik ein Höchstmaß an Höflichkeit, Freundlichkeit und Anmut, schamhafter, versteckter Verführung verlieh. Über ihre Züge ging ein ganz leichtes Lächeln, ein so geheimes Lächeln, daß es ihr Gesicht ein wenig erhellte, ohne daß sie die Lippen verzog. Das Ärgerliche war, daß keiner von uns die Milchkanne genommen hatte. Ich wollte ihr bedeuten, sie könne sich ohne Bedenken bedienen, diesmal werde mein Fleisch das ihre nicht berühren. Aber wie? Sie sah mich nicht an. In diesem Augenblick ergriff der andere den Krug und schenkte sich ein Glas ein. Er dachte zerstreut an seine Gefährtin, ohne seine Diskussion zu unterbrechen, sie hielt ihr Glas hin, und er schenkte ihr die schäumende Milch achtlos randvoll ein, so daß sie überlief. Auf dem Tischtuch entstand ein nasser Fleck. Der Typ achtete nicht darauf und redete weiter. Doch das Glas des jungen Mädchens war so voll, daß sie es nicht zum Mund führen konnte, ohne daß es überschwappte. Sie warf mir einen raschen Blick zu. Ich wich ihm instinktiv aus, als hätte ich nichts bemerkt. Sie entschloß sich deshalb, sich mit den Lippen über das Glas zu beugen. Ich verschlang sie mit den Augen. Sie konnte die ihren nicht mehr zu mir erheben. Sie saugte die Milch in flinken, geschickten Schlucken ein, indem sie ihre zusammengepreßten Lippen vorschob, wie man es macht, wenn eine Flüssigkeit zu heiß ist. Sie war fabelhaft. Sie richtete sich wieder auf und sah, daß ich sie ganz offen und versunken anstarrte. Sie errötete. Ein paar Tropfen Milch blieben auf ihren Lippen kleben, sie wischte sie weg. Doch ein wenig Milch blieb weiß wie Speichel an ihrem Kinn hängen. Sie hatte den Tropfen noch nicht gespürt. Sie riskierte einen weiteren heimlichen Blick, ich bedeutete ihr, sie solle ihr Kinn abwischen, wobei ich die Geste mit meiner Hand andeutete. Sie gehorchte sofort.

... Das wurde spannend, ein ganzer Fortsetzungsliebesroman zeichnete sich fast schon ab. Stendhal ... Gewisse Geschichten des Begehrens bilden kaum den Auftakt zu schwerwiegenderen Anfängen. Vielleicht findet man, daß ich die Episode schriftstellerisch jetzt etwas zu sehr auskitzle, doch das Erlebnis war wirklich intensiv. Ich dachte mir, daß nach und nach die Mahlzeit sich fortsetze, der Typ immer weiter schwätze, der Nachtisch komme ... daß der Nachmittag sich

seinem Ende nähere, daß die Abenddämmerung herein-
breche, daß wir uns gezwungen sehen könnten, und zwar
alle, auf Grund außerordentlicher Umstände – ein Wirbelsturm, ein Aufruhr, ein unvorhergesehener Luftangriff –
schließlich gibt es solche Dinge ... unsere Väter haben sie
nur zu gräßlich erlebt –, also, daß wir uns gezwungen sehen
könnten, in der Mensa zu biwakieren ... Und da liegt man
plötzlich nebeneinander aufgereiht auf Notmatratzen! Gewiß, der Typ wäre dann aufmerksamer, aber die unüberschaubare Situation würde die Hierarchien vermischen, die
Konventionen, die Schamhaftigkeit durchbrechen.

... Der Typ würde auf einer Seite des jungen Mädchens
liegen und ich – zufällig – in der allgemeinen Verwirrung
genau auf der andern Seite ... gut, ich mache da in der Tat
eine Milchmädchenrechnung auf. Man beginnt mit einem
Glas, Fingern, die sich streifen, verbotenen Blicken, herumschweifenden Fingern ... Ich hätte dann den Vorteil meiner
Eigenschaft, daß ich unter dichterischer Schlaflosigkeit leide.
Der Kerl würde nach einer Weile schlafen wie ein Ratz,
ein Aktiver, ein Mann der Tat, ein Bombenleger, der sich
an Ort und Stelle ausruht. Dann würde die Geschichte wirklich beginnen ... mein Vorstoß als Fuchs im Mondschein ...
ja, sie da berühren, wo keine Haare sind, wo sie vollkommen
nackt ist, alles sichtbar, die feinste Ader, die zarten Lippen ... Ach, kein Krieg weit und breit, kein Erdbeben, kein
Staatsstreich gegen Pompidou ... Ich träumte vergeblich von
einem Putsch, einer Ausgangssperre, das sei festgehalten.
Das Paar erhob sich. Sie stand aufrecht da, groß für eine
Orientalin, eins siebenundsechzig oder achtundsechzig, eine
Abfolge von ganz jungfräulichen Dünen, die von Oasen
durchsetzt waren, ein Ziehbrunnen in der Wüste, hoch-
sprudelnder Quell. Als sie ihr formloses Kleid zurecht-
steckte, glaubte ich einen unsichtbaren Wirbel zu ahnen, den
ein von der Vorsehung bestimmtes Ausgleiten auf dem fetti-

gen Boden der Mensa bestätigte. Sie verlor das Gleichgewicht, beugte sich plötzlich vor, wobei das Kleid sich flach über die jähe Rundung ihrer Kruppe spannte. Sie hatte einen Arsch, ja, von noch jugendlicher Fülle, aber gut geformt, wie aus Ton. Das Schöne tötet mich, fesselt mich ... Beim Hinausgehen mußte sie sich umwenden, um die Tür zuzuschlagen. Sie sah mich an. Ich lächelte ihr nachdrücklich zu. Und das gleiche Lächeln wie soeben huschte über ihr Gesicht, ein Strahlen, das mir wärmer, intimer, gezielter, beredter schien, und ich hatte doch nur Milch getrunken... Es ging von ihrem Körper aus, dessen vielversprechende Reife, dessen Saft, dessen Palmenhain, dessen flaumigen Schatten ich erfaßt hatte.

Hatte ich Anny in Gedanken betrogen? War das der Anfang einer Verstrickung, die Jahre brauchte, um sich zu entwickeln, die aber hier entstand, durch reine Wahrnehmung, durch ein Flimmern vor den Augen? Empfand ich Bedauern, hatte ich Skrupel? Stellte ich mir diese Fragen? Ich glaube, ich kam gleichzeitig auf mehreren Wegen voran. Das Leben vor mir, Anny, und diese verhüllten Nebenwege, wimmelnd ... unbekannt. Marguerite hatte recht. Ich kannte das vielfältige Leben noch nicht. Das Mädchen mit seinem Schleier hatte mir nur das Unendliche dieser Gegenden vermittelt, die ich noch nicht sah.

Als ich zurück war, eröffnete mir Marguerite die Wahrheit über den Mißstand, über den sich der Mann der Concierge beklagte. Marguerite war fassungslos über die unglaubliche Erklärung:

„Die Concierge, die seit Monaten in der Menopause war, hat unter einer sehr schmerzhaften Austrocknung der Schleimhaut gelitten."

Ich fürchtete das Schlimmste, Marguerites ganze Erfahrung, ihre Details zu diesem entscheidenden Punkt, unnachsichtig, nimm hin und denke darüber nach, Student!

„Da hat ihr der Arzt eine Hormonsalbe verschrieben, ein Produkt, das die Weiblichkeit gewissermaßen wieder aktiviert, die Maschine wieder in Gang bringt, sie in gutem Zustand erhält . . . Doch ihr Mann, dieser Idiot, besessen wie er war, machte es weiter mit ihr und hat bei dieser Gelegenheit die Hormone auch aufgenommen. Deshalb hat er mit der Zeit das Haar und seine Manneskraft verloren. Als er überhaupt nicht mehr konnte und aus Niedergeschlagenheit es sogar lange nicht mehr versucht hat, ist seine Potenz zurückgekehrt. Und er fing wieder an, hopp, immer lustig, wodurch das Übel wieder auftrat, weil er das Gift mitbekam, er erlebte also wieder eine Panne, und so weiter. War das nicht ein Teufelskreis? Sie hat Mademoiselle Poulet diese Geschichte mit den Hormonen anvertraut. Und mein kleines Poulet hat mir alles erzählt . . . das verblüfft sie, die Jungfrau, diese Umschwünge, dieser Pfahl im Fleische . . .“

Marguerite schwieg, dann plötzlich:

„Erinnern Sie sich, ich habe Ihnen neulich gesagt, daß zwischen mir und meinem Mann keine Liebe bestand, keine abenteuerliche Liebe, man hatte ihn mir einfach verpaßt, und ich war einverstanden, ohne zu murren, wegen meiner . . .“ – sie wies mit dem Kinn auf ihre Prothese. „Aber ich habe nachher trotzdem einen Liebhaber gehabt, einen richtigen, den ich mir nach meinem Geschmack ausgesucht habe!“

Marguerite wollte mir vielleicht eine lange Liebesgeschichte anvertrauen. Doch ich fragte mich, weshalb sie so lange geschwiegen hatte, wenn es sich um so angenehme Erlebnisse handelte. Sie schilderte mir ihr Idyll von A bs Z. Es begann als Liebe auf den ersten Blick, eine physische Attraktion, wie sie sagte. Sie war in den Fünfzigern und er sechzig. Ein gutaussehender Mann, Buchhalter. Doch die Situation wurde immer schwieriger oder vielmehr kam nie richtig ins Tragen. Sie gestand mir zuerst, der Mann habe einen Fehler gehabt, er war knickerig. Sein Wagen war uralt, doch aus Sparsamkeitsgründen kaufte er keinen neuen und wusch ihn selbst, sonntags, stundenlang, mit großen Wasserfluten, auf dem Bürgersteig. „Das ist ein bißchen ärgerlich, selbst wenn einen die große Liebe blendet." Sie machten eine Woche Urlaub. Meistens picknickten sie, gingen nicht ins Restaurant, eben auch, um die Verschwendung zu umgehen. Marguerite wäre entzückt gewesen von einer romantischen Zweisamkeit in einem hübschen Lokal mit Kerzen. Manchmal – und da verschlimmerte sich die Geschichte entschieden –, richtete er es so ein, daß sie nicht in ein Hotel gingen, sondern mit heruntergeklappten Sitzen im Auto schliefen. „Ich war verliebt, aber allmählich warf das einen Schatten auf unsere Flitterwochen."

Dann zögerte Marguerite ... Ich fragte mich, was Marguerites einzige Liebesgeschichte noch verschlechtern konnte.

„Es ist peinlich zu sagen, aber ich denke jetzt darüber nach wegen des Mannes von der Concierge, der Ärger mit Marcel war, daß er nicht mehr viel zustande brachte ... Er versuchte es, aber mit wenig Erfolg, und auch das nicht lange. Es dauerte gar nicht lange, dann war überhaupt nichts mehr ... Er geizte eben gewissermaßen in jeder Hinsicht. Da ging es mit meiner Liebe bergab. Dann haben wir uns gezankt, gestritten, und ich habe ihm gesagt, er solle doch nur mal einen Steifen bekommen! Aber sehen Sie, er hätte sich ja rächen können, grausam sein, mir die Sache zur Last legen. Aber nein. Er hat geschwiegen, kein Wort gesagt, nichts Ironisches. Das ist meine beste Erinnerung an ihn. Er hat auch zu mir gesagt, ich habe schöne Schenkel. Er war zärtlich zu mir, schob die Hand sacht höher hinauf. Dann, Sie verstehen, ich bin nicht von Stein, aber dabei blieb es, nachts, in seinem Wagen, in etwas verlassenen Gegenden, am Ausgang von Dörfern, an Waldrändern, zur Loire hin, weiter kamen wir kaum. Ich hätte gern in einer Gastwirtschaft übernachtet, hätte gern gehabt, wenn er alles und lange gemacht hätte, wie es Verliebte so machen, leidenschaftlich. Aber ich habe ihn ein paar Monate lang geliebt. Er hatte Kultur. Er hatte die *Historia* abonniert. Er war Napoleon-Spezialist! Gelehrt bis dorthinaus. Ich habe viel von ihm gelernt. Doch das genügte nicht, die Daten, die Siege, die kaiserliche Familie, Joseph, Pauline und Laetitia: ,Wenn es doch nur so bliebe ...' mit korsischem Akzent! Dann die Katastrophe, die Beresina. Vielleicht hat es ihm Napoleon auf Grund dieses Scheiterns, dieses Schlappmachens, offen gesprochen, so angetan ... Waterloo, Waterloo, du düstere Ebene ... wiederholte er beharrlich, verfiel plötzlich in Melancholie. Ich wußte schon, was er meinte, aber bedauerlich war es doch, wo ich endlich mal einen Geliebten hatte."

Das war also Marguerites Roman *Der Geliebte* ... die bescheidene Variante, viel Zolasche Schäbigkeit und viel zum Lachen, das Gegenstück zur andern, zu Marguerite der Großen, der ich sehr viel später, zwanzig Jahre danach, begegnen sollte; eine lange Fahrt von Trouville und Roches Noires aus die Seine entlang. Marguerite, nicht unberühmt, hatte Liebhaber aus besseren Kreisen gehabt, die während des Krieges der Résistance angehörten, Literaten; einen hatte sie sogar, wie sie mir schadenfroh gestand, an einem Weihnachtsabend Simone de Beauvoir abspenstig gemacht. Sie haßte die Beauvoir: „Bei ihr lag alles herum ... die gebrauchten Handtücher ... Was für ein Mangel an Stil! Und wie kann man dann auch noch schreiben!" Ja, so war's ... Marguerite hatte Vorbehalte wie die zur Dame avancierte Cosette ...

Ich kannte viele Margueriten ... Als erste meine Großmutter väterlicherseits, eine unwahrscheinliche Person, obszön und dämonisch. Ein Orkan. Sie schimpfte auf alle Welt und summte, als ich noch ganz klein war, schlüpfrige Lieder vor sich hin ... Sie war auf das Böse versessen, unschuldig, strahlend und spontan. Die zweite Marguerite war die beste Freundin meiner kleinen Schwester. Fünfzehn, schön, groß, brünett, eine markante Gestalt mit langem Haar, naturverbunden, künstlerisch veranlagt und verrückt. Eines Nachts – ich war vierzehn – erschien mir im Taum ihr nackter Hintern. Prächtig und geheimnisvoll. Schön, braun, wie von innen erleuchtet, animalisch, menschlich, planetarisch. Somit eine Art Ahnung, Wegweiser für mein ganzes Leben, meine lyrischen Wonnen. Ich erzählte ihr diesen Traum viele Jahre später, als sie Bildhauerin war und den Prix Bourdelle erhielt. Heute ist sie fünfzig und lebt mit einem alten neunzigjährigen Aristokraten auf dem Wall in meinem Dorf. Originell war sie immer.

Die dritte war Marguerite die Einarmige mit ihrem Defizit an Liebhabern, meine Heldin, meine Vermieterin. Und die vierte die große Mekong-Marguerite, die Dame, die Chinesin, die Romanschriftstellerin, die von ihrem jungen, intelligenten und schönen Liebhaber in einem Peugeot 605 herumchauffiert wurde. Sie wies auf die Seinemündung und warf hin: „Das Meer ist müd . . . hier endet alles Land."

Ich liebte sie um ihrer Exzesse, ihrer jähen Übertreibungen und ihrer grandiosen Befehle willen. Als sie mich wegen eines Buches zum ersten Mal anrief, rückte ich mit meiner ganzen Leidenschaft am Telefon heraus. „Sie sind die Größte! Sind die Fee! Sie sind mein vielgeliebtes Reh! Ich akzeptiere willig alles – Sie haben Stil!" Sie, Marguerite von Hiroshima, war indessen etwas bestürzt über meine Tirade eines besoffenen Normannen. Dann, ein andermal, gegen Mitternacht – sie telefonierte noch sehr spät: „Das Schreiben ist ein Verhängnis, nicht wahr?" Ich stammelte, aufgewacht zwischen zwei Schlafmitteln, verwirrt: „Ja natürlich . . ." ohne gleich zu kapieren. Am Tag darauf begriff ich. Sie wollte einfach sagen, man habe keine Wahl, habe eine Aufgabe, punktum. Auch noch bescheiden!

Meine vier Margueriten waren alle überschwenglich, ein kolossales Quartett. Ihr vier schockierenden, zugreifenden Marguerites, ich besinge euch! Dich, Marguerite, meine gewaltige, orgiastische, nach Schweiß riechende Großmutter, die unter einem großen scharlachroten Kirschbaum einfach im Stehen, ohne Unterwäsche, auf die Erde pißte. Und Marguerite, das heranwachsende Mädchen mit dem dicken Arsch, die Kätzin, die mich im Traum mit ihrer Markierung, einem Trugbild und mit ihrem Moschusduft entscheidend prägte. In meinen zwanziger Jahren, auf der Schwelle zum Leben, dann Marguerite, Eros und Thanatos, schrecklich und fröhlich, meine wunderbare, sterbliche Hauswirtin ... Und du, pythische Marguerite, Marguerite die Große vom Ärmelkanal und vom Mekong! ... Ich habe alle eure Blumenblätter wie ein Verrückter ausgerupft. Amen und Ade, meine Schönen! Das ist meine Stele. Euer Blütenstaub erleuchte mich.

Ich sah die Schönheit im Jardin du Luxembourg wieder ... Da, plötzlich, vor mir, dort am Rand der Tennisplätze. Die junge Jüdin beugte ihr Gesicht über ein Buch. Sie war nicht mehr zu den Kursen in dem Schulgebäude gegangen, das ich von meinem Fenster aus sah. Ich dachte, sie sei für immer verschwunden, verschollen in einem anderen Viertel, einer anderen Stadt. Und jetzt ist sie hier, unversehrt, ganz deutlich, gelassen. Sie liest *Madame Bovary*. Das Licht ist klar ... Von Zeit zu Zeit hebt sie den Kopf und lächelt einer Freundin zu, die auf dem Platz gegenüber spielt. Die Bälle klacken mit weich-pudrigem oder trockenem Geräusch unter den Schlägen. Wie beruhigt von diesem Anblick versenkt sich das Mädchen wieder in seinen Roman. Das Bild fasziniert mich. Ich liebe sie. Ich hätte gerne das Buch geschrieben, das sie liest und das sie ihrer Freundin vorzieht, dem Tennismatch, dem Park, den sie nicht betrachtet. Sie ist in der Schönheit der Sätze verfangen. Sie schaut auf Flaubert. Sie ist aufmerksam wie meine Lieblingsschülerinnen später. Komplizin des Buches. Ganz im Innern, in der Aura des Buches. Auf ihrer Insel. Ich sehe ihr lange von der Seite her zu. Ich bin abergläubisch. Ich will nicht, daß sie mich sieht. Ich habe Angst davor, sie vielleicht zu stören, zu enttäuschen, daß sie den Faden des Buches verliert und nicht wagt, mich anzuschauen, mir zuzulächeln. Ich gehe weg. Ich werde wiederkommen.

Am Abend haben Neuzil und ich über die Schönheit gesprochen. Und er, der bereits über die Empfindung von Ewigkeit beim Höhepunkt der Lust nachgedacht hatte, kam mit einer neuen Frage derselben Art, einer Tatsache, die für ihn nicht eine bloße Selbstverständlichkeit war, sondern ihn in ständiges Erstaunen versetzte:

„Warum steht er uns beim Anblick der Schönheit? Also ich rede jetzt von den Männern allgemein. Für mich ist es vorbei, das muß ich Ihnen ja nicht genauer erklären. Warum? Weshalb denn? Die Tiere bekommen wegen der Schönheit keinen Steifen. Die vollziehen den Koitus mit Partnern, die nach biologischen Kriterien ausgewählt sind. Aber bei uns, da muß sie schön sein, da muß er schön sein, oder man muß den anderen wenigstens schön finden ... Auf jeden Fall ist es das Größte, wenn man auf eine besonders Schöne geil ist. Aber in der Schönheit an und für sich liegt nichts Geiles ... Begreifen Sie das Rätsel? Man müßte eigentlich irgendein Moschusaroma begehren, ein Geschlechtsteil, ich weiß auch nicht ... das Fleisch schlechthin. Und dann verfeinert die Ästhetik das Spielchen. Natürlich muß man die Schönheit achten, sie feiern, sie bewundern wegen ihrer Harmonie, selbstverständlich, aber von da zur Geilheit, zur körperlichen Begierde nach einer Form, die einer kulturellen Ordnung zugehört, einer geistigen, wie ist uns denn das passiert? Die ästhetische Empfindung, schon recht, nach und nach, das baut sich um Vorstellungen von Gleichgewicht herum auf, von Rhythmus. Aber daß er einem wegen der Schönheit steht? Diese Gier, die Schönheit zu ficken, und sie darüber hinaus auch noch zu befruchten!"

Neuzil war unwiderstehlich, wenn er sich in das scheinbar Selbstverständliche verbiß. Er fuhr fort:

„Es ist ja wohl klar, das Geschlechtsteil einer Frau ist ein Geschlechtsteil, Punktum. Es gibt da keine innerlichen Unterschiede. Man braucht nur die Augen zu schließen. Was nimmt man denn bei der stärksten Lust und auf dem Höhepunkt des Koitus anderes wahr? ... Aber wir haben einen Steifen wegen der Schönheit, wegen verschiedener Außenhüllen. Dabei ist es schlicht und einfach das Geschlecht, in das wir eindringen ... oder haben wir die Illusion, in die Schönheit einzudringen, macht sie uns deshalb steif? Das ist es schon, ich weiß es ja! Aber warum macht es geil, körperlich in die Schönheit einzudringen?"

„Weil es das Fleisch ist, weil es körperlich ist und tief, eben deswegen . . ."

„Aber nicht doch, die Schönheit ist nicht Fleisch – die Form, die das Fleisch organisiert und bildet, die schafft Schönheit. Wir sind geil nach einer Form, dabei müßten wir geil sein nach dem Fleisch, dem Geschlecht, der Materie! Dem Grundlegenden! Mit einem Wort: der Substanz! Und uns steht er beim Anblick von Proportionen! Das ist im Vergleich zu den Tieren doch dekadent!"

„Oder ein Fortschritt. Eine Entwicklung zu Höherem."

„Ich rede von der Dekadenz des reinen männlichen Instinkts . . . Zuerst wurde der Mann auf Grund sexueller, hormoneller, genetischer Faktoren geil, dann hat er angefangen, eine Auswahl zu treffen, sich auf ein Essentielles zu konzentrieren, geil auf Symbole zu werden! Genau das ist das Wort, das ich gesucht habe! Man fickt ein Symbol. Das geht doch zu weit, wo soll das denn hinführen? Wenn es so weiter geht, dann kann uns nach und nach irgendeine x-beliebige Form des Schönen, völlig vom Substrat des Fleisches abgelöst, zur Ejakulation bringen, das wäre ja die Höhe! Für eine schöne mathematische Idee abspritzen. Sie verstehen, worauf ich hinaus will, für einen Sonnenuntergang . . . Und da bin ich ja noch optimistisch! Für einen überschönen Satz . . . für einen Stil? Für Designermöbel! Für eine viereckige monochrome Leinwand, ein Stückchen Minimalismus! Es gibt keine Grenze. Wir werden am Ende nicht mehr wissen, wie wir uns fortzupflanzen haben. Für die direkte Begegnung zweier organischer, vulgärer Leiber wird es keinen Schlüsselreiz mehr geben. Die Schönheit in all ihren Gestalten zieht uns zu weit von unseren Grundlagen fort."

Neuzils Originalität strahlte nie heller als in solchen Tiraden, bei denen er das vulgäre Vokabular nicht verschmähte.

Weil er sich selbst diese Fragen mit solch unbekümmerter Intensität stellte, war Neuzil so engelgleich und luzid. Und dabei komisch. Er erregte sich, ganz verstimmt von seinen Rätseln. Er suchte einen Ausgang, eine Lösung. Das Geilsein auf die Schönheit und jenes Gefühl der Ewigkeit im Augenblick der Lust – diese beiden Faktoren mußten sich doch verknüpfen lassen und die große, umfassende Lösung ergeben!

Neuzil beruhigte sich mit einem Mal. Wieder war er der gelassene, schließlich erschöpfte alte Mann. Die Fragen ließen ab von ihm. Er verfügte über kein Erstaunen mehr. Ich wußte, daß der Wundbrand wieder eingesetzt hatte, langsam, unbeirrbar . . . Daß er stärker wurde.

„Man müßte ihm den ganzen Fuß abnehmen", sagte Marguerite zu mir. „So einen Fall hab ich schon einmal erlebt."

Und Marguerite warf mich aus der Ekstase des Schönen tief ins Entsetzen hinab.

Einige Monate waren seit der Nacht vergangen, da Wolf sein Auge verloren hatte. Aber diese Nacht ging uns allen nach, Anny, mir, Osiris, David und Maurice . . . Wolf erzählte Osiris davon. Mehrmals. Mit Varianten, Lücken, Zusätzen. Osiris seinerseits teilte uns im Vertrauen diese Fragmente aus Wolfs Nacht mit . . . Ich konnte diese Nacht nun Stück um Stück heraufbeschwören. Ich sah sie . . .

Die Kathedrale stand herrscherlich im gleichmäßigen Licht der Scheinwerfer: Großes orangegefärbtes Objekt. Aber im Erzbischöflichen Garten und seinen Ausläufern lagen Schattenteiche unter den Bäumen. Das Licht heftete sich an den Fächer der Schwibbögen wie an die Beine eines riesigen, in allen Einzelheiten ausgeformten Krebstiers. Wolf strich umher. Er blieb stehen, schaute in die Runde. Junge Männer streiften herum wie er. Es war der Rundgang um die Mutter, auf der Insel, dicht am schwarzen Fluß. Wolf liebte dieses heilige Terrain. Die Bänke, auf denen man sich küssen konnte, die Rasenwege, die nun von den Tagesspaziergängern verlassen waren. Man konnte über die Gitter steigen und in den Erzbischöflichen Garten gehen, in seinen schmalen langen Gang an der Flanke von Notre-Dame ... Oder seine Wanderung führte ihn an das Schiffsheck der Insel, in Richtung der Brücken, der Kais, noch eine Brücke, breitere Kais, verlassenere ... Dies war am Abend eine andere Stadt, ein anderer, dunklerer Raum, den er instinktiv kannte, ein Labyrinth, das ihn manchmal bis zum Morgengrauen magnetisch fesselte ... Wenn die Kathedrale plötzlich erlosch und das erste Sonnengold an die Stelle der Scheinwerfer trat und die Rechte der wahren kosmischen Magie einlöste ... Die Kathedrale trat hervor, umflossen von einem Schleier rötlichen Nebels, die Sonnenstrahlen bepfeilten ihren Rücken, die Wirbel, das steinerne Steißbein ... Jeder Wasserspeier, jedes Glasfenster, jede steinerne Spitze schien zwischen Schatten und Licht dämmrig zu sprießen, mit einer besonderen Dichte, einem Gewicht, einem Geheimnis. Dies war der wahre Augenblick von Notre-Dame. Ein hochgewölbter Berg von Masse, zugehauen und skulptiert vom Glauben vergangener Menschen.

In dieser Nacht war Wolf noch nicht Zeuge der morgendlichen Wiedererstehung von Notre-Dame geworden. Aber er versprach sich selbst, bis zum Morgen zu bleiben ... Seine Jagd hatte noch kein Ziel. Was an möglicher Beute seinen Weg kreuzte, ließ ihn recht gleichgültig. Er zog es vor, weiter zu flanieren, Witterungen aufzunehmen, sich zu entziehen; Pole des Begehrens zu aktivieren, von denen er sich dann wieder löste. Er ging an den schwärzesten Punkt des Gartens, um sich im Dunkel zu vergraben, den Geruch des Herbsts unter den Bäumen einzuatmen. Wolf bemerkte eine gleitende Bewegung hinter sich. Er hatte keine Angst. Er hütete sich, sich umzudrehen. Er ließ Jäger oder Beute herankommen. Er spielte damit, bis zum letztmöglichen Augenblick zu warten. Er sagte sich, der andere würde zurückweichen, entmutigt von seiner schroffen Silhouette, seiner fast drohenden Selbständigkeit. Dann hörte Wolf nichts mehr, und dieses Schweigen erregte ihn. Denn der andere war da. Er spürte ihn, ohne etwas zu sehen oder zu hören. Der andere wartete offenbar, wollte aus der Distanz Wolfs Absichten prüfen, sehen, ob diese noch alleinzubleiben wünschte... Dann nahm Wolf leise Sprünge wahr ... ein gewandtes, animalisches Geräusch, dessen Rhythmus ihn bezauberte. Er drehte sich immer noch nicht um. Er wollte nichts sehen, um die Vollkommenheit des Traums zu wahren. Wolf hörte nun ein Stück über sich etwas wie ein Rauschen. Die Richtung, die befremdliche Höhe, aus der dieses Geräusch drang – als wäre der andere zu ihm hergeflogen –, überraschten ihn. Wolf wurde von einer paradiesischen Freude hingerissen. Er drehte sich um. In demselben Wahrnehmungsblitz erreichte der brennende Schmerz seine Augen, und er hörte jenes Rauschen wie von Schwingen oder Haaren. Ein flüchtiger Duft streifte ihn. Wolf spürte in seinem Herzen einen unermeßlichen Verlust. Und der physische Schmerz schwoll an, stand mit scharfem Profil da, Wolf führte die Hände an sein Blauauge. Er spürte das Blut fließen, ohne es zu sehen. Dieses unsichtbare Blut war fürchterlich. Wolf lief durch den Liebesgarten, die Handflächen gegen das Auge gepreßt, aus dem das Leben gewichen war ... Er rief um Hilfe. Leute kamen. Er sagte, er habe sein Blauauge verloren. Dieser Satz verfolgte den jungen Mann fortwährend, der zu ihm ging, ihn an der Hand nahm und ihn aus dem Garten fortzog.

Man weiß, daß Wolf dann später erzählte, ein Falke sei auf ihn herabgestoßen, um ihm das blaue Auge auszuhacken. Er erinnerte sich an das wunderbare Rauschen von Flügeln oder Haaren und den noch leiseren Duft nach Vogel oder Schwester ... Der Hieb saß. Der Schnabel oder das Messer schnitt in die Iris und tötete Wolfs Azur.

Er fand nie heraus, ob es Flügel waren, Haare, nie, welcher rasch verflogene Geruch das war . . . sein Schmerz war maßlos und innerlich, schon ehe das Feuer in sein Auge schnitt und immer spitzer wurde und schwoll, bis es ins Hirn hineinbohrte und die bodenlose Leere füllte, wo Wolf die Welt verloren hatte.

In den folgenden Tagen nahm er den Schmerz in Besitz und war weniger einsam. Der Schmerz, von Beruhigungsmitteln gedämpft, wiegte ihn wie eine Schwester. Seine Genesung dauerte lange auf dem Kahn, über dem Rauschen der Wellen. Ehra war da.

Ich bin oft in den Luxembourg zurückgegangen, weil ich sie gerne sehen wollte. Bald wurde meine Hoffnung erhört. Doch saß die junge Jüdin nicht mehr lesend auf der Bank. Diesen Platz hatte ihre Mutter eingenommen – immer noch schön, üppig, mit schwarzem Haar –, während das Mädchen auf dem Tennisplatz spielte. Die Mutter las nicht. Sie schaute der Tochter mit leicht erstauntem Lächeln zu, voller Wohlwollen, in das ein wenig Traurigkeit eingesprengt war. Die Mutter schien zwischen ihren Gefühlen aufgeteilt. Ihr Gesichtsausdruck hielt Zärtlichkeit und Zuneigung aufrecht, aber die Schönheit ihrer Tochter, wie mit einem Schlag enthüllt, versetzte ihr eine unklare Wunde, aus der auch Liebe strömte wie bei einem neuen Gebären. Die Mutter hielt sich aufrecht, die Kniekehlen gegen die Bank gepreßt, den Körper vorgereckt, mutig, ihrer Tochter entgegengestreckt, mit angespanntem Gesicht.

Und das junge Mädchen lief über den roten Boden. All das Rot rauschte im Wind, um die langen nackten Beine. Wenn die Tochter loslief oder plötzlich stehenblieb, öffneten sich hellere Spuren im Rot. Ihr Gesicht ging über von wachsamer Konzentration und sieghafter Freude. Sie stürzte sich auf die Bälle wie auf eine Frucht. Ihr Arm wurde länger, sie schlug den Apfel des Begehrens, und der Schläger gehorchte dem Mädchen und gab bei jedem Schlag ein sattes, klatschendes Geräusch von sich. Das Mädchen liebte diesen runden Klang. Es erzeugte ihn sorgfältig, schickte ihn der Partnerin hinüber, die sich bemühte, ihn intakt zurückzuschicken. Der Ball und die Schläger waren Werkzeuge, dieses Geräusch das Ergebnis, die Fülle des Glücks der beiden. Die Beine der Jüdin waren schöner geformt und ausgebildet, als ich es mir je vorgestellt hätte, die Schenkel waren lang und glatt, mit junger, eben erst gefestigter Muskulatur. Ihr Haar wehte beim gerinsten Luftzug auf. Schwarz. Auf dem Gesicht des Mädchens stand Schweiß. Der Hals, die Schultern, die Arme hatten eine Anmut, eine Helle. Die junge Jüdin erschien frisch, neugeboren. Von Zeit zu Zeit warf sie ihrer Mutter einen Blick zu und stieß ein Lachen aus wie ein fast tierhaftes, triumphierend kehliges Bellen, wenn sie einen Punkt geholt hatte. Dieser herrliche kleine Schrei läßt sich nicht beschreiben, der sich in der Lunge des jungen Mädchen und noch tiefer in ihrem Körper formte, der aus ihrem Körper der Freude, ihrem Körper der Herrlichkeit drang ... Es lag so viel Trunkenheit in diesem Lachen, das einen Augenblick lang von der atemlosen Anstrengung in der Kehle gefangen blieb, wiedererstarkte und sich befreite, aufklang, die junge Jüdin überrieselte wie ein Springbrunnen. Ich hätte mich gerne unter dieses Lachen gestellt, unter seine keuchenden Luftsprünge, damit es über mein Gesicht und meinen Körper gelaufen wäre, damit diese Kaskade mich belebt hätte.

Selig wohnte ich der Epiphanie der jungen Jüdin mit den klar umrissenen Beinen bei, deren schwarzes Haar bei jedem Sprung einem Ball hinterher aufflog. Ihr Röckchen knitterte im Wind und hob sich blütenartig. Ich sah einen ganzen Schenkel bis zum Ansatz des fleischigen, blasseren Hinterns. Der Windstoß hob mit einem Ruck all diese weißen Blütenblätter, preßte sie gegen die Hüften und enthüllte das Winkeldreieck der Liebe zum ersten Mal. In der Abendsonne sah ich die knappe Unterwäsche des jungen Mädchens, das sich dem Glück hingab und endlich seine allzu schöne Mutter irritierte.

Ein Glück, daß ich diese Vision der Schönheit hatte, ehe mich der Schrecken überfiel. Zuerst ging er mir an den Hals. Eine brennende Empfindung. Der ganze Schlund war gerötet. Ich hatte Fieber. Ich ließ es Marguerite sagen. Sie riet mir, zu Hause zu bleiben. Sie beobachtete mich neugierig, bereits mit Interesse, vielleicht war nun ich an der Reihe . . . Ihr Student durchlitt eine erste Attacke, die eine ausgedehnte und entscheidende Schlacht verhieß. Ich rief Freunde an, die Beziehungen in der Welt der Medizin hatten und von denen mir schon der berühmte Dr. P. empfohlen worden war. Sollte ich den nochmals aufsuchen? Sie redeten mir zu, lieber zu Dr. F. zu gehen, denn meine häufig wiederkehrende und virulente Angina rief weniger nach einer so eklektischen Begabung wie der von P. als nach dem großen Spezialisten.

Ich machte mich auf den Weg in ein nobles Viertel: eine lange Straße alter Häuser mit Friesen und stattlichen Balkonen. Man ließ mich in ein außergewöhnlich großes Wartezimmer eintreten, eher einen Salon, mit glänzendem Parkett, üppigen Teppichen und einer diskret blau-goldenen Tapete. F. erschien. Er war hochgewachsen, jung, nervös. Um die Augen standen tiefe Ringe. Das Gesicht drückte große Müdigkeit aus. Er ließ mich in das Sprechzimmer ein, das im Gegensatz zum Warteraum extrem eng war, eine Art kaltes, technisches Futteral. F. ließ mich den Mund öffnen, zögerte keinen Augenblick und verschrieb mir Penizillinspritzen. Keinerlei Gespräch. F. schien ungeduldig, intensiv beschäftigt mit irgend etwas anderem. Der Student da interessierte ihn nicht. Mich faszinierte dieses Desinteresse, diese fieberhafte Unruhe F.s – wovon besessen, von welcher Angst, welcher Leidenschaft?

Schon malte ich mir den Lebensroman F.s aus, in prächtigen Salons und in diesem verborgen winzigen, kalten Kabinett. F. hatte grünliche Augen, sein Gesicht schien leicht aufgedunsen von Schlaflosigkeit, und vor allem seine Augenringe erstaunten mich, dunkel und faltig. Dieser Mann hatte andere Sorgen als eine kleine Angina. Die großen Spezialisten halten nichts von komplizierten Behandlungen: Penizillin und Schluß! Und mein Fall war erledigt. F. machte sich nicht die Mühe, mir irgendwelche anderen komplizierten Antibiotika zu verschreiben. Ein Mann, der direkt drauflosging und die Menschen verarztete wie Pferde, ohne überflüssige Schnörkel. Die Konsultation war sehr teuer. Sie fraß einen Teil meiner Ersparnisse auf. Aber F. war eine Kapazität, das lohnte sich schon.

Marguerite riet mir nach meiner Rückkehr, mich wegen der Injektionen an Mademoiselle Poulet zu wenden, die, wie man wußte, im Krieg und später noch Krankenschwester gewesen war, und deren gute Dienste sie selbst bei Bedarf bemühte. Marguerite beeilte sich, ihr „Hühnchen", ihre kleine Poulet zu benachrichtigen. Ich kaufte das Penizillin. Am selben Abend noch kam ich bei Mlle. Poulet vorbei und klopfte an ihrer Tür. Sie ließ mich eintreten. Zunächst sah ich sie nicht. Ihr nur trüb beleuchtetes Zimmer war blaugeblümt tapeziert; ich nahm etwas wahr wie eine Bewegung einer Tapetenbahn. Etwas Massiges hatte sich gerührt: sie war es, auch blau und geblümt. Rasch richtete sich meine Wahrnehmung auf die Wirklichkeit ein. Mlle. Poulet trug ihre ewige Bluse mit den Blumen, und ich hatte sie mit der Wand verwechselt. Sogleich konzentrierte sich mein Blick auf einen neuen Gegenstand, eine dicke Spritze von archaischem Aussehen, die genügte, damit das bewegte, geblümte Ensemble, aus dem sie hervorstach, auseinanderfiel. Mlle. Poulet wies mich an, die Hose herunterzulassen: „Hosen runter!" Die alte Jungfer duzte mich und machte keine Umstände. „Los!

Streck den Hintern her!" Sie zog den Inhalt einer Ampulle mit der dicken Spritze auf, die noch aus dem Krieg stammte, und pflanzte mir die Nadel hoch oben in den Hintern, nicht weit vom Ischiasnerv. Denn Mlle. Poulet litt nicht nur unter einer leichten Arthritis in den Fingern, sondern war auch recht kurzsichtig. Ich erfuhr später, als ich jemandem die Spuren der Injektionen zeigte, daß ihre Technik sehr salopp und gefährlich war. Der Schmerz durchdrang mich. Denn „mein Hühnchen" schob die Nadel langsam in das Fleisch wie einen Pfahl in die Erde, anstatt mit einem raschen Schlag, wie man es machen muß.

Von diesem groben Eingriff abgesehen war Mlle. Poulet gutmütig. Ihr Gesicht war heiter, ihr Teint grau. Sie klopfte mir auf den Hintern: „Also! Kannst dich wieder anziehen, mein Kleiner!" Es war wie im Krieg. Sie war wieder im Dienst, es verjüngte sie, mir eine Spritze zu geben. In den nächsten Tagen wiederholte sich diese Szene mehrmals. Ich klopfte, ich sah, wie sich eine enorme geblümte Kugel von der Tapete löste, aus der die Spritze hervortrat, metallblinkend und respektgebietend. Dann folgten in gewissem Abstand das gutmütige Gesicht von Mlle. Poulet und ihr weißes Haar. „Hosen runter!" oder „Zeig deinen Hintern her!" Und sie stach zu mit ihrem Walkürenspeer. War das eine Rache, ein geheimes Laster? Sie tat mir jedesmal grausam weh. Vergeblich versuchte ich meine Empfindungen zu ignorieren, mich von ihnen abzuriegeln, wie es mir als Halbwüchsigem gelungen war, wenn ich am Schultreppengeländer meine Kamikazeloopings drehte. Mlle. Poulet wackelte geschäftig lachend und rief: „Also! Zieh sie wieder hoch, Kleiner!"

Anny war da, als die ersten Symptome auftraten ... So rasch, so außergewöhnlich. Zuerst zeigten sich in meinem Schlund ein paar winzige Schwären wie Lippenbläschen. Am folgenden Tag war er ganz damit übersät. Ich gurgelte literweise mit Mundwasser, immer noch im Glauben, ich hätte es

265

mit einer Angina zu tun. Außerdem stand mir noch eine Runde Penicillin zu. Ich weigerte mich, Anny meinen Hals zu zeigen. Ich schämte mich, krank zu sein. Jedenfalls liebten wir uns wie gewöhnlich. Dieser Instinkt hält allem stand. Wahrscheinlich waren sie sogar noch auf dem Floß der Medusa scharf. Ich möchte sogar meinen, daß die Ängstlichkeit und das Fieber mir mehr Schwung, Präzision, Innerlichkeit gaben, mehr Leidenschaft . . . Unser Zusammensein war dramatisch und wild. Anny auf allen vieren auf dem quietschenden Bett und ich über ihr, mein Schlund scharlachrot, keuchend, mit vierzig Fieber, halluzinierend wie eine Rothaut voll Peyotl.

Anny ging dann, besorgt wegen meines erschöpften Aussehens und meiner versagenden, schwächlichen, fast unhörbaren Stimme. Ich sehnte ihr Gehen herbei, um ihr meinen zerrütteten Zustand zu verbergen. Ein Durchfall überkam mich, eine seltsame Diarrhöe, die meine Eingeweide gar nicht quälte, eine Kolik unbekannten Typs, gemächlich, stetig, ohne Zuckungen. Ein Rauschen und Raunen, als schwatze mein Hintern indiskret vor sich hin. Es war abstrakte Materie, ein Geräusch proustischer Wortparaden . . . Ich schiß etwas Erzengelhaftes aus mir heraus. Ich begriff später nach der korrekten Diagnose, daß dies meine Darmflora war. Dieses gärtnerische Wort hat etwas blühend Pastorales. Die Flora machte sich zischelnd auf den Marsch, all meine inneren Waldungen mit ihrem Humus, die Veilchen und Anemonen meiner Gedärme. Das dauerte einen ganzen Tag. Die Nacht kam. Das Fieber stieg zu einem raschen Paroxysmus an. Meine Kehle war eine einzige Wunde. Marguerite, aufmerksam geworden, wollte sie sehen. Ich weigerte mich. Ich weiß nicht warum, aber ich ließ an diesem Abend keinen Arzt holen, benachrichtigte Professor F. nicht. Ich fürchtete, diesen sensiblen und zarten Mann nur zu stören in seiner Leidenschaft, seinen Wirren, seinem Narzißmus, seiner sich endlos erstreckenden schönen Wohnung. Vielleicht hatte ich keinen Begriff vom Ausmaß meiner Erkrankung. Ich dachte, sie würde von selbst nachlassen, da ich ja mit Penizillin vollgestopft war. Das mußte doch bald seine Wirkung zeigen. Oder tat sich ein tieferer, unbewußterer Grund in mir auf? Wie eine Sehnsucht, zu versinken, bis ans Ende des Schmerzes zu kommen, mich in eine Krankheit ohne Wiederkehr zu flüchten, um nicht ins Leben hinausgehen zu müssen.

Ich legte mich hin. Marguerite schaute gegen elf Uhr abends durch die halb geöffnete Tür, machte das Licht an und musterte mich mit ihrem bösen Blick, mit einer Miene, als wittere sie den Tod. Ich sah dieses ungetreue Gesicht. Es schien mir, als kenne ich es schon von jeher – diesen leeren, düsteren Blick ... Ich begriff, was sie dachte: „Der wird mir doch nicht hier im Haus krepieren?" Ich murmelte, daß es ganz gutginge. Sie wartete. Die Fee Carabosse mit dem Holzpantinenkinn, im Nachthemd, ganz verrenkt von der Prothese. Sie besaß keinerlei Mitgefühl. Das erstaunte mich erst später. Sie strich mir nicht über die Stirn, redete mir nicht leise zu. Sie erkundigte sich nur, das war alles, sie beobachtete mich mit ihrem scheelen Auge, unwillkürlich angezogen, was auch entsetzlich war, mit dieser Mischung aus Todesneugier und Ablehnung aller Verantwortlichkeit. Sie wußte nicht, wie gefährlich das Übel war, das in meinen Schleimhäuten raste. Aber sie erschnüffelte instinktiv die Katastrophe. Vom Flur her ließ sie ihren tückischen Blick über mich streifen. Dies war also doch der große Tag. Marguerite erschien mir auf der Türschwelle, in meinem Fieberdelirium, unheimlich wie ein Phantom. Sie zögerte. Ich murmelte noch einmal, sie solle mich nur hier liegenlassen. Ich würde schlafen ... Und es stimmt, daß die Schlafmittel, die ich geschluckt hatte, mir die Gedanken trübten. Ich konnte nicht mehr sprechen, mein Speichelfluß stockte, ich verwandelte mich in einen Steinblock des Leidens, einen glühenden Monolithen.

Es gab nur eines – in diesem schrecklichen Würgeeisen aus-
zuharren und mit einer nachgerade unwahrscheinlichen Ge-
duld zu warten, daß das Penizillin endlich wirkte … Marguerite sah mich ein letztes Mal an und schloß mürrisch die
Tür.

Tatsächlich wirkte das Penizillin, das unübertreffliche. Es
war in voller Aktion, es führte eine Razzia durch. Es war der
wahre Grund meines furchtbaren Zustands. Aber das wußte
ich noch nicht.

Plötzlich erwachte ich in der Nacht. Mein Schlund war nur
noch ein massiver aufgesprungener Stein. Ich konnte nicht
mehr schlucken, ich konnte mich nicht mehr regen. Ich hörte
etwas – ein Geräusch in meinem Zimmer. Und ich sah sie:
Marguerite, riesenhaft, unbeweglich, mit toten Augen. Sie
war häßlich, doch erschien mir diese Häßlichkeit überirdisch,
eindrucksvoller als die Schönheit. Ich war ergriffen, hingerissen … ich wollte mich der Königin unterwerfen, ihrem
Gesetz, das mich verurteilte. Doch mit einem Mal zuckte auf
dem Grunde meines Wesens etwas auf. Zuerst habe ich mich
gegen den glühenden Stein gestemmt. Ich habe das Gefühl
gehabt, ihm gegenüber zu wachsen, ihn zu beherrschen, ihn
umzudrehen, und ich habe mich auf seiner rauhen Felsober-
fläche liegen fühlen. Eine außerordentliche innere Spannung
erregte mich im Fieber. Ich fühlte meinen Schmerz nicht
mehr. Ich habe mich auf die Knie niedergelassen, ganz vorn-
über gestreckt. Dann rief ich Marguerite aus meinem Todes-
schrecken zu:

„Du wirst mich nie kriegen!“

Ja, ich habe mich auf dem Rücken des großen Steins aufgerichtet. Ich habe Marguerite meine Weigerung ins Gesicht geschleudert. Unter der lastenden Wucht des Steins
habe ich aus irgendeiner Quelle geschöpft, die noch da war
… dort, wo immer mein Bestes lebendig war; das Gesicht
von Anny, die Heiligkeit Neuzils und die jugendliche Notre-

Dame, dieses Gefühl von Ewigkeit und Schönheit in der sternbesäten Lust. Ich bin sicher, daß ich aus dieser unversehrten Tiefe die Energie geholt habe, Marguerite anzuschreien, sie würde mich nie kriegen. Nie! Und ich weiß mittlerweile, daß diese Szene einen noch früheren Kampf wiederholte, einen offenen Schmerz, aufgestachelt von einem dikken, schneidenden Kieselstein in meiner Lunge, in meinem Kleinkinderbauch. Zwischen Leben und Tod. Mit demselben unwahrscheinlichen Hochzucken, derselben animalischen Auflehnung ... Demselben ungeheuerlichen Schrei, hervorgestoßen aus meinem blinden Ich.

Am nächsten Tag rief ich Professor F. an. Ich weiß nicht, wie ich es fertigbrachte zu sprechen. Marguerite sagte mir, ich solle ein Taxi nehmen. Ich gehorchte. Ich kam bei F. an. Er zog mich sofort in sein Sprechzimmer, ins Futteral, öffnete mir den Schnabel, warf einen Blick hinein, machte wieder zu, erklärte:

„Es handelt sich um einen Soor, setzen Sie sofort das Penizillin ab."

Er verschrieb mir eine große Menge Antimykotika. Er sprach kein weiteres Wort, der Arztbesuch dauerte fünf Minuten. Professor F. war bei der Verschreibung des Antidots ebenso genialisch wie bei der des Giftes. Er wechselte blitzartig die Partei. Er zögerte niemals. Schon stand ich draußen. Ich sah den Ausdruck auf F.s Gesicht vor mir, als er mich verabschiedete, seine ungeduldige, schlaffe Miene, ein einziger obsessiver Gedanke beherrschte ihn, eine ganz persönliche Angelegenheit: Eifersucht, Bruch ... etwas in dieser Art.

Soor also: *Muguet,* ein hübsches Maienwort, Maiglöckchen bedeutet es auch, eine Liebesblume ... und diese stinkenden kleinen Zotten hatten mir Schlund und Kehle besetzt und bedrohten die anderen Schleimhäute meines Körpers, die Lunge, den Anus, all das da drunten, von beiden

Enden schickten sich diese Blümchen an, sich zu vereinigen und mich ganz zu durchdringen. Später wurde mir klar, daß das Risiko einer vollständigen Invasion bestand. Die ganze Schleimhaut durchsiebt, zersetzt, eine einzige wimmelnde Wunde. Aber F. hatte den scharfen Blick, in zwei Sekunden hatte er die verhältnismäßige Geschwindigkeit der letzten Nachwirkungen des Penizillins und der ersten Effekte des Antidots kalkuliert. Er war zu dem Schluß gekommen, daß das letztere siegen mußte. Er hatte mich nicht in ein Krankenhaus eingewiesen. Vielleicht wollte er an mir seinen Liebesverdruß rächen, vielleicht war er das Risiko wegen der damit verbundenen Erregung eingegangen oder aus sadistischer Antipathie gegen diesen Studenten, diesen jungen Burschen, der es verdiente, für einen anderen zu büßen.

Es gibt Augenblicke, da man den Weg des Todes kreuzt. Gewisse Umstände, Zufälle, Selbstgefälligkeiten, Achtlosigkeiten führen uns dorthin. Ich glaube an Thanatos, an den Pulsschlag des Todes, an seinen Kampf mit Eros, an die untergründigen Verbindungen zwischen beiden. Der Sadismus von Professor F., mein eigener Masochismus, Marguerite, die den Tod liebte – alles führte zusammen in die Falle, in die Schlinge.

Im Verlauf von drei Tagen ging zwar das Fieber zurück, doch der Schmerz blieb derselbe. Ich konnte nichts herunterbringen. Anny rief aus Lothringen an und ihre Stimme beruhigte mich. Dann wurde der wuchernde Soor dicklicher, samtener, und das war der Anfang der Heilung.

Als Anny einige Tage später zurückkam, war die Schlacht geschlagen. Ich war abgemagert. Ich war blaß. Anny nahm meine Hand und küßte sie. Ich sah ihr kindliches, rosiges Gesicht an, die großen blauen Augen, die sie nun schloß. Ihr Mund drückte sich in langsamen Küssen, in die sie ihre ganze Liebe legte, auf meinen Mund. Und ich fragte mich, warum ich es beinahe zugelassen hatte, daß ich starb. Zwischen Marguerite und Anny hatte ich eines Abends ein paar Stunden lang in der Schwebe gehangen ... Aber auch die Liebe war für mich eine ungeheure Beklemmung, die Angst, ich könnte Anny nicht gerecht werden, die Angst, ich könne sie verlieren, die Angst vor dem Leben, das Liebe am Ufer des Todes ist. Angst vor allem, vor dieser riesigen, weitgeöffneten, großartigen, unmöglichen Welt. Angst, mich nicht wieder zu dieser Welt gesellen zu können, und der Wunsch, wieder ins Bett zu gehen, in die Schattenwelt, ins Leichenlaken meines Zimmers, um Mitternacht, unter Marguerites gierigem Blick.

Mit der Doppelnatur Marguerites lebte ich, ohne sie mir zu erklären. Ich gab mich ihrer Wirkung maßlos hin. Ich kann nur immer wieder sagen, weil das ja die ganze Frage ist, um die es geht, die eigentliche, einzige Frage: Sie war das Leben und der Tod in äußerster Steigerung. Aber warum? Das Leben, das begriff ich, dieser Lebensinstinkt brannte in mir selbst. Aber der Tod ... Diese schlimme, ja, diese böse Marguerite, die mir Angst einjagte, wo war sie hergekommen? Zweifellos hatte sie mit dem Entsetzen ihres ausgerissenen Arms gelebt, war verachtet und zurückgewiesen worden, das rechtfertigte ihre Intimität mit dem Tode. All die Todesaffären, die sie anzuziehen schien: die Exhumierung ihres Mannes, die Studentin vor mir, die Selbstmord begangen hatte. Ich weiß es. Ich habe es oft gesagt: Es schien mir, als bringe Marguerite Unglück. Aber ich erriet eine tiefere, unbeweglichere Schicht ihres Wesens, eine noch düsterere, das wahre Sediment des Schreckens, ohne es klar benennen zu können. Überall auf diesen Seiten ahnt man den Abgrund, ohne daß ich ihn bezeichnet hätte. Johann Neuzil hat mich aufgeklärt. Während meiner Rekonvaleszenz hat er mir plötzlich enthüllt, daß die Rue Pavée, wo Marguerites Haus stand, im Jahre 1942 einer jener Orte gewesen war, wo man aufs Grausamste die Fahndung auf die schließlich im Velodrome d'Hiver zur Deportation zusammengetriebenen Juden durchgeführt hatte. Die Hetzjagd war hier unerbittlich und gnadenlos gewesen. Nun begriff ich meine Intuitionen, meine Beklemmung besser. Straße und Haus waren mir oft wie Orte eines diffusen, tiefen Entsetzens erschienen. Abrupt hatte mich Marguerite mit Furcht erfüllt, und ich hatte nicht gewußt, woher diese Grimasse des Bösen kam. Oft hatte ich beim Gang durch die Straße die Dunkelheit auf mich fallen fühlen. Ich hatte an den Mauern einen Schatten gesehen, einen großen schwarzen Umriß wie einen versteinerten Schrei. Die Menschenmengen ängstigten mich, und bestimmte Tage des Gewühls, des Tumultes. Wie ein Wahnsinn, der wieder die Straße entlangstürmte. Meine Verbindung mit der jungen Jüdin, diese bedrohte Freude, diese fragile Betrachtung auf schwarzem Grund, hier gehörte das alles hin. Die Ursache wurzelte dort unten in der Asche. Hier hatte die schwarze Gewalt stattgefunden. Gejagte, gehetzte, zusammengetriebene, auf die Straße gestoßene Familien. Zusammengeschnürte Kehlen, hervortretende Augen. Die Fackeln des Schreckens. Und ich wußte vor allem anderen, daß Marguerite, wenn sie damals hier gewohnt hätte, ohne Bewegung zugesehen hätte, zugesehen nach Herzenslust. Wenn ihr Blick mir angst machte, die Gier dieses Blicks, von der ich unablässig spreche, dann deshalb, weil er dies gesehen hatte, hätte gesehen haben können. Marguerite war damals fünfunddreißig. Ich wollte nicht wissen, ob sie damals schon hier in der Straße in Nummer 9 oder einem Nachbarhaus gewohnt hatte. Ich glaube schon. Hätte sie Verrat begangen, hätte sie jemanden denunziert? Ich will es nicht glauben. Aber ihrer neugierigen und monströsen Passivität bin ich mir gewiß. Sie, jawohl, an ihrem Fenster, hinausgebeugt, um das Fürchterliche zu betrachten. Mitleidlos, unersättlich. Mit einem Zug des Anonymen in ihrer Begierde, des Grenzenlosen, Stumpfen.

Eine Erinnerung bestätigt mir diese Ahnung. Vor einigen Monaten hatte ein Fest in der Rue Pavée stattgefunden, vor der Synagoge: Es war Yom Kippur. Die Leute hatten sich dort gegen Abend getroffen und redeten lang und viel miteinander, sie warteten, glaube ich, auf das Ende des Fastens. Und Marguerite schaute aus dem Fenster zu. Sie gab keinen Laut von sich. Kein Kommentar. Stumm kaute sie. Aber ich sah ihre Augen, ihre Miene, es war da etwas Übles, Heraufgeholtes, Fernes, Nachgeschmecktes, Ausgekostetes. Erinnerte sie sich an die Straße? An die schwarze Nacht? Das Zusammentreiben der Juden? Ich hatte da etwas erspürt, sie wiederkäute ein Geheimnis, ein altes Bild ... Dann enthüllte mir Johann Monate später die Treibjagd in dieser Straße. Ich begriff, daß der Horror, der manchmal von Marguerite ausging, auch mit diesem Abgrund in Verbindung stand. Es war nicht nur der Schrecken ihrer eigenen Biographie, sondern ein immenses, bodenloses Schrecknis der Geschichte, eines, das alle Geschichte vernichtete und die Zeit zerspringen ließ. Marguerite verkörperte an den Tagen der Angst etwas wie die Gestalt einer alten kannibalischen Göttin, ja, einer Menschenverschlingerin allein kraft ihres Blickes, der Gier ihres Blickes ... gierig und trübsinnig.

Aber Marguerite war wieder harmlos und munter geworden
... glücklich über meine Genesung. Sie überschwemmte uns,
Anny und mich, mit Ritornellen von „ihrem Andi Dassary".
Das war das eigentliche Geheimnis Marguerites, dieses Gold,
das sich mit dem schwarzen Mineral des Todes amalgamiert
hatte. Sie hatte ein Huhn kochen lassen, unzweifelhaftes Anzeichen einer Festivität, sie tischte lustig ihren Wein auf. Sie
stieß mit uns an, schwatzte und gluckste, redete unablässig
... Marguerite, die Lebhafte ... Und in der Nacht dachte
Marguerite, glaube ich, mit Vergnügen daran, was Anny und
ich in vollen Zügen trieben ... All das seidige, glühende
Fleisch Annys wie zusammengedrängt und aufgebläht auf
meinem Schwanz, zusammenströmend in meiner Unersätt-
lichkeit. Und ich, hineintauchend in ihren Fluß, mich an ihr
satt trinkend, wie ein glückliches Tier zwischen ihren Beinen, keuchend, in unserem Schweiß, geschaukelt von unserem
Liebesgesang, von diesem „Ja, wie gut! So gut!", sublim und
durchdringend.

Neuzil schleppte sich in Marguerites Wohnung, um mich zu
sehen. Er wußte, daß ich sehr krank gewesen war. Er verzieh
es sich nicht, daß er nicht schon früher hatte kommen können, aber sein Fuß nagelte ihn zu Hause fest. Er hatte sich
schlimm verändert. Er war nun ein gepeinigter Greis, selbst
seine Heiligkeit war unter der Kralle seiner Schmerzen erloschen. Sie beherrschten ihn ganz – ihr Fortschreiten, die
Drohung einer neuen Amputation. Johann Neuzil hatte sein
Strahlen verloren. Er konnte nicht mehr mit Güte lächeln.
Sein Lächeln war armselig. Er wollte trotzdem wissen, wie es
mir ergangen war. Ich schämte mich, ihm von dem gefährlichen Irrtum mit dem Penizillin zu erzählen, ich kürzte den
Bericht ab, es ging mir ja auch wieder besser. Ich wagte es
nicht, ihn genauer nach seinem Diabetes und nach dem
Wundbrand zu fragen. Er las es in meinen Augen. Er schloß

die seinen sanft und schüttelte den Kopf, um mir zu bedeuten, daß wir uns wohl verstanden hatten und daß es nicht notwendig war, davon zu sprechen, daß er nichts hinzuzufügen hatte, nichts weiter zu hoffen – daß es aus war. Ich hätte gerne widersprochen, aber Neuzils Luzidität ließ mir keine Wahl, keine Möglichkeit der Lüge, des blökenden Optimismus um jeden Preis. Ich hätte Neuzil nur enttäuscht. Das einzige, was ich ihm bieten konnte, war die brennende Erinnerung an meinen Schmerz. Die Nacht der würgenden Angst, das verband uns, diese Begegnung mit dem Äußersten. Er las die Spur davon in meinem Gesicht. Und das genügte.

Da trat Osiris ein. Er vermied alles Auftrumpfen, jegliches Verführungsmanöver. Osiris war ruhig und aufrichtig. Er setzte sich zu uns an den Tisch. Ich fürchtete, ich müsse wieder mein Penizillinabenteuer berichten. Er wußte schon alles. Instinktiv vermied er beim Anblick Neuzils jedes Gespräch über den Schmerz. Osiris sah sich langsam in Marguerites Eßzimmer um, sah das Büffet im Renaissancestil an, das Linoleum, den Fernseher, die ältlichen Gegenstände ... Er lächelte uns zu, ließ uns auskosten, wie seltsam unsere Begegnung an diesem Ort war, an diesem Tag. Rue Pavée Nr. 9, bei der einarmigen Marguerite, warum das denn? Nach und nach fing er zu reden an, aber sehr sanft, ohne Theater ... vorsichtig näherte er sich Notre-Dame, dem Thema, das uns faszinierte, Neuzil und mich. Osiris wußte von Johanns Aufstieg auf die Turmspitze. Und er redete von den Madonnen:

„Die schönste Jungfrau ist vielleicht nicht die vom Sankt-Annen-Portal, die in der Majestät thront, die romanische Göttin, erhaben und kosmisch – um Ihre Worte aufzugreifen", sagte er und schaute mich an, „ich vergesse Ihre Worte nie ... Also! Ich weiß, Sie haben ein Faible für die aus dem vierzehnten Jahrhundert, die im Chor, die ganz sanfte, süße, zierliche, italienische ... Nein, die unwahrscheinlichste ist die vom nördlichen Querschiff, die aus dem dreizehnten Jahrhundert mit ihrem ganz natürlichen, vertrauten Ausdruck, halb Madonna, halb Matrone, wie eine junge Frau, der man im Waschhaus oder auf dem Feld begegnet. Ich übertreibe nicht! Man möchte meinen, sie sei bei irgendeiner banalen Beschäftigung überrascht worden. Das ist vielleicht die schönste, weil sie die weltlichste ist, die am wenigsten erhabene, am wenigsten ätherische. Kaum mehr kanonisch – sie ist die kühnste, die unglaubliche Heilige Jungfrau, die des Nordens, der Kälte, der engen Straße, die von niemandem je besucht wird. Und sie hält sich gut dabei! Aber schauen Sie, die Geschichte ist folgendermaßen ...“

Osiris setzte seine genießerische Kennermiene auf. Ich begriff, daß er ein neues mehr oder weniger authentisches, apokryphes, nach seinen eigenen krausen Erfindungen zugeschnittenes Histörchen zu erzählen hatte. Dies war der Osiris der goldenen Siebenschläfer, des Phallus der großen Glocke. Mich dürstete nach seiner üppigen Phantasie. Das war für mich die beste Medizin.

„Ja! Es ist der Jungfrau des Nordens tragische Not, daß sie nun glaubt, ihr Sohn sei tot.“

Selbst Neuzil zeigte seine Überraschung. Osiris hatte die Macht, unsere Aufmerksamkeit zu fesseln, indem er seine Geschichte aus unmittelbar packender Perspektive begann. Er ließ ein langes Schweigen folgen, damit sein Satz die volle Wirkung entfalten konnte, seinen Reim! Die tragische Not. Ihr Sohn sei tot.

„Sie hält ihren Sohn nicht mehr in den Armen, das ist klar ... Offiziell heißt es, daß er gestohlen worden sei, während der Revolution zerstört wie die anderen Statuen, die Evangelisten aus der großen Galerie ... Und sie blieb stehen, im Norden, den Sohn hat man ihr amputiert.“

Osiris schrak nicht vor dem Gebrauch dieses Wortes zurück. Er wußte, was er tat, trotz Neuzil und gerade seinetwegen. Das beste war es, ohne Umschweife das Richtige zu sagen, die Wahrheit auszusprechen.

„Aber ich frage Sie, was aus dem kleinen Jesulein wohl geworden ist!"

Und Osiris brachte uns zum Lächeln durch diesen abrupten, impertinenten Wechsel der Tonart. Er hob wieder an:

„Ich glaube nicht, daß er zerstört worden ist. Er ist gestohlen worden, das stimmt! Ein Diebstahl, das hat etwas, das ist lebendiger . . ."

Osiris schaute uns dreist an. Er war schön, ganz konzentriert. Er wußte wohl, daß wir an die Schiele-Zeichnung dachten, daß Neuzil zusammenzucken mußte bei dieser Erwähnung von Diebstahl. Und ich, der ein wenig um eine direkte Antwort an Osiris verlegen war (wenn ich ihn auch in meinen guten Augenblicken durch die Vielfalt, die Gewähltheit, den tönenden Klang meiner Worte beherrschte), ich wollte ihm doch diese Beschwörung des Diebstahls nicht durchgehen lassen. Ich wollte ihn hier ein wenig festhalten.

„Wieso ist der Diebstahl lebendiger?"

„Mein Kleiner, wenn das Jesulein zerstört wird anstatt gestohlen, dann ist es ja wohl kaum mehr besonders lebendig."

„Ja, aber Sie haben angedeutet, daß der Diebstahl an und für sich etwas Lebendiges ist . . ."

Osiris schaute mich an und begriff, daß ich nicht nachgeben würde.

„Ich kann nicht die ganze Sache erklären. Vielleicht geht es auch um den Flug der Falken. He, das ist hier wie da dasselbe Freiheitswort, *le vol*, der Flug, der Diebstahl. Aber mit diesem Kind, das man der Mutter des Nordens gestohlen hat, eröffnet sich ein Abenteuer. Dieser Sohn versteckt sich gewiß irgendwo. Die Köpfe der Evangelisten von der großen Galerie hat man später wiedergefunden. Man könnte schon morgen den Jesus vom nördlichen Querschiff finden. Denn zerstört ist er nicht, das weiß ich!"

Osiris wußte es, doch fühlten wir trotzdem, daß er im Schwarm seiner Legenden davonflog.

„Wo ist er?"

„Ach, das weiß ich nicht! Aber ich glaube nicht, daß er zerstört worden ist. Man hat ihn irgendwohin gebracht, wo er abwartet, wo er regiert."

„Warum sagen Sie ‚regiert'?"

„Weil das schön ist. Stellen Sie sich nicht blöd, ‚Herr Student'."

„Osiris, wo sehen Sie dieses Jesuskind?"

„In der Erde."

Alles hätte man erwartet, nur nicht die Erde.

„Eingegraben?"

„Ja, wie ein ewiger Baum."

„Aber es treibt nichts, Osiris!"

„Was wissen denn Sie? Ich sage Ihnen, er ist eingegraben ... unversehrt, von seiner gotischen Mutter abgetrennt. Aufrecht in der Erde, wie eine steinerne Wurzel."

Das war die Geschichte vom Christus aus dem nördlichen Querschiff, die einfachste Geschichte Osiris', die reinste. Das verlorene Kind, in der Erde eingepflanzt, fern von der Mutter, aber lebendig. Es gab nichts zu begreifen, alles zu erlauschen. Das Gesicht Neuzils hellte sich endlich auf.

Johann verließ uns. Osiris bot ihm an, ihn zu begleiten, und sagte, er würde zurückkommen, um sich von mir zu verabschieden. Er kam nach einer recht langen Pause wieder. Ich fragte mich im stillen, was er wohl mit Neuzil geredet hatte. Osiris war meine Neugier nicht verborgen geblieben.

„Ich habe länger gebraucht, das stimmt, aber wir haben über wesentliche Dinge gesprochen."

„Und ich habe keinen Zugang dazu ..."

„Sie sind klug genug, sie zu erraten. Man darf niemals alles aussprechen. Man muß das leben lassen, was noch nicht ausgesprochen ist."

„Ist es um die Schiele-Zeichnung gegangen?"

„Sicherlich . . . ich gestehe es, sicherlich. Denn Neuzil wird sterben."

Osiris sagte das ernst, ohne besondere Betonung. Und er wiederholte leise:

„Er wird sterben, der liebenswürdige Mann."

Ich schwieg. Und ich fing plötzlich an zu weinen. Osiris blieb aufrecht sitzen, erschauernd. Er wartete. Ich faßte mich und sagte:

„Osiris . . . Ich habe immer das Gefühl gehabt, daß Johann Neuzil ein Heiliger war, aber ich habe nie jemanden gefunden, der sich meiner Intuition angeschlossen hätte. Niemand ist mir gefolgt. Ein Heiliger, das war denn doch zuviel."

Ich wiederholte hartnäckig:

„Osiris! Neuzil ist ein Heiliger, nicht wahr?"

Osiris sah mich mit großer Autorität an und sagte scharf:

„Er ist ein Heiliger."

Dann fügte er hinzu:

„Ein Heiliger von erstaunlicher Reinheit in unserer Welt, schlicht und einfach."

Wie ich Osiris dafür liebte, daß er das in so schönem, so überzeugtem Ton sagte! Er verdiente dafür ganz Notre-Dame. Er war der Wächter der Träume. Es war der schwarze Sohn der Kathedrale und ihr afrikanischer Engel. Beim Abschied sagte Osiris:

„Als Geschenk zur Genesung: Wenn es sehr schönes Wetter ist, sehr warm, dann werde ich Sie beide, Anny und Sie, auf den Turm führen, und Sie können dort die ganze Nacht verbringen. Die Kathedrale wird Ihnen gehören."

279

Es kamen die Stürme, die schweren Regenfälle des Frühlings. Die Seine schwoll an. In der ganzen Stadt sprach man vom Fluß. Im Fernsehen verfolgte man das Ansteigen der Wasser. Es gab nichts, was man hätte tun können. Dagegen ankämpfen konnte man nicht. Und ich liebte diesen Sieg der Elemente über die steinerne Stadt. Bald standen die Quais unter Wasser. Bestimmte Straßen waren gesperrt. Anny und ich machten einen Spaziergang die Überflutungszone entlang, die von Metallgittern und Schildern „Durchfahrt verboten!" bezeichnet wurde. Der normale Grundriß von Paris, von seiner Lebensmitte, war nun verwirrt, zerstückt, abgefälscht, mit Warnungen und Hinweisen übersät. Und Notre-Dame badete beinahe in der angeschwollenen Flut. Wir stiegen auf den Turm und betrachteten die geweitete Wasserfläche. Die Seine erstreckte sich weit über ihr Bett hinaus dort drunten, durchdrang das Labyrinth bis zur Place de la Concorde und noch weiter. Es gab einzelne Lachen, Fransen schwarzen Wassers, Arme, die auf den Quais vordrangen. Die Île de la Cité war nun ganz Schiff geworden, Steven und Heck von der Flut umringt. Und die Falken sahen, wie die Wasser heranrückten. Der Kahn von Wolf und Ehra schaukelte auf der angestiegenen Seine hin und her. Die Ernte der von Ehra gesammelten Zeichen hatte sich in den dicken Bauch des Bootes geflüchtet, abgeschnitten von der überfluteten Stadt. Bruder und Schwester konnten nicht mehr an einem trockenen Quai an Land gehen. Zuerst legte man Laufbrücken aus. Dann brauchte man Ruderboote oder kleine Motorboote, um die Flottille der Kähne zu erreichen. Die ganze Breite des großen Südquais hinter der Île Saint-Louis wurde von der Seine überzogen, wie ein großer Teich. Wolf betrachtete das schwarze Süßwasser, das sich immer weiter dehnte. Als Osiris auf den Kahn zuruderte, stießen die beiden jungen Männer ein lautes Gelächter aus. Wolf forderte Osiris auf, sich nackt auszuziehen und so zu Ehras Arche zu schwimmen. Bruder und Schwester hätten gerne diesen großen schwarzen Osirisaal aus dem Wasser gezogen.

Eines Tags sahen Anny und ich einen Mann von dem Mäuerchen aus angeln, das die Südseite der Kathedrale von der Seine trennt. Hier breiteten sich die grünen Ranken des Efeus. Und der Angler warf seine Angelschnur aus. Wir hatten seine Kollegen schon weiter oben gesehen, flußaufwärts, oder auch den Fluß hinunter, hinter dem Pont Alexandre III, aber noch nie hatte es einer gewagt, sich hier rittlings auf die Efeumauer zu hocken, gerade unter dem großen südlichen Querschiff, dem mit der Christusrosette. Plötzlich straffte sich die Leine, sie krümmte sich. Der Mann lehnte sich zurück und zog mit der Kraft seiner Arme einen enormen Hecht an Land ... Die ganzen Passanten liefen zusammen. Der Fisch wand sich und sprang auf dem Boden, die Kiemen weit aufklaffend, die Schuppen glitzerten und das Maul öffnete sich in der Wasserleere. Er hatte den schönen, langen, archaischen Kopf des Zitterrochens, ein Eindruck, den die Lage der Flossen hinten am Körper verstärkte. Die vorstehenden Kiefer bissen klackend auf die Angelschnur, die in der Kehle festhakte. Der glückstaunende Fischer nahm den Hecht in die Arme. So trug er das schöne, glänzende, große Tier herum und fand sich schließlich vor dem Hauptportal von Notre-Dame. Ein Menschenauflauf war entstanden, voll begieriger Neugier. Der Angler legte seine Beute auf das Pflaster wie eine Opferspende für die Madonna, für die ganze Falkenkathedrale. Es schien mir, als ob der Christus des Hauptportals, der Christus des Jüngsten Gerichts, so breit, so erwachsen, jener, der nicht mehr dem Sohn gleicht, sondern das Gesicht des Vaters hat und seine Arme zu beiden Seiten kerzengerade ausbreitet wie ein Himmelsherrscher ... Es schien mir, als ob diese triumphale Statue den wunderbaren Fischzug, den Hechtfang grüßte. Die ganzen

Ränge der Apostel, Heiligen und Engel schienen den Fuß
auf den Bauch des Fisches zu stellen.

Ich habe während dieser Zeit die schriftliche Abschlußprü-
fung abgelegt. Auch wenn ich hier nie davon erzähle. Es ist
dies eben nicht die stärkste Erinnerung an damals geblieben.
Ich verdreifachte die Dosis Imménoctal, um einzuschlafen,
und verlebte – wie ich schon gestanden habe – meine Probe-
zeit in einem Schwebezustand, einem präzisen Rausch,
einer überwachen Halluzination. Man kann nicht sagen, daß
ich mich mit verbissenem Arbeiten umgebracht hätte. Das
Anstrengende war mein Eintritt ins Leben – all diese schwer
zu durchfahrenden Schleusenkammern, diese Fallen und
Foltern, vom Meniskus bis zum Soor, Marguerite nicht zu
vergessen. Ich beschränkte mich darauf, meine vorgegebenen
Texte genau durchzuarbeiten, im konkreten Detail, Seite um
Seite, Wort für Wort, aufmerksam auf das Profil der einzelnen Sätze achtend, ohne mich um Theorien und Arbeiten aus
zweiter Hand zu bekümmern. Lange habe ich fast wollüstig
die Intimität der Texte, des Textgewebes, untersucht. So
kannte ich das Terrain ohne große Schwierigkeiten. Meine
ganze Angst galt dem, was sich auf der anderen Seite ereig-
nen mochte, im Leben der ernsten Menschen . . . bis zum
Tod. Das war das eigentliche große Examen, während die
Prüfung nur ein kleines Winkeltürchen war, nicht die große
Türe, die sich auf das Unendliche öffnet.

Die mündliche Prüfung fand erst im Juli statt und ich verbrachte nun den letzten Monat meiner Jugend, den letzten
Monat der Nacktheit. Eine funkelnde Angst fraß unter dem
rohen Himmel an mir. Es war stets derselbe Schrecken,
durchzuckt, durchschossen von einer wilden Freude. Ich war
dem Abgrund bestimmt. Ich habe immer den Eindruck gehabt, daß meine Haut wie mein Denken nur ein fragiles
Inselchen ist, vom Nichts bedroht. Leben, das hieß jene er-

schrockene, lyrische Wachsamkeit, die nur an einem Faden über der Tiefe hing. Und ich kann dieses scharfe Schwindelgefühl nicht beschreiben, diese Empfindung, daß unten eine kosmische Grube klafft, ein Gefühl, bei dem mein Sein eine Flamme des Entsetzens aufschießen ließ.

Die erste Juniwoche war golden, das Wasser fiel. Ich brachte Osiris sein Versprechen in Erinnerung, und er erlaubte Anny und mir, eine Nacht auf dem Turm zu verbringen. Es war ganz einfach. Der Wächter stieg nach dem letzten Besucher- und Touristenschub wieder hinunter und vergaß uns droben. Unser Glück wäre vollkommen gewesen, hätten wir nicht erfahren, daß Johann Neuzil wieder im Krankenhaus war. Man mußte ihm den Fuß abschneiden, und diese Schreckensvision stießen wir mit allen unseren Jugendkräften von uns, wir ließen dieses Bild sich nicht in unseren Köpfen verfestigen. Feige weigerten wir uns, es anzusehen. Aber das Martyrium Neuzils hinterließ unwillkürlich und insgeheim den Eindruck einer Gefahr, deren Gräßlichkeit die ganze Welt unheimlich machte.

Osiris hat uns gegen neunzehn Uhr oben auf dem Turm zurückgelassen. Notre-Dame gehört uns, für eine Nacht. Dieses Geschenk ist so außerordentlich, daß wir regungslos in einer Ecke bleiben ... abergläubisch, eingeschüchtert. Verlobte der Kathedrale, Liebhaber der Madonna. Und doch ist all das um uns nur behauenes Mineral. Ein Bleidach mit einer Maserung aus Bemerkungen und Namen, die wir gut kennen. Wenn wir den Blick tiefer und weiter richten, das lange Dach des Hauptschiffs entlang, wird uns der heilige Charakter von Notre-Dame bewußt. Die Turmspitze verschmilzt mit dem Himmel und die grünen Statuen von Aposteln und Heiligen reihen sich in ihrem Herabstieg majestätisch den Kreuzgang entlang auf. Dieses pflanzlich leuchtende Grün, das dem Querschiff entspringt, da, wo sich seine

Kräfte kreuzen, inkarniert das Versprechen des Frühlings. Wir müssen nur von einer Seite des Turmes zur anderen gehen, um neue überraschende Blickwinkel zu erleben, um das enorme, auseinandergefaltete Raumvolumen des Sanktuariums zu ahnen. Noch weiter hinab: die Strebemauern, die Stützpfeiler und der Fächer der Schwibbögen, deren Verbreiterung hinten man spürt, ohne sie zu sehen, weil die Kathedrale ihren Grundriß dazwischenschiebt. Stämmig, fest, von tierhafter Kraft und monolithischer Wucht, gewölbte Höhle voller Spitzbögen und schlanker Pfeiler, kolossal stachelstarrender Igel mit ausladendem, nach allen Richtungen hervorspringendem Steinskelett, mit Armen, Händen, Tausendfüßlerfüßen. Mit den hohen Fensterpupillen wie Polypenaugen über Tentakeln und Spornen. Das Kirchenschiff, diese Festung, die all ihre heimlichen Kapellen umschließt, ihre Altäre und Tabernakel. Man spürt den weiten stummen Steinfliesenboden im Inneren, die Straße, die zur Madonna führt, zum Chor und zu Christus. Wir reden ganz leise davon, ohne die Worte laut auszusprechen. Ein wenig haben wir Angst vor der Blasphemie, Angst, überzählig zu sein, den Tempel der Mutter geschändet zu haben. Also machen wir uns ganz klein wie die Siebenschläfer und die Falken, Fauna der Kathedrale, kleine Küchlein Gottes. Wir sind nichts. Wir wollen nichts. Wir bitten die Mutter, uns zu verzeihen, uns anzunehmen, uns in ihren Armen hochzuheben, in den Himmel ... Anny haucht mir zu, daß wir nicht hierbleiben hätten sollen. Ich sage ihr, daß die Kathedrale die Wiege der Menschen ist, ein Schiff der Menschheit, daß sie uns nicht böse sein kann – wir setzen uns einfach hin und lauschen dem Abend.

„Lieben wir uns hier?" fragt Anny. „Sehr bequem ist es ja nicht, und auch nicht sehr passend."

„Nein. Obwohl, weißt du, die Kathedrale kümmert sich darum nicht. Ich würde sogar sagen, daß die Liebesverbindung gut mit der Berufung zur Liebe zusammengeht, die dieser Ort hat."

„Da siehst du, du lenkst schon darauf hin ..."

Das Erstaunlichste ist es, daß diese ganzen Skrupel auf einmal von Anny kamen, die sehr viel atheistischer war als ich. Eine vollständige Atheistin von makellosem, ihr wesensmäßigem Materialismus. Ich schloß niemals die mögliche Gegenwart eines Anderen aus, eine verhüllte Transzendenz, eine andere Welt, geheime Prinzipien. Sie glaubte nur an das, was sie sah. Dahinter oder darunter gab es nichts. Es war ein Atheismus ohne Zorn, ohne Auflehnung, ohne Mißmut, gestimmt auf den Ton der Erde und der Sterne. Sie glaubte nicht an Gott, es war ganz einfach. Die Welt ist da, ganz und gar, das ist alles.

Die Stadt macht großen Lärm an den Juniabenden, ein weithin hallendes Murmeln, zerrieben, hier und da von einem hallenden Klang unterbrochen, von Hupen, Sirenen. Aber dieses Leben schien uns weit entfernt, unerreichbar, so sehr wohnte in uns die Macht des Turms und seiner Grundfesten. Wir fühlten uns verlassen. Als sei diese Mutter zu groß für uns, zu kräftig, zu hoch, während die Stadt unten mit ihren unzähligen zärtlichen Stimmen nach uns rief ... Geräusche von Menschen, die kamen und gingen, die Seine hinaufzogen, durch die Avenuen schritten, auf den Brücken flanierten, arbeiteten oder faulenzten. Man konnte auf dem Pont-Marie promenieren, sich auf der Place Dauphine küssen. Auf einer Caféterrasse herumhocken. Das machen sie alle in diesem Augenblick. Tausende von normalen Menschen. Selbst Osiris ist nach Hause gegangen. In ihrem Kahn dort drunten genießen Ehra und Wolf den ruhigen Abend. Aber wir müssen ja unbedingt hier oben sein, im Himmel, von der Erde abgeschnitten, verirrt im Ehrfurchtgebietenden, im Heiligen. So schauen Anny und ich noch einmal die Dinge um uns her an, das Bleidach, seinen vertrauten Wulst, den Mauerstein, der so alt ist und so schön ... Hier und dort, ringsumher, sind lauter Türmchen und Spitzdächer, von Steinmetzen gemeißelte Wasserspeier, naive Heiligen- und Engelsstatuen. Die auf ihrer Insel ruhende Kathedrale ist dieselbe, die sie schon immer war. Morgen wird es über ihr tagen, und es wird sich nichts ändern. Und wir werden fort sein, und alles wird weitergehen. Wir werden auf dem Vorplatz stehenbleiben. Die große Vorderfront, die drei Portale werden sich vor unserem Blick erheben. Mit uns oder ohne uns, das ist gleichgültig. Wir zählen nicht. Wir würden gerne ein wenig zählen ... ohne schwer zu wiegen, ohne eine Übertretung zu begehen. Wir wissen nicht, was wir wollen. Unser Wunsch ist gewährt worden, aber wir bekommen es nicht fertig, ihn in der Transparenz des Glücks wirklich in Erfüllung gehen zu lassen.

Die Falken kommen aus dem Bois de Boulogne und dem Wald von Vincennes zurück. Sie haben Nagetiere geschlagen. Sie füttern ihre Brut in den Nestern. Dieses Bild beruhigt uns wieder. Die Mutter, über das Junge geneigt, reicht ihm den Schnabelbissen ... das plötzliche, extreme, zukkende Gekreisch kleiner ungefiederter Körper, ganz roh und ausgehungert. Die Falken leben ohne Probleme in der Kathedrale, lassen ihre Exkremente auf die filigranen Zacken und Spitzen fallen, begatten sich, legen Eier, fliegen und jagen, töten, balancieren am Himmel. Ein großer Reigen der Vögel und der Unschuld. Dieser Kathedralenwald besänftigt uns. Nichts schließt ihn aus dem Zyklus des Lebendigen aus. Die Raubvögel täuschen sich da nicht. Sie hausen in der Madonna mit ihrem Morden, ihrer Lust und ihren Nestern.

Das Licht glimmt rot im Westen, Richtung Saint-Cloud, hinten, am Mont Valérien, in einer weiten purpurfarbenen Zone, wo die Stadt versinkt. Der Himmel ist orangefarben, violett, immer noch hell, auch wenn man den Blick von der Sonnenscheibe abwendet. Es ist ein Junihimmel, der unendlich scheint, wo die Nacht in Wärme und Schönheit kommt, ohne Bruch. Das Licht schwindet und läßt die Blässe und Reinheit des Himmelsgewölbes unangetastet. Die Mauersegler fahren schreiend zur Seine hinab, im Sturzflug. Man hört sie nun, da der Verkehr der Autos und Schiffe nachläßt. Juni, der schöne Monat der Hoffnung und des frühen Sommers, ehe man noch in den Schwung von Juli und August gerät, in diese Nächte, die sich schon wieder verlängern. Der Juni als Vorspiel, für sich, noch nicht wieder in der Beschleunigung der Zeit gefangen. Juni, golden, brennend, für Anny und für mich. Die Kathedrale glüht sachte. Eine Sommermadonna, weit geöffnet in der Nacht, die so wenig nächtlich beginnt, so untief, flüchtig über den Himmel ziehend.

Anny und ich haben uns über die Brüstung gelehnt, um zu sehen, wie die Seine glitzert und sich krümmt, wie sie unter den Brücken violett und golden spiegelt . . . dort unten. Der Tour Saint-Jacques, höher noch durch seine Statue, baut seine gotische, alchimistische, noch gerötete Silhouette ganz in unserer Nähe auf, zur Rechten . . . Sie dunkelt. Die Monumente werden langsam unsichtbar. Das ist das schöne Gesetz der Tage und Abende.

Plötzlich sind die Scheinwerfer angegangen. Wir haben die Explosion von Helligkeit gefühlt, die leuchtende Rauten aus der Galerie des Südturms schneidet. Aber wir befinden uns auf dem Turm, stehen geschützt auf der Rückseite des Baus, im Schatten, den das kleine Glockentürmchen an der Ecke wirft, wo die Treppe mündet. Unsere Blicke sind dem Himmel zugewandt, wo das Bündel der Scheinwerferstrahlen sich verliert . . . Auf dem Zwillingsdach des Nordturms öffnet der Name Ehra der Nacht seine einsame Einkerbung, gerade über dem Falkennest . . .

Ein erster Stern, dann noch einer im dunklen Blau. Es

wird niemals Nacht werden. Das Rot sammelt sich im Westen, dichter noch, stets friedlicher. Das ist keine Sonne, die stirbt, sie steigt nur an der anderen Seite des Planeten hinunter, die Scheibe zeichnet sich noch ab. Nichts verläßt uns, die Sterne vermehren sich. Wir haben das Glück eines unermeßlichen und leuchtenden Abends. Anny legt den Arm um mich und ich umarme sie wieder, Wange an Wange spüren wir die Maßlosigkeit und das Geheimnis der Dinge. Wir haben keine Angst mehr, wir sind im Herzen. Von der Stadt sind nur düstere Umrisse oder zarte goldene Gräten geblieben, fernerhin sanftere, zerflossene, herdenweise auf den Grund gelagerte Massen. Der Himmel breitet sich aus, von der Nacht erschauernd. Ich flüstere Anny zu, daß die Falken jetzt auf ihrer gesättigten Brut schlafen und daß Osiris' Siebenschläfer aus ihrem Bau gehüpft sind und um den Turm herumrennen, unter uns, über das Dach, dann die Schwibbögen entlang ... zum Erzbischöflichen Garten. Überall sind jetzt die Geräusche suggestiver, sie haben ein geheimnisvolles Echo, sogar die der Autos und der Lastkähne auf der Seine ... intime Geräusche, die uns von uns selbst erzählen.

Ich küsse Anny auf die Lippen, die sie mir gibt, und umarme sie enger.

„Weißt du ... Ich glaube ... ich werde trotzdem schlafen gehen ..."

Denn Anny schläft immer und überall. Schon sehen ihre Augen von der Welt nur noch einen Reflex in sternenversunkenen Träumen. Ihr Geliebter ist ein Schatten, den sie in ihren Träumen aufsucht. Manchmal erwacht sie, findet ihre Aufmerksamkeit wieder, sieht den Himmel, hört ... dann versinkt sie von neuem. Ich spüre sie, wie sie schlafend an mir ruht auf dem Schiff Notre-Dame, von präzisen Lichtfeuern umringt. Diese Unendlichkeit, die nur in Sommernächten sichtbar wird, die Gegenwärtigkeit der Galaxis, hingebreitet als glitzernde Garbe. Und jetzt empfinde ich Notre-

Dame, wie ich sie noch nie gespürt habe, hoch, ausladend, schwarz, tief, die beiden Türme lauschend hochgereckt, in der Reinheit des Kosmos navigierend. Ich drücke mich ganz schmal an die Mauer, die das Bleidach trägt ... Das Sternbild der Namen leuchtet unterhalb der Milchstraße, unter dem großen goldenen Dreieck aus Altair, Deneb und Vega ... Unüberschaubare Menschenmengen haben sich in den Häusern auf der Erde hingelegt. Millionen Menschen, liegende Bilder auf Grabplatten. Ich weiß nicht, ob Notre-Dame über ihren Schlaf wacht. Es scheint mir eher, daß sie auf die majestätischen Strömungen des Himmels horcht, übermenschlich und unschuldig zur Mitternacht. Große Madonna, allein auf der Welt, bist wirklich du die Mutter der Dinge? ...

Ich schlafe auch langsam ein, verwirre mich, versenke mich ... Ein wenig tauche ich wieder auf, dann sehe ich plötzlich, dort, in der ozeanischen Frische, im großen Meer der Sterne, mich, das winzige Gesicht dem Himmel zugekehrt. Genau im Süden strahlt der Saturn. Die ruhige Kathedrale zeichnet ihre bläuliche Schwärze hinter die helleren Rauten und Spindeln, welche die Scheinwerfer malen. Aus der Stadt dringen noch immer konfuse Geräusche empor ... sie ist nie ganz still. Sie knistert und zischt wie ein schwacher Wellenschlag am Strand, wie ein Feuer beim allerletzten Glimmen der Scheiter. Sie behütet uns vor der absoluten Stille mit ihrem Gewimmel, das plötzlich von einem Schrillen oder einem dumpferen Brausen zerrissen wird, bis das Rauschen der Gischt diese Laute wieder einholt und verdünnt.

Anny schläft, ich beuge mich zu ihrem Mund und höre ihr Atmen. Meine schlafende Geliebte, dorthin zu den Sternen fortgezogen. So lieb, wenn sie schläft, kindlich, mit halbgeöffnetem Mund, so lebt sie heimlich ein eingeschlossenes, langsames Leben wie in einer Eierschale, die nicht vollständig dicht ist, leicht porös ... So regt sie sich im Traum, spricht zu mir, zerrt an mir, stößt ein Lachen aus, berührt

mich, stößt mich fort, vergißt mich, kehrt zurück, läßt sich
rückhaltlos gegen meine Schulter sinken. Sie ist nicht mehr
in der Kathedrale, sie ist in ihrem alltäglichen Schlaf.

... Wieder schlafe ich ein und erwache, immer mit einem
Gefühl des Unbekannten, der Verblüffung, einer raschen
Furcht, bis ich den Ort unseres Exils erkannt habe. Manchmal
ist es schwierig. Es wird kälter. Es gelingt mir nicht, einen
Gedanken zu formen, eine Benennung zu finden. Und mit
offenen Augen wiederhole ich im Leib der Kathedrale:
„Notre-Dame ... Notre-Dame ...", diesen enormen und
leeren Namen, ohne daß ich wüßte, was er bedeutet, wo ich
bin, was mit Anny und mir geschieht ... Was für eine Fahrt
geschieht in dieser Nacht aus Steinen und Sternen?

Früh am Morgen, vor der Dämmerung, liegen wir auf der
Lauer, und wir haben die erste Blässe im Osten aufgehen
sehen ... Noch kaum etwas, vielleicht nur eine Chimäre, ein
Phantomleuchten, eine Spur Schnee ... dann zwei ... Bis die
Morgendämmerung einen großen Horizont ausbleicht, wo
die große graue Stadt sich vielgestaltig und mumienhaft
emporwölbt. Es war ein ängstlicher, wartender Augenblick.
Aber nichts konnte die Welle der Morgenröte zurückdäm-
men, deren rosige Schaumkrone schon hervorbrach und die
Kirchtürme purpurn färbte, ihre Spitzdächer und die Türme
von Montparnasse und am Seineufer. Dann erschien die
Sonne wieder mit ihrer Glut und ihrer schönen Rundung am
dunstlosen Himmel. Violette und malvenfarbene Streifen
zeigten sich, orangerote Reiche gingen auf, aber all das wuchs
und gebar sich in klarem Schimmer, schön wie das Innere
einer großen frischen Muschel, in der die Echos des Morgens
hallen. So kam der Tag, ein Schauder ergriff uns bis zu Tränen, dieser Tag rührte uns noch stärker als der Sonnenuntergang. Wir wußten nicht weshalb. Es war das erste Erstrahlen
der Welt. Die Scheinwerfer hatten von der Kathedrale abge-
lassen, und sie badete in wahrhaftigem Licht. Es war eine

morgendliche Notre-Dame, deren Macht wir in allen Kräften der Stadt und der Seine fühlten, die sich nun lösten, voranschnellten ... Man sah das Gestirn nun ganz, emporgehoben wie die Hostie der Welt, von intensivem und weniger rötlichem Feuer ... mit schon abgespülten Träumen, klar über Paris flammend, über Notre-Dame und über uns.

Ich preßte Anny eng an mich. Wir schworen einander alles, ohne etwas zu sagen, den unendlichen Schwur des Morgenrots. Und die ersten Falken flogen auf. Osiris näherte sich, er blieb stehen, entdeckte uns und grüßte uns mit einem bewundernden Kuß, indem er von weitem die lange Hand kurz auf den Mund legte.

Johann Neuzil überlebte die Amputation noch fünf Tage ... Am sechsten Tag kam Marguerite später von der Arbeit. Sie hatte einen Umweg gemacht und ihn im Krankenhaus besucht, und sie teilte mir beim Eintreten mit, er sei in ihrer Gegenwart gestorben.

„Sie glauben nicht, was er gesagt hat, der liebe Neuzil ... Das raten Sie nie! ... Er hat gesagt: ‚Plötzlich sterbe ich.‘"

Es war einer der seltenen Fälle, da er dieses Adjektiv korrekt benutzt hatte. Der liebenswürdige Mann war tot. Seine großartige Zeichnung von Egon und Gerti war verschwunden. Und das Geheimnis der Heiligkeit blieb vollkommen. Ich fühlte mich betrogen. Der Alte fehlte mir. Ich benötigte seine Gegenwart, seine Weisheit, sein stoisches Lächeln, all das sollte mich doch auf die Schwelle der Dinge geleiten. Ich brauchte seine Lektionen über Liebe, über Ewigkeit, seine Delirien über die Schönheit. Ich wußte nicht genug über seine Mutter Wally Neuzil, über seinen vermutlichen Vater Egon Schiele und über Gerti, die kleine Schwester, verliebt in den nackten Maler, den roten. Ich war dieses ganzen Stammes beraubt. Nun mußte ich ohne Schild und Sporn in die Welt hinaus. Genauso hatte sich Marguerite verhalten, in jener legendären Nacht meiner Agonie. Kein Kuß, keine Geste. Schau, daß du zurecht kommst! Du bist allein. Du mußt selber hinüber. Wenn du die Kraft hast, tief in dir, wenn dir noch ein Tropfen Lebensgenie bleibt. Wenn nicht, dann laß es ... Du bist dafür nicht gebaut. Ich glaube, als Marguerite ihren Arm verlor, mit siebzehn, war sie allein, ohne Hilfe, ohne Hoffnung, und in der Tiefe dieser Nacht fachte sie den Funken der Kampfeslust und der Überlebenskraft an. Sie kannte das. Mir die Stirn zu streicheln, mich mit guten

Worten zu wiegen, das hätte mich geschwächt, hätte mich gereizt, an der Mutterbrust wegzudämmern. Sie ließ mich aus Lebens- und Todesinstinkt ganz allein. Ich mußte meinerseits durchleiden, was ihr das Schicksal angetan hatte, und allein die Folgen tragen. Ich würde nicht sagen, daß sie mich sterben sehen wollte, das wäre zu ausschließlich, zu parteiisch. Aber seit ihrem Unfall mit siebzehn Jahren mußte Marguerite in das Überleben verliebt sein und mußte es lieben, mitzuzählen, wen sie denn alles überlebte. Dabei mochte sie mich sehr, hatte mich sogar lieb in irgendeiner Gegend ihres Herzens. Sie bedachte mich in ihrem Testament, wie ich später erfahren sollte. Ich gehörte zu einigen Namen, die sie herbeizitierte, als sie an ihren Tod dachte und ihre Vorkehrungen traf. Nun denn, Marguerite ... was wolltest du, daß mit mir geschehen sollte? Flüstere mir endlich deine Antwort zu ... Du wolltest zwei Dinge auf einmal, immer zwei ineinander verflochtene Dinge. Zwei Wünsche, dem Tod und dem Leben verschworen. Du hattest zwei Studenten, den kränklichen, todesgezeichneten, ängstlichen, den Zwillingsbruder der ihm vorangegangenen Studentin, die an einer Überdosis gestorben war. Und dann den anderen, den vitalen, euphorischen, lebhaft erregten, der dir viel eher glich. Ich hatte am Ende die Wahl, in jener Nacht, meine Seite zu wählen.

Johann war tot. Er war etwa in Marguerites Alter gewesen. Und sie hatte einen Entschluß gefaßt. Um mir ein Vergnügen zu machen, sagte sie mir (es war wie ein widerwilliges Zugeständnis):

„Sie hatten vielleicht recht. Johann Neuzil war eine Art Heiliger."

Ich sagte nichts – diese Einsicht kam spät, und ich spürte, daß es ihr an wahrer Überzeugung fehlte. Ich wollte die Diskussion nicht wiederaufleben lassen. Marguerite erkannte, daß ich mich nicht so leicht täuschen ließ. Sie schwieg auch und ging Wein aus ihrem Vorrat holen. Und wir tranken zusammen an diesem Abend, Marguerite und ich, bis wir weich und gerührt waren, aufgelöst in einer Euphorie, die die Schranken zwischen den Dingen niederlegte, die Grenze zwischen Leben und Tod einriß. Es genügte also, sich zu betrinken.

In der Nacht konnte ich nicht schlafen. Der Alkohol pochte mir in den Schläfen. Ich wartete ein wenig und nahm dann eine starke Dosis Barbiturate. Es war, als käme ein Glücksgefühl mir entgegen. Es senkte sich aus dem Himmel meines Bewußtseins herab. Plötzlich trug es mich auf seinen Schwingen davon. Das Paradies erstreckte sich vor mir, wunderbar. Neuzil war überall, sein Lächeln und seine Güte ohne Grenzen. Egon und Gerti umklammerten sich, ineinander vergafft, nahmen sich ohne Ende in Besitz, versunken, aufgeschwellt, in unendlicher Verschmelzung. Ich wäre gerne der jungen Jüdin begegnet und hätte mit ihr geschlafen. Es schien mir, daß Anny mir das gerne verziehen hätte. Sie hätte uns sogar ermuntert und hätte sich zu uns gesellt. Ich wanderte durch vielfältige Liebschaften, die nur eine ergaben, wo alle Welt beitrug zur Inbrunst, zur Ekstase.

Eine Zeitlang hätte ich auch Hippie werden können, gründlich mit Drogen abgefüllt. Ich weiß nicht, was mich daran gehindert hat. Vielleicht ein Begriff von der Dichtung, die sich nicht einfach der Güte, der Liebe, der Gemeinsamkeit überlassen konnte. Ein scharfes Gefühl der Einsamkeit und eine Begierde nach individueller Sprache. Nach dieser Nahrung für mich allein, die ich zuerst in meinem Inneren wie in einem Wiederkäuermagen bearbeiten mußte, die in der Retorte des Begehrens zur Materia goldener, klingender Worte wurde. Das ließ sich nicht mit Reigentänzen, Blumenkränzen und Ergüssen erzielen. Es war nicht das Kalifornien der Glückseligkeit, nein, es war ein El Dorado voll Zorn und verschollenem Gold, auf das ich allein zusteuerte, mit geliebten Büchern und Fieberanfällen als Kompaß. Es gab keine

Versöhnung, keine Einstimmigkeit, ich sah immer nur im Vorbeifahren flüchtig Küsten und Rasten, Schriftsteller und Leser gaben mir Zeichen, dies war die Arche und das große Floß. Noah hielt eine Taube in der Hand, sie war weiß und nackt, trug aber keine Botschaft universaler Liebe, sie pries nur die Schönheit ihres eigenen und einzigartigen Fluges.

Mitte Juni hatte ich oft starkes Herzklopfen, eine Zange schien den Herzmuskel zu quetschen. Das Gefühl überwältigte mich, ich war verstört wie ein vom Vogelsteller gefangener Falke. Es war sehr schönes Wetter, sehr heiß, hypochondrisch mußte ich mir ständig den Puls fühlen, dem Schlag meines Herzens lauschen. Eines Tages faßte ich den Entschluß, mich zu prüfen, damit ich endlich zu leben oder zu krepieren verstünde.

Der Test bestand darin, daß ich zur Mittagszeit im vollen Sonnenschein dreihundert Meter die Seine entlang sprinten würde, um zu sehen, ob das Herz versagte. Ich starte heroisch, selbstmörderisch. Am Ziel ringe ich nach Luft, das Herz pocht wild, mir verschlägt es den Atem. Ich warte auf den reißenden Schmerz, die brutale Motorpanne, das Nahen des Todes. Nichts ... Mein Atem geht bald wieder normal. Ich komme zunächst zu dem Schluß, daß mein Herz gut sein muß. Ach, bald steigt mir ein Zweifel auf: Das Herz mag vor dem Lauf vielleicht noch verläßlich funktioniert haben, wenn man es sorgsam schonte, aber jetzt, da ich es einem ungeheuren Streß ausgesetzt habe, muß es seine letzten Reserven verloren haben, den Rest Energie. Es hat einen Knacks, es steht vor dem Zusammenbruch. Um mich seiner Widerstandsfähigkeit zu versichern, muß ich nun noch einmal dreihundert Meter in der prallen Sonne laufen. Das wäre dann überzeugend. Und schon laufe ich wieder los, ich renne in der Hundstagshitze die Seine entlang. Notre-Dame reckt verblüfft die beiden Häupter. Ich bin völlig außer Atem,

schweißüberströmt, das Herz schlägt mir bis an den Hals ...
Eine junge Frau, die auf einer Bank sitzt, betrachtet mich.
Ich schäme mich des Anblicks, den ich biete. Das Leben
kehrt in mich zurück, ich bin immer noch nicht tot. Ich könnte
jetzt beruhigt sein, wenn der Teufelskreis meiner Erprobun-
gen mir nicht die suizidale Idee eingäbe, weiterzumachen,
weil ich nun vielleicht beim zweiten Lauf tatsächlich die Bat-
terie meines Herzens erschöpft habe und von diesem Augenblick an jede geringste Anstrengung fatal sein könnte. Ich
merke, daß diese absurde Logik in den reinen Wahnsinn
führt. Der nervöse, kneifende Schmerz am Herzmuskel ist
verschwunden. Der Lauf hat die Maschinerie so überan-
strengt, daß sie nicht mehr mit einem neurotischen, nach-
klappenden Zwicken zu antworten vermag ...

Ich bleibe lang ausgestreckt am Flußufer liegen. Ein Falke
schwebt über Notre-Dame. Ich ziehe mein Hemd aus. Die
Sonne kocht mir den Schweiß auf der Stirn und der Brust. So
wird man wiedergeboren und stählt sich in der Mittagshitze.
Ich war ausgegangen, dem Tod zu begegnen, und am Ende
bräune ich mich am Seinequai. Die Frau auf der Bank läßt ihr
Gesicht vom Laub beschatten, bietet aber Beine und Schenkel der Sonne dar. Sie hat diskret ihr Kleid hochgezogen, sie
sieht mich heimlich an, um sich zu vergewissern, daß ich kein
Lüstling bin. Im Grunde ist sie es zufrieden, daß ich da bin,
ich mit meiner ungefährlichen Studentenerscheinung, ausge-
pumpt von dem Lauf, der nichts Sexuelles hatte, also für sie
kaum gefährlich ist. Wir bilden eine Art Paar auf Distanz,
ohne etwas zu sagen, ich bis zum Gürtel entblößt, sie mit
großzügig zurückgeschlagenem Kleid, die Augen sind nun
geschlossen, das Gesicht in mystischer Darreichung ganz entspannt, um Falten zu vermeiden.

Ich hatte es Anny schon lange vorher gesagt. Am Tag der
Sommersonnenwende würden wir in die Kathedrale gehen,

denn die Kirche der christlichen Maria bleibt im tiefsten Grunde ein Sonnentempel. Das war meine Überzeugung, wenn ich das Kreisen des Gestirns vom Herbst zum Frühling betrachtete und die Anordnung der Fensterrosen . . .

An diesem 21. Juni war gegen elf Uhr leider noch diesiges Wetter. So standen wir wartend am Kreuzungspunkt des Querschiffs, gleich am Eingang zum Chor, am Fuß der Statue Unserer Lieben Frau, Notre-Dame. Ein undeutliches Licht drang durch die Glasfenster herein, weit von der Marienstatue entfernt. Es war eher eine diffuse, schwache Helligkeit, und Notre-Dame stand düster in der Tiefe ihres Kirchenschiffs. Wir betrachteten die Jungfrau aus dem vierzehnten Jahrhundert, die halbwüchsige, die entzückende, mit der Blumenkrone und dem Botticelliantlitz. Ich fühlte, daß Anny nicht so leidenschaftlich bei der Sache war wie ich. Das war wie mit Neuzil und seiner Heiligkeit . . . Man schloß sich nicht besonders eifrig an meine Glaubensartikel an . . .

Um Viertel zwölf noch keine Veränderung. Der Himmel, verschlossen von einem stürmischen Wolkendunst, ließ kein Feuer auf uns herabstrahlen. Ich war verzweifelt. Anny lehnte sich an meine Schulter, um mich schon im voraus über meine Enttäuschung hinwegzutrösten. Ich war im Grunde ein wenig erstaunt, mir wurde bewußt, daß sie mich überallhin begleitete, an alle Schauplätze meiner Verrücktheiten, vertrauensvoll, als verstünde sich das von selbst. Bis wohin würde Anny mir wohl folgen? Bis zu welchen Übertretungen, welchen Enthüllungen? Ich glaube, sie liebte es, in meine nervöse Erregung hineingezerrt zu werden, sie, die so materialistisch und zartfühlend war. Sie brauchte den Stachel eines frenetischen Liebhabers, meine raschen Verrücktheiten rissen sie aus einer Art ereignisloser Trance. An einem Tag enthüllte ich ihr die Heiligkeit Neuzils, am nächsten zeigte ich ihr meine von einem phänomenalen Soor befallenen Mandeln. Ehe sie mich kennenlernte, wußte sie nichts von der

Existenz des Meniskus und der Staphylococcen. Sie machte sich kundig, informierte sich über die Gewohnheiten der Madonna und der Falken, und mit einem Mal versprach ich ihr die Sonne, mitten im Chor der Kathedrale. Nun wartete sie mit gelassener Neugier.

Plötzlich begriff ich, daß die Scheinwerfer, die den Chor und die Marienstatue erhellten, von vornherein unser Abenteuer zunichte machen mußten. Die Elektrizität würde das wahre Licht töten. Ich konnte diese Niederlage nicht hinnehmen. Und ich ging zu einem Priester, der gerade aus dem Beichtstuhl in einer der Seitenkapellen kam. Ich erklärte ihm, daß die Sonne der Sonnenwende die Jungfrau bescheinen werde, daß dieses Ereignis aber bei angeschalteten Scheinwerfern nicht wahrnehmbar sein würde. Er sah mich überrascht an. Ich bestand darauf, daß man die Scheinwerfer ausschalten müsse, nur eine halbe Stunde, das würde genügen ... Ich glaube, ich habe ihn angefleht. Da begriff er die Schönheit meiner Bitte. Er verschwand. Ein wenig später erloschen die Scheinwerfer, und die große Kathedrale fand ihr ursprüngliches Licht.

Es trat gegen dreiviertel zwölf ein. Ein Lichtstrahl hat die Fensterrose im Süden aufblühen lassen, hat den Bauch der dunklen Kathedrale berührt ... ein jähes Zeichen. Anny und ich, wir zittern im Schatten, der sich hellt. Die Sonne rückt wie eine numinose Präsenz vor. Wir warten auf sie, wünschen sie herbei, ihr Nahen schwillt an ... Der Schritt eines Gottes. Das Licht wird stetig stärker. Wir werden Zeugen einer großen hellen Stille. Genau am Mittag, ich schwöre es bei allen Heiligen, dringt ein Strahl Gold direkt durch das Zentrum der Fensterrose, durch den innersten Kreis, wo Christus als König thront, und die Aura Christi glüht auf und malt seinen Umriß auf die Statue der Maria. Notre-Dame, vom Licht des Sohnes getränkt. Ihr Gesicht und ihr Kleid sind erleuchtet. Anny und ich sind in dieser intimen, grandiosen Liebe zwi-

schen dem Sohn und der göttlichen, jugendlichen Mutter gefangen, die von der Sonnwendsonne vereinigt werden. Die
große Glut wächst noch weiter, die ganze Rose flammt. Das
Innere der Kathedrale erhellt sich und das Kreuz im Querschiff blüht unter diesen Strahlen der Auferstehung. Die Madonna brennt in der Hand des Sohnes.

Wir blieben betrunken vor Freude mit offenem Mund stehen. Ich hätte fast applaudiert, so regneten die Glanzschwerter und Glorienstrahlen auf die Sonnwendmadonna herab,
mein heilige, erste Isis. Das Licht breitete seine Horusschwingen, seine Falkenflügel. Der Mittelgang war mit Aureolen und glühenden Rosen gepflastert. Die Jungfrau drehte
sich in der Sonne, im ewigen Feuer des Weltlichts.

Zwei Jahre später stehen wir im Leben, Anny und ich. Prüfungen in Ordnung, alles gut. Das Telefon klingelt in unserer Vorstadtwohnung. Eine Stimme meldet den Tod von Marguerite. Ihr schwarzer Student hatte sie gefunden, auf den Knien, der Kopf war auf die Brust gesunken. Zu Boden geworfen ... Es ist Marguerites Tochter, die anruft. In ihrem Testament hat Marguerite geschrieben: „Gebt P. Nachricht." Mir, ihrem Studenten, dem wahren, einzigen, dem, auf den sie stolz war, den sie auf Leben und Tod liebte. Ein Vierteljahr zuvor war Marguerite uns hier draußen besuchen gekommen. Wir waren nach dem Essen spazierengegangen, sie ging an den Einfamilienhäusern und Grünanlagen entlang, sie rief plötzlich wie im Gebet, hingerissen wie vor der großen Treppe im Palais de Justice oder vor den Impressionisten in Chatou: „Ach, wenn ich nur einen Garten mit Rosen hätte!"

Die Tochter Marguerites sagte, ich könne kommen. Man habe den Leichnam mit eisgefüllten Säcken konserviert. Das Begräbnis würde erst in drei Tagen stattfinden. Dieses unsaubere Detail stellte mir Marguerite exakt vor Augen. Ich sah die Tote vor mir. Ich wartete einen Tag, zwei Tage ... Eine Depression überfiel mich, umdüsterte mich, der Abgrund des Nichts in meiner Brust. Ich konnte nicht hingehen und Marguerite ansehen, Marguerite den Tod. Ich konnte es nicht. Ich weiß immer noch nicht genau, warum eigentlich. Ich war nicht in der Stimmung für den Tod, jedenfalls nicht für den von Marguerite. Das war zuviel, zu stark, es überwältigte mich. Auch dachte ich mir, wenn ich erschiene, würden mich die Tochter und die Enkelkinder mustern, mich, den Unbekannten, den Studenten aus dem Testament. Ich wäre Zielscheibe ihrer neugierigen Blicke gewesen. Und ich wollte nicht vor ihnen weinen. Ich wollte Marguerite nicht wiedersehen und die anderen nicht kennenlernen, die obszön Lebendigen, die jetzt von überallher kamen, während wir schließlich dageblieben waren, Marguerite und ich, am Krisenpunkt, von Angesicht zu Angesicht im Herzen der ganzen Dinge. Die Depression hüllte mich ganz ein. Am dritten Tag wußte ich, daß es vorbei war, daß man sie in Chatou begraben hatte.

In zwanzig Jahren bin ich nicht hingegangen, um dieses Grab anzusehen ... Aber heute, mit Anny, nun, da ich das Buch fertig habe, müssen wir hingehen, denn ich habe mir nie mein ohnmächtiges Versagen und meine Abwesenheit bei ihrem Tod verziehen. Sie hätte es so gerne gehabt, wenn ich gekommen wäre, wenn ich mich über ihr Bett gebeugt hätte. Inmitten ihrer Kinder. Ihr Student, der gerade seinen zweiten Roman veröffentlicht hatte. Da hätte ich es der ganzen Familie gezeigt: Sie hatte jemand besseren gefunden als diese Davonläufer, die sich überallhin zerstreut hatten. Aber diesmal war ich es gewesen, der fliehen mußte.

Wir sahen auf einem Plan der Gegend nach. Es gab zwei Friedhöfe in Chatou. Anny nahm an, daß der zweite, am Stadtrand gelegene, jüngeren Datums war – weniger wahrscheinlich im Fall von Marguerite, die in ihrem Familiengrab ruhte. Wir erinnerten uns, wie sie von diesem Grab gesprochen hatte, wo alles in der Schönheit Chatous enden würde. Der in Frage kommende Friedhof breitete sich in einem friedlichen Viertel aus, zwischen kleinen Häuschen, Gärten, stummen Straßen und Rasenflächen. Tatsächlich hätte Marguerite sich keine schickere ewige Ruhestätte erträumen können. Beim Betreten des Friedhofs verzweifelten wir ein wenig an dem Vorhaben, sie hier wiederfinden zu wollen. Eine von Koniferen gesäumte Allee begann gerade vor uns und teilte das Gelände in zwei große Rechtecke voller Gräber. Wir fingen an, auf diesem Totenschachbrett umherzuirren. Ein Saum von Einzelgräbern lief an der ganzen Umfassungsmauer entlang. Und gleich zu unserer Rechten, vom Eingang gesehen, lagen vier Reihen Gräber vertäut, eine hübsche kleine Flottille schräg vor Anker. Ich weiß nicht warum, aber der Instinkt drängte mich in diese Richtung. Wir fingen an, die auf den Platten eingemeißelten Namen zu entziffern. Das war nicht einfach, weil viele schon verwittert waren. Manche Gräber wölbten sich auf, undurchsichtig, das Kreuz ohne Namen zwischen den Steinen. Wie melancholische alte Galeonen. Manchmal ließen sich doch die verwischten Inschriften noch lesen. Das Schlimmste waren die langen Namensreihen verschiedener Mitglieder derselben Familie – die Tochter, die durch Heirat den Namen geändert hatte, konnte unter Umständen erst als letzte erscheinen. Würde man Marguerite so aufgeführt finden, ganz am Schluß einer Liste?

Eine Reihe, zwei, wir suchten erst zehn Minuten, als ich rief: „Da! Da ist sie . . .“ Ja, das war Marguerite, ihr Gesicht sah mich an. Ihre Fotografie steckte in einem ovalen Rahmen hinter Glas, an einer großen Tafel, auf der die folgende Würdigung stand: „Zum Andenken an Marguerite, unsere Freundin“. Und Marguerite lächelte ein wenig von der Seite, störrisch und kokett . . . Dieser schräge Blick mitten auf dem Grab hatte mich plötzlich zusammenfahren lassen. Wir hatten sie seit zwanzig Jahren nicht mehr gesehen. Wir besaßen kein Foto mehr von ihr. Aber ihr Gesicht hatte unversehrt in unseren Erinnerungen überdauert. Marguerite, zweifellos. Wir standen sehr unbeholfen vor ihrer dunklen Behausung. Ihre Tochter und die Enkelkinder hatten keine Mitteilung auf der Grabplatte hinterlassen, nur die Freunde aus dem großen Haus und Mlle. Poulet, David und Maurice sowie ihre Arbeitskollegen hatten für die Tafel und das Foto zusammengelegt. Dieser Beweis der Zuneigung und diese Idee, ihr Gesicht zu verewigen, hätten ihr gefallen. Einen Moment später wurde mein Blick abgelenkt, angezogen von einer Bewegung gleich hinter der Friedhofsmauer, oben auf einem Neubau, wo die Maurer sich stießen und drängten, um Annys Ausschnitt und ihre engen Jeans besser sehen zu können. Eros hatte uns im Bezirk des Todes ein Zeichen gegeben. Und dieses Duo entsprach dem Geist der Vergangenheit, unseres ersten Zimmers.

Sie können kommen und sich meine Heldin anschauen, in Chatou, eine nette Gegend, man fährt über Le Vésinet zurück, man geht im Ibispark spazieren. Es gibt dort kleine Seen, Brücken, Schwäne, Bäume, und die Paare küssen sich auf dem Rasen. Wir sind in der Sonne stehengeblieben, Anny und ich, nicht weit von Marguerite weg. Es war Juni, und wir hatten unsere Freundin wiedergefunden.

Nachts, als das Buch fertig war, stiegen mir viele Bilder von Notre-Dame und von Marguerite wieder auf, von meinem Eintritt ins Leben. Ich habe einen Traum gehabt, es schien mir, als sehe ich die gestohlene Zeichnung von Egon Schiele, oben auf dem Nordturm, der sich aus einer bizarren Mischung von Kathedrale, Pyramide und Mausoleum erhob . . . Die Zeichnung steckte in einem Loch, gleich unter Ehras Namen. Davor wachte ein Falke über die Umschlingung der Liebenden, über ihr Nest.

Klett-Cotta
Die Originalausgabe erschien 1994 unter dem Titel
„Les anges et les faucons"
bei Éditions du Seuil, Paris
© Éditions du Seuil, 1994
Für die deutsche Ausgabe
© J. G. Cotta'sche Buchhandlung Nachfolger GmbH,
gegr. 1659, Stuttgart 1996
Alle Rechte vorbehalten
Fotomechanische Wiedergabe
nur mit Genehmigung des Verlags
Printed in Germany
Schutzumschlag: Klett-Cotta-Design
Gesetzt aus der 10 Punkt Times von Alwin Maisch, Gerlingen
Auf säure- und holzfreiem Werkdruckpapier gedruckt
und gebunden von Ebner, Ulm

Die Deutsche Bibliothek – CIP-Einheitsaufnahme
Grainville, Patrick:
Engel und Falken: Roman / Patrick Grainville.
Aus dem Franz. von Brigitte Henniger-Weidmann
und Joachim Kalka. –
Stuttgart: Klett-Cotta, 1996
Einheitssacht.: Les anges et les faucons ⟨dt.⟩
ISBN 3-608-93277-1

Emmanuèle Bernheim
bei Klett-Cotta

»Eigentlich wollte ich Liebesgeschichten schreiben.
Aber mich interessierte auch eine Geschichte, in der Gewalt
eine Rolle spielt. Deshalb liebe ich Hitchcock, niemand
erzählt vom Verbrechen so wie er.«

Die Andere

Roman. Aus dem Französischen von Bettina Runge
110 Seiten, gebunden, ISBN 3-608-93207-0
Ausgezeichnet mit dem *Prix Médicis*

»Der dritte Roman der Bernheim: So knapp wie die
beiden vorhergehenden. Ebenso scharf. Sezierend. Zu genießen
wie ein starker Kaffee. Als Tonikum für einen ganzen Tag.«
Le canard enchainé

Ein Liebespaar

Roman. Aus dem Französischen von Eugen Helmlé
98 Seiten, gebunden, ISBN 3-608-95626-3

»Unmerklich läßt Emmanuèle Bernheim unter der kalten
Oberfläche das Bild der großen verfehlten Liebe erscheinen...
Sie ist unverkennbar eine Schülerin Marguerite Duras'.«
Ursula März / Rias Berlin

Das Klappmesser

Roman. Aus dem Französischen von Eugen Helmlé
104 Seiten, gebunden, ISBN 3-608-95430-9

»Es geht nicht um die kriminalistische Auflösung eines Falls,
sondern um das Verbrechen als romaneske Energiequelle.«
Meike Fessmann / Tagesspiegel

Klett-Cotta

Jean-Noël Pancrazi:
Eine Zärtlichkeit für das Leben

Roman. Aus dem Französischen übersetzt von Claudia Denzler
210 Seiten, gebunden, ISBN 3-608-93375-1

Er lebt in Paris. Er ist nicht mehr ganz jung. Er erzählt
von der Vergangenheit, von der Mutter und der Jugend in
Algerien und auf Korsika. Und von der Liebe, oder der Suche
nach ihr, in den Cabarets und Nachtbars der glitzernden
Stadt. Denn Paris und seine nächtlichen Viertel sind
der magische Ort dieses Romans.

Ein Dutzend Figuren jeden Alters spielen die Hauptrollen:
der Erzähler, in den jungen Schauspieler William verliebt, und
Hélène, Fixstern am Nachthimmel von Paris. Cocaïne und der
Mythos ihrer großen Liebe in Genf. Juliette, die sich Pierre
hingibt aus reiner Nostalgie, und Isabelle, Gefangene von
Danny, Priesterin eines geheimen Ordens, dem niemand ent-
flieht. Sie alle sind Vagabunden der Sehnsucht, Nomaden im
Königreich der Nacht. Die Orte mit den exotischen Namen sind
ihr Revier: das Cancan, Le Paradis, Les Diamantaires. Hier
kreuzen sich ihre Lebensbahnen, mischen sich Leidenschaften
und Witz, Tristesse und spielerische Lebenslust. Hier warten
sie, einsam im Gedränge, auf jenes Glück, das manchmal nur
einen Moment dauert – vielleicht aber einen ganzen Sommer.
Jean-Noël Pancrazi, einer der gefeierten Gegenwartsautoren
Frankreichs, hat ein wunderbares Buch geschrieben über die
Leidenschaften, über ihre Einsamkeit und ihre verwirrende
Kompliziertheit. Elegant und mit zärtlicher Ironie mischt er
Schicksale zu einem Reigen, in dem jeder von uns sich wieder-
erkennen kann. Pancrazi macht sich, wie die französische
Presse schrieb, zum Komplizen dieser Kinder der Nacht, die
vom Licht träumen und von der Liebe.

Klett-Cotta